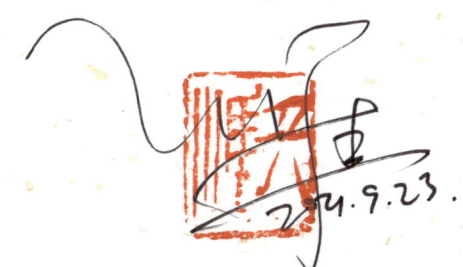

2024.9.23.

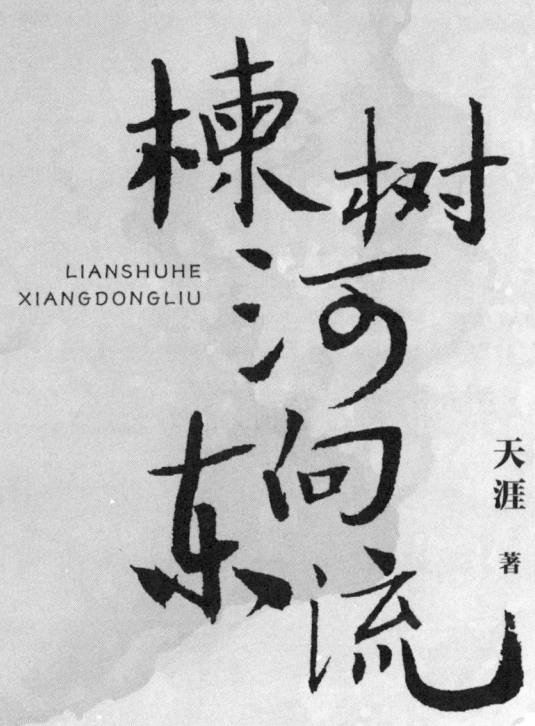

楝树河向东流

LIANSHUHE XIANGDONGLIU

天涯 著

宁波出版社
NINGBO PUBLISHING HOUSE

本故事纯属虚构,如有雷同,请勿对号入座。

—— 作者

1

　　1973年,暮春,一个楝树花开的季节。

　　满头白发的董远海和妻子徐慧从上海十六铺码头坐了一夜的"工农兵"号轮船到宁波。他们买的是四等舱,一张票四元七角,每个房间有十六个床位,又称"鸽子笼"。董远海原想买三等舱的票,可惜没买到。幸好卖票的那个麻脸女人心善,见他年纪大,发慈悲,给了两张下铺票,不然若搞个上铺,这么大年纪爬上去也不方便。至于头等舱和二等舱,就算有钱也买不到,需要级别,还要单位介绍信才行。老年人睡眠本来就不好,房间里人又多,这一晚老两口基本上没怎么睡着。等船上的广播唱起了《东方红》,就听到各种声音响起,两个人也跟着起来,一个去排队洗漱,另一个看着行李。

　　徐慧是个白白净净的老太太,个子不高,体态丰满,穿黑白细格子外套、黑色裤子、黑布鞋。当了一辈子语文老师的她为人和善,一张圆脸看到人总带着亲切的笑容,让人很有好感。她刷好牙,洗好脸,拿着木梳子沾了点水,把略有些翘的一角花白头发梳得服服帖帖。看到等的人有点多,她就让出位置,匆匆回到船舱,换董远海过去。她自己在铺位上坐下,拿起枕头角落的一只布包,把梳子放进去,又摸出一盒小小的百雀羚,打开盖子,用手指小心地挖了一点,看了看四周,见没有人注意,悄悄抹在脸上。立刻,空间里有了一股淡淡的、好闻的香味。旁边有女人似乎闻到那香味,转过头来找寻。她忽又有些不安,忙抽出已叠好的湿毛巾,盖在脸上,轻轻按了按。香味散去,她终于放下心,又重新把毛巾折叠好,塞进那只印着"毛主席万岁"的搪瓷杯里,再装进包,静静等待目的地的抵达。

董远海拿着洗漱用品走到船舷边,此刻,天空已微微有些发亮。被海风一吹,昏胀的脑袋清爽许多,人似乎也精神了些。这次他和妻子要回老家宁波鄞县董家村定居,为了这一天,他已等待很久。

眼前起伏的波涛让董远海不禁想起七岁那年,在上海做生意的大伯回乡,见他聪明机灵,觉得在乡下可惜了,说服他父母,把他带到上海,也是这样坐了一夜的轮船。那是他第一次出远门,庞大的轮船和望不到尽头的大海给他强烈的震撼。在一个七岁的孩子眼里,村里的那条楝树河已是极限。楝树河上也有来来往往的船,有小木船,也有客轮。可那河那船怎么能跟大海和轮船比呢?真是不比不知道,一比吓一跳。到了上海,他更是见识了与乡村完全不一样的世界。大伯没有儿子,只有两个女儿,待他如亲子。伯母虽嫌弃他是乡下人,背后骂他是"小赤佬"吃闲饭,但大伯会赚钱,在家里说一不二,伯母也不敢对他太过分。大伯供他读书,教他做人的道理。他也没有辜负大伯的期望,读书很用功。大学毕业后,他到大伯的造船所当了一名技术员。1937年11月上海沦陷,当时他和徐慧结婚还不到一年,战火让怀孕的妻子受到惊吓,不幸小产,兵荒马乱中落下了病根,后来再也没有怀上,成为夫妻俩终生的遗憾。

有一段时间,大伯和伯母回董家村避难。他没有走,守着造船所，那是大伯一生的心血，不能就这样给毁了。没多久，锦衣玉食惯了的伯母实在不习惯乡下的脏乱差，有钱也买不到好吃的，吵着要回上海。大伯没办法，只好带着伯母离开老家，一边缩小造船所规模，一边谨慎度日，并再三警告他一定要小心，行事切不可张扬。

上海解放前，大伯曾想带着家人去香港，他因读了些进步书籍，对共产党很有好感，就劝大伯留下来。造船所在1956年公私合营中归了国家，改所为厂，他继续留在厂里当技术员，而大伯的身份从资本家变成了劳动者，后又戴上了"改造"的帽子，巨大的心理落差让大伯整日郁郁寡欢。"文革"开始，大伯被批斗，他这个昔日少东家一样在劫难逃。没多久，大伯撒手离世，让他自责不已。一年后，伯母也生病走了。两位堂姐恨他当年的阻拦，跟他断绝了来往。他也好不到哪里去，连父母去世都没能回乡奔丧，那是他心里永远的伤痛。

这段不堪回首的记忆，他只想深埋，不愿再去揭开。他的身体就是在那个时候被搞坏的，好不容易去趟医院，发现给他看病的医生已被打倒，没有人理他，真是雪上加霜。后来，大概见他活不了多久的样子，单位的造反派又忙着夺权，懒得管他，他就成了"隐形人"，这一病反倒救了他的命。

父母去世后，给他留下一幢楼房、两间平房，用一个院子围了起来，委托堂哥董山川代管。那时，他就萌生了带妻子离开上海回老家的念头。可他又不敢提，怕引起注意。就这样一直拖到现在，感觉政策有些宽松了，再加上他已过退休年龄，鼓起勇气提交了回乡的申请报告。领导总算同意放行，住的公房要上交，这点他没意见。老两口平时生活简朴，没多少家具，之前是书多，后来被搜走了大半，又毁了一部分，剩下的不多，就打包和一些小型的居家用品托运回董家村，其他能处理的就处理。这样前前后后花了差不多大半年时间总算了结,交了房屋钥匙,两个人带着两只皮箱,踏上回乡的路。

董远海看着黎明时分的大海,思绪万千。那涌动的暗潮,好似人这一生中不可预测的变数,像他的人生,风光与落魄都经历过。现在,他只想回到老家,安静度日。他低下头看自己的手,一根根青筋像一条条蚯蚓趴在他的手背上。这些年,疾病把他折磨得只剩下一身骨头、一张皮,中山装穿在身上,风随时都能灌进来。要不是他个子高,还真撑不起那件衣服。洗脸的人很多,他不喜欢争,老老实实排着队,有霸道的人挤到他面前,他就退后几步,等人家都洗好了再上前。终于轮到他了,他取下厚厚的眼镜,开始弯腰洗漱起来。

到宁波,天已亮了。

来接董远海和徐慧的是董山岗,董远海最小的堂弟,出生于1946年。他和董远海长得还是有点像的,都是瘦高个、长脸。只不过董远海身上散发的是书生气,而年轻的董山岗走路带风,浑身充满了活力。

"阿海哥、阿嫂,你们来了!"见董远海夫妇出来,董山岗忙迎了上去,接过董远海手中的箱子,热情地说。

董远海的心不禁一暖,其实他和乡下的堂兄弟平时交集并不多,以前因种种原因,极少回董家村,最多每年给父母寄些布料,顺道寄点饼干或奶糖之类的稀罕食品,让父母分给堂兄弟家的几个孩子尝尝。从父母的来信中,知道他们生活困难,他还寄过几次全国粮票,其他也没帮过什么。一年前,他想回董家村又心有顾虑,给董山川写了一封信,表达了想回老家的心愿,算是一种试探。没想到很快就收到董山岗写的回信,让他不要多想,随时都欢迎他回来,出发前,拍份电报,到时候去宁波接。他以为是客套话,现在看真的是说到做到。

"阿岗,你昨晚来的?给你们添麻烦了。"董远海打量这位多年未见的小堂弟,语气里不免有些激动,还带着那么一点卑微。

董山岗笑着说:"没事没事,自家人不用客气。你们托运来的行李都到了,放心好了。"董远海说:"全靠你们。"董山岗朝前带路,说:"应该的。阿海哥,我们走。"又对徐慧说:"阿嫂,你小心,这里路不太好。"

堂弟的态度抹去了董远海心头的那点忐忑。董山岗叫了一辆黄包车,让董远海和徐慧带着行李坐车去新河头。他走路快,没必要花这车钱,时间来得及。董远海拗不过他,只好先行一步去码头。等三个人会合,买好去董家村的航船票。上了船,落座,徐慧从布袋里掏出一包饼干,三个人分了吃,当早饭。

船开了。徐慧把头侧向河面,看岸上缓缓而过的景致。

江南的春天是美丽的,虽然目光所及皆为低矮的平房或草棚、石屋,但色彩斑斓的田野、清澈的河流,连风吹过来都带着几分温柔,安抚了徐慧惶恐的情绪,让她渐渐平静下来。离开大上海,来到偏僻的鄞县乡下定居,她内心并不乐意。人生地不熟,对未知生活的茫然和担忧,让她一度夜不成寐。可上海的环境、无休无止的运动,又让她和丈夫心神俱疲。思来想去,还是保命要紧。再说,丈夫若想回老家,她能不跟着同行吗?走一步看一步,徐慧在心里安慰自己,好歹夫妻俩这些年下来也有些积蓄,在乡下又有现成的房子住,这日子总归还是能过得下去。

董远海和董山岗闲聊着,他发现这位小堂弟口才很好,头脑灵活,说起来一套一套,一点也看不出是只读过四年书的样子。聊到这次回乡，董山岗说："阿哥去找过振定书记，跟他汇报了你们要回来的事。"

"他怎么说？"董远海很关心这个问题，如果村里的领导对他有看法，或者村里也经常搞运动，那他想安稳过日子恐怕就难了。

"阿海哥，振定书记说你是董家村的人，回老家天经地义，他不会让谁多嘴多舌，你放心好了。我们跟他关系很好，算起辈分来，他还得喊你阿叔。"董山岗说。

董远海对董振定没什么印象，说到辈分，董家村所有董姓都是一个祖宗，往上数，全是自家人。他有自知之明，可不敢让大队书记叫他阿叔，只要能给他一个宽松的环境，不来找他麻烦，他已经感激涕零，哪还有其他的想法。他又问起村里搞不搞各种运动，大家的日子过得怎么样。

董山岗见董远海一副小心翼翼的样子，知道他在上海遭过罪，安慰他说："阿海哥，董家村人都姓董，做事情不会太过分，你不用担心，我们农民只要把田种好，能填饱肚子就行。"

董远海想想也是，这农村跟城市不一样，乡里乡亲，就算有运动，也不至于搞得你死我活这么严重。

说着话，没察觉这船是开得快还是慢，到董家村，已是下午一点多。船停在董家渡，有船员跳上岸，抓过系着铁疙瘩的粗麻绳，把船固定下来，嘴上喊："董家村到了，要下船的赶紧下。"

"阿海哥、阿嫂，到家了。"董山岗提起箱子，招呼道。

董远海忽然紧张起来，恰好船体晃动，差点摔倒，吓得在边上的徐慧连忙一把抓住他的胳膊。董远海稳了稳神，和徐慧一前一后下了船。

刚上岸，董远海就看到董山川等在那里，不禁又激动起来。还没来得及开口，董山川上前，笑得脸上的皱纹像一朵盛开的菊花，说："肚皮饿了，东西放好，先到我家吃昼饭。"

"阿哥。"董远海的声音有些沙哑，一句"到我家吃昼饭"让他的眼眶湿润了。朴实的堂兄弟们待他如亲兄弟，这让饱尝人情冷暖的他情绪起伏很大。

"回来就好。"和董远海与董山岗瘦高型的个头不同的是，董山川的身材遗传了他的母亲，矮小，再加上瘦，似乎一阵风就能把他给吹跑。他比董远海年长一岁，长年的体力劳动让他看起来比实际年龄要苍老许多。

徐慧没说话，她跟丈夫的堂兄弟不熟，一直以为像这种亲戚关系，肯定是表面客气，实际上生疏，现在有这样的待遇，打破了她固有的思维模式。想起董远海曾跟她说过，人在落难时谁对你好，那是真的好。患难见真情，她是感受到了，上前真诚地道了一声谢："阿哥，麻烦你们。"董山川笑着说："不麻烦。"

一行人沿着楝树河朝村里走去。徐慧和董远海结婚多年，来董家村的次数极少，交通不便是一个原因，还有就是她怕和乡下的公婆相处不好，能不来就不来。可今天，当她一眼望过去，那一条穿村而过不知道流了多少年的楝树河，河边一棵又一棵开满了淡紫色花朵的楝树，空气中弥漫着淡淡的花香，在不经意间萦怀，她突然觉得在这个地方安度晚年是个不错的选择。再看一眼这对朴实的堂兄弟的背影，她那颗七上八下的心一下子就安定下来。

董远海父母的房子就在楝树河边上，独门独院，两层楼房是木结构，造得很气派。造房子的钱，当年还是他从上海汇过来的。在四周多为低矮的土房和石头瓦片房面前，这幢楼犹如鹤立鸡群，一进村就能吸引人的视线。收到董远海的电报后,董山川和妻子胡阿香已提前把这里打扫干净。当董远海和徐慧走进院子,看到左边的小屋紧闭着门,他知道,那房子有个长期的租客,也是本村人,名叫董解放,租他家房子已经很多年。以前听父母说过,董解放身世可怜,3岁丧母,父亲是个工人,平时喜欢喝酒。他们原本吃商品粮,为了买粮食方便,当爹的把儿子的户口迁到村里,变成了非工非农的戤社户。13岁那年,董解放的父亲因病去世,家里又没兄弟姐妹,唯一的一间小屋抵了债。幸好董解放父亲单位的领导在他父亲去世前,答应了让董解放以顶替的名义进了在公社所在地的县建筑合作社,他才好歹有口饭吃。父母见他可怜,就把房子租给他,开始没收他房租,后来才每个月象征性地收一点点钱。不知道董解放现在情况怎么样,董远海就随口问董山川。

董山川说:"解放现在是一大家子,生了两个囡,他老婆现在又大肚皮。"董远海有些意外,说:"他结婚这么早?"董山川说:"无爹无娘,早点结婚也好有个家。"董远海想想也是,点了点头。

房门开着,托运来的家具整齐地堆在楼下房间。看着眼前熟悉的一切,董远海不由鼻子发酸,眼眶湿润。在这个人人自危的年代,还有这么纯粹的亲情,替他尽孝送终,还把一切都完整地交到自己手上,这份恩情他会永远铭记在心。

上二楼,推开昔日父母卧室的门,里面的摆设依旧,墙上还挂着父母的黑白照片,董远海的心情特别复杂。看着整洁的室内,似乎父母并没有远离,而是去邻居家串门了。徐慧站在走廊的木窗前,看院子一角有棵桂花树长势良好,还有几盆草花,左右平房前各放着一只很大的青石水缸,她记得这缸宁波人叫七石缸。一只缸上盖了一个木盖子,另一只露天。三脚竹竿上还晾着几件孩子的衣服。再望出去,就可以看到那些树和那条河,还有一座石拱桥。比起上海的房子,这里无疑要宽敞、舒服得多。徐慧现在已经不担心明天以后的事,这个村庄给她一种安全感,看来回老家这个决定无比正确。

董山川把身上的一大串钥匙交给董远海,说:"你们回来,我任务也完成了,先吃饭,回头再来弄这些东西。"

下楼,徐慧连忙打开带来的一只箱子,拿出两个袋子,里面各装着一块灯芯绒布料和一件男式外套,分别递给兄弟俩,说:"没什么东西给你们,这外套是老头子以前的工作服,没穿过,你们别嫌弃,大小不合适去改改。布料是给嫂子和弟妹的,一点心意。"董山川和董山岗推辞一番,董远海让他们收下,不要见外。兄弟俩连声道了谢,接了过去。

董山川的家在河对岸的另一个片区,穿过石拱桥,就是村中心。百米长的街道逢集市日,附近村民都会过来交易,非常热闹。街两边的房子都是一个样式,一楼一底两层木结构小楼,一楼是店铺,二楼住人,连成片。这些房子的主人,要么是新中国成立前就在街上开店做生意,要么在外经商,属村里富裕人家。董远海看到街上仍开着剃头店、制鞋店、点心店等小店铺,跟过去一样。经过仁德堂药店,有一股药香味飘出来,奇怪的是,招牌上却贴着毛主席语录。还有一家挂着"鄞县供销社董家村门市部"木牌子的商店,门面比那些小店要大一倍。董远海纳闷地问董山川:"阿哥,现在私人还能开店?"

"开啊,他们都是靠从阿爷、阿爸手里传下来的手艺吃饭。"董山川见怪不怪地说。

董远海追问道:"不是不允许吗?"

棟树河
　　向东流

　　董山川只读过两年私塾，不会说什么大道理，对上面的政策也不是很了解，他只知道老百姓有老百姓的活法，见董远海有疑问，解释道："阿拉又不会乱搞，像剃头店、修鞋店，村里介多人，头发总要剃，鞋总要穿。每天航船来来去去，奉化人又喜欢上来歇歇脚，吃碗点心，带点东西回去。有人要，肯定有人来做这生意。至于仁德堂，货真价实的牌子早就做出了，方圆几十里地都晓得。有个头痛发热，开两服中药，喝了就好。他们店里每年冬至前还会请有名气的老中医来坐堂搭脉，配几帖补药吃吃，干田里活才有劲。村里有保健站，不过阿拉还是相信中医。"

　　"不是说养几只鸡都要割资本主义尾巴吗？"董远海满腹疑问。他心想，难不成董家村是世外桃源？

　　"阿海哥，我跟你讲，尾巴也要割。今天割，明天再长出来。有时候为了应付上头，装装样子。"董山岗插了一嘴，狡黠地说。

　　董远海不得不佩服村民们的智慧，相比复杂的大上海，这里的人际关系要单纯得多，这让他很欣慰，心里轻松不少。

　　董山川家境一般，日子过得紧巴巴，幸好儿女们早已成家，不用管了。夫妻俩住在一间小平房里，为了招待董远海夫妇，胡阿香动足了脑筋，任务到人，硬是整出几个像样的菜。大儿子钓来的河鲫鱼用葱红烧；女儿贡献了一斤油豆腐，她和着白菜烧了一大碗；从小儿子家的甏里捞了一碗苋菜梗，她又去集市买了一条咸肋鱼，一起蒸，臭加咸，特别下饭。这份实实在在的心意，让董远海和徐慧心头酸涩，感动不已。作为一名清高的上海知识分子，徐慧从没想过会和乡下劳动妇女胡阿香有什么共同语言。可当胡阿香解下身上那块看不清颜色的粗布围腰，替她掸竹椅子上并不存在的灰埃，请她坐，又一脸歉意地说家里很脏时,徐慧的心被突然撞了一下,她无比真诚地喊了一声:"阿嫂,辛苦了。"胡阿香想去拉徐慧的手,又缩了回去——她的手有点脏,摇着头说:"不辛苦,快坐下吃饭。"

董远海知道堂哥家的情况,见桌上这么多菜,比过年还丰盛,心里很不安。胡阿香看了出来,笑着说:"阿大、阿二、阿三听说上海阿叔、阿婶来,早上拿了点菜过来,你们昼过随便吃点,夜饭到阿岗家吃。"

徐慧突然后悔礼物带少了,她想,这个疏漏该如何弥补?饭还没有吃,倒有了心事。

2

董解放前些日子就听说董远海夫妇要从上海回来定居,一下班,看到平时锁着的房门大开,知道人已到,忙前来打招呼,说:"阿叔、阿婶,你们回来了,好多年没见。"

董远海一看是董解放,很高兴,请他坐。徐慧回乡的次数太少,对董解放的印象还停留在一个瘦小的男孩上,忽见一个身材高大的年轻人走进来,没认出来是谁,听董远海在叫他名字,才知晓原来是他。见董解放肤白眼大,长得一表人才,暗暗称奇,觉得他一点也不像个农村人。

正说着话,从院门外跑进来两个小姑娘,好奇地朝屋里张望,对着董解放喊:"爹爹,阿拉从外婆家回来了。"

董解放见是大女儿梨花和老二菜花,对姐妹俩招了招手,又指了指董远海和徐慧,说:"过来,喊上海阿爷、上海阿娘。"

姐妹俩也不认生,跑到董远海和徐慧面前,脆生生地喊了两声。

徐慧打量俩孩子,她们面黄肌瘦,长得并不像:大的单眼皮、小眼睛,看起来很老实;小的双眼皮、大眼睛,就是皮肤比较黑,一脸机灵相。看样子小的长相随爹,大的估计像娘。她知道当地人都称奶奶为"阿娘",就很开心地答应。想到行李里还有一包未拆封的饼干,忙拿出来,拆开给俩孩子,说:"阿娘没东西,这个拿去分了吃。"

梨花看了一眼父亲,见他点头,才接过,说:"谢谢上海阿娘!"自己拿了一块饼干,余下的给了妹妹。徐慧见她这么懂事,有些惊讶,问道:"你多大了,叫什么名字?"梨花歪着头说:"我叫梨花,今年五岁。妹妹叫菜花,三岁。"

"我们这里都讲虚岁,其实梨花才满四周岁,菜花两周岁。"董解放作了补充。

"真乖。"徐慧伸出手,摸了摸梨花和菜花的小脸蛋,脸上都没有肉,在心里说了一句罪过。

"上次我回来,你自己还是个孩子。眼睛一眨,你孩子都这么大了,那我们是老了。"董远海感慨地说。

董解放说:"阿叔又不老,是我结婚早。"董远海说:"你一个人早点成家也好。"董解放说:"是啊,有老婆、孩子才像个家。"

董解放的妻子陈彩霞挺着五个月大的孕肚,手上提了一袋东西,从外面走进来,虽不认识,但也知道对方身份,上前打了声招呼。徐慧抬头,见陈彩霞剪了个短发,长相普通,皮肤黝黑,从外表看跟董解放不是很般配,不过人看起来挺朴实。两个陌生的女人出于礼貌聊了几句闲话,一家人也不好多打扰,起来告辞。

走进屋,董解放对陈彩霞说:"上海阿叔、阿婶人挺好,这么大年纪回老家来,又没孩子,以后能帮忙的地方多帮帮。"

"没孩子,老了是可怜。"陈彩霞深有同感地说,目光落在两个女儿的小脸上,盼着肚里这一胎是儿子,早日完成这传宗接代的任务。倘若还是女儿,家里这男人恐怕还不死心,还要叫她生,可她实在不

棟树河
　　向东流

想再生了。对董解放，陈彩霞其他没啥不满意，又无公婆来管，自在，就是重男轻女的思想让她有些受不了。每次说起，董解放都振振有词，说农村哪户人家不是这样？那些生了七八个女孩，还继续在努力的人家，不就是为了能生一个带把的儿子吗？想到这里，她又不禁泄气，这次孕期反应跟前两次一样，估计又是一个小丫头。可她心里还存着侥幸，万一是儿子呢？

吃饭的时间到了。一家四口围着灶边的一张四方桌而坐，桌上摆着一碗咸鱼、一碗炒青菜。这碗咸鱼已经吃了很多餐，因为太咸，再加上反复蒸，鱼肉早已烂了，每次用筷子沾一点点就能下半碗稀饭。

"明天集市，你去看看，买点菜来。"董解放看了一眼那碗已经面目全非的咸鱼，又瞄了一眼妻子的肚子。他听厂里的大姐说，女人怀孩子还是要吃得好点。他很自信，这一胎一定是个儿子，不能委屈了孩子。

陈彩霞没接丈夫的话，她又何尝不想让家里人吃得好点？可身为戤社户，连根烧饭的稻草都要买。董解放三天两头随着工程队在外，开支大，每个月二十八元的微薄工资，交到她手上只有一半。任她没日没夜地编凉帽换来几个小钱，再怎么精打细算，恨不得一分当作五分用，日子仍然过得紧巴巴。再过几个月又要添一张嘴，她不禁发起愁来。娘家条件也不好，几个兄弟对她三天两头回去"揩油"的行为表示强烈不满，像今天她就蹭了一袋芋艿子和一个很大的芋艿头回来。看来以后她没事还是少回去，免得大家都不愉快。

这天，是董家村集市的日子。

大清早，董山岗和董远海一起出门，坐船去镇上的公社粮站买米，还有一些生活必需品要去供销社采购。村里虽有门市部，但品种少。徐慧早早起来，新换了一个环境，她失眠了。收拾好家务，她想去集市看看。刚跨出房间门槛，看到陈彩霞带着俩孩子从屋里走出来。梨花和菜花一见徐慧，马上想起了上海饼干的味道，蹦跳着跑上来喊："上海阿娘。"陈彩霞笑着问："阿婶，你去集市吗？"徐慧点点头，说："是啊，去看看。"陈彩霞说："那我们一起走。"俩孩子一人拉着徐慧一只手，小嘴巴像麻雀一样叽叽喳喳说个不停，那种天然的亲近感让徐慧很温暖。想起她那个没能来到世上的孩子，不免又触景生情，有些伤感。

集市很热闹，有的买，有的卖，有的以物换物。卖田头货的都是本村或附近的村民，自家种的当季时令菜，也没固定位置，看哪里有空地就往那一摆一蹲，秤放一边，"守株待兔"。除了蔬菜，还有泥鳅、黄鳝、河鲫鱼、螺蛳之类的，都是从田间、河沟里搞来的，舍不得吃，拿到集市来换几个钱。鸡蛋也是，家里老母鸡下的，卖掉换油盐。还有一类商贩，当地人称他们为"下洋人"，船就是他们的货舱。他们顺流而下，到了一个村，选一埠头靠上，搬起一块跳板搁在船头和岸之间。他们大多数时候售卖咸蟹酱、虾籽酱、泥螺、海蜇头和海蜇皮子、咸鳓鱼、目鱼蛋、虾皮、海蜒等这一类的咸海鲜，有时候也卖鲜蟹，肥的挑出来卖高价，那些空壳蟹堆在一起便宜处理。陈彩霞最喜欢买这些，因为咸，可以保存很久，又特别下饭，能省下不少菜钱。空壳蟹遇上了她也喜欢买，一大筐没多少钱，拿回家处理干净，稍微有点肉的，对半截开，用盐水泡起来，算咸蟹。没有肉的，全部剁烂，用盐腌，最后变成咸蟹酱，比直接买更实惠。

徐慧以前来董家村，也赶过集市，事隔多年，依然感觉很新鲜。

棟树河
　　向东流

经过一个大饼摊,徐慧大方地买了两只刚出炉的香喷喷的大饼给梨花和菜花吃,把俩孩子高兴得"阿娘阿娘"叫得越发的甜。

"阿婶,怎么能花你的钱?"陈彩霞不好意思地说。她平时从来都不买这些零食给两个女儿吃,主要还是因为家里穷,能省就省。

"她们叫我一声阿娘,买只大饼给她们吃吃又有什么关系。"徐慧笑着说。

"还不谢谢阿娘?"陈彩霞转过头对俩孩子说。梨花和菜花嘴里嚼着饼,含糊不清地道了谢。

经过供销社门市部,徐慧想到公婆遗留下来的一些东西放了那么久已没法用,两只脚就迈了进去,最后买了竹壳热水瓶、竹砧板等物。搬家的时候,考虑到热水瓶易碎,就没托运,被董远海送给单位同事了。

前方一角落里,有很多女人蹲在一起,在挑什么东西。陈彩霞说:"阿婶,那是货郎客人摆的摊,可以去看看。"徐慧说:"好。"刚好有人买好东西离开,空出一缺口,徐慧上前,惊讶地发现,地上摆满了一只只木格箱,木格箱里摆着不同的物品,有针头线脑、手帕毛巾、木梳镜子、袜子、纽扣、橡皮筋、鞋垫,还有做针线时要用到的铜顶针等小商品,旁边放着木架子和扁担。她明白了,这"货郎客人"像一个移动的小百货店,他可以挑着担走,卖的东西虽不起眼,却都是日常生活中要用到的,难怪顾客这么多。徐慧看了看,没什么要买,这些东西她都从上海给带回来了。

见陈彩霞从街头走到巷尾,除了买几只萝卜,在"下洋人"那里称了点咸蟹酱,其他什么都舍不得买,徐慧就建议她买些鸡蛋,怀孕了要吃好点,再说孩子们在长身体也需要。

梨花在边上听到,说了一句:"上海阿娘,阿姆说过萝卜比鸡蛋好。"

见陈彩霞面带羞色，徐慧笑着说："萝卜是有营养。"

"阿姆说从前有个后娘很坏，给自己儿子天天吃鸡蛋，给不是自己生的那个儿子吃萝卜，然后，吃鸡蛋的那个整天生毛病，吃萝卜的那个又白又胖。"梨花张着小嘴，口齿清楚地说道。

陈彩霞被女儿说得有点下不了台，只好向徐慧解释道："这孩子，我随便说说她倒记牢了。"

徐慧当了一辈子老师，明白陈彩霞为什么这么对孩子们说，她摸了摸梨花的头说："我看你家俩孩子都很聪明，好好培养，将来会有出息。"

陈彩霞摇摇头说："农村小娘，有啥出息，养养大就是别人家的人。"

毕竟跟陈彩霞还不熟，徐慧就没多说什么。见徐慧买了几样蔬菜、两斤鸡蛋回家，陈彩霞很羡慕，心想上海人就是不一样，这鸡蛋看样子是天天吃。

到家没多久，徐慧拿了四只鸡蛋过来，说给俩孩子煮来吃。陈彩霞坚决不肯要，徐慧让她不要见外，说以后有麻烦他们的地方。陈彩霞见徐慧诚心诚意，很难为情地收下。过了一会儿，陈彩霞让梨花给徐慧送过去自己腌的几株雪里蕻咸菜，算是还礼。徐慧怕陈彩霞有心理负担，也就不客气收下了。

董远海和董山岗从镇上买回来粮、油、米等一堆东西，还用肉票买了一块板油，徐慧把它熬成了猪油。看着冷却后碗里洁白的膏体，徐慧不由自主地生出一种满足感。香喷喷的猪油渣被她和着大白菜煮了一大锅，盛了一碗给董解放家，梨花和菜花闻到那猪油渣的香味口水直流。昨晚，徐慧就在想，到乡下生活，开支应该比在上海低得多，考虑到这个年纪，最怕有个病痛，手上就算有钱也不敢乱花，但吃方面还是不能太省。特别是董远海的身体，需要好好调理保养。

棟树河
　　向东流

　　门外忽传来董山川的声音："阿海，振定书记来了。"徐慧走了出来，见堂哥带着一个三十多岁、身材魁梧的男人进来。

　　董远海见书记上门，内心有种条件反射的恐慌，忙请董振定坐。徐慧赶紧倒了一杯白开水送过来。

　　董振定察觉出董远海的不安，微微一笑说："昨天有事忙没过来，这里没外人，我就不说客套话。你们既然回来了，以后就是董家村人，不该说的话千万不要在外面乱说，被人抓住把柄，到时候我想帮也帮不了。"董远海连忙表态说："书记你放心，我们不会乱讲。"董振定点点头说："那就好。"

　　见董振定不是来找麻烦，董远海走到柜子边，拉开抽屉，里面有几包经济香烟。他不喝酒，苦闷的时候喜欢抽支烟，贵的舍不得，只买这种八分钱一包的低档烟。用来待客的花雨香烟稍好点，两毛钱一包。他拿了一包，怕董振定看不上，塞过去的时候不怎么有底气。董振定低头一看，是包香烟，说："阿叔太客气了。"倒也不推辞，随手放进衣服口袋里。董远海见他收了，还叫了一声"阿叔"，暗暗松了一口气。再交流，那种拘谨感似乎少了些。再加上董山岗和董山川在旁边，四个男人聊得挺愉快。

　　董振定很忙，没坐多久就走了。董山川告诉董远海，董振定虽然年纪轻，但是个有能力的人，田里活样样都精通，也很替村民着想，头脑又很活络，深得公社领导和村民的信任。

　　"你放心，我是看着他长大的，了解他，他不会来找你们麻烦。"董山川怕董远海多想，安慰道。

　　董远海说："我看他是挺和善。"

　　兄弟三人又商量第二天去山上祭拜的事。董山川说："现在没地方买香烛、纸钱,可以带几只馒头去。"

董远海叫徐慧去街上把东西买来。最后,他们约定第二天早上五点出发,走路过去,约需要一个小时。

这一夜,可能是因为觉得尘埃落定,董远海和徐慧睡了个好觉。

天还没有亮,董远海、徐慧和董山川兄弟俩一起出发去扇山。那是董家村祖上传下来的产业,作为村里老人百年归宿地。

扇山,即此山形似一把打开的扇子。旁边像一艘船的山叫船山,也归属董家村。扇山上种满了梨树,那一座座坟茔就在梨园里。等一行人走到山上,天已亮了,徐慧累得不行,只好硬撑着。梨花已谢,梨树上结了一只只青涩的果实。董山川把董远海和徐慧带到一合葬青石坟前停住了脚步,说:"到了。"

董远海凝视着坟头的青草,心绪难平。父母就生了他一个儿子,为了他的前途,忍痛让大伯带着他去了上海。他想,如果七岁那年,他没有去上海,而是一直留在董家村,那么今天的他是不是跟堂哥一个模样?再回过头看自己的经历,谁又能说得清到底是好还是坏?

徐慧从包里掏出带来的馒头装碗里,摆在坟前。没有香烛,夫妻俩跪在坟前磕了几个头。

"阿爸,阿姆,我回来了。"董远海对着坟头,低声说道。生前没有尽孝,死了也未能送上一程,作为人子,他实在做得很不好。可逝者已逝,一切都不可能重新再来,包括他的人生。去上海,让他学到了知识,打开了视野,过上了不一样的生活,至于这些年的遭遇,也不是他一个人在受罪。虽然他很困惑,可又说不清怎么会变成这样,现在只盼着能有个安稳的晚年,别无他求。

棟树河
　　向东流

　　董山川和董山岗也拜了拜。徐慧见坟前没有立碑,问了一声。董山川说:"这碑就等着阿海来立,今年时间过了,明年清明节立好了。"

　　董远海说:"好。"

　　董山岗带了一把锄头,这会儿派上用场,他挖了一点土,让董远海捧着放到坟头。董远海一一照做。

　　祭拜结束,董山川兄弟俩因为要去参加生产队劳动,先回去了。董远海站在那里,想象梨花盛开的季节,这里一定很漂亮,父母在此安息,将来他和妻子也将长眠于此。从此,他们家这一脉再也没有人了。清明时节,恐怕也不会有人来上坟、烧纸钱,越想越伤感。

　　徐慧不想在这里多待,虽是大白天,可看着那么多坟,总觉得阴森,催董远海走。董远海平复心情,和妻子一起慢慢下山去。两个人都走得很慢,走走停停,看到凉亭坐一会儿,到家都快中午了。

　　这天,董解放休息,他在院子里做小凳子,见董远海夫妇一脸疲惫从外面回来,猜到他们可能去山上了,让梨花捧了一碗刚出锅的雪菜汁烧芋艿送过去。董远海知道董解放家很困难,还送菜过来,非常过意不去,忙拿了两只馒头给梨花。徐慧有些累,直接上楼躺床上休息了。董远海也觉得两条腿有些僵硬,瘫坐在竹椅上直喘气。这会儿闻着芋艿的香味,肚子咕咕叫了起来,他拿了一只,直接撕开皮咬了一口,忽觉这味道比他年轻时吃过的山珍海味还要好。

3

徐慧慢慢习惯了乡下的生活,除了每天要刷牙,衣服穿得干干净净,皮肤还是那么白,其他的跟当地的农村妇女似乎没什么两样。她去集市买菜,端着搪瓷脸盆去河埠头洗衣服。但只要一开口,标准的普通话就表明了她身份的不同。徐慧在董家村是孤独的,除了丈夫,愿意和她交流的人并不多。乡下方言,有的她还能勉强听懂,有的常常会错意,这是一道障碍。还有说什么的问题。农村妇女关心的话题,她不关心。她爱听广播,爱看报读书,人家没兴趣,没共同语言,很难聊得下去。最多碰到点个头,问一句"昼饭吃过吗""夜饭吃过吗"之类的话。只有陈彩霞是例外,她读过三年级,不算文盲,邻居加租户的关系,让陈彩霞对徐慧很尊重,甚至还带有那么一点讨好。两个孩子也非常喜欢这位上海阿娘,整天围着她转,让徐慧少了很多寂寞。

"阿姊,阿叔又去大队间看报纸了?"陈彩霞刚洗好衣服,提着铅桶走进来,边晒衣服边笑着问坐在明堂前编凉帽的徐慧。

徐慧说:"他喜欢看就随他。你肚子这么大了,解放还出门去,放心啊?"陈彩霞说:"他们工程队一年到头都在外面,他算好了,今年有

楝树河
　　向东流

大半时间在单位里干活。从结婚开始，他都是一两个月才回家一次，早习惯了。"

徐慧说："你真不容易。"又举起手中的凉帽，问："小陈，你看我现在编得怎样？"

编凉帽是陈彩霞建议的，也是她当老师教徐慧的，编好可以卖掉，一顶三角，有专人来收。徐慧并不缺这钱，她是想找点事做，这样才会觉得日子充实。

陈彩霞上前接过徐慧编了一半的凉帽检查。这编凉帽主要是中间的"帽疙瘩"比较难，这部分编织的好坏直接决定帽子的质量。其他部分还是很简单的，不过是右手拉来左前方的一根席草，再用左手扯过来右前方的另一根席草，顺势用右手把右后方的第三根席草往左下方用力一按，左右手相互搭配，这样交叉循环就可以了。徐慧有双巧手，陈彩霞做了几次示范，她就能独立编织了。仔细看了看，陈彩霞说："阿婶，你编得很好，这第一顶凉帽应该给阿叔戴。"

徐慧目测了一下"帽疙瘩"的大小，说："估计戴不了，太大，下次量一下他的脑袋再编。"

董远海背着双手从外面进来。现在每天去大队间看报纸，成了他生活中的一项重要内容。董振定对他还是另眼相看，认为这种学习态度是一种要求进步的表现。事实上，董远海是想从报纸的内容里了解和推测政策变化，最怕看到发动××运动字样，他是心有余悸。

陈彩霞见董远海回来，打了声招呼，晾好衣服回屋里去。两个小姑娘又不知跑哪去疯了，她也顾不上，好多事要做。

徐慧看了自家老头子一眼，这段时间心情放松，他的脸色比在上海时要好些了。董远海拎了一把竹椅子过来坐下，慢慢说起刚看的

《人民日报》上的新闻,说六月份举行全国高等学校招生文化考试时,在试卷背后写信的那位张铁生,他的事迹被表彰了。说他是敢于斗争的年轻人,了不起,是个英雄。徐慧停止了编织,身为教师,她实在无法理解一个考试交白卷的人怎么就成了英雄。但她知道,这事不是小百姓可以议论的。

董远海说:"只怕以后更没有人读书了。"

"读书还是有用的。"徐慧小声嘀咕了一句。

梨花和菜花跑得满头大汗回来,看到董远海和徐慧,脆生生叫了声:"上海阿爷、上海阿娘好。"徐慧的目光落在俩孩子身上,心里忽地一动,她想,或许自己还可以做点别的事。

董远海猜到妻子的心思,问:"你是不是想教她们认字?太小了。"徐慧说:"梨花可以,如果在城里,她这年纪已经上幼儿园了。"董远海说:"行,你觉得不累就教教她们。"徐慧说:"不累。"

陈彩霞听到声音,从屋里出来,见俩孩子衣服上沾了泥,头发都湿了,忍不住唠叨:"人家小姑娘文文气气,就你们整天在外面野。"

"小陈,梨花可以认字了,我来教她。"徐慧放下手中的凉帽,对陈彩霞说。

陈彩霞一愣,连忙说:"那会不会太麻烦阿婶?"梨花还没有反应过来,不料菜花却抢着回答:"我也要。"徐慧惊讶地问:"菜花,你能听懂我们在说什么?"

菜花睁着一双水汪汪的大眼睛,点点头。陈彩霞很惊讶,觉得这老二是不是成精了,这么小就这么上进,对徐慧说:"阿婶,你看……"

徐慧朝菜花招招手,菜花跑到她跟前,她伸出手揉了揉孩子的脑袋说:"好好,只要你坐得住,就跟姐姐一起学。"

梨花这才明白过来,高兴地说:"谢谢上海阿娘!"

这事就这么说定,陈彩霞心里是说不出的感激,她想等董解放回来,一定要好好谢谢这对老夫妻。

在弯山水库工地,刚锯好一根木头的董解放热得呼呼响,他拿起毛巾抹了一把汗,这天真热。他们工程队进来已经快一个月,每天忙着平整地基、盖房子,以供修水库的人住。他心里惦记着家里的妻子和女儿,盼着早点完工可以回去。可惜最近天气不好,整天下雨,耽搁了工程进度。好不容易雨止出太阳,大家就抓紧时间干活。算算时间,再过两个月妻子就要生了,他要守在妻子身边才能安心。

"解放,彩霞快生了吧?"董解放的师傅李得法拖着一块木板过来,放在旁边,关心地问。他五十多岁的年纪,长得很壮实,和董解放的父亲是朋友。董解放父亲去世后,董解放进了单位,他主动向领导提出,带董解放学木工,就这样成了师徒关系。董解放的婚事也是他做的媒,陈彩霞是他外甥女。

对董解放来说,李得法这个师傅又兼有父亲的角色,见他问,连忙说:"是的,舅舅,下个月就要生了。"

李得法从凉开水桶里倒了一杯水,做牛饮状,喝完,很舒爽地打了一个嗝,问董解放:"如果这次还不是儿子,准备再生一个?"

董解放迟疑了一下说:"我不想绝后。"

李得法说:"生了三个,差不多了。孩子多,负担重,靠你这么点工资,日子不好过。"

董解放也明白,可没生个儿子出来,总有不甘,这几乎成为他的一个执念。李得法又去忙了,董解放忽有一种失落,他有点小迷信。

原本他对妻子这一胎很有信心，可被舅舅这么一说，搞不好这老三又是女儿。这么一想，回家的念头也淡了。

在家的陈彩霞哪知道丈夫心里有那么多小九九，对肚子里的孩子性别，她早已没了期盼。生了这一胎，她准备去做绝育手术，断了丈夫的念想。

徐慧说到做到，让董远海去镇上买回来纸笔和橡皮等学习用品给俩孩子用，教她们"ɑ o e i u ü"，区分"b-d、t-f"等等，还教普通话、简单的数学加减法。董山岗一看有这样的好事，忙把儿子董平波送了过来。平波比梨花大一岁，农村没有幼儿园，都要等八岁才能上学，平时没有人管，像放山野猪，整天在外疯。徐慧也不推辞，带三个跟带一个没什么两样。

刚开始，三个孩子都坐不住，没几分钟，扭着屁股想跑出去玩。徐慧不勉强，只要每一次都比前一次延长几分钟就行。慢慢地，他们可以坐半小时不动。尤其是菜花的表现令徐慧刮目相看，居然能和梨花坐差不多的时间。反而年纪最大的平波安不下心来，总想着玩。徐慧是有着多年教育经验的老教师，教学上自有一套办法。她用硬纸板做了很多卡片，故意让孩子们带她去认识田里的庄稼和各种蔬菜。说稻子时，就把写着"稻谷"的卡片拿出来；说青菜时，又找出"青菜"的卡片，教仨孩子认字。回去后，让他们照着卡片，一笔一画反复写，反复认，直到会认会写为止。为了让孩子们能够坚持下去，她还制订了奖励措施——小点心或一块橡皮、一支笔，极大地调动了孩子们的学习积极性。

从那以后，徐慧每天都觉得很有劲，凉帽不编了。相比之下，她更喜欢当老师，看着孩子们认的字一天比一天多起来，很有成就感，

棟树河
　　向东流

人仿佛也变年轻了许多。

　　当董解放从弯山水库工地回来,看到梨花居然可以在本子上写自己的名字,菜花也能歪歪扭扭地写上一两笔"象形"文字,惊讶得半天说不出话来。

　　"阿婶人太好了,帮我管俩孩子,还教她们认字。解放,你看看我们是不是应该好好去谢谢?"陈彩霞的肚子鼓得像吹满了气的皮球,两条腿浮肿得厉害。倘若没有徐慧帮忙,她都不知道自己有没有精力既要管孩子,又要操持家务。

　　董解放说:"那是要好好谢谢。"

　　夫妻俩商量了半天,最后决定由董解放亲手做一把躺椅,夏天午休和晚上纳凉都可以用。

　　董解放对自己的手艺还是很自信的,他找来木料,又画了张简单的图纸,利用晚上休息时间动手做。董远海和徐慧看到董解放在门口做木工活,也没在意。当董解放做好躺椅,还蹭了点单位的清漆刷一遍,晾干,送到董远海和徐慧面前,才知道是给他们的,连声说这份礼太重。躺上去,感觉这躺椅结实又实用,他们非常喜欢。

　　董解放说:"阿叔、阿婶,我只会做木匠,其他都不会,你们这么好,跟我自家父母一样,还教两个小的,我们都不知道该怎么谢你们。"徐慧说:"我这不是没事找点事来做做,俩孩子都聪明、乖的,好好培养,以后会有出息。"董解放说:"没想她们有什么出息,只要不当睁眼瞎就行。"

　　徐慧笑笑,她已了解到董解放是个有重男轻女思想的男人,现在一心盼着第三胎是个男孩,但愿天遂人愿。

九月的一个晚上,陈彩霞腹痛难忍,知道要生了。送到公社卫生院来不及,董解放慌忙请来村里的接生婆。这位接生婆在当地比较有名,以前人家都叫她阿福娘,现在年纪大了叫阿福婆婆,都快七十岁了。过去这附近村庄谁家媳妇要生孩子,大多会提前跟她预约,请她去接生。后来有条件的送卫生院,她的生意就少了。再后来运动来了,不准她再接生,她也吓着了,除了本村的偶尔接下,外村的都不敢接。董解放去找她时,她还不想来,怕万一遇到难产,她负不起这个责任。董解放求她,再加上梨花和菜花也是她接的生,考虑到陈彩霞不是头胎,应该没啥问题,总算跟着来了。

到了董解放家,阿福婆婆一看陈彩霞宫颈口都已打开,赶紧叫董解放去烧热水,她去做接生准备。梨花和菜花已被徐慧叫到她家去,两个小姑娘睡眼蒙眬,听到母亲的叫声,人就清醒过来。徐慧为了转移她们的注意力,故意问她们:"妈妈生小妹妹还是小弟弟啊?"梨花说:"小弟弟。"菜花则肯定地说:"小妹妹。"徐慧让她们说理由。梨花说:"我听到爹爹趴在阿姆的肚皮上叫儿子。"菜花坚持说:"是小妹妹。"两姐妹还争了起来。徐慧连忙安抚,说:"一会儿就知道了。"

阿福婆婆摸了摸陈彩霞的肚子,胎位比较正,她就放心了。热水烧好,剪刀在煤油灯上烤烤算消毒,她把董解放赶了出去。按习俗,女人生孩子,男人不能看。

董解放站在门外,焦急地来回走着。耳朵听着屋内的动静,听阿福婆婆在喊用劲,又说看到头了看到头了,心里急切地盼望着。

突然,一声婴儿的啼哭声传来,声音不响亮,有些弱。董解放激动地趴在窗口问:"阿福婆婆,是男的还是女的?"

阿福婆婆一边忙着用剪刀剪掉婴儿的脐带,一边说:"解放啊,又

棟树河
　　向东流

是个囡。"

　　董解放的满怀期待落了空，整个人像被霜打过的茄子，无精打采。他没有了推门进去看刚生产完的妻子和新生儿的兴趣，一个人坐在门口的石板凳上发呆。

　　梨花和菜花听到婴儿的哭声，连忙朝门外跑去。徐慧赶紧跟了出来。看到董解放坐在门口一脸绝望，徐慧知道这次他又没有如愿，安慰道："女儿好，听话。"

　　梨花和菜花见爹爹这个样子，不敢问，只好怯怯地站在一边。董解放见徐慧这么说，摇了摇头，他想不明白，为什么要个儿子会这么难？屋里，陈彩霞精疲力竭地躺在床上，她的肚子好饿，很想吃点东西。她早猜到这一胎是女儿，对于丈夫的失望，她有思想准备。可他竟然连看都不愿来看一眼，她心里还是很难过。她也想生儿子，可生不出来又有什么办法？阿福婆婆收拾好，拿着董解放给的接生费走了，还带走了新鲜的胎盘。她知道这是好东西，很补人。

　　徐慧走了进去，屋里一股血腥味。陈彩霞没办法，只好厚着脸皮请她帮忙煮一碗长面，她实在没力气。徐慧一口答应，走到门外让董解放进去陪陪，说女人生孩子很辛苦。她去煮面条，还让俩孩子晚上睡她家。董解放被徐慧这么一说，脸有些红，羞愧地向她道了谢。徐慧去灶间给陈彩霞煮了一大碗面条，放了红糖和两只鸡蛋送过去。陈彩霞捧着那碗面，眼泪就流了下来。董解放看了一眼躺在妻子身边的小婴儿，皱巴巴的小脸看不出像谁。见妻子流泪，他憋出一句说："以后不生了，没儿子就没儿子。"

　　陈彩霞的哭声更大了。

　　徐慧暗暗叹了一口气，转身离开。她想董解放家的房租还是给他免了,看这一家五口,这么点工资,日子咋过得下去?

董解放虽装作不在意,可心里还是耿耿于怀。当陈彩霞问他给老三取个什么名字时,他说了句随便。陈彩霞只好给小女儿取名叫菊花。名字虽叫花,可她却觉得女儿们像草,若非要说花,那也是野花。

对于董远海和徐慧免房租的好意,董解放拒绝了,他觉得做人还是要有骨气,欠太多人情不好。更何况这房租本来就给得少,若一分钱都不交,实在说不过去。董远海见他这么坚持,也不再提,私底下和徐慧一样,替这家人发愁,不知道这日子怎么过。

4

  春节没过去几天,身材瘦弱、一脸稚气的尚宇穿着一身旧黄军服,胸口别着一枚圆形的毛主席徽章,背着简单的行李,跟在董振定后面,步行来到董家村。他是宁波人,父母都是企业职工,家里兄弟姐妹五个。他二哥初中未毕业就主动报名去了黑龙江插队,目的是想让大哥留在城里。谁知道大哥还是没逃过,到乡下支农去了,这样他姐姐才轮到一个留城的名额,被分配到一家大集体企业工作。他是家里的老四,初中刚毕业,选择了支农,是为了让妹妹能留在城里。这一日,他们这一批知青参加完市革委会组织的欢送会后,被送到不同的公社,再由下面各村来人领回去。董振定刚好在公社开会,会议结束,就带着尚宇回村。

  别的村知青多的,会集中找个点住在一起,可董家村只有尚宇一个人,董振定给他找好了吃住的地方,就是董远海家。董远海一听董振定说这是政治任务,哪敢不答应?急忙把那间小屋整理出来。当人带到时,那小屋已打扫干净,还备好了一床、一桌、一椅和照明用的"菜油灯盏"等物。

  董解放和陈彩霞得知隔壁住进来一位知青,一看年纪这么小,分明是个还没有发育长大的孩子,便多了几分同情。徐慧也是,刚听说知青要到她家吃住,心里不太乐意,多个陌生人,不自在。最近,她都关上院门,偷偷教两姐妹认字。因为从去年十二月开始,全国掀起了"破师道尊严"的浪潮,董远海从报上看到这个消息后,有些害怕,让徐慧暂时停停。虽说她这算不上教学,可董远海还是担心被别有用心的人拿去做文章,那就浑身是嘴也说不清。徐慧只好让董平波回去,说不教了,私下叮嘱姐妹俩不能在外面讲。姐妹俩虽不明白发生了什么事,但上海阿娘的话绝对要听,点头保证。现在知青住了进来,人多眼杂,她还是小心为上。可当她看到尚宇后,觉得这孩子远离家人,从城里到农村来挺遭罪。这么一想,她就不再认为这事是董振定故意来找的麻烦。

尚宇初到董家村,两眼一抹黑。他没在农村生活过,究竟怎么个艰苦,并没有切身体会,从两个哥哥的来信中知晓,"到农村去,到边疆去,到祖国最需要的地方去"并没有想的那么简单。特别是远在黑龙江的二哥,说那里苦不堪言,每天要劳动十多个小时,晚上还要学习,经常饿肚子。大哥在宁波农村,情况稍好些,可还是让他吃尽苦头。他想起临行前父母的嘱咐,要听话,好好劳动,和村里人搞好关系,这样才不会吃亏。于是,他很腼腆地叫着董叔、徐姨。梨花和菜花跑到尚宇住的屋里看他,尚宇笑嘻嘻地问她们名字,摸摸她们又黄又软的头发,捏捏她们的小脸蛋,心想太瘦了,如果胖乎乎的捏起来手感一定很好。他又称董解放为解放哥,喊陈彩霞为陈姐,很快就建立了友好的邻里关系。他很有耐心逗俩小姑娘玩,当起了小叔叔。至于菊花,还是小婴儿,在摇篮里吃饱了睡,睡醒了哭。

折腾了一天,直到晚上躺在木板床上,尚宇才确定一个事实,以

棟树河
　　向东流

后他就要在这个陌生的村庄开始新的生活,内心有些恐慌。听到窗外传来某种动物的怪叫,在这深夜显得很是瘆人,他猛地拉起被子,蒙住了自己的脑袋。

这一夜,尚宇睡得并不踏实,迷迷糊糊的。等天亮睁开眼睛,好一阵他才清醒过来,记起身在何处。从今天开始,他要学习干农活。至于怎么干,他只能跟在人家屁股后面学。

起床后,他在门口的水缸里舀一杯水,开始洗漱。徐慧从窗户里看到尚宇,叫他洗好过去吃早饭。尚宇点点头。

"大哥哥,你在吃什么啊?"

正蹲着低头刷牙的尚宇抬头一看,原来是菜花,慌忙往嘴里灌了一口水,又吐掉,笑着对她说:"我在刷牙。"

菜花不懂什么是刷牙,她看到尚宇满嘴都是白白的东西,还以为他在吃什么。尚宇一时不知该如何向小姑娘解释,只好任她在旁边看着,匆匆洗了把脸,走进董远海家的灶间。徐慧帮他盛了一碗有点稠度的红薯稀饭,尚宇感激地接过,就着桌上的一碟臭冬瓜,很快吞下了肚。董远海取来几样农具,放到他屋里,说用得着。尚宇道了谢。他不知道这些农具都是董远海父亲用过的,时间过去太久,有的已经生锈,董远海特意拿到街上找人整修了一番。

董山岗来了。他是第三生产队队长。今天要去大坟滩上工,董山岗让尚宇带好锄头跟他去。尚宇弯下腰,把解放鞋的鞋带重新系紧,扛起锄头,紧跟着董山岗出了门。

大坟滩在船山下,董家先人最早就埋在那里,后来才迁到扇山的梨园,大坟滩就荒废了。日久天长,这里成了被遗忘的一角,荒草长得比人还要高许多,不时有黄鼠狼之类的小动物从茅草丛中蹿出来,钻进某个地洞里。坟地四周一棵又一棵粗壮的树,枝繁叶茂,更显阴森。董振定当上大队书记后,想到了这块地,这里面积不小,若把它整出来,灌上水,是块良田,所以必须要在春耕前搞好。

大坟滩有点远,尚宇感觉走了许久才到,抬头一看,差点喊出一声我的妈,这是什么地方,这么吓人?虽是阴天,但好歹是白日,可四周那种说不出的沉沉死气硬是给他一种无法形容的寒意。忽然,头顶有一只黑鸟从树冠里窜出,发出"哇——哇——"的叫声,带着那么一丝凄厉。

一个尖嘴猴腮、绰号叫癞头阿三的年轻人拿起一块小石头,朝那鸟打去,叫嚷着:"死乌鸦,大清早的叫什么叫!"

董山岗把尚宇介绍给大家,说:"这是宁波城里来的知青,叫尚宇,平时你们谁有空就多教教他。"大伙看着尚宇瘦小的身板,心想这肩不能挑,手不能提,这样的人有什么用?眼神里多有轻视。尚宇瞧着眼前这些人,有的带着镰刀,有的挑着担子,也有像他一样带锄头的,还没搞明白,耳边传来董山岗分派任务的声音。分派好,大家就各自忙去,割茅草的割茅草,挑担的挑担,挖地的挖地。尚宇带的是锄头,就跟在癞头阿三后面挖地。

刚开始,尚宇以为挖地是件很容易的事,一脸的意气风发,很用力地一锄头一锄头下去。没想到因天气冷,地很硬,下面又埋有瓦砾碎石,这一锄头下去,土块碎石飞溅,可地上只有浅浅的一个坑。癞头阿三说:"地不能这样挖,你看我怎么用力。"边说边拿起锄头给他做示范。尚宇见他握着锄头的样子很是轻巧,可挖地的效果却不一样,很羡慕。他照样画葫芦,可惜动作太生硬,掌握不好力度。没多久,他发现这活很不轻松,两个手臂酸胀得不行。他怕被人笑话,只好咬着牙忍着,动作越来越慢,人家整了一大片,他还在那里磨蹭,而且还挖得东一块西一块,有的深有的浅,像被狗啃过一样。董山岗过来检查,见尚宇把地挖成这样,笑着问:"第一次干这种活?"尚宇不好意思地说:"是的,从来没有挖过地。"董山岗看了一眼尚宇握锄头的手,说:"你这样子一天下来,手掌肯定要起泡。"尚宇伸出一只手看,掌心已经发红。癞头阿三插话,说:"看你细皮嫩肉的样子,不起泡才怪,等生了老茧就不会痛了。"尚宇不知道生老茧的过程,想着大概是多磨几次就好,也没当回事。

天气有点冷,干一会儿活,尚宇人是热了起来,双手却冻得僵硬,连锄头柄都快握不住,这样动作就更慢。好不容易熬到中午,回去吃了午饭,又接着来干活。董山岗说农时不会等人,得抓紧时间把这块地给整出来。

尚宇站在那里,看着这群庄稼汉,哪怕像董山川这样瘦小的老人,干起活来也手脚利索,一点都不含糊。董山岗拖着一捆茅草过来,对尚宇说:"等收工了,你挑两捆回去给解放。"尚宇不清楚这草能派什么用场,不过他很聪明,没问,只说好。

天快黑了,大家终于等来董山岗一句收工。收拾好农具,三三两两往回走。尚宇问一位社员借了扁担,挑起两大捆茅草,这也是他第一次挑担,一压肩,新鲜的茅草很有分量。干了一天活,他的两个腿肚子都在弹琴,这会儿连走路都有些趔趄。癞头阿三实在看不下去,上前帮他挑了一程。尚宇见他这么热心,很是感激。

一天观察下来,董山岗对尚宇的总体印象不错,认为这城里来的孩子不算太娇气,也听话。他善意提醒尚宇,要和大家搞好关系,到时候记多少工分,是通过集体评议的方式来决定的,主要依据是看平时在劳动中的表现,还有性别、年龄、劳动能力和劳动经验等。尚宇连忙点头,态度诚恳地表示一定好好干。

尚宇把茅草挑到董解放家门口放下,朝屋里喊了一嗓子。董解放出来,见两捆草,问:"小尚,这是你割的?"尚宇说:"是董队长叫我送来给你的。"又忍不住好奇问道:"这草派什么用场?"董解放说:"晒晒干可以烧饭用,董队长有心,辛苦你了。"尚宇纳闷,在农村烧饭不是用稻草吗?董解放向他做了解释,蔎社户在村里啥好处也没有。尚宇这才想到董解放是工人,不用下田劳动,跟那些农民不一样。

董解放把两大捆草放到一个角落,等天气好晒晒。他进屋问陈彩霞上次单位发的劳保用品在哪,他要拿一副纱手套送给尚宇。陈彩霞有些不舍得,每次有手套她都存着,连董解放都不肯给他用。等存到一定量,她要把纱手套拆了,给女儿织线衫穿。董解放见妻子一脸不情愿,说:"人家就一孩子,我看他干了一天活,这手估计都要起泡了。"陈彩霞见他这么说,只好从箱子里拿出一副纱手套给丈夫。董解放拿着手套去找尚宇。尚宇刚洗了把脸,正准备去董远海屋里吃夜饭,见董解放进来,手上还拿着一副纱手套,他把双手伸到董解放面前说:"解放哥,你看。"董解放见他掌心已起泡,让他明天戴着手套干活,不要弄破了皮,不然会很痛。尚宇很宝贝地接过手套,连声道谢。

吃完饭,挖了一天地的尚宇懒得动一下,直接就瘫在床上,浑身的骨头像散了架,没有一处不痛。想到明天还要继续挖地,他只好闭上眼睛,早早休息。

在大坟滩干了差不多一周的活,总算把那里的地给平整出来了。尚宇明白,若没有董解放送的这副纱手套,他的手恐怕都没法看了。

楝树河
向东流

  立春过后,春耕开始。

  那些农活对尚宇来说,都是第一次接触。比如犁田,他根本不会扶犁,学了半天才勉强跟上牛的步子。他问癞头阿三:"阿三哥,这田要耕成什么样才算好?"癞头阿三跟他开玩笑,故意装作一本正经的样子说:"要耕到牛角软。"尚宇信以为真,时不时去摸牛角,可耕了一天,这牛角一直都是硬的,不由得焦急,去问董山岗。董山岗哭笑不得,问:"这是谁说的?"尚宇说:"阿三哥。"董山岗说:"阿三是滑头,他骗你的。"尚宇才醒悟过来,自己上了当。癞头阿三见尚宇这么天真,摇着头说:"小尚同志,你要跟我们贫下中农打成一片,必须要在田里打几十个滚,晒脱三层皮后就差不多可以出师。"尚宇说:"你又骗我。"癞头阿三说:"不信我们打个赌,等过了今年'双抢',你若不脱皮,我叫你老大。"尚宇并不清楚"双抢"的意思,见癞头阿三这么信誓旦旦,搞不好还真要脱层皮,又怕是吓唬他,只好站在那里傻笑。董山岗为了让尚宇早点学会农活,特意让他拜大哥董山川为师傅。有了董山川这个老农民指导,尚宇再也不用担心出洋相了。

  等水田里的秧苗长出来,该种田了。

  插秧前,首先要拔秧、洗秧,然后用畚箕挑到田头分开去种。由于秧苗很低矮,人必须得半蹲半跪或直接跪着才行。也有把尖腿的"拔秧凳"插进秧田,人坐在上面,低头、弯腰、背朝天,轻手轻脚地拔,再用稻草把秧苗扎成"秧把"。尚宇没有凳子,只好蹲着,可惜蹲不了多久,两条腿就麻了,干脆就跪着拔。秧田里的水有点深,膝盖浸泡在冰冷的泥水里,一点点挪过去,半天下来,尚宇感觉这上半身和下半身要断开,正累得慌,突然一阵剧痛传来,暗叫糟了。他赶紧起来,挽起裤脚,发现膝盖被割破,渗出了血水。原来,泥下有尖锐的碎石块。腿上还有东西在咬他,低头一看,小腿肚上叮着两条蚂蟥,吓得他跳起脚来。可那蚂蟥吸附得很牢,根本掉不下来,还是癞头阿三看到,帮忙给弄走。又见他划破了膝盖,陪他去村里的保健站处理。从那以后,两个人成了好朋友,尚宇亲热地喊他"阿三哥",当起了跟屁虫。

5

董家村大队办公室里,董振定皱着眉头坐在办公桌前,手指有一下没一下地敲着桌面,脑子在快速转动着。自从4月10日,中共中央发出《关于批林批孔运动几个问题的通知》,其中有"要欢迎群众联系本地区阶级斗争和两条路线斗争实际所提出的批评。有极少数领导干部,不批林,不批孔,捂盖子,怕群众,甚至采取恶劣手段挑动群众斗群众,破坏革命,破坏生产,煽动经济主义,破坏知识青年上山下乡,这是完全错误的""中央希望各级党委认真加强领导,团结95%以上的群众和干部,使批林批孔进一步开展起来"的内容,董振定明白,董家村也得有所行动。

其实"批林批孔"运动从1月中旬就开始了,层层传达,他是能拖则拖,认为抓生产比运动要紧。可看眼下情形,还是得表现一下,思来想去,他决定除了在墙上刷几条相关内容的标语之外,再出几期墙报。另外,安排小学生晚呼队每天放学绕着村里转一圈喊口号。这样万一上级领导来检查,也好有个说辞。正儿八经的墙报村里以前没搞过,村大会堂门口有一块长方形的黑板,平时多用来写个通知,倒是可以利用起来。叫谁去干这件事?这个人得要有文化,要有政治敏感性，能理解上面的意思，还能写一手粉笔字。这些条件罗列出来后，董振定立马想到了董远海和徐慧。村里属这老两口见过世面，书读得最多，理解能力肯定不一样，唯一不妥的就是他身上有个污点。不过知情的人很少，除非有心人去查。

正思虑着，门口传来董远海的招呼声，董振定朝他打了个进来的手势，董远海不知何事，忙走了进来。董振定很客气地请他坐，还给他倒了一杯水。董远海受宠若惊地伸出双手接过，心里却有些忐忑。

"阿叔，有件事想请你帮个忙。"董振定又重新坐到椅子上，拿起茶杯喝了一口水说。

董远海听到董振定说找他有事，刚挨到椅子的屁股又抬了抬，心里有一种莫名的紧张。

"是这样，你每天看报纸也知道全国各地都在开展'批林批孔'运动，我想出几期墙报，要找个能写会画的人，你看？"董振定停顿，没有说下去，一副征询意见的口吻。

董远海对墙报并不陌生，他在上海的时候见得多了，连忙说："董书记这么信任我，一定保证完成任务。"

董振定见董远海爽快答应，很高兴，笑着说："我想来想去，村里还真找不出第二个比你更有学问的人。那你去准备，到时候内容先给我看下。"董远海站起来说："行，我去会计间借些报纸。"董振定说："好，你去忙。"

走出董振定办公室，董远海的心情有点激动，从知青住他家到让他出墙报，他有一种被重视的感觉。问会计借来一叠报纸捧回家里，董远海跟徐慧说了出墙报的事。徐慧见董远海一脸兴奋，不好打击他的积极性，按她的想法，这种差事完全是出力不讨好，费精神不说，

> 楝树河
> 　向东流

万一有个什么不妥,还不是他倒霉?

"你的粉笔字写得好,到时候你来写,我先把内容整理出来。"董远海兴冲冲地上楼去。徐慧只好随他。

董远海坐在书桌前,凭着记忆,在纸上画出墙报大概的几块内容,然后开始翻最近一段时期的报纸,很认真地做起了功课。忙了半天,总算把他认为妥当的内容给理了出来,然后急急地去了董振定办公室,交给他审阅。董振定没想到董远海的工作效率这么高,仔细看了内容,有中央最新指示、社论,还有历史小知识,有对秦始皇和孔老二的介绍等。董振定拿过一张纸,又代表董家村村民写了几句坚决拥护伟大领袖毛主席、表决心的话交给董远海,说:"可以了,你就照这个样子去出。"董远海见董振定没什么意见,到会计间要了三支不同颜色的粉笔,匆匆回家,叫上徐慧出墙报去。

出墙报对徐慧来说太简单,以前在学校每周都要出,她拿起粉笔,问董远海:"你这墙报的大标题取好没有?"董远海说:"有。"他递给徐慧一张纸,上面写着:林彪是一个地地道道的孔老二信徒。这标题是抄来的,大家都这么说,不会错。徐慧写好,接着根据内容设计了一个版式,越写心情就越沉重。她不懂政治,作为一名老教师,她并不认为尊重孔孟之道有什么错,可又不能说,她哪有勇气去质疑伟大领袖的决定?最多就闷在心里想想,连在董远海面前都不能提,怕吓着他。墙报出好,董远海和徐慧任务完成就回家去了。

夜深了,一个壮实的身影从村外晃过来,那姿态要多吊儿郎当就有多吊儿郎当,走到大会堂门口的墙报前,他停住了脚步。那人凑到黑板前一看,没认识几个字,又转过头看看四周,没有人。他伸出手指,在黑板上打了三个大大的叉,脸上露出一抹恶作剧的坏笑,转身隐入黑夜深处。

　　第二天早上，住在大会堂边上的癞头阿三发现墙报上的内容被人打了叉，赶紧跑到董振定家汇报。董振定一听，慌忙放下饭碗，匆匆过去一看，还真是，气得直骂娘。这事很棘手，可大可小。往大里说，这是破坏运动，只要他一上报，上面肯定会派人来调查，有可能会牵连一批无辜的人。可如果不汇报，装作什么事也没发生过，万一有人向上打小报告，吃不了兜着走的人就是他。

　　怎么办？董振定犹豫了一下，问癞头阿三："刚才还有谁看到了？"癞头阿三摇摇头说："现在还早，看到的人应该不多。"董振定说："如果这事让上面知道，我们董家村的人都成了犯罪嫌疑人，这个王八蛋想害死我们。"癞头阿三眼珠一转，马上想到了一个法子，低声说："董书记，干脆都擦了，没有了证据，上面即便知道，应该也不会来找我们麻烦。"董振定拍拍癞头阿三的肩膀说："好，这事就交给你办。还有，你看看谁暗中在嚼舌头，告诉我。"癞头阿三连忙说："好，我知道了。"

　　没有粉笔擦，癞头阿三跑回家拿了块抹布，把黑板擦得干干净净。董振定叫癞头阿三擦掉，是防止他在外面乱说，现在他手上已沾了这粉笔灰，可以放心了。癞头阿三哪知道董振定这里面的套路，还以为是书记相信他，很高兴。

　　墙报内容虽然擦干净了，但董振定的眉头还是紧锁着，想这事到底是谁干的。不把人找出来，他怕晚上都睡不好觉了。可真要找，又谈何容易？想到村里还藏着这么一个破坏分子，像田里埋了一颗定时炸弹，不知道啥时候会炸了，董振定就头痛。他抬头看大会堂三个大字的最上方，那里有一颗五角星，下面是白底红字的"恭祝毛主席万

棟树河
　　向东流

寿无疆"的标语，标语下是一个圆形的小门洞，挂了一幅毛主席的陶瓷头像。董振定发现，这五角星和标语的颜色已褪色变淡，得找个人用红色油漆来刷刷。

离开时，董振定嘱咐癞头阿三一句，如果不想惹麻烦，此事就当没发生过。癞头阿三拍拍胸脯保证，绝对会把这件事烂在肚子里。

当董远海从董振定那里得知此事后，很惊讶。那个人有什么目的，他猜不到。董振定的意思是，既然有人要搞破坏，这墙报就先不出。另外，他决定开个全体社员大会，敲打敲打个别心术不正的人。董远海也认为很有必要。

吃过午饭，接到通知的村民们陆陆续续来到大会堂。董振定坐在台上，脸黑得像锅底。等人都到齐了，董振定先念了一段有关开展"批林批孔"运动的最新指示，又说："别想着搞破坏，除非你想死。以后谁发现有破坏分子，一定要及时向大队干部汇报。阿拉都是平头老百姓，如果整天斗来斗去，对谁都没好处。有件事我不想在这里多说，做过的人心里有数。我希望会后你能主动到大队间来交代，我保证不追究你的责任。如果你不来，哪天被我查到，到时候别怪我不客气。"董振定说到最后一句，语气特别严厉，眼睛扫视着台下众人的表情。

尚宇和董远海坐在一起，听董振定似有所指，碰了碰董远海的胳膊，悄声问："董叔，是不是出什么事了？"董远海见四周都是人，摇摇头，说："没事。"尚宇见董远海不愿说，不再追问。他对董振定的印象很好，这个人没什么领导架子，说话和气，今天这样子还是第一次见。

会场上响起各种杂音，大家都在交头接耳，大多数人不清楚董振定口中所指为何事，也有聪明的人猜测会不会跟墙报有关，因为董远海和徐慧出墙报时，很多人都看到了，但过了一夜，墙报就消失了。既然书记没有明说，他们就当不知道。

会议时间不长，结束后，各生产队队长带着社员去劳动。董振定回到办公室，心里真希望有人主动来承认此事，不然总归是个隐患。可惜他等到晚上，也没见谁来找他，只好在心里骂了几句娘。也猜测过嫌疑对象，认为应该是个小青年，年纪大的人不会这么没头脑，做出这种没分寸的事。他想着等空些，对村里的小青年好好排查一番。

董远海和徐慧在分析此事，认为恶作剧的可能性比较大。毕竟村里有文化的人不多，一般农民关心的是田里的庄稼收成，是温饱问题。至于运动，只要不落到自己头上，谁会管这么多闲事？董远海说："幸好是在这里，这事如果发生在上海，恐怕要被抓起来的。"徐慧说："这位董书记真不错，他这样做有风险。"董远海说："是的，会挑担。"最后，夫妻俩都很庆幸回董家村，每天不用提心吊胆过日子，真的比什么都强。

墙报这件事就这样翻篇了。刚开始董振定还是有些担心，既怕别有用心的人在外胡说八道，传到公社领导耳中，他就被动了，又怕搞破坏的人还有什么后续行动，所以盯得很紧。谁知道日子一天天过去，风平浪静，他也就把这事给抛到脑后。

6

农忙季节到了。

这个时候的田野远远望过去,黄灿灿一片,也是农民最辛苦的时候。

尚宇正做着梦,被窗外的鸡叫声吵醒,眼皮很沉重,像被什么东西粘住了,很想在床上再躺一会儿。可惜,紧跟着响起了生产队长拿着喇叭喊出工的声音。叫声里,家家户户的煤油灯亮了,尚宇也挣扎着起来。

走出家门,天还没有亮。男女老少一个个拿着工具,眼神带着蒙眬的睡意,朝田里走去。

很快,稻田里响起沙沙的镰刀割稻子的声音。尚宇不会割,董山川给他作了示范,弯腰,左手握稻,右手使镰,把割下来的稻子放成一个"稻把"。这活看起来简单,其实有技巧,会割的人不但割得快,一路过去倒下的是一排排清清爽爽的"稻把"。

尚宇一开始总要漏下,像田埂边的、倒伏的,慢慢才熟练起来。虽然速度不快,但基本上能割干净。早上凉爽,这劳作的速度还是比较快的。越到中午温度越高,火辣辣的太阳晒得人头昏脑涨,汗流浃背。最难受的还是肚子，咕咕直叫，饿得酸水直冒，早上喝的稀饭早消化不见。

好不容易等到收工，大伙各自回家吃午饭。尚宇进门，先灌了一肚子凉开水，再去揭锅。董远海和徐慧已吃过，铁锅里给他留着掺着番薯的干饭，尚宇觉得自己都可以一口气吃下一头猪。两碗饭下肚，肚子才好受些。看到院子里那几只正在觅食的半大的鸡，尚宇有一种冲动，想把它们偷偷给煨来吃。可他又不敢，这是陈彩霞养的，若真吃了，那就太对不起人家了。

稍微休息一下，他又要出工去。徐慧让他带一只番薯当点心，又给他灌了一壶凉开水。尚宇感激地接过，带上农具去田头。

一天下来，尚宇真切体会到癞头阿三说的脱三层皮的话不是夸张，皮肤裸露的地方被晒得黑红黑红，火辣辣地痛。更要命的是，打稻时，他以为递"稻把"很轻松，主动揽了这差事，结果是来回在稻田里奔跑，跑得两条腿都打战抽筋。还没等收工，他就一屁股瘫在地上起不来。可他也知道，再苦再累，除了咬着牙坚持，没有第二条路可以让他选择。

年轻的尚宇第一次对这样的生活产生了绝望。

董解放自从妻子生了三女儿后，郁闷了很长一段时间，整日沉默寡言，连走路都低着头，生怕别人看他的目光里写着"可怜"两个字。他一直固执地认为，没有儿子意味着绝后，要被人瞧不起。虽说穷人家的孩子碗边大，可倘若再生一个的话，负担又确实太重。再说，即使他还想再要一个，陈彩霞也坚决不同意。由于月子里没怎么休息就去干活，年纪轻轻的她落了一身的病，甚至连医生都不建议她做绝

棟树河
　　向东流

育手术，让她先养好身体。对三个女儿，除了老大梨花还能讨几分他的欢心，老二、老三基本上被他忽略。特别是老三，他都懒得去抱一下。对他的这种态度，陈彩霞非常不满，生女儿又不是她的错，夫妻俩有时候免不了要冷战。董解放想眼不见心不烦，干脆主动要求去外地的工地，两个月回家一次，家里的重担全落在陈彩霞的肩上。

每天早上鸡开始第一声啼叫，陈彩霞就起来，忙着做家务。等梨花和菜花起床，让她们倒出热水瓶里焖的薄粥汤，就着咸菜吃。梨花吃好，负责给小妹喂米糊。菜花自己管自己。陈彩霞很少去集市，家里有咸菜，还有臭冬瓜和苋菜梗，装在一只只坛子里。实在想换口味，挑人家要收摊了才去，买些别人挑剩的，这样可以便宜些。徐慧和董远海深知这母女四个日子难过，很多次看到梨花和菜花端着一碗稀饭，倒一点酱油拌着吃。偶尔能放一筷子头的猪油，来一碗猪油酱油拌饭，算是开荤了。可帮得太明显又怕伤了陈彩霞的自尊，只能借给孩子们的名义，送一碗烧好的菜或点心之类，暗中帮衬。

这一天，从下半夜开始下起了一场特大暴雨，大家不用出工，难得休息。午后雨止，天气晴朗起来。陈彩霞要出门送编好的凉帽到收购点，菊花在睡觉，她让梨花和菜花看着点，自己就匆匆离开。菜花在屋里待不住，跑出去玩。梨花也很想玩，可她是个听话的孩子，阿姆叫她管妹妹，她只好在边上守着，守得无聊，不禁打起了瞌睡。

陈彩霞办好事回家，见梨花趴在床边睡得正香，菊花已经醒了，她还不会说话，在那里咿咿呀呀，床上是她拉的便便，搞得一塌糊涂。陈彩霞火冒三丈，推了梨花一把，叫她起来。梨花在睡梦中受了惊吓，慌张中脑袋撞在了床角，很快就鼓起一个大包。

"讨债鬼，给我死一边去。"陈彩霞打来一盆水，扯过大女儿，又拎起小女儿,快速剥了小女儿的衣服,丢进木盆里洗。洗好后,放到另一张两姐妹睡的小床上,回头叫梨花看着。梨花眼泪汪汪,一副想哭又不敢哭的样子,让陈彩霞很烦躁,黑着脸呵斥:"哭什么哭,让你管妹妹,你倒好,自己睡着了。菜花呢?"

梨花边抽泣边说:"菜花去玩了。"陈彩霞想到对家里不闻不问的丈夫,心情更加恶劣,张口骂道:"都是讨债鬼,我上辈子欠你们的。"

陈彩霞把床上沾满了便便的草席撤下来,拿到河边去洗,刚弄干净,忽听到有人在喊她:"彩霞姐,快,菜花掉到水渠里去了。"陈彩霞抬头一看,原来是癞头阿三。手一哆嗦,席子掉进了河里,赶紧捞起来放在河埠头,顾不上那么多,边跑边问:"在哪里?在哪里?"

等陈彩霞赶到村外的水渠边,看到尚宇抱着溺水状态的菜花奔过来,见女儿紧闭着双眼,不由惊慌失措,不知道该怎么办。尚宇说:"赶紧送保健站。"癞头阿三说:"今天小董医生不在,去公社培训了,还是送到仁德堂去好了。"陈彩霞的脸都白了,没了主意。丈夫跟她说过,任何时候都不准去仁德堂。她不清楚原因,只记得当时丈夫一脸的愤恨。可现在救命要紧,哪管得了这么多。

这时,董山川急忙忙牵着一头水牛过来,让尚宇把菜花倒伏在牛背上,一边拍孩子的背。几经折腾,菜花吐出肚子里的水,终于醒了。陈彩霞又气又急,这会儿见菜花睁开了眼睛,忍不住举手想揍她一顿,被董山川拦住,他说:"孩子受了惊吓,赶紧带回家好好休息着。你还打她,打出毛病要哭死了。"陈彩霞收了手,涨红着脸向董山川、尚宇和癞头阿三等人道了谢。尚宇见小姑娘脸色苍白,忙上前把她从牛背上抱下来,对陈彩霞说:"陈姐,我抱菜花回去好了。"陈彩霞谢过,说:"今天如果没有你们,菜花就没命了。"尚宇说:"是菜花运气好。"

楝树河
　　向东流

　　原来,下过暴雨后,河水暴涨,水渠里的水比往日要深得多。下午不用出工,癞头阿三约上尚宇一起拿着鱼笼去抓鱼,远远地,看到几个小孩趴在水渠边玩水。等他们放好鱼笼,忽听到有小孩在喊:"菜花掉水里了。"尚宇一听,飞奔过去。他到时,菜花已沉到了渠底,赶紧跳下去找,幸好还没有被冲到河里。癞头阿三见尚宇去救人,便跑去找陈彩霞。董山川也听到了,他知道水牛用得到,就慌忙把生产队的水牛牵过来。陈彩霞听明白了,今天确实是运气好,如果没有人看到或晚点才发现,搞不好女儿的小命就没了。别看她平时脾气不好时,俩孩子她都要打要骂,可若真出了事,那跟要了她的命一样。于是,她又千恩万谢一番。

　　尚宇抱着惊魂不定的菜花进了院子,这下董远海和徐慧都知道了。陈彩霞给菜花换上一身干净的衣服,让她和菊花一起躺床上休息。她又去河埠头洗衣服,拿席子。等收拾好,陈彩霞看着菜花还没回过魂的样子,去找徐慧,问她借两只鸡蛋。徐慧把瓮里最后三个鸡蛋都掏出来塞给陈彩霞,又给她一小瓶红糖,让她给孩子煮一碗红糖鸡蛋压压惊。陈彩霞说:"阿婶,谢谢你,等我去集市买了鸡蛋还你。"徐慧说:"这个时候你还跟我说这些,别管了,赶紧去。"

　　陈彩霞煮了一大碗糖水鸡蛋,看到梨花可怜巴巴地望着自己,脑袋上的肿块还在,她夹了半只蛋,又倒了小半碗糖水给她,其他的都给菜花吃。菜花从没有吃过这么好吃的糖水鸡蛋,几大口就把鸡蛋给吞了,糖水舍不得一口气喝完,一小口一小口地喝着。忽见菊花睁着一双大眼睛望着她,口水流了好长,菜花用调羹舀了一点糖水送到菊花嘴边。菊花很有滋味地咂着小嘴巴,高兴得手舞足蹈。陈彩霞看着三个女儿稚嫩的小脸,眼泪突然止不住地流下来。

半个月后,董解放领了工资回家。陈彩霞心里依然有怨气,看到丈夫回来,冷着脸不理他。董解放又不会哄女人,还是梨花告诉父亲菜花掉进水里的事。董解放忙问陈彩霞怎么回事。陈彩霞见他一脸关切,就顺着台阶下,把菜花的事详细说了一遍。她又说还没有去谢过人家,家里没有钱,拿不出谢礼。

董解放说:"明天集市,你去买点菜,我请他们过来吃餐饭,不管吃什么,总归是个心意。"陈彩霞说:"把董叔和徐姨也叫上,你不在家,全靠他们帮忙。"董解放说:"你来安排。这是工资,这个月多了十元补贴,都给你。"陈彩霞接过钱,脸色才算好些,想想他在外面也辛苦,就不再多言,转身去准备请客的事。

尚宇见董解放要请他们吃饭,他虽然年轻,但也知道董解放家经济条件很差,这一餐饭请下来,恐怕一家人要喝一个月酱油汤,跑去找癞头阿三,说想去钓田鸡。癞头阿三也受到了邀请,听了尚宇的想法,认为这位小兄弟有情有义,是个好人,那他也送个人情。两个人约定晚上一起去钓,明天中午可以吃。

第二天一早,陈彩霞去集市买菜,董解放问董远海借了一张八仙桌和椅子,放在院子里。等陈彩霞把菜买回来,徐慧过来帮忙洗菜。尚宇把钓来的田鸡和摸来的一盆田螺交给董解放,说是和癞头阿三一起搞来的。董解放接过,连声说:"你们太客气了,吃青菜还肉价。"

中午,请的人都到了。桌上摆着红烧田鸡、盐烤土豆、煠菜、咸菜汁烧田螺、番茄炒鸡蛋、油豆腐烧肉、豆腐青菜汤等菜。董解放给董远海、董山川、癞头阿三、尚宇每个人倒了一小杯黄酒,这是他特意让陈彩霞去供销社门市部买来的。董解放举着杯说:"除了结婚那天,我请过一次客,今天是第二次。这次菜花如果没有你们,我这个囡性

棟树河
　　向东流

　　命就没了。你们都是菜花的恩人,也是我们全家的恩人。"说完,他先干为敬。大家举起酒杯,说:"不用客气,谁遇上了都会救。菜花命大,将来肯定有福气。"董解放又专门敬了董远海和徐慧一杯,诚心诚意地感谢老两口对他一家人的关照。

　　梨花和菜花在屋里吃,陈彩霞用田鸡汁给她们拌了粥,俩孩子吃得好香。菜花吃得很快,吃好,跑到门口站着,看大人们吃饭。尚宇看到,朝菜花招了招手。菜花跑了过去。不知怎么的,她特别喜欢黏着尚宇。尚宇夹起一只红烧田鸡腿给菜花吃,菜花偷偷看爹爹的脸色,董解放说:"尚叔叔给你的,你就吃吧。你不要忘了尚叔叔,还有阿三叔叔、大阿爷,是他们救了你,记住没有?"菜花见爹爹同意,张开小嘴,尚宇把田鸡腿放进她嘴里,她就连骨头一起嚼着,一双大眼睛看看尚宇,又看看其他人,点了点头。

7

秋天,丰收的季节。

董家村又来了一位女知青,名叫张晓云,宁波人。张晓云的住处,董振定还是认为董远海家最合适。主要是他家房子大,老两口又没儿女,单纯。再加上尚宇在他家,多一个人,多双筷子而已。董远海对董振定的决定,从来都是坚决执行。不过徐慧还是婉转地表达了几句不满,虽说在她家没白吃白住,可她毕竟到了这个年纪,本来可以过得很轻松,现在每天买什么菜还要动脑筋,累人。不知道的人还以为知青搭伙有钱赚,天晓得,每个月几元钱的搭伙费,又都是长身体的年轻人,胃口特好,她若不拿钱补贴,那只能餐餐喝薄粥吃咸菜。

幸好夫妻俩退休工资还可以,不然这差事无论如何都不想接。徐慧还想说,董远海就阻止了她,他深知若想在董家村过得自在,董振定的态度太重要。相比之下,家里多个人吃住,麻烦是麻烦,但眼光长远点,还是利大于弊。

"阿叔、阿婶,知青跟我们还是不一样,上面重视,张晓云还是个小姑娘,住别处我不放心,只好辛苦你们。"董振定是个聪明人,徐慧

棟树河
　　向东流

有想法,董远海内心还是表示理解,这嘴上自然说得很客气。

"没事没事,家里多个人闹热。"董远海笑着说,一边给妻子一个眼神暗示。

徐慧只好不再开腔,在外人面前,丈夫的面子还是要给他。她借口去整理房间,留俩男人在那里聊天。董振定没坐多久,对他来说,这就是一项政治任务,安排好,又去忙别的事。

一周后,张晓云带着行李来到了董家村。董振定把她送到董远海家,在来的路上,他已向张晓云做过介绍。张晓云听说让她住在一户从上海回乡的老夫妻家中,而且还都是有文化的人,感到很满意。本来她很担心住到农民家里,正发愁。

徐慧从楼上下来,看到一个长相柔美、梳着两根辫子、穿着一身草绿色军便服的姑娘站在那里,胸口的表袋上戴着一枚小巧的毛主席头像徽章,腰里系着一根黄皮带。不知为何,她对张晓云的第一印象并不好,觉得这个小姑娘的眼睛太活,不像个安分守己的人,就表现得并不是十分热情。张晓云很敏感,她察觉眼前这位老太太神情似有不喜,眼珠一转,主动上前,甜甜地叫了声奶奶。伸手不打笑脸人,想想这么年轻的一个小姑娘,离开爹娘来到农村生活,也不容易,徐慧的表情就柔和起来,微笑着向她表示了欢迎。董远海还是一贯的老好人模样,坐在那里眯眯笑着。

徐慧给张晓云准备的房间是以前董远海父母在的时候,夫妻俩偶尔回乡住的客房,在一楼,里面配置了全套家具。张晓云没料到在农村居然还有这么好条件的人家,房间地上铺着木地板,有雕着花的床,还有带镜子的梳妆台,比她在城里的那个家居住条件不要好太多。来之前,她还做好了吃苦的思想准备,可倘若能不吃苦,谁愿意吃苦呢？她心里对安排了这一切的董振定充满了感激之情。

晚上，尚宇收工回来，两个年轻人算正式认识。一问年纪，还是张晓云大一岁。听到尚宇喊的是叔叔、阿姨，她跟着改口，还让尚宇叫她姐姐。四个人一起吃饭，果然热闹。看着两张青春的脸，徐慧竟然有一种一双儿女在膝下的错觉。这份错觉，让她对张晓云生出了一分喜欢。见张晓云一副娇滴滴的样子，徐慧问她家里情况，说："你父母舍得让你来插队？"

张晓云沉默，好一阵才勉强笑了笑，说："我妈很早就去世了，后娘才不会管我死活，我不来，难道她会让自己的女儿来吃苦？不可能。我爸没用，什么都听后娘，我在家里就是一个多余的人。"

在座的三位都没想到张晓云的情况竟然是这样，同情心油然而生。徐慧更是忍不住心疼起来，说："你不要太难过，既然来了，就安安心心在这里。"张晓云点点头说："我知道。"

从那以后，徐慧真心把张晓云当自家闺女来疼。而张晓云是在后娘手里长大的姑娘，从小为了不吃亏，养成了察言观色、隐藏情绪、讨好别人的本事。很快，大家就熟悉起来，相处融洽。到了农村，不可能不干农活。徐慧很担心张晓云吃不消这繁重的体力劳动，她可没有忘记这大半年尚宇是怎么过来的，忍不住说了几句。张晓云却不以为意，她没干过农活，并不清楚农活之辛苦。徐慧见此，也不多言，现实会教她。

张晓云被特意安排到董山岗的小队，与尚宇一起。刚好是割晚稻季节，又是起五更落半夜。张晓云第一次下田去割稻，连镰刀都不会握。尚宇成了小老师，又是示范又是指点，很用心。张晓云在家的时候，家务活样样都要干，可这农活跟家务活不是一个级别，她拿着镰刀，总担心会割到自己的小腿，小心翼翼。等天大亮，她也没割几株。一不留神，还把手指给割破了，坐在田埂上哭鼻子。

这一哭，一起干活的人有了不同的反应。心眼小的姑娘家，盯着张晓云那白嫩的肌肤，嘴上不好说啥，免得给人落一个厉害的印象，影响找婆家，可心里不免暗暗羡慕加嫉妒。小媳妇们就不一样了，张晓云是十八姑娘一朵花，皮肤好，在打扮上又稍微花了点心思，穿衣服时露出里面花的假领子，在一群黑和蓝为主色的人群里，很引人注目。这些落在小媳妇们眼里，难免有想法。特别是看到自家男人眼神偷偷朝人家姑娘身上瞄，恨不得黏牢，更是气不打一处来。有位生性刻薄的妇女忍不住啧啧半天，阴阳怪气地说："破这么点皮就哭，你还真娇气，把痱子粒当大毒疮，城里人就是花头多。"张晓云听了，哭得更厉害。男人们觉得人家一个城里的小姑娘哪会干这些，到农村来罪过，还是少说两句。这下好了，男人和女人争执了起来。

尚宇有些听不下去，他上前安慰张晓云，说："我刚开始也是什么都不懂，慢慢就学会了，不急。"又转过头叫癞头阿三，说："阿三哥，你来教教晓云姐。"癞头阿三还是未婚青年，看到张晓云这样的漂亮姑娘，一百个乐意，拍着胸脯说："没问题，哥罩着你。"说风凉话的那个妇女立马接过话头，说："阿三，你干脆讨去当老婆好了。"癞头阿三嬉笑道："我也想啊，就怕没这个福气。"张晓云听着这些话，心里悲愤又怨恨，只好擦干眼泪站起来，委屈地低着头，跟在尚宇后面。对她来说，唯有尚宇还算得上是同路人，其他人，她从心底里瞧不起，觉得他们都是些没文化的大老粗，只不过脸上不好把那种厌恶的情绪表现出来。

董山岗走了过来，很不客气地批评道："别欺侮人家小姑娘，赶紧干活去。"又对张晓云说："多割就会熟练。"张晓云很虚心地表示，一定好好努力，争取早日成为一名合格的农民。董山岗对张晓云的态度很满意，说："你不懂多向他们请教，有事跟我讲。"张晓云说："谢谢董队长！"

　　这一天对张晓云来说，是个折磨——不仅仅是肉体上，更是精神上。那些姑娘、小媳妇们有意孤立她，有老婆的男人不敢接近她，未婚的男青年像癞头阿三这样属胆大的会主动找她说话，可惜她对这种搭讪提不起兴致。

　　晚上，饭桌上，尚宇为张晓云抱不平。董远海说："等大家熟悉就好了，农村人喜欢开些粗俗的玩笑，你听过就算了，不要当真。"张晓云很乖巧地点点头。徐慧说："可怜，年纪轻轻，到这里来受罪。"董远海说："这里算好了，如果去黑龙江、云南，那边更苦。"尚宇说："那倒是，我二哥就在黑龙江插队，比起来我在这里简直就是在享福。"张晓云说："我有同学去云南，下次写信问问。"

　　一晚上，感觉浑身骨头像被拆散、重新组装过的张晓云想了许多，既然来了这个地方，喜欢也好，讨厌也罢，生存是第一位，其他的都靠后。她决定和村里人搞好关系，唯有如此，才有可能得到关照。

　　张晓云很聪明，她主动出击，嘴巴像抹了蜜糖那样甜，姐姐长姐姐短地叫得欢。农村妇女大多都是刀子嘴豆腐心，被一个娇娇弱弱的小姑娘一声声叫着姐，就不好说太过分的话。尚宇惊讶地发现，没多久，张晓云俨然成了生产队里最受欢迎的人，不禁对她佩服得五体投地。同样是干农活，像尚宇这样是实打实地干，要挑粪了就去挑粪，要施肥了就学着去施肥，不敢偷懒。张晓云很会利用人，那些脏

棟树河
　　向东流

活、重活,她发挥自身优势,嗲嗲地叫一声哥,那几个小后生就脚筋奔断,心甘情愿去帮她。其中,癞头阿三最为积极主动。遇上天下雨不出工,癞头阿三就往尚宇那里跑,带点田头货送到董远海家,一口一声阿叔、阿婶,顺便就蹭一顿饭,借机与张晓云多说几句话。

　　董远海和徐慧是过来人,一眼就看穿了癞头阿三的心思。徐慧暗示张晓云,如果不想在这里安家落户,还是跟人保持距离的好。张晓云心里暗暗嘲笑一句,癞蛤蟆想吃天鹅肉。又觉得徐慧有些多管闲事,她还这么年轻,怎么可能早早就定下终身大事?但她又喜欢被人捧着、追着的感觉,故而并不拒绝男人们的示好,若真想占她的便宜,那不行。这点,她很清醒,这是她的本钱,她不会轻易就挥霍掉。对那些示好的小青年,表面上,她是那么天真,看起来像对你有意,可如果你明确一点,她又移转话题,滑了过去,绝不接你那个茬。癞头阿三是真喜欢张晓云,她长得漂亮,人又聪明,他也明白两者的距离。他不急,相信只要一心一意对她,她早晚能发现自己的好。

　　日子就这样一天天过去,张晓云慢慢接受现实,在董家村安下心来。

8

陈彩霞自从生了菊花后,身体一直不好,管孩子、干家务都感到吃力,实在没力气再去做手工活挣钱。靠董解放一个人的工资,日子过得越发艰难。

徐慧见陈彩霞很久没去集市,又不好问,只能悄悄问梨花:"你们在家吃什么?"梨花说:"咸蛋,还有咸菜。"徐慧一听,想着有咸蛋吃还不错,她都不记得陈彩霞什么时候买过蛋。梨花又补充了一句,说:"上海阿娘,咸蛋太咸了。"徐慧问道:"那你一只咸蛋吃几餐?"梨花扳着手指说:"很多餐,我们一起吃,不是我一个人吃。"徐慧心想这咸蛋恐怕是陈彩霞故意腌得特别咸,为了能省着点吃。再去集市,她特意买了两只糖糕,把姐妹俩叫到屋里来,看着她们吃下去。还再三叮嘱,叫她们不要告诉妈妈。两姐妹性格不一样:梨花这张小嘴巴喜欢讲,藏不住秘密;菜花的嘴巴像上了封条,什么都闷在心里。每次徐慧的善意,最后都是被梨花不小心给泄露出去,让陈彩霞得知。陈彩霞刚开始总想立刻还人情,次数多了,欠的人情越来越多,还不起,只好把这份感激存在心里。见徐慧年纪大,去河里洗被面和床单很累,她主动接过去洗。还有冬季的外套,厚重,泡了水拖不动。徐慧想推辞,陈彩霞说:"阿婶,你把我当女儿好了,帮你洗几样东西应该的。"徐慧见陈彩霞真心诚意,也不跟她见外,两家关系更加亲密。

要过年了,再穷的人家也要想法置办几样年货,扯几尺布,做件新衣服。陈彩霞数着口袋里有限的几元钱,打消了给孩子们做新衣服的念头。她从柜子里拿出两年前给梨花做的棉袄罩衫,比画一下,虽然做的时候偏大许多,可这袖子还是短了,只有让她再将就穿一下。她家的传统,所有的过年新衣服一年只穿大年初一这一天,走亲戚回来就脱下,洗干净放起来,等第二年春节再穿。"新阿大,旧阿二,破阿三,缝缝补补又三年",一件衣服的寿命还是很长的。

大年三十,窗外飘起了雪花,陈彩霞开始熬板油,一年到头了总要见点荤。梨花负责烧火,菜花在灶边转悠,迫不及待地等着吃几粒美味的猪油渣。陈彩霞很有耐心地慢慢熬着,熬出来的猪油被一铲子一铲子倒进了瓦罐里。猪油渣被单独放在一只碗里,散发着诱人的香味,梨花和菜花都听到了自己肚子叫的声音。陈彩霞想到尚宇和张晓云都回城过年去了,便和董解放商量,干脆把菜端过去,和董远海、徐慧一起吃年夜饭。董解放正有此意,过去一说,晚了一步,董远海和徐慧已答应去董山岗家吃年夜饭,只好作罢。趁陈彩霞转身,梨花和菜花像两只小馋猫,快速伸手,从碗里捞了几粒猪油渣塞进嘴里。陈彩霞装作没看到,把切好的白菜倒进锅里,放一点猪油渣和水一起煮。余下的部分,她放进菜橱里,打算过两天再煮来吃。

雪下了一夜,大年初一早上,陈彩霞打开门,外面是一个银装素裹的世界,屋檐下挂着长长短短的冰凌,晶莹剔透。梨花和菜花换上棉袄罩衫,两个人的衣服袖子都短了一截。陈彩霞用手拉了拉她们的衣服袖子,好像那样就会变长似的。梨花和菜花年纪小,还不懂什么是美。更何况姐妹俩的衣服从来都没有合身过，要么偏大要么小了，反正母亲让她们穿什么就穿什么。陈彩霞穿的也是一件半新不旧的衣服，家里就给董解放做了一件新外套。至于菊花，身上是菜花穿不了的旧衣服。姐妹俩很想出去玩雪，可又怕被阿姆骂，只好站在门槛上看。

吃过早饭，梨花带着两个妹妹先给董远海和徐慧拜年。老两口很高兴，不但给仨孩子一大袋零食，还一人给了一元压岁钱，让董解放和陈彩霞既感动又惭愧。

出了门，一家人沿着楝树河朝村外走去。河边，一棵棵楝树都开满了白花，北风吹过来，有雪沫子沙沙地飘落到河面，很快消失不见。有的地方结成了冰，有薄有厚。从董家村到陈家村只有一条青石小路，董解放抱着菊花，陈彩霞带着两个女儿，一家五口步行前往。路上碰到很多走亲访友的人，大多都提着"包头"，里面包着桂圆、红枣或糕点之类的食品。陈彩霞带的是一包蜜枣。路边的枯草丛上有雪，梨花和菜花故意去踩，听到脚下发出的吱嘎声音，开心地笑。陈彩霞怕她们弄湿了棉鞋，忙阻止，俩小姑娘只好老老实实走到路中间。

陈家村跟董家村一样，也是个千年古村，村里曾出过许多进士，有很多马头墙房子。陈彩霞的娘家在村口，门前有一排大树，还有一个很大的荷花池。每年夏天，这池里有大片的荷花盛开，非常漂亮。陈彩霞是家里的老三，有两个哥哥两个弟弟。虽说她是家中唯一的女孩，但从小没受过什么宠。她的阿姆信奉棍棒底下出孝子，谁不听话，拿起棍子就往身上揍。从小，她和哥哥弟弟们都没少挨过打。等她当了母亲，对孩子的教育也是用棍棒。

棟树河
　　向东流

　　"外公、外婆。"梨花打头阵，奔进屋里。梨花和菜花对外婆家有一种很矛盾的感情，外婆不喜欢她们，每次看到都板着脸，但只有在外婆家，她们才能吃到几个新鲜的菜，都是外公和舅舅们在田里种的。饭也比较干，不像家里，几乎餐餐都是薄粥。

　　李阿花见女儿一家上门来拜年，神情冷淡地应了一声，去了灶间。她是个精明能干又好强的女人，喜欢儿子，认为儿子有用，女儿没用，陈彩霞十八岁就被她早早给嫁了出去。陈彩霞早习惯了自家阿姆的态度，主动到灶间去帮忙。董解放把菊花放下，交代梨花和菜花看好妹妹，他找丈人和小舅子聊天去了。

　　陈彩霞在烧火，从小到大，她很怕阿姆，也许是童年挨打的阴影太重，看到阿姆，她都不敢大声说话。这会儿她闷着头，只管把稻草往灶里塞，任那燃烧的火苗在眼前闪烁，想着等过了年再去买几只小鸡，养大了可以下蛋，另外还得去找点活来干，孩子们一天比一天大起来，需要用钱的地方越来越多。她跟阿姆关系一向不好，更何况两个弟弟还没有成家。为了省点钱，她经常厚着脸皮带着孩子回娘家，或者让梨花带着菜花来蹭饭。阿姆从没有给过她们好脸色，幸好阿爸心肠软，每次多多少少总让她带点吃的东西回去。

　　饭烧好，陈彩霞站起来，忽觉头晕，赶紧站着不动。李阿花见她这个样子，面无表情的脸上闪过一丝疑问，说："你现在又不用种田，身体还搞这么差。"陈彩霞咬了咬嘴皮，她生菊花坐月子，没钱请出窠娘，让董解放请阿姆过来照顾，谁知道才来了三天，阿姆就坚决回家去，害得她只好月子里自己做饭、洗衣服尿布，说起来真是一把辛酸泪。收了收心神，陈彩霞勉强笑着解释说："可能昨晚没睡好。"李阿花看了女儿一眼，吩咐她把碗筷摆出去，一会儿开饭。

走到门口,见梨花带着两个妹妹在外面堆雪人玩,陈彩霞想自己才二十多岁,已经是三个孩子的母亲,日子又这么难过,顿时有一种看不到希望的无助。

吃饭的时候,董解放见妻子神色不对,问:"怎么了?"陈彩霞不想大过年的说丧气话,摇摇头说:"没事。"孩子们平时难得见荤,看到桌上有肉,紧盯着不放。陈彩霞的大弟开玩笑说:"姐,你是不是在家里饿着她们几个?"小弟也随了一句说:"这样子不知道的人还以为你是后娘,平时都没给她们吃。"兄弟俩虽以开玩笑的口吻说出来,实际上是对她这个姐时不时回娘家来揩油有意见。陈彩霞本来就心情不好,一听这些话,火冒三丈,一把夺过梨花的筷子,生气地说:"就知道吃吃吃,你是饿死鬼投胎啊!"梨花嘴里塞了一小块肉,正嚼得香,突然挨骂,终究是小孩子,"哇"的一声哭了出来。菜花一看不对,悄悄放下筷子。菊花看到大姐哭,也跟着咧开嘴巴哭。

陈彩霞的阿爸皱着眉头,不满地说:"你骂她们干吗?"

董解放不知前因后果,见丈人生气,忙打圆场,站起来又安抚女儿,让妻子少说两句。这么一插曲,这餐饭就吃得不是滋味。以前,一家人都要吃了晚饭才回,可这次草草吃过午饭,陈彩霞就要打道回府,董解放没法,只好顺着妻子,和孩子们一起回董家村。

路上,董解放问陈彩霞为什么发这么大的火,陈彩霞没说话,快到家了,她才说:"我们以后要争气,靠爹靠娘不如靠自己。"董解放说:"那是,靠别人靠不住。"陈彩霞暗下决心,一定要努力挣钱,以后不但要让孩子们吃上肉,有新衣服穿,还要攒钱造房子。如果没有钱,恐怕连父母兄弟都会瞧不起自己。看到梨花耷拉着脑袋在前面走,陈彩霞心里不免有那么一点歉疚,习惯了在孩子面前扮演严母的角色,她那只想去揉女儿脑袋的手还是没有伸出去。

春节过后,董解放的单位招家属工,陈彩霞想去,可孩子怎么办?她找徐慧商量,想把三个孩子放到她家,请她帮忙照看,吃一餐午饭,她付工钱。徐慧答应了,说给点饭钱就行。她本来就不是为了钱,而是为了帮帮这家人。为此,陈彩霞跟梨花和菜花好好谈了一次话。再过一年,梨花就要上学,在陈彩霞的指导下,她已学会了做饭、洗衣服和照顾小妹。菜花也能做些力所能及的事。

"你们两个当姐姐的,一定要管好妹妹,不要给阿娘、阿爷添麻烦,吃饭不要慌里慌张,不要只盯着好吃的吃,记住没有?"陈彩霞对俩孩子说。

梨花和菜花点点头。去上海阿娘家吃饭,她们很乐意。陈彩霞相信徐慧,这事说到底是自家占了便宜。尚宇和张晓云都住在她家,每天要买菜烧饭,已经够她累的,现在又多了三个孩子,增加不少麻烦。可自己实在想不出更好的办法,算来算去,就算一半工资给徐慧,也比她在家里带孩子,没一分收入要好得多。董解放担心陈彩霞的身体,怕她吃不消,可招家属工的机会很难得,错过了不知道下一次是什么时候,只有先进厂再说。

就这样,陈彩霞去上班。多了三个孩子,董远海和徐慧更加忙碌,从来不会买菜的董远海拿起了菜篮子,还学着做简单的菜。徐慧开始有些顾虑,怕照顾不过来,后来发现梨花完全可以成为一个小帮手。菜花也很听话,陪着菊花就在院子里玩跳格子,不去河边那些危险的地方。见三姐妹都这么乖,徐慧放心了。

尚宇每天收工回来,总能得到菜花的特别关注礼,每次都脆生生地喊他大哥哥。尚宇纠正她，让她喊叔叔。她改口了，可下一次还是叫大哥哥。尚宇只好随她乱叫，他很得意，对张晓云说："你看看，我没有白救这小丫头，看到我就是亲。"张晓云说："别自我感觉太良好。"尚宇就问菜花："菜花，你喜欢尚叔叔吗？"菜花说："我最喜欢大哥哥。"尚宇哈哈大笑起来，抱起菜花，高兴地说："好，以后我就是你的大哥哥。"菜花搂住尚宇的脖子，在他脸上"叭"的一声，把口水糊在他脸上，说："大哥哥最好了。"张晓云见尚宇一脸石化，笑得捂起了肚子，问道："你是不是从来都没有被人亲过？"尚宇的耳朵出现可疑的红色，他放下菜花，对张晓云说："你是不是眼红了？"张晓云泪花都笑了出来，说："不眼红不眼红。"

董远海和徐慧听到院子里的欢声笑语，跟着开心。年纪大了，最怕孤独冷清，现在有孩子，又有俩年轻人，热热闹闹在一起，再加上环境宽松，他们压抑了多年的心情得以舒畅。徐慧说董远海身上都长肉了，气色也比过去好了许多。

"吃夜饭了，晓云，去摆碗筷。"徐慧笑眯眯地对张晓云说。

张晓云止住笑，愉快地答应一声，去灶间。尚宇摸了摸被口水糊过的脸，跟着走了进去。

天，渐渐黑了下来。

9

张晓云最近比较烦,生产队那些原本围着她转的年轻后生商量好一样,都不怎么往她跟前凑了。只有癞头阿三还时不时对她说一些讨好的话,反而惹得她心生厌烦。至于那些姑娘、小媳妇、大嫂们看到她表面上都客客气气,可没一个人诚心想跟她交往。这个疑问,她又不好去问别人,只能在心里胡乱猜测。没有人帮,她什么活都要干,每天累得一句话都不想说,恨不得早日脱胎换骨,让她的细胳膊细腿变粗壮些。她把目光投向了董山岗,他是小队长,如果和他搞好关系,得到一点关照,她就不用受这么多苦。第二天,张晓云有意无意地装作偶遇董山岗,向他请教某些农业生产的知识,很是虚心好学。

面对张晓云这个娇滴滴的姑娘,董山岗想过要关照她,又怕别人说闲话。前些日子,董振定听说生产队很多小青年喜欢围着张晓云转,怕出事,特意把他叫去作了交代,让他注意点。他就私下跟那些后生打了招呼,他本人更要避嫌。张晓云向他请教,他会解答,但不单独跟她在一起,表情严肃,不开玩笑。在派活时,尽量一视同仁,不做怜香惜玉之举,这让张晓云很窝火。

有一天，董山岗派下来的活是挑粪水。按理这种活应该是男人干，不太会安排女人。偏那日有部分男劳力被派去整修水渠，人手不够，叫了几个年轻的女社员，其中就有张晓云。张晓云见董山岗居然让她一个小姑娘去挑粪水，认为是故意整她，很愤怒。可她又不敢不去挑，只好捏着鼻子去。粪水担一压在肩膀，她挑不起来，只好挑半桶，边走边晃，没注意，一脚踩在地上的一堆新鲜牛屎上，一滑，摔在地上，粪担倒翻，粪水四溅，弄了一身，顿时臭气冲天。她越想越委屈，把扁担一扔，哭着跑掉了。

当徐慧看到张晓云这么狼狈的样子，吃了一惊，又见她身上沾的那些东西，说还是先去河里洗洗，回头再用热水冲，不然怕洗不干净。张晓云有点不想去河里洗，太丢人。可这样子靠一桶水是洗不干净的。旁边正在跳绳的菜花闻到那臭味，大喊着："臭死了，臭死了，臭死了。"菊花跟着起哄，喊："臭臭。"梨花忙上前捂住菜花的嘴，她看到张晓云那张阴沉得可怕的脸，像换了个人似的。菊花见俩姐姐这样，也不吭声了。

张晓云带上毛巾、洗脸盆和肥皂来到楝树河边，楝树花开得正好，可惜她没心情注意这些。河埠头有人，张晓云又羞又气，穿着长袖长裤直接下了河，把身子埋在水里，只露出脑袋，先洗头发，心里把董山岗骂了无数遍。村里有几个老光棍在边上转悠着，恨不得把眼珠抠出来挂在她身上。张晓云不敢多洗，泡一会儿，站起来。夏天的衣服本来就单薄，这一湿身，让她的身材一览无余，慌得她用毛巾捂住胸口那两坨肉，拿起脸盆，匆匆跑回去。徐慧已烧好水倒在洗澡盆里，见张晓云回来，让她再冲洗一下。张晓云点点头，跑进屋，关上房门，脱掉湿衣服，坐进澡盆，又仔仔细细地洗了一遍。等她穿好衣服，

棟树河
　　向东流

抬起手臂闻,仍感觉身上有隐约的臭味。她气极,一脚踢向澡盆。结果把脚趾给踢伤了,弄得鸡飞狗跳。

徐慧扶着张晓云去保健站包了脚,暂时没法下田劳动。由于张晓云一口咬定是挑粪过程中摔伤,这样就变成了工伤。坐在屋里,耳边传来三个孩子嘻嘻哈哈的声音,让张晓云很心烦。怎样才能得到关照?她眼珠儿一转,想到了一个人——董振定。在董家村,董振定就是老大,只要他愿意伸手帮一把,她在这里的日子就不会太难熬。想到董山岗的态度,她又有些气馁,怕董振定也是如此。她忽又想到董远海和董振定说得上话,若能托他,说不定会有作用。真让她去董振定办公室提要求,人家会不会理她不说,到时候她怕也没这勇气。如果能通过别人的嘴巴替她说几句求情的话,性质就不一样。吃晚饭的时候,张晓云就跟董远海和徐慧透露了心思,说不是她好吃懒做,实在是这体力活真的太辛苦,若能稍微得到一点照顾就好。说着说着,眼泪就下来了,很是可怜。

徐慧心肠软,一听马上对董远海说:"晓云不是在山岗生产队吗?你跟他打声招呼。"张晓云说:"董队长铁面无私,如果振定书记能提一句就好了。"董远海说:"我先跟山岗说说,振定书记那里我们暂时不去麻烦人家。"张晓云并不清楚董山岗和董远海是堂兄弟,听董远海的口气,感觉两个人关系很好,那应该有用,连忙道了一声感谢。

事后,董远海去找董山岗,董山岗把董振定的意思说了一遍。董远海才知这事不太好办,只好说能关照的地方关照一点。董山岗答应了。董远海回家跟徐慧和张晓云一讲,没敢说具体,只含糊地表达这是上头的意思,知青要跟当地老百姓打成一片,不能搞特殊化,董山岗不敢对她另眼相看。张晓云很聪明地闭上了嘴。

陈彩霞因身体原因，请了病假，在家休息。董解放看她要被风吹倒的样子，想起早逝的父母，再看看三个年幼的女儿，万一妻子真有个三长两短，受苦的还是孩子，决定带陈彩霞去城里看病。陈彩霞同意了，她也不想年纪不大就搞得一身毛病。

夫妻俩坐船来到宁波，去医院。医生详细询问了陈彩霞的情况，说她这是月子里落下的病根，唯一的办法，再生一个孩子，然后在月子里好好养，或许就能康复。夫妻俩闻听这样的建议，没了主张。再生一个，若是儿子，董解放是要的，可如果还是女儿，他在村里就再也抬不起头。陈彩霞担心的更多，她这身体还能怀孕？生了后能不能养活？月子里好好养，谈何容易？可医生说只有这个办法可以一试，而且还不是百分之百保证一定会好。夫妻俩心事重重地回到家里，权衡再三，最后决定顺其自然，怀上了就生，没怀上也没办法。说不定既能生个儿子，还可以把身体养好，一举两得。

陈彩霞对能否怀上没啥信心，家里需要操心的事太多，董解放又一直跟着单位的建筑队流动，一个月能回来一到两次算不错了，哪有这么容易就有了。徐慧知道她去城里看病，很关心，问相关情况。陈彩霞简单讲了一下。徐慧很同情陈彩霞，对她说："你怎么不去上海看？宁波医生没有办法的事，上海医生不一定也没办法。"陈彩霞根本没想过去上海，那得花多少钱？她苦笑着说："阿婶，我哪有钱去上海看病？再说，家里还有三个孩子。算了，说不定以后就好了。"徐慧清楚陈彩霞的难处，说："再熬熬，我看你家姑娘都很聪明，长大了肯定有出息。"陈彩霞说："我没指望她们怎么样，只要以后能嫁个家里条件好点、能干点的男人，不要那么辛苦就可以。"徐慧笑了起来，说："你太会操心，才多大的孩子，就想着她们以后嫁人的事。"陈彩霞被

棟树河
　　向东流

徐慧这么一说,也觉得好笑,解释道:"阿婶,我们这里有句俗话'女儿一尺长,阿娘生肚肠'(这里的阿娘指母亲)。孩子大起来也很快。"徐慧说:"那倒是。"

尚宇和张晓云扛着农具一前一后走进小院。徐慧转过头看了一眼墙上的挂钟,说:"今天这么早?晚饭还没烧。"张晓云说:"天马上要下雨,队长就提前让我们回来了。"徐慧抬头看了看天,还真是,这么一会儿工夫,好好的天就阴沉下来。陈彩霞说:"那赶紧去忙。"

徐慧准备做饭,张晓云很自觉地跟着到灶间去烧火,两个人有一搭没一搭地说着话。忽听到窗外打起了雷,噼里啪啦地下起了大雨,没一会儿,雨越下越大。董远海进来说:"这雨像倒一样,看样子一时半会儿还停不下来。"

果然,这雨下了整整一夜,下半夜还刮起了大风,非常诡异。

天刚亮,听到铜锣声,有人在喊"仓库进水了",这下男人们都起来,纷纷朝仓库奔去。那里放着新收割晒好的稻谷,还没来得及送到公社的粮站去。董振定一到仓库,发现情况比想象中的还要严重,屋顶被风掀开了一个大洞,地上全是碎瓦片,部分稻谷被雨淋得一塌糊涂。如果接下去连续几天天气好,有大太阳,那说不定还有救。可眼下雨虽然小了,但还没停,没法把湿谷挑到晒谷场去晾着,气温又这么高,搞不好过个夜,这些谷子就发芽了。

董振定眉头紧皱,村里可以晾这些谷子的地方就是大会堂,那里宽敞。他忙吩咐下去,挑谷的挑谷,拿晒垫的拿晒垫,晾晒的晾晒。大家人仰马翻地忙了一上午,总算把仓库里的稻谷转移到大会堂。董振定又马上安排人来修补仓库顶的破洞。考虑到这些被水浸过的稻谷急需日夜通风,董振定又指派张晓云和尚宇负责管谷子。之所以选这两位知青,是怕本村社员出现监守自盗的现象。在这方面,他还是很慎重的。

　　对这个差使,张晓云很高兴,比起下田劳动,不知道轻松多少倍。尚宇也觉得挺好,但想到晚上,他有些迟疑,不知道董书记什么意思,难不成让他和张晓云不睡觉,大眼瞪小眼坐一夜?可他又不好去问,想着到晚上了再说。实在不行,大不了他一个人管着。

　　这一天,两个人时不时去翻一下谷子,然后坐在小板凳上闲聊。尚宇问:"晓云姐,你会不会在董家村找对象?"张晓云很干脆地回答说:"不会。"尚宇又问:"如果我们再也回不去了,你也不找?"张晓云沉默。这个问题她不是没想过,一想,胸口就发闷,不知道该怎么办才好。尚宇说:"其实阿三哥人挺好,他很喜欢你。"张晓云白了尚宇一眼,说:"他给你什么好处,让你来当说客?"尚宇说:"哪有?我是在为你着想,若真要找,你还是可以考虑一下。他两个哥哥已经结婚,下面只有一个妹妹,你跟他年纪也合适。他家住在墙门里,条件不算差。"张晓云说:"你可以做媒人去了。"她哪知道,这些话是癞头阿三私下求尚宇说的,为了探探她的口风。尚宇说:"可惜没姑娘喜欢我,不然我也会考虑。"张晓云说:"那你想过没有,万一哪天我们可以回城了呢?反正现在年纪又不大,我不着急。"尚宇替癞头阿三问出了答案,也就不再讨论这个话题。感情这种事,他还不懂。

　　到了晚上,董山岗带着一床草席过来,说是来替换张晓云。张晓云高高兴兴地回去了。

　　为了省点煤油,董山岗没点灯,两个人坐在黑夜里东拉西扯。正说着话,董山岗的妻子张萍急匆匆跑来,说儿子上吐下泻,在地上打滚,让他赶紧回家看看。董山岗怕宝贝儿子出事,着急地站起来,对

棟树河
　　向东流

　　尚宇说："我回去一趟,你守着。"尚宇忙说："快去,这里我会管牢。"董山岗急急回家,看儿子情况不太好,赶紧背上,和妻子一起直奔十里之外的公社卫生院。

　　尚宇一个人很无聊,他把草席铺在门边,躺了下来,不知不觉睡了过去。等他醒来,天已微微亮,他猛地坐起来,拍了拍脸,清醒一下,赶紧起来检查这一屋子的稻谷,总觉得哪里不对劲。再一看,他突然变了脸色。如果他没弄错的话,昨晚有人摸进大会堂偷走了一袋谷子。仓库里没装袋的谷子淋了雨,还有些已晒干装袋的谷子放在另一个角落,没淋到,但昨天都一起搬了过来。一袋袋叠着,他数了三遍,少了一袋。尚宇恨自己昨晚怎么就睡得那么死呢?这责任可大了。这时,癞头阿三过来了,尚宇赶紧请他帮忙叫董书记来,紧张地说："阿三哥,昨晚被人偷走了一袋谷,我要死了。"癞头阿三大吃一惊,说："谁这么大胆,公粮也敢偷?"又见尚宇脸色发白,让他不要急,跑去叫董振定。

　　董振定正在家吃早饭,一大碗泡饭就着咸菜,喝得稀里哗啦响。听癞头阿三说有人偷谷,他忙把碗一丢,来到大会堂,问尚宇怎么回事。尚宇结结巴巴地说了昨晚的情况,非常自责不应该睡着。董振定阴沉着脸,觉得还是大意了,心里又怪董山岗换了张晓云,又中途跑了,太没责任心。他想起那个黑板报事件,一直没找到是谁干的,今天又出了这档子事,说明村里有坏分子,一有机会就想搞破坏。如果不把这人找出来,指不定哪天还要闯大祸。

　　董振定把尚宇狠狠地批评了一顿,说这件事他和张晓云、董山岗都有责任。张晓云得知后,感觉好冤,早知道还不如守在那里。本来她对董山岗还有几分感激,这会儿满腹怨气。董山岗有苦说不出,昨晚他和妻子把儿子送到公社卫生院看急诊,医生怀疑是食物中毒,折腾了半夜,才稳定下来,到家天都快亮了。他累得慌,就没去大会堂。少一袋谷,董振定并不是怕交不足公粮,田里还有没割完的稻子,只是这件事性质很严重,偷盗集体财产,罪名不小。这次他没法隐瞒,万一还有下次更严重的事件发生,那他就负不起那个责,于是他决定报案。董山岗拦住他说:"若报案,我们每个人都是嫌疑人,万一我们村被树为坏典型,那亏大了。其实不用这么麻烦,挨家挨户去搜一下,这么大袋谷子,我就不信他能藏到哪里去。"董山岗说的也正好是董振定顾虑的,上次墙报的事就因为这个才按了下来。如果能找到,掌握了主动权,事情就好办。他对董山岗说:"你叫上几个嘴巴紧的去查。特别是家里有男劳力的人家,查仔细点。"董山岗点点头,转身就去办事。

虽说搜查没有大张旗鼓,但这大清早一家家进去,即便没说查谷子,大伙也能估计是出了什么事,私下各种猜测。让董振定和董山岗意外的是,搜查了一圈,那袋谷子像不翼而飞,没有一丝踪迹。

董山岗说:"看样子,那人偷了谷子又连夜送到别的地方藏起来了。"董振定表示认同。他们又几乎同时想到,能把这么重的一袋谷子偷走并转移,此人肯定是个壮实、脚力很好的男人,一般人根本吃不消。董振定朝董山岗使了一个眼色,说:"去办公室。"董山岗明白他的意思。两个人到了办公室,分别把村里符合条件的男人写下来,一个个分析过去,最后目光都落在一个名字上:董阿牛。此人三十出头,长得五大三粗,力气大,饭量大,家里粮食从来都没够过,偏又好吃懒做,私底下经常做些偷鸡摸狗的事。他没有老婆,只有一个年轻时候就守寡的老娘。他浑身毛病,口碑很差,唯一可取之处,就是很

棟树河
　　向东流

孝顺他老娘。

　　有怀疑对象，可没有证据。董山岗说："偷去的是谷子，他总得把它变成米才能吃。我们没说是查谷子，不如对外说丢的东西已找到。回头我让我哥盯紧点，我就不信拿不到他的把柄。"董振定说："行，外松内紧。"董山川与董阿牛是邻居，这个办法可行。两个人就这么说定。

　　十天后的一个早晨，当大家都忘了搜查这件事时，董山岗带了人把董阿牛堵在家里，搜出了那袋稻谷，还有一小部分用手工搓出来的米。董阿牛的老娘非常泼辣，嘴巴像剪刀，没法跟她讲理，见董山岗要把谷子和儿子带走，躺在地上打滚，说如果把她儿子带走，她立马拿根麻绳去大队间上吊自杀。董山岗让人把董振定叫来，一边想着对策。

　　董振定很快就过来了。董阿牛老娘哭喊着说："你们欺负我们孤儿寡母，我不活了，不活了。"董振定一脸厌恶地说："偷了集体的谷子，你还有理？如果今天是上面的人查到，你儿子就要去吃牢饭。我是看在大家都姓董的份上才没有报案，不识好歹的东西。你要寻死谁也拦不了你，棟树河又没盖盖子。"董阿牛老娘回不出来话，只好在那里干号，脸上却没一滴眼泪。

　　董阿牛见逃不过，一口咬定这袋谷是在村外捡来，不是偷的，就算去公社革委会他也不怕。董振定气得狠狠地踢了董阿牛一脚，碰上这样的无赖，他也是郁闷得要命。董振定说："按你的说法，你不但没有罪，还可以奖励？"董阿牛一梗脖子，说："那是。"董振定骂道："妈的，你还要不要脸？"

董阿牛得意地嗯哼,一副老子啥都不怕的样子,挠得董振定心火乱窜,很想狠狠甩几个耳光过去。

一顿吵闹过后,面对这对无赖母子,董振定和董山岗等人只好把那袋谷子和米带走,人留下。虽然知道董阿牛老娘嘴巴说得厉害,不会真的去死,可若把董阿牛带走,他老娘真有点什么事,这笔账还是会算在他们头上。这让董振定特别憋屈,可一时又想不到好办法,只能暂时这样,但心里这口气怎么也咽不下。

10

偷谷子事件就这样草草结束,既然偷盗的人没有得到处罚,尚宇和张晓云得了一个口头批评,也就翻篇了。董振定对董山岗说:"像董阿牛这种人,要么不动,若动一定要彻底,让他永远都翻不了身,再也作不了恶。"董山岗说:"他不会老实的,看着好了,下次逮到,一定不放过他。"董振定让董山岗平时多注意点,找准时机,让他吃不了兜着走。董山岗表示心里有数。

再说董阿牛平时仗着成分好、块头大,在村里横着走。这次见偷谷子也没事,更加有恃无恐。家里没吃的,跑田里掏可以吃的瓜果蔬菜。哪家养了鸡,稍不注意就不见了,任丢鸡人家大骂,恶狠狠地诅咒,他都装作没听见。而董阿牛老娘最发愁的是,儿子这么大年纪还讨不进媳妇。她曾托过人,可人家一打听,就没有了下文。即便是年轻寡妇,也不愿意再嫁这么个懒汉。

这天晚上,董阿牛老娘又在儿子耳边唠唠叨叨,说没看到他结婚生子,死了眼睛都不会闭上。董阿牛听得有些烦,又不想跟他老娘吵,借口出去走走,想着搞点什么东西来吃吃,他这肚子总是处于饥饿状态。至于讨老婆,他也想啊,可没有女人愿意嫁给他,难不成去偷？一想到偷，董阿牛忽觉得这是个好主意。他认为不管是什么样的女人，只要睡了，那接下来的事情就好办。找谁呢？董阿牛边走边心思乱转，把村里的姑娘、小媳妇排了个队，又一一排除。有老公的他不敢惹，除非是那种男人特别窝囊的。本村姑娘他不敢惹，搞不好人家一家人把他给打死。最后想到了张晓云，城市来的姑娘，白白嫩嫩，没有根基，他可是根正苗红的贫农，若能把她给睡了，除了乖乖嫁给他，还会有别的选择？他越想越觉得这个法子好，不禁得意地哼起了小曲。

张晓云现在每天被繁重的体力劳动压得疲惫不堪，也不知这日子何时才能到头，又无处诉苦，心情非常抑郁。还有一件事让她要发疯，就是癞头阿三。她开始是在利用他没错，后来明确拒绝了他。偏那男人盯牢她不放，无论她给怎样的冷脸，他总是百般迁就，说是真喜欢她。张晓云让尚宇帮忙去劝说，没有用，他听不进去。可她一点也不喜欢癞头阿三，人长得这么丑。她不想一辈子都待在农村，只要有机会，她一定要离开，她绝不允许自己有拖累。癞头阿三追张晓云的事不是秘密，只要稍微有心就能发现。董阿牛也不例外，他着急了，比起癞头阿三，他是一点优势都没有，他得先下手为强。可这个得找机会，并不是你想怎样就能怎样。

人都有逆反心理，癞头阿三越是像个烂膏药紧贴着，甩也甩不掉，张晓云就越讨厌。她决定去找董振定，让他做主。她打听到董振定基本上每天晚上都在办公室，于是等天黑了，悄悄出门去。

董振定见张晓云大晚上来找他，吃了一惊，很客气地请她坐，还给她倒了一杯水，问她有什么事。张晓云说了癞头阿三纠缠她的事，又说了来农村后的种种辛苦，眼泪汪汪的娇弱模样，让董振定心生同

> 楝树河
> 　　向东流

情,说:"这事我知道了,我会找他谈,你不要太担心。农村比不了城里,你这么个小姑娘,确实难为你,我会跟你们队长打招呼,以后能照顾的地方让他照顾一点。"张晓云感激地说:"谢谢董书记,你太好了。"董振定有点不敢去看那双会说话的眼睛,故作严肃地说:"关心你们,是我的工作之一。"

张晓云虽然很想再多坐一会儿,可又怕孤男寡女被人看到惹出事端,就站起来告辞。董振定点点头,任她离开。张晓云想到以后日子可能会好过些,脚步轻快了不少。她不知道,她进出董振定办公室,被暗中偷窥她的董阿牛看在眼里,开始动起了歪脑筋。

董振定说话算数,找癞头阿三谈了话,让他不要再缠着张晓云。另外,又让董山岗在劳动任务分配上稍微照顾一下她。谁知道没几天,村里忽然有流言,说张晓云主动去勾引董书记,大晚上跑到董书记办公室,半天都没出来,两个人有一腿,说得有鼻子有眼。恰好癞头阿三被董振定找去谈过话,原本心里就不爽,认为董振定管得太宽,听到这样的流言,才恍然大悟,误以为是张晓云攀上了董振定,难怪这么讨厌他,更加生气,在人前多说了几句,流言就愈传愈烈。

董振定老婆孙小飞是个没什么文化的农村妇女,性格暴躁,听到后,跳了起来。这还了得,居然敢勾引她的老公?腿上的泥还来不及洗,就冲到张晓云面前,一边骂,一边伸手去抓她的脸。张晓云吓得转身就跑。孙小飞理所当然地认为她是做贼心虚,叫骂着追上去厮打。旁人一看这情形,赶紧把两人拉开。张晓云大喊冤枉,边哭边发誓,绝对没有勾引董书记,不然不得好死。孙小飞恶狠狠地做了一顿张晓云的规矩,又去找自家男人麻烦,跑到办公室,一哭二闹三上吊,根本不听董振定的辩解,说:"哪有牛在草棚底下不吃草的?你跟狐狸精一样,都不是好东西。"董振定见这婆娘越说越离谱,又见门外都是看热闹的人,失了面子,自己这个大队书记以后还怎么去管这一大摊子的事和人,顿时恨不得把孙小飞的嘴巴给缝上,咬牙切齿地让她滚。孙小飞更加确定这事是真的,闹腾得要寻死觅活。董振定忍无可忍,甩了一个巴掌过去,把孙小飞给打愣了,等她反应过来,号叫着跑了。还没等董振定缓口气,喝口水,就听到外面有人在大喊"孙小飞投河了"。董振定的手一哆嗦,手中的杯子掉在地上,打碎了。他慌忙跑出来,飞快地朝楝树河奔去。

楝树河里,孙小飞正在扑腾,她会游泳,却故意装作要淹死的样子。等董振定赶到,已有人下河把孙小飞给拖了上来。董振定见妻子浑身湿透瘫坐在河埠头,还有精神在吼"不活了,老娘不活了",周围站满了人。那一刻,他真想把这个女人给掐死,免得给他丢人现眼。眼下,他只能忍,强制住心中的怒火,走到孙小飞面前,冷冷地说:"还不快回去,你想给你儿子找后娘?"孙小飞被冷风一吹,打了个寒战,大脑有点清醒过来,知道闹得过大,她忘了男人都爱面子,这下恐怕整个公社都要知道了,只好站起来,虚张声势地瞪了丈夫一眼,跑回家去。

张晓云听说孙小飞投河又被救起来,傻在那里。不是她最冤吗?若真要投河,也该是她去投。再细想,又觉得孙小飞这女人真可怕,这么一闹,自己跳进黄河也洗不清,以后在村里怕更加被孤立。

好事不出门,坏事传千里。两天后,董振定被公社领导叫过去,挨了一顿批,还被口头警告一次,心头怒火无处发泄,只好强忍着,态度极其诚恳地在领导面前做了深刻检讨和保证。

回到家里,董振定把公社领导意见告诉了妻子,让她明白干了一

棟树河
　　向东流

件多么愚蠢的事。董振定说:"你把我搞臭了有什么好处?你不为我想想,也该为俩孩子想想,没脑子。张晓云是知青,那是碰不得的高压线。你这么一闹,人家小姑娘脸皮薄,如果真出了事,你负责?"

孙小飞心里承认丈夫说的有道理,嘴上不愿认输,嘀咕道:"还不是你让人家抓住了把柄?"

董振定也在猜是谁制造了谣言,他估计这事跟癞头阿三分不开,为了报复他和张晓云。"这小子活腻了。"董振定恨恨地说了一句。张晓云也猜是癞头阿三,看到他,那眼神都可以杀人。

癞头阿三来找尚宇,说:"我没招谁惹谁,怎么个个都这样看我?"尚宇很认真地问他:"这谣言是不是你传的?"癞头阿三发誓:"如果是我,让我断子绝孙。"可暗中毕竟添过一把火,他有些心虚。尚宇疑惑地问:"那会是谁?"癞头阿三没好气地说:"我又不是神仙,怎么知道?"而始作俑者董阿牛却在紧张地寻找机会,他一定要把张晓云给睡了,让她变成自己的老婆。

所谓不怕贼偷,就怕贼惦记,张晓云现在就像一只猎物,已有陷阱等着她掉进去。谣言事件,让她心惊胆战,有苦说不出。虽然徐慧说人正不怕影子歪,劝她别多想,可村里人看她的眼神,还是带着偏见。生活的不如意让她整个人像火药桶,只要一丁点儿火星,立马就发作。徐慧见她整天似吃了炸药,劝过两次也就算了,又不是亲生的,她犯不着管这么多。这样一来,原本和谐的关系无形中有了隔阂,又住在一个屋檐下,显得有些不自在。徐慧不是那种没事找事的人,对张晓云她内心深处很同情,漂漂亮亮的城里小姑娘孤身一人到农村来受罪,已经够可怜,不想太计较。张晓云则把愤恨迁怒到旁人身上,认为这村里没个好人,都想看她笑话。

这一日,张晓云草草吃过晚饭,在房间里待了会儿,听着外面梨花三姐妹的叫嚷声,心情很不好,便一个人出去,沿着楝树河散步。

时节已进入深秋,风带着几分薄薄的寒意,一串串楝树果挂在枝丫间,随风摇曳。张晓云想着心事,不知不觉走到了村外的田野。天黑了下来,当张晓云意识到时候不早,转身往回走,经过一片小竹林时,突然被人从身后捂住嘴。张晓云大惊,拼命挣扎。可对方力气太大,拎小鸡一样把她挟持进竹林,放倒在地,像一只饿狼扑了上来,用臭烘烘的嘴堵住她柔嫩的双唇,让她喘不过气来。那男人一只手压着她的肩膀,另一只手迫不及待地扯她的裤子,又扯不下来。转而把手伸进她的衣服里乱摸,扯断了她胸罩的带子。那一刻,张晓云想到了死。她用尽吃奶的力气想把压在身上的那具沉重躯体掀开,可力单体弱的她一点也使不上劲,只能惊慌失措地用另一只没有被压的手去抓那男人的脸和眼睛。

董阿牛没想到张晓云性子这么烈,抓得他脸上火辣辣地痛,怒火冲天,伸出拳头狠狠打在她脑袋上,一下子把她给打晕了过去。见张晓云没了声音,董阿牛欲火焚身,迫不及待地脱下裤子,又扑上去解张晓云的裤腰带。正在这个时候,忽听到外面有脚步声跑过来。董阿牛暗叫不好,他想把张晓云往竹林深处拖,可还没等他从张晓云身上爬起来,转过头看到两张熟悉的脸,知道坏了。来的是尚宇和癞头阿三,两个人被眼前的一切惊呆了。还是癞头阿三反应快,一脚朝还趴在张晓云身上的董阿牛踢过去,怒骂道:"畜生,你找死,这种事也干得出来。"

这时,尚宇发现躺地上的是张晓云,大叫道:"晓云姐!阿三哥,是晓云姐。"癞头阿三一听,失去理智,捡起地上的一块石头,朝董阿牛脑门砸去。董阿牛因为光着屁股,又惊慌,被砸了个正,血顿时流了下来,他那张满是横肉的脸看起来越发狰狞。董阿牛摇摇晃晃地站起来,套上裤子,举起拳头威胁道:"如果说出去,我弄死你们全家。"说完,用手按住伤口,踉跄着走了。

张晓云从晕眩中醒了过来,脑袋好重,勉强睁开眼睛,看到自己在尚宇和癞头阿三面前衣衫不整的样子,捂住脸,发出了一声尖叫,她真的要活不下去了。癞头阿三和尚宇转过身,等她把衣服整理好,又扶住她,让她先平静下来。癞头阿三看到张晓云被欺侮,很愤怒,恨不得把董阿牛给杀了,他说:"董阿牛这个畜生真该死。这件事你来决定是去报案,还是就这样算了。如果报案,我和尚宇愿意为你作证。你说算了,我们保证不会跟别人说,你放心。"尚宇心有余悸,倘若他们再晚一步,张晓云就要被董阿牛给糟蹋了,他握住张晓云的手说:"对对,晓云姐,你不要太难过,那个畜生不会有好结果。"

张晓云明白癞头阿三的意思,如果她差点被董阿牛强奸的事传出去,她的名声也就没了,以后恐怕连对象都找不到。可若不去告,她怕还有下一次,董阿牛不会放过她。想到这里,张晓云的脸上出现决绝的神情,她宁可死,也不想让董阿牛玷污了清白。既然连死都不怕,还怕什么流言蜚语?

"不,我要去告,我要让他去坐牢。"张晓云咬牙切齿地说。癞头阿三和尚宇对张晓云做出这样的决定很敬佩,两个人陪着张晓云去找董振定。董振定一边安抚张晓云,一边马上派人去公社报案,强奸知青这个罪名可不轻。

董阿牛一脸是血回到家里,他老娘吓了一大跳,忙问咋回事。董阿牛的头有点晕,只说了一句摔的,就自顾自躺床上去了。他老娘急忙跑出去找村里的赤脚医生,让他来给她儿子看伤口。

当天晚上,董家村的人被一个消息炸得晕头转向,董阿牛居然胆大包天想强奸知青张晓云,公社革委会派人把他给抓走了。事后,癞头阿三和尚宇很庆幸,如果他们不是想着去钓黄鳝,经过小竹林时发现有异常情况跑过去看,恐怕就让董阿牛得手了。一个好好的姑娘若这样被毁,那太可惜。经过这件事,张晓云对癞头阿三的印象好了许多,说起来,她欠了这俩人很大一份人情。

另一方面,董振定很快整理了两份材料:一份是董阿牛故意破坏黑板报的内容;另一份是他偷集体谷子。每份材料都有证明人,提交上去。这样的败类,大家都巴不得他被枪毙才好。

董阿牛被抓走后,他老娘要死要活地跑到董振定办公室闹,见董振定不理她,又跑到董远海家门口,破口大骂张晓云,说她是轻骨头,明明主动约她儿子去小竹林做见不得人的事,结果倒打一耙,让她儿子去坐牢,让张晓云等着,她死也不会放过张晓云。董远海和徐慧实在听不下去,请董解放和尚宇硬把她给拉走。尚宇很愤怒地对董阿牛老娘说:"如果晓云姐出什么事,你也要去坐牢。"董阿牛老娘虽泼妇做惯了,可真要上正场,她还是怕的。自己儿子什么德行她不是不清楚,家里男人死得早,她和儿子相依为命,很辛苦把他拉扯大,偏这儿子在外是个横人,在家对她挺孝顺,她就很溺爱。以为再怎样,他也不会做太过分的事,谁知竟闯下这样的大祸,她能不心慌吗?再坏,也是她身上掉下来的一块肉。

张晓云把自己关在屋里,一遍遍地清洗身体,想到那臭烘烘的嘴和那双脏手,忍不住恶心得吐了起来。耳边全是董阿牛老娘的谩骂声,她气得浑身发抖,想一口咬死那个老婆子,与她同归于尽。董远

棟树河
　　向东流

海和徐慧很担心,怕她想不开做傻事,就在门外劝着。董振定暗中警告村里人,不准谈论此事,张晓云是受害者,既然来了董家村,她就是村里的一员,大家要保护好她。

张晓云不知道董振定为她做的事,她躺在床上想了很多。告董阿牛完全是凭着当时的一腔怒火,等人进去,一想到可能会有脏水铺天盖地而来,不由胆怯起来。虽然她并没有让董阿牛得逞,可在旁人眼里,她等同于失了清白,那些长舌妇的口水就可以把她淹死。难道真的要去跳楝树河?凭什么?就这样反反复复想了许久,头像被刀劈开那般痛。徐慧在门外说:"晓云,活着最重要,只要活着就有希望。"张晓云如梦初醒,如果她寻死,那真成了笑话。她要活着,活得好好的,让那些长着一副狗眼的人瞧瞧。她想明白了,就打开了房门,吃了一餐饱饭,恢复了几分精气神。董远海和徐慧见张晓云看开了,悬着的心放了下来。

这时,董振定来了。张晓云慌忙站起来,脸色苍白地叫了一声董书记,她不知道该说什么,只好低着头盯着自己的脚尖。张晓云无助的样子,让董振定再次动了恻隐之心。他表扬张晓云很勇敢,让她不要怕,村里如果哪个不长眼的乱讲,告诉他。张晓云抬起头,以为耳朵有问题听岔了。董振定给了她一个肯定和鼓励的眼神,让张晓云有了别样的勇气。她好想抱住董振定的大腿,可想到孙小飞的泼辣,只好掐灭了那个不该有的念头。

那一年冬天,董阿牛因强奸知青未遂,再加上偷盗集体财物等罪,被判死刑。消息传来,不止张晓云,连癞头阿三和尚宇都如释重负。他们做了证人,心里还是有点怕董阿牛出狱后报复,这种人什么事都干得出来。而董阿牛老娘听到后则直接昏了过去,醒来后,人就变得疯疯癫癫。

董阿牛死于一个北风呼啸的上午。那日,他和另外几个死刑犯被拉到离董家村不远的一块空田上,被执行枪决,附近很多胆大的村民跑去看热闹。张晓云没有去,尚宇和癞头阿三去看了,回来告诉张晓云,说那颗子弹打穿了董阿牛的脑袋,他像死猪一样栽倒在地。

张晓云突然打了个寒战。

11

1976年是个特殊的年份，发生了很多大事，董家村人并不关心。对他们来说，能不能吃一餐饱饭，一年到头辛苦一场，会不会没一分钱拿还要倒挂，比那些事情更重要。只有董振定和董远海时刻关注着报纸和广播的消息，关心政策风向。至于这些年时不时冒出来亩产万斤粮食之类的新闻，不要说像董振定这样的农民不相信，连董远海这个外行也不信。很简单，若真有这么好的收成，就不会有那么多人饿肚子。不过大家都是聪明人，这不信也只能放心里，谁敢说？连最亲近的人都不敢提一句，怕招来祸事。

9月9日，所有中国人都被一个惊雷给劈晕过去，天天都在喊万岁、万寿无疆的毛主席在北京病逝。这怎么可能？可广播里的哀乐在告诉每个人，这是真的。古人老话，一朝天子一朝臣，会有哪些变数，真不好说。更多人心里没有底，不知道以后的日子会好过些，还是更加难。个个惶惶不安。也有不以为意的，特别是村里那些上了年纪的老人，经历多了，世事看得比较淡，这日子该怎么过还是怎么过。

刚上学没几天的梨花还搞不清楚那位印在语文课本第一页画像上的领袖跟她有什么关系，不过很快她就知道了。放学前，老师说上级通知，过几日要去公社参加毛主席逝世追悼大会，所有人必须穿白衬衣、黑裤子、白色或黑色的鞋子。梨花回家告诉了母亲。陈彩霞又怀孕了，挺了个大肚子。她是真不想生，可自从宁波的医生说她的病只有再坐一次月子才有可能好，在犹豫和矛盾中，怀上了第四胎。她心里还是盼着是个儿子，就留了下来。让她惊喜的是，这一胎无论哪种反应都跟前三胎不一样。她想，或许老天爷看她可怜，同情她，给了她一个儿子，这样她也对得起董解放家的列祖列宗。听大女儿传达老师的要求，她很为难，上哪去找这身"行头"？可若不让孩子去，万一被上纲上线，那可吃不消，愁得她一晚上都没睡好觉。

徐慧见陈彩霞愁眉不展，就问她遇到什么难事。陈彩霞说了女儿学校要求去参加追悼会必须穿的衣服，家里根本没有。徐慧说："我有件白衬衣，要么你拿去改改？"陈彩霞说："那不行，好好的衣服改过了给她穿太浪费。我去问问，看谁家有多的借一下。"徐慧说："那你赶紧去问。"陈彩霞点点头，其实这只是她的一个借口，在村里，她又没什么朋友。再说，谁家孩子有两件白衬衣？她家平时已经得徐慧太多的帮助，她怎么好意思再得寸进尺？翻箱倒柜，只有把那件她去年给梨花编织的白色线衫当衬衣。那衣服是用董解放的劳保手套拆了后织的，幸好用的是单股线，不然太厚，穿着热。至于裤子，把她的一条已补过洞的黑裤拆了重新缝制。鞋子就用平时穿的那双灰色的胶鞋算数。

9月18日，陈彩霞大清早起来，把衣服和裤子交给梨花，让她仔细着穿。9月的天气还很热，梨花知道家里没钱给她做白衬衣，很听话地穿了那件纱衫去了学校，和同学一起，在老师的带领下，步行十

楝树河
　　向东流

里地,去公社参加追悼会。

　　到了公社,还没有走近大会堂,就听到里面传来阵阵哭声。这哭声很复杂,不同的人集聚在一起,大多是压抑的,带着克制。但中间也夹杂着撕裂、高亢的声音,给人一种悲痛欲绝的感觉。

　　来参加追悼会的人太多,大家都排着队等着,轮到了才能进去。走进大会堂,每个人都低着头。梨花很好奇,偷偷看这满屋子的花圈,耳边是反复循环着的哀乐。她看到毛主席画像前有个老女人哭得昏倒在地,立马过来两个人把她扶了出去。还有一个上了年纪的男人,眼泪鼻涕糊了一脸还在哭。梨花瞧着他鼻孔里冒出来两个气泡,样子实在太滑稽,忍不住笑出声来。这一声笑,传到旁边带队老师的耳朵里,差点让他魂飞魄散,朝她狠狠地瞪了一眼,低声呵斥:"你不要命了。"梨花吓得用手捂住嘴,眼睛睁得很大,汗湿线衫。

　　回到家里,陈彩霞见梨花脸色惨白、一副丢了魂的样子,忙问她怎么了。梨花不敢说。陈彩霞急了,说要去学校问老师。梨花没办法,说了在追悼会上不小心笑出声的事。陈彩霞听得手脚冰冷,不禁一阵后怕,她严厉地警告梨花,这样的事绝不允许发生第二次。梨花低着头承认了错误,不该在人家哭的时候笑,没礼貌。董解放听说后,腿都软了,他在单位上班,知道这种事搞不好要祸及全家。晚上,趁天黑,董解放偷偷去了一趟老师家,再三感谢。

　　10月6日,中共中央一举粉碎了"四人帮",结束了延续十年之久的"文化大革命"。10月14日,中共中央公布了粉碎"四人帮"的消息。

　　听到广播里传来的喜讯,董远海激动地对徐慧说:"我们的出头之日到了。"尚宇和张晓云年纪虽轻,可这么重大的事件,也知道会影响很多人的命运。仁德堂药店传人董啸虎站在自家的药店门口,望着那块贴着毛主席语录的招牌,百感交集。这些年,为了保住爷爷传下来的这块牌子,父亲董良善想了很多办法,最后还是他灵机一动,找来毛主席语录作"护身符",这样就不怕上面来人查。可父亲整日还是提心吊胆,怕运动来,不让他们开。幸运的是,村里领导愿意挑担,再加上有根基在,这药店能维持到今天实属不易。现在好了,他们不用再遮遮掩掩,可以正大光明地把这块牌子露出来。董啸虎急忙去找父亲,问是不是可以把语录撕下来,露出招牌的真面目。董良善阻止了他,让他不要急,再看看,没这么快。董啸虎意识到还是父亲考虑周到,按下了心中的冲动。不管怎样,这是件好事,让人看到了希望。

粉碎"四人帮"后,全国各地举行庆祝活动,村小学也组织了批斗"四人帮"的文艺会演。

演出在大会堂举行。这天,除了学生,还有村里的人,大家挤在一起看台上的表演。三男一女,都是由五年级的学生扮演。梨花好奇地抬着头,看台上江青的扮演者,见她一头短短的卷发,脸蛋涂得很红,嘴唇也很红,穿一身蓝色衣服、一双黑布鞋,和三个男同学又跺脚又大叫,张牙舞爪。她想笑,忽想起上次追悼会被老师骂的事,赶紧闭上了嘴。

突然,台下有人大喊:"打倒'四人帮'。"马上有人跟着喊:"打倒'四人帮'。"顿时,群情激愤,口号声此起彼伏。梨花傻傻地看着,发现平时那一张张没什么表情的脸此刻变了样,她又想笑了。

尚宇和张晓云还以为知青政策会有什么变化,可看来看去,情况差不多,而且还听说有新的知青被下放,不由气馁。张晓云对尚宇

> 楝树河
> 　　向东流

说:"看样子,这辈子我们都要葬在农村了。"尚宇看了张晓云一眼,想她这么娇弱的一个姑娘整天干这么辛苦的农活,以后还要在这里嫁个农民,结婚生子,心里有种说不出来的难受,开口安慰道:"不要想太多,反正我们还年轻,说不定过两年就能回去。"张晓云说:"你年纪比我小,倒是比我想得开。其实我们谁也不知道以后会怎样,像那几个人,哪个不是高高在上的,现在却成了阶下囚。"尚宇感叹道:"还是阿拉普通老百姓好。"张晓云觉得普通老百姓也不好、太苦,还是稍微有点权势的那种好,太有权也危险。她在等,但凡有一点机会,绝不放弃。

董远海也在等。单位放了他一马,可曾经受过的委屈他一直郁积在心,特别是大伯,这么好的一个人都没能善终,想起来就心痛。他相信,总有一天,能讨回一个公道。徐慧知道丈夫的心事,劝他道:"你不要急,一个国家跟一户人家一样,乱了这么久,哪有这么快就整好的,肯定是一样样来,我们只管等着。"董远海何尝不明白,怕妻子担心,说:"是的,国家大事,我们小老百姓也不懂,只能等着。"停顿了一下,他还想说些什么,却又陷入了沉默。

这一年的12月,陈彩霞在公社卫生院生下了第四胎,没想到还是个女孩。陈彩霞连看一眼小女儿的心情都没有,两眼空洞,无力地躺在病床上。董解放听到孩子的性别后,转身就走,把照顾产妇的事丢给了出窠娘。直到陈彩霞出院,他才带着人和一把竹躺椅来接,把母女俩抬回去。这次,他不敢再让妻子在月子里干活,只有妻子身体好,才能更好地操持这个家和挣钱。为了妻子的健康,再没钱他也咬咬牙把出窠娘请到家来,好好照顾妻女。对这个小女儿,董解放十分不喜,希望越大,失望越大,跟菊花一样,名字也懒得取。陈彩霞就根据季节取了一个,叫梅花。梨花和菜花担负起照顾小妹的任务,给她喂米糊,换尿布,小心看护。父亲不喜欢小妹,可她们觉得小妹很可爱、又乖,基本上不哭不闹。

真正让董远海感到政治气候发生变化的是在粉碎"四人帮"后的第二年7月,中央召开十届三中全会,邓小平正式复出。接着,在8月12日,十一届一中全会上,时任国家主席华国锋正式宣布"文化大革命"结束。那一年,有很多重大新闻,还有一个就是全国恢复高考制度,让太多的年轻人欣喜若狂,这可是改变命运的好机会。

尚宇和张晓云很想去考,可惜两个人初中都没好好读过,只好不去痴心妄想。徐慧说:"你们可以现在开始补课,今年来不及,明年去考。"两个人想了想,觉得自己不是读书这块料,再说基础这么差,又在农村,想补课也没这条件,便放弃了这个想法。

在一边和菊花玩的菜花,突然说:"我以后要去考大学。"菊花不知道大学是什么,听姐姐这么说,她也跟了一句:"我也要考大学。"正在屋里做作业的梨花跑出来说:"我要好好读书,以后去考大学。"徐慧笑着说:"好好,有志气。"

陈彩霞听到女儿们的话,心情复杂。那个医生没骗她,她的身体这次坐月子真的坐好了。董解放已跟单位说好,她仍然去当家属工,赚钱补贴家用。考虑到梅花太小,请徐慧照顾不合适,能帮她管菜花和菊花已经非常感谢,陈彩霞决定把梅花送到娘家,请孩子的外婆照看,每个月给十元抚养费。李阿花本来不想管,可看到这个平时见到她像老鼠见到猫一样的女儿哭着说要去上班挣钱,不然日子没法过,求她帮帮忙,终于点头同意。

*楝树河
　　向东流*

就这样,梅花五个月大的时候被陈彩霞送到外婆家,她的童年就在陈家村度过。

12

到1979年初,有消息传来,上面已答应,知青可以分批通过办理病退、困退、顶替、调工等方式回城。张晓云的心思在第一时间被激活,她一天也不想再待在农村。听说回城名额会到公社,但怎么分配不知道,更何况她又不认识人,唯一的办法就是请董振定帮忙。张晓云下定决心,无论付出什么代价,她一定要离开这里。这次她吸取教训,没有晚上去找他,而是大白天去大队间,向董振定打听回城的相关信息。董振定让她不要着急,说只要有名额、符合条件,会帮她争取,优先考虑她。张晓云不停地道着谢,言语间是满满的感激与崇拜之情。董振定有点受不了张晓云的眼神,忙摆摆手,让她回去等消息。

知青回城的风声,尚宇也听说了,他以为张晓云还不知道,急忙告知她。张晓云试探着问尚宇:"如果到时候只有一个名额怎么办?"尚宇见张晓云这么问,明白她的意思,迟疑了一下,说:"那就给你。"张晓云忽然有些心虚,比起尚宇的真诚,她还是自私了点。再一想,人不为己,天诛地灭,她也没办法,总不能一辈子都在这个地方,嫁一个农民。有了董振定和尚宇的态度,张晓云安心了些,又琢磨那些条件,担心不符合,连忙给同学写信讨教。同学在信里给她出主意,服用麻黄素、升压灵可以造成高血压等病症。实在不行,喝几口低毒的农药也行。喝农药,张晓云不敢,万一中毒没救回来,那后悔就来不及了,只有想办法去找其他的药。张晓云想到了癞头阿三,保健站的小董医生是他堂哥。这事她觉得不能瞒着尚宇,最好是通过尚宇把药搞来,这样万一哪天查到,她也不用负主要责任。

张晓云去找尚宇,把同学的主意告诉了他。她说:"这法子我先用,如果成功,你也用,这样我们都可以回城去。"尚宇答应去找癞头阿三帮忙搞药。张晓云一把抓住尚宇的手,激动地说:"小尚,不管这事成不成,我都谢谢你,这辈子不会忘记你。"尚宇还从未被一个大姑娘这么主动握过手,觉得软软的,人不由热了起来,脸就跟着红了,心跳加快,低声说:"晓云姐,不用客气。"张晓云见尚宇红了脸,才意识到抓着他的手,忙松开,羞涩一笑。尚宇借口去找癞头阿三,转身跑了。张晓云回了屋。

三个月后,张晓云如愿以偿,以病退的理由拿到了回城的名额。她心里清楚,为了这张证明,癞头阿三出了大力,他说服了堂哥,帮她拿到了药。董振定则帮她争取到了第一批回城的珍贵名额,明知这证明是假的,没有拆穿,盖了公章,帮她担风险。尚宇没有来争,更没有去揭发,而是成全了她。

张晓云离开前一晚,徐慧早上特意去买了不少菜,叫尚宇把癞头阿三也喊来吃饭,至于董振定和小董医生没请,怕引人注目,节外生枝。饭桌上,张晓云说了许多感恩的话。这份感激,她确实发自真心。这几年,如果不是住在董远海和徐慧家里,得到这对老夫妻的诸多照顾,平时劳动中,若没有癞头阿三和尚宇的帮助,她在乡下的日子怕会更加煎熬。虽然和癞头阿三闹过不愉快,但董阿牛事件发生后,癞头阿三像变了一个人,不缠着她,还暗中保护她。现在要回城了,她既庆幸,又有那么一点留恋——董家村还是没有亏待她。

"对了,阿三哥,你的大名叫什么?"张晓云问。村里所有人都当面叫他阿三,背后叫癞头阿三,她一直不知道他的真名。既然要走了,她还是问问。

也许是想到张晓云明天就要离开,癞头阿三也不顾忌那么多,笑着说:"晓云,我的名字叫董希康,希望的希,健康的康,你可不要忘了。"

"董希康?这名字取得很有文化啊!"张晓云赞叹道。

董远海想起癞头阿三的叔叔是当老师的,问道:"你这名字是不是你阿叔取的?"癞头阿三点点头。张晓云说:"难怪,当老师的就是不一样。"

吃好饭,大家坐在一起聊了会儿,考虑到张晓云第二天一早就要坐船离开,也不多打扰。癞头阿三跨出门槛,又转过身,他很想对张晓云说句心里话,这个他喜欢了几年的女孩,以后怕再也没机会相见。他张了张嘴,又闭上,低着头走了。

张晓云看着癞头阿三的背影,若有所思,又很快把视线收了回来,对尚宇说:"祝你也早日回城。"尚宇"嗯"了一声,犹豫了一下问:"晓云姐,我回城了可以去找你吗?"张晓云说:"当然可以,我把家里的地址留给你。"尚宇连忙说:"好。"张晓云找来一张纸,撕开,各写了一份给尚宇和徐慧,说:"以后一定要多联系啊!"尚宇把纸小心地折叠好,说:"一定。"

第二天一早,张晓云带着行李,告别董远海和徐慧,又和董解放与陈彩霞打了声招呼。尚宇走出来,接过她手中的行李,说送她到上船的地方。两个人沿着楝树河朝渡口走去,张晓云抬头看着那一棵

楝树河
　　向东流

棵开满紫色花朵的楝树,对尚宇说:"原来这楝树花还挺好看,以前都没发现。"尚宇笑了笑,没有说话。

"狐狸精,把阿牛还给我!"随着一声尖叫,一个蓬头垢面的老太婆从小巷子里冲出来,挥舞着双手扑向张晓云。

两个人吓了一大跳,尚宇一把拉过张晓云,把她护在身后,来不及躲过那双手,只感到下巴火辣辣的痛。董阿牛被枪毙后,尚宇刚开始对这个老太婆还是有几分同情,后来见她整天追着骂张晓云,各种恶毒诅咒,再也不可怜她了。怕张晓云出事,他和癞头阿三就自觉成了她的保镖。

"你这个疯婆子。"不远处,癞头阿三快速跑过来,拉住了董阿牛老娘,不让她靠近张晓云。

张晓云傻傻地站在那里,癞头阿三对尚宇说:"你快带她走,航船马上要到了。"尚宇转身,叫上张晓云,快步向前走去。到了渡口,没一会儿,船就来了。张晓云看着尚宇下巴上明显的抓痕,抱歉地说:"谢谢你,我走了。"尚宇把行李交给张晓云,说:"快去吧!"张晓云上了船,看到癞头阿三也跑了过来,朝他们挥挥手说:"谢谢你们!"

船开了,张晓云趴在窗口,看着岸上的尚宇和癞头阿三,鼻子有些发酸,喃喃自语:"阿三哥,我会记住你的名字,董希康,祝你幸福!"

岸上,癞头阿三和尚宇站在那里静静目送,张晓云的眼泪终于流了下来。船出了楝树河要拐弯了,张晓云回头,泪眼蒙眬中,最后一次打量楝树河岸那一棵棵开满紫色花朵的楝树,轻声说:"再见了,董家村!"

张晓云回城后,给徐慧和尚宇各写了一封信表示感谢,后来再也没有了音信。徐慧有些淡淡的失望，转念想人与人之间聚散总有时，也就放下了。她想，也许对张晓云来说，在董家村的日子，就是一道无法抹去的阴影，巴不得割裂开来，从此不再提起。

尚宇在张晓云离开后，突然发现自己对她有种说不清道不明的牵挂，总会莫名其妙地想到她，甚至梦见她，这让他内心有些慌乱。他又不能对癞头阿三说，因为他知道癞头阿三喜欢张晓云，他若说出来，就没法跟癞头阿三做朋友了。更何况张晓云已回城，那就更不可能。"如果我也能回城就好了。"这个念头像一道闪电闪过尚宇的脑海，他猛地一惊。对啊，如果他能回城，是不是意味着就能见到张晓云，有了进一步交往的机会与可能？他越想越觉得有道理，决定去找癞头阿三帮忙，他也想要一张假的病退证明，离开董家村。

癞头阿三对尚宇想回城的想法表示理解，他去找堂哥小董医生，可小董医生死活不同意，说上次已经冒了很大的风险，这次怎么着也不能那样做。癞头阿三只好跟尚宇说他帮不了这个忙。尚宇又去找董振定，表达了想回城的强烈意愿。董振定很爽气，让他等着，只要有机会，他不会拦着不放。尚宇听了他的表态，安心等待机会的来临。

随着全国知青大规模返城的潮流到来，到这一年的年底，尚宇终于拿到了一张回城证明。董远海和徐慧还真有点舍不得他，想他来的时候还是个身体单薄的半大小子，现在已是一个眉目清秀、英俊挺拔的青年，几年相处下来，大家都有了感情。另外还有一个舍不得尚宇走的是菜花，她缠着他，反复说："大哥哥，我以后也要进城去。"尚宇哄着她说："好好，等你长大了到城里来，到时候大哥哥请你吃饭。"董解放想起以前的事，用手指敲了敲女儿的小脑袋说："尚叔叔救过你的

> 棟树河
>   向东流

小命,你要记着,一辈子都不能忘。"尚宇说:"解放哥,这种小事你就别提了,下次你们到宁波来,别忘了来找我。"董解放说:"肯定去找你。"

尚宇走后,给董远海和董解放各写了一封信,不过是装在一只信封里,可以省几分钱的邮票。信封上写了董远海收。信里简单说了回城后工作的安排,他在街道办的一家工艺美术厂上班,感谢他们这几年对自己的关照,他会永远记在心里。董远海写了回信,让他好好工作,有空回董家村来走走。另外还附了一张纸,是梨花代父亲写的几句话。尚宇收到后没再回复,这也在大家的意料之中,倒是菜花问过几次,后来也没有再提起。

回城后,尚宇拿着张晓云留下的地址去找她,想象了许多见面时的场景,结果张晓云看到他一点也不激动,没说几句话就把他给打发了,只说她在甬一针织厂上班。他不知道原因,见她这样,曾经有过的那么一点旖旎也消散不见。他想,大概是因为张晓云看到他,就会想到董家村,想到董阿牛曾经差点强奸了她的事。既然张晓云无意交往,他也不会自讨没趣往上凑。事实上,张晓云还真是这么想的。

人算不如天算。有一天,有两位身穿公安服装的人走进甬一针织厂,带走了张晓云。虽然没半天她就回来了,可厂里还是流言四起,说什么的都有,让张晓云有苦难言。

原来,村里有人对董振定有意见,怂恿董阿牛老娘去告他,说当年董阿牛罪不至死,是董振定做的手脚。董阿牛老娘本来就因为儿子死了,恨透了村里人,被有心人一挑拨,还真的跑到公社去告了。恰好上面开始纠正"文革"期间的冤假错案,董阿牛的案件被重新翻了出来,自然要找当事人和知情人了解情况。除了张晓云,也找了尚宇。不知道哪里出了纰漏，没多久，张晓云在下放期间差点被人强奸的事情传遍厂里。传着传着就变了样，说她早已没有了清白，说她在乡下勾三搭四，越传越难听。张晓云气得半死，可她又不可能找人一一去说明，只好打落牙齿和血吞，心里却恨上了尚宇。在城里，唯一的知情人就是他，她认定尚宇是此谣言的始作俑者，为了报复上次她对他的冷淡。尚宇被喊去了解情况，回来后还想过找张晓云，后又觉得多一事不如少一事，就没去。两个人都不清楚这事的后续，公安也没再来找过。对当年这个案件，私下里，尚宇觉得董阿牛被判枪毙是重了些，但当时他们几个是巴不得董阿牛被枪毙，以绝后患。那时候很乱，都是革委会的人下的命令。董阿牛只不过是一个农村无赖，死了就像灭了一只苍蝇，就算当年错了，也没有人会当回事。

过了许久，尚宇忍不住给董远海写了封信，询问那个案子的情况。董远海来信告诉他，案子重审了，没说判错或没判错，人死不能复生。董振定还是受到了牵连，被撤职，已经不再担任董家村书记。尚宇收到信后，挺为董振定可惜。可再可惜，跟他也没有关系了。

一年后，董远海望穿秋水，终于等来了一纸迟到的平反证明，包括安在他大伯头上的罪名都给撤销了。夫妻俩老泪纵横，专程回了一趟上海去祭拜大伯和伯母，把这个好消息告诉九泉之下的亲人。

13

时间过得很快,一晃到了1984年夏天。

天亮了,梨花睁开眼睛,猛地坐起来。今天要中考,她希望自己能考个好成绩。她手脚利索地起床,三个妹妹跟着起来,到院子里洗漱。家里太小,董解放做了一张双层床,两个小姑娘睡一起,年龄越大越挤。夫妻俩一商量,决定造房子。他们去村里批了一块宅基地,借了债,再加上这几年省吃俭用加精打细算省下的钱,勉强可以造两间小屋。

三姐妹吃好早饭就去学校。梅花已接了回来,下半年她要上小学了,从小在外公外婆家长大的她,跟亲生父母没什么感情,平时沉默寡言,最喜欢跟着上海阿娘。徐慧见梅花话不多,但人极聪明,送了她一本已翻得很旧的《新华字典》。这是当年她离开上海前去新华书店买的,商务印书馆出版发行,花了她一元两角钱。这些年,这本《新华字典》成了董解放家三个孩子的启蒙教科书,现在轮到梅花了。她教梅花认字,做简单的数学题,学拼音。梅花悟性很高,听过几遍就会了,让徐慧很高兴。董解放和陈彩霞对梅花很忽视,梅花也自觉地当一个透明人,她喜欢学习,盼着早日能去学校读书。这次家里造房子,事情多,她帮不了什么忙,就守个炉子,烧餐饭。

今天不但是梨花中考日,还是新房子上梁日。根据习俗,陈彩霞提前去街上定了馒头,到时候要抛上梁馒头,让左邻右舍抢,讨个喜气。梅花想吃馒头,又怕挨骂,跑到造房子地方,眼巴巴地等着抢馒头。好不容易等到抛馒头,董解放不小心从上面摔了下来,掉在地上,一下子把梅花给吓着了。等梨花考完试回家,听说父亲已被送去宁波,母亲不放心也跟了去,小妹不见了,急得她把书包一扔,和菜花、菊花分头去找。

在村里找了半天没找到人,梨花急出一身汗,不知该怎么办才好。正束手无策时,忽然想到有个地方还没去找过,忙跑到快造好的新房子里,一遍遍喊梅花的名字。在里面一个小角落,梨花终于看到了蜷缩成一团的小妹,她的手上还紧紧捏着一只馒头。梨花上前,蹲下身,把小妹搂在怀里,轻声说:"不怕不怕,爹爹一定会没事的,我们回家去好不好?"梅花在梨花的安抚下,突然"哇"地哭了起来,含糊不清地说:"大姐,爹爹掉下来了,我好怕。"梨花把小妹扶起来,牵着她的手,一边安慰,一边说:"宁波的医生一定会把爹爹看好的。"梅花紧紧拉着姐姐的手,满眼的依赖,让梨花第一次感到身为大姐的责任。

董解放因为伤了腰椎,只能在家躺着静养。新房子造好,暂时没法搬家。梨花收到了高中录取通知书,她兴致勃勃地和三个妹妹说:"以后我们都要考上大学,做有出息的人。"三个妹妹齐齐点头。

陈彩霞看着一脸兴奋的大女儿,犹豫不决,为了造房子,家里负了债,梅花又要上学。丈夫这一受伤,几个月没工资不说,以后恐怕也干不了很重的体力活,靠她一个人,怎么可能供得起四只书包?她现在唯一能想到的办法,就是让梨花放弃读高中,挣钱养家。这对梨花来说很不公平,可她也很无奈。她把四姐妹支开,跟董解放说了打算。董解放沉默了,最后长叹一声,说:"那就好好跟梨花讲,她是老大,帮父母也应该。"

当梨花从母亲嘴里听到要她放弃读书、帮父母挣钱养家的计划,犹如一盆冷水从头顶浇下来,怔在那里。她还做着大学梦,可母亲无情地把她给喊醒了。穷人家的孩子早当家,她很清楚自家的情况,更何况父亲还出了这样的意外。梨花不哭不闹也不说话,她的目光落在三个妹妹脸上,她们一个比一个聪明,应该有美好的前途。作为家中长女,她应该作出牺牲。梨花默默地把那张录取通知书夹进一本语文书里,收了起来。她把没写过字的本子和笔分给三个妹妹,又把读过的书仔细收好,将有皱褶的地方一一抚平。她的脸上有一种跟年龄很不符的冷静,让陈彩霞既心酸又欣慰。

一直到晚上,夜深人静,躺在床上的梨花泪流满面,她压抑着,不敢发出一点声音,任泪水把枕头湿透。她知道,从明天开始,要收起那些情绪,老老实实干活挣钱,以减轻家里的经济负担。

徐慧听说梨花要放弃读高中,直叫太可惜。她和董远海商量,提出资助梨花读书。董远海没意见,他是怕董解放不接受。这些年,他对董解放还是比较了解,董解放的自卑自尊心强,一旦认为是可怜梨花,就不会接受这份好意。徐慧说:"那我先去问问。"董远海点点头。徐慧把陈彩霞叫到屋里,说了想资助梨花读书的想法。陈彩霞的眼圈红了,徐慧和董远海真把他们当自家人,平时两家像亲人一样,但若答应这份资助,欠下的情又该如何来偿还?关键是她清楚,董解放不会答应。徐慧让她不要急,回头和董解放说说,也听听梨花的想法。她说:"我们是看着她们姐妹几个长大的,梨花成绩不错,以后考上大学,她过的日子就会跟我们不一样。"陈彩霞说:"我知道。阿婶,你和阿叔一直对我们这么好,我都记着。"徐慧说:"你们也好啊。说实话,真舍不得你们搬走。到时候这院子就我和老头子两个人,太冷清。"陈彩霞说:"实在是孩子大了住不下,有你们在,我们也放心。"徐慧说:"其实另一间小屋你们尽管住,就是解放见外,不肯要。"陈彩霞说:"他这人就是这样,没本事,面子很要。"徐慧说:"男人都一样。"说完,两个人都笑了起来。

回到家里,陈彩霞把徐慧的意思说给董解放听,果然被董解放一口拒绝。陈彩霞知道丈夫就是死要面子活受罪的德行,怕旁人知道说闲话。董解放见妻子不说话,又加了一句:"初中毕业可以了,总是要嫁出去的,读那么多书没啥用。"陈彩霞张了张嘴,看了一眼在床上躺得一脸烦躁的丈夫,又把那些话咽了下去。

徐慧和董远海得知董解放拒绝了,很为梨花可惜,一个农村女孩若想改变命运,要么考出去,要么嫁个好男人。可若在农村,又有多大余地的选择范围?这件事梨花并不知道,她想去乡办厂上班,一问,有难度。她还未满十八周岁,再说乡办企业也不是你想进就能进。她家没有门路,进不了厂,只好在家干活,编草片——那些砖瓦厂需要,每片有长度和宽度的要求。草片是用草绳和稻草编的,梨花每天上午搓草绳,下午编草片,一直到晚上深更半夜,至少要完成两片的任务,站到脚都僵硬了为止。三个妹妹每天做好作业,帮着搓草绳,干家务活,减轻母亲和姐姐的负担。

这年年底,董解放一家终于搬到新房子去住了。活了半辈子,第一次有了自己的房子,董解放的心情非常复杂。四姐妹总算可以一

棟树河
　　向东流

人睡一张床,虽然还是双层的。

又一年冬去春来,在家干活的梨花迎来了一个机会。当地乡政府公开招工,第一名去政府部门工作,其他考上的安排到乡办厂去上班,这信息还是董山岗特意过来告诉董解放的。他是听徐慧说梨花没去读书在家干活,认为可以去试试。他现在也洗脚上岸,不当农民,去乡办棉纺厂跑供销,一年有大半时间在外跑,开了眼界,为人处事更加得体。董振定被免去书记一职后,消沉了一段时间。借改革开放的春风,他下海办起了服装厂,担任厂长。而土地承包到户后,农民的干劲被彻底激发出来。另外,开店做生意的人也更多了。大家各显神通,把日子过得热火朝天。

梨花听到招考信息后,马上说要去考。这次董解放很支持,若能考上,当不了公家人,也好有份工作。

考完试,梨花回家等消息。不久,考试成绩公布,梨花考了第一名。可不知什么原因,去乡政府工作的机会最后落在了别人头上,她被安排到砂轮厂上班。这件事对梨花打击很大。砂轮厂是适合男人干活的地方,又苦又脏。她想不通,明明自己是第一名,为什么结果却不一样?梨花向母亲提出,不想去砂轮厂,更何况去那厂还要交三百元钱。陈彩霞也知太委屈女儿,去求徐慧帮忙,能不能让梨花到董山岗上班的那个棉纺厂去,总比砂轮厂好。董山岗答应帮忙,找了关系,最后梨花如愿以偿去了棉纺厂,但那三百元钱还是要交。家里钱不够,陈彩霞只好厚着脸皮问徐慧借,徐慧很爽快地借给了她。

梨花到棉纺厂后,正式成为一名纺织女工,工作很辛苦,三班倒。特别是冬天,睡在厂里的集体宿舍,半夜睡得正香的时候就要起来去车间。一天八小时都在机器面前来回走着,发现问题及时处理。下班回家,还有活等着她干,每天排得满满的,不得空闲。可再忙碌,梨花还是隔三岔五地下班回家前去拐一下,看看上海阿爷和阿娘有什么需要帮忙的地方。老两口年纪大了,有些家务活没力气干,她就抢着做,把他们当亲爷爷和亲奶奶来孝敬。徐慧跟董远海说,梨花这孩子心善,可惜家里没让她继续读书。对这件事,徐慧一直很遗憾。

这一天,梨花上白班,想着有几天没去看上海阿爷和阿娘了,下了班就直接过去,在门口碰到仁德堂董良善的孙子董林。她见他提着中药包,忙问:"董林哥,这是谁的药?"董林说:"上海阿爷的药。"梨花慌忙走进去,见董远海坐在椅子上,一副无精打采的样子,关心地问:"上海阿爷,你哪里不舒服?"董远海说:"梨花来了。我没事,年纪大了就是这样,吃两帖中药就好。"徐慧从厨房出来,看到梨花,很亲切地说:"等会儿一起吃夜饭。"梨花说:"不吃了,有没有衣服要洗?"徐慧说:"已经洗了。"董林把中药包放在桌子上,对两位老人说:"药已配齐,上海阿爷吃吃看,如果感觉还不好,找我阿爸。"董远海说:"好,谢谢你阿爸。"董林说:"不谢,我回去了。"又朝徐慧和梨花点了点头,走了。

梨花不放心,又问董远海的身体情况。原来这两天董远海总感觉肠胃不舒服,今天午饭也没吃,在徐慧的催促下去了仁德堂。董啸虎给他把了脉,开了三帖中药。由于当时店里少了一味药,董啸虎让董林骑自行车去乡里中药店配,顺道办点事,一来一回,就这个时间了。梨花解开药包,拿起附着的一张药方单子看,上面写着:肠鸣腹痛,大便泄泻,泻后痛减,舌苔薄白,左两关不调,左弦而右缓,证属肝脾不调,肝强而脾弱。方拟,痛泻药方以治之……她看不懂,不过心里暗暗赞叹,这字写得真好看。她把方子放在一边,拿起一包药去煎。徐慧叫她不用管,梨花非要等药煎好,倒了一碗出来凉着。徐慧一脸怀念地说:"以前你们都住在这里,还有小尚、小张,每天热热闹闹。现在就只有我跟你阿爷,每日大眼瞪小眼,冷冷清清。"梨花安慰道:"以后我多来陪陪你们。"徐慧说:"你要上班,还要帮你妈干家里的活,太辛苦了。"梨花笑着说:"不辛苦,我年纪轻,有力气。"

董远海忽然想到一件事,问梨花:"我记得你爹爹跟董啸虎他们家从不来往,你知道原因吗?我看董林对你倒没什么成见。"梨花摇摇头说:"我不清楚,爹爹从来都不说,大概是上辈之间有什么事,我们小辈不管这些。"董远海说:"你说得对,都是一个村,抬头不见低头见,没必要搞得像仇人。"

见时候不早,梨花婉言谢绝徐慧要她吃夜饭的邀请,匆匆回家。

陈彩霞见梨花晚归,知道她去了徐慧那里,随口问了一句。梨花说:"上海阿爷人不舒服,在吃中药。"陈彩霞说:"年纪大了,没儿没女的罪过,你有空就多过去陪陪。"梨花说:"我晓得。"菜花、菊花和梅花跟着说:"明天放学了,我们也去看看上海阿爷、阿娘。"梨花说:"好。"

董解放不在家,他现在是单位里一支建筑队的负责人,干活倒是不用干,主要是管理,但跟过去一样,跟着工程走,差不多也是一个月回家一次,母女四个早已习惯。

吃过晚饭,梨花想到董远海的疑问,问陈彩霞:"阿姆,我们家跟董林他们家有什么矛盾吗?今天上海阿爷问我,我也说不清楚。"陈彩霞说:"我听你爹爹讲,当年你阿爷生毛病,吃了董林阿爷开的药就去世了。"梨花很惊讶地说:"有这种事?药开错了?"陈彩霞说:"其实你爹爹自己也搞不清楚，他那时候年纪小，再说你阿爷毛病本来就很严重，是不是跟董林阿爷的药有关，也是一笔糊涂账。他是听别人这么说，就记在心里，这么多年从不来往。"梨花"哦"了一声，想这中间或许有什么误会。

　　董林回到家里，董啸虎看到儿子，忍不住多说几句。他就这么个独子，偏偏不爱读书，更不喜欢中医，初中毕业就当农民，说是喜欢种田，从没见过这样喜欢自讨苦吃的人。他苦口婆心地劝儿子学中医，有门手艺，以后不会饿死，可惜儿子从来都不听。每次父亲唠叨，董林态度都很好，不吭声，任他说。没办法，他对中医一点兴趣都没有，不然早跟阿爷去学了。他不肯学，这药店恐怕以后就传不下去。见老爹一脸郁闷，董林忙安慰道："阿爸，这手艺以后可以传给我儿子。"董啸虎哭笑不得，说："看样子是想讨老婆了。"董林又立马改口说："别，我乱讲的。"说完，溜回房间去，他才不想这么早就结婚。董林没想到随口说的推脱之词，却让他阿爸生了心，觉得这个建议不错，儿子没指望，以后还有孙子。董啸虎想到董林已二十出头，有合适的姑娘是可以谈起来了，于是就让妻子张小兰留意些，打听打听。张小兰平时就听老公话，没啥主见，应了一声。回头她去问儿子，把董林吓一跳，他再三表明，不想这么早结婚。夫妻俩见儿子真没这心思，只好暂时打消这个念头。

14

菜花初中毕业,又一张高中录取通知书到了,董解放和陈彩霞对让不让菜花继续读书发生了争执。董解放的意思很明确,书不用再读,还是去上班挣钱。陈彩霞很犹豫,菜花的成绩比梨花还好,若继续读下去,说不定真的能考上大学。梨花已经为这个家放弃了读书的机会,难道还要再剥夺菜花的机会?董解放说:"如果家里有钱,她想读就去读,可家里什么情况你没数?梨花现在每个月赚的工资补贴家用,等过几年她找了对象,赚的钱你得给她办嫁妆,你还想花她的?让菜花早点工作,也好帮家里一把。这两间小屋不可能住一辈子,过几年有条件了造楼房,钱哪够用?"陈彩霞在那里叹气,说:"说到底是我们当父母的无能,若要怪,只能怪她们没投好胎。换户人家,说不定根本就没这些破事。"

菜花很平静地接受了父母的决定。她转过背,对两个妹妹说:"你们两个好好读书,一定要考上大学,这样我和大姐的牺牲才值得。"菊花问:"二姐,你真不读了?"菜花说:"又不是我不想读,你们看看,大姐都大姑娘了,出门都没一件稍微像样点的衣服,还跟阿姆一条裤子拼着穿,更不用说我们。"说到最后一句,音量低了许多,说不出的压抑。十几岁的少女已有一颗爱美之心,母亲却从来都没意识到怎么把她们打扮得漂漂亮亮。菊花抿着嘴,从小到大,这个家灌输到她脑海里的只有一个字:穷。除了穷,再也没有其他。她低下头看身上的衣服,都是两个姐姐穿不下的旧衣裳。虽然洗得很干净,也没明显的补丁,但并不合身。可阿姆说要存钱,以后还要把平房翻成楼房,不能乱花一分钱,只有等过年,才有新衣服穿。梅花听了两位姐姐的话,语气坚定地说:"我会好好读书。"菜花对梅花说:"老四,我们家估计就你有希望读大学,到时候家里条件肯定比现在要好。"又对菊花说:"你希望也很大,除非你不想读。"菊花说:"我肯定要读,以后去城里。"说到城里,菜花一直记着尚宇,这么多年没联系,也不知道那位大哥哥的情况。想到这里,菜花忽然有一种想给尚宇写信的冲动。那个地址,估计上海阿爷那里可能还存着,哪天去问问,试着寄封信过去。

　　此刻,尚宇并不知道,在董家村当年他救起的小姑娘正在想他。这些年,他一直在那家街道工艺美术厂上班,赚点微薄的工资。在黑龙江的二哥跟他差不多时间回了宁波,但在宁波农村插队的大哥没有回城,在劳动过程中,和村里的小芳姑娘好上,还以为要一辈子留在那里,就结了婚。谁会想到有一天可以回城?不过大哥跟他说过,家里条件这么差,若真回城也不一定找得到对象。小芳是村书记的女儿,家境好,人长得清秀,对他又好,做老婆挺不错。再说都属宁波地区,想回家看父母也方便。尚宇很为大哥的英明决定庆幸,倘若他在董家村有心上人,说不定也会留下来。家里大姐已出嫁,他、二哥加一个妹妹和父母一起,挤在那间破旧的木结构房子里,虽说有两

> 楝树河
>   向东流

层,可低矮、狭小,楼梯走起来都摇摇晃晃。有人给他二哥介绍对象,结果人家姑娘上门来一看,吓跑了,把他爹娘愁得眉头打结,甚至暗暗打起了换亲的主意。在二哥的强烈反对下,才没换成。这一点,让尚宇对二哥多了一分敬重,讨不进老婆是郁闷,可若要拿妹妹一辈子的幸福去换,他们兄弟是绝对做不出来的。看着周围的人都在动脑筋赚钱,尚宇渴望改变,他想挣很多钱,可以让父母过上好日子,让他们兄弟都能娶到自己喜欢的姑娘,还能让妹妹嫁个她中意的男人。可钱又上哪里去赚呢?这时,他工作的工艺美术厂由于亏损严重,街道想找人承包。他就初生牛犊不怕虎,签了合同,接下了这个烂摊子,自任厂长。

可想是一回事,做又是另一回事,当家才知油米贵。尚宇当上厂长后,没睡过一天安稳觉,整天操心如何开发新产品,设备太陈旧,最好能更新一批。可手上又没资金,去银行贷款,人家还瞧不上他这个私人小作坊一样的小厂,搞得他焦头烂额。眼看着再过三个月要过元旦,仓库里那些新年台历还无处可销,账上已没钱给员工发工资。尚宇心急如焚,买了一张火车票,带上一大包样品,先到杭州,再转车去武汉,看能不能拉些单子来。

这是一趟绿皮火车,车厢里人挤人,过道上连脚都放不下,抽烟的、咳嗽的、吹牛的,像菜市场。若想去趟厕所,得从人群堆里一点点挨过去,非得挤出一身汗不可。尚宇庆幸有座位坐,从上车开始,他满脑子想着如何开拓业务。武汉他从没去过,是听人说那里市场比较大,才决定去领领市面。对如何推销产品,他现在能想到的唯一办法就是到了以后找一本黄页来翻,那里有单位的地址和电话。无论怎样,总要去试试才知道有什么结果。

绿皮火车开得特别慢，停的站又多，结果晚点。进入湖北境内，为了避让别的列车，火车停靠在一个不知名的小站。尚宇估摸着这火车应该会停一会儿，不如下车去活动活动筋骨。一起下车透气的人还不少，无论是坐的还是站的，这么长时间，大家的腿都已经麻了。尚宇下车后，把憋在胸腔里的浊气吐了出来，大口呼吸外面新鲜的空气，精神为之一振。过了十来分钟，列车员拿着喇叭喊乘客赶紧上车，火车要开了。尚宇跟在人群后面，刚上车，在转弯处，忽看到地上有一张丢弃的火车票，弯腰捡起来一看，大吃一惊，这不是自己的座位号吗？他的心立马就慌了起来，才记起刚才下车时，衣服外套就挂在座位的衣钩上，知道坏事了。他急急挤到座位上，取下衣服，一摸里面的口袋，脑袋像被糨糊给塞住了。他刚才怎么忘了这口袋里有他这次出门带的三百元钱，那可是全部家当，而且其中五十元还是别人托他带的。他整个人就不好了，连呼吸都变得粗重起来，内心自责不已，怎么会如此大意？现在完了，除了裤子口袋里还有几元零钱，连张回程票都没法买。尚宇欲哭无泪，他问坐在一起的几个男人，看到谁来摸过衣服口袋。那几个人都说没看到。尚宇知道这钱找不回来了。坐在座位上，情绪极其低落。出师不利，这次怕是要白跑一趟。还没到目的地，钱就没有了，实在倒霉。想起其中的五十元钱，他忙取下行李架上的旅行包，从夹层里取出一只信封，上面有一个武汉市的地址。这是单位一姓王的同事给他的，请他办好事后，去看望一下他的大伯，并捎去五十元钱。这钱原本装在信封里，没封口。他怕搞丢，把钱抽出来放在衣服里面的口袋，没想到给一锅端，尚宇后悔得要吐血。现在只有到武汉后先去找那位老人，看能不能借点钱，把眼下的难关给过了。

棟树河
　　向东流

好不容易熬到武汉，尚宇提着旅行袋，拿着信封，一路打听，终于找到了那位同事的伯父家，把信交给了王老伯，很惭愧地说："伯伯，小王叫我带五十元钱给你，可我在火车上遇到了扒手，身上带的三百元钱全没了，只有回去给你寄过来。"

王老伯看过侄子的信后，相信尚宇的话，问道："那你现在有什么打算？"

尚宇有些为难，他想借钱，可又实在开不了这个口，他跟老先生非亲非故，又是初次见面。可不借，他今晚就要露宿街头。扭捏半天，他才红着脸说："我现在身上只有几元零碎钞票，伯伯，你能不能借点钱给我？我想找家小旅馆住下，先推销带来的产品，总不能白来一趟。"说完，他从包里拿出一本工艺台历送给王老伯，说："这是我们厂生产的明年的新台历，我过来想看看这里有没有单位要。"

王老伯接过台历翻了翻，感觉这台历印刷质量一般，有些粗糙，不由担心这些东西的出路，不过他也不好打击尚宇的积极性，就爽快答应借钱给他。他转身去卧室，一会儿出来，手上捧着一只纸盒，放桌子上打开，挑五元、十元的放一边，最后借给尚宇一百五十元钱。尚宇非常感动，很自觉地写了一张借条。王老伯还留他吃了一餐便饭，差点让尚宇的眼泪都下来了。

吃好饭，尚宇离开王老伯家，找了家小旅馆住下。原以为旅馆里有黄页本，谁知道没有。尚宇决定第二天沿着马路走，只要看到单位的牌子，就上门去，说不定运气好，遇上贵人，给他一张大单，那什么问题都解决了。怀着美好的愿望，尚宇一觉睡到天亮。吃了一碗热干面，提着旅行包，尚宇满怀信心地出发。

从早上出门，一直到天黑才拖着沉重的双腿回到小旅馆，那旅行袋的分量都没怎么减轻过。关上门,尚宇倒在单人床上,大脑一片空白。他记不清去了几家单位,只记得每到一家单位门口,像个乞丐一样跟门卫说尽好话让他进去,可人家根本不理他。哪怕他送台历给对方,也还是没有用。好不容易碰到一位负责人,人家都懒得翻一下样品,就把他给打发了。年轻气盛的他,实在受不了这窝囊气,真想明天买张车票回家。可既然接了这烂摊子,再苦再累他也得坚持下去。尚宇想到当年在董家村刚参加劳动时,一样苦得想哭,后来就好了,人也强壮了不少。相比之下,这点挫折算不了什么。

第二天,尚宇又振作精神,带着一袋子样品出门。这次,他改变策略,到商店买了一包烟,又去大街小巷转。看到一家工厂,上前,给门卫同志递上一支烟,介绍了身份,说有业务想跟他们厂长谈。没想到门卫问他要介绍信,尚宇又拿不出来。他身上带有空白介绍信,但是他是随机走,不可能提前填好抬头。对方见他没介绍信,一边抽着烟,一边坚决不同意他进厂区。尚宇只好郁闷离开。吃一堑长一智,这给他提了个醒,在路上看到某单位牌子,他长了个心眼,找个角落,偷偷把名称填上。这样,他终于光明正大地走了进去。

这是一家生产绸布的厂家,规模不算大,尚宇被人带到厂长办公室,结果办公室门关着。一问,说是在会议室开会。尚宇好不容易进来,行不行总要试一试。他找了个角落坐下,耐心等待,心里却在打鼓。说到底,他还从没有跑过供销,外行。又想到任何事总有第一次,经验都是跑出来的。这一等,差不多等了一个小时,终于等来了厂长,一个人高马大的中年男人,姓马。刚开始,还以为尚宇是来谈绸布业务,他又是倒水又是递烟,很热情。可当尚宇拉开旅行包,拿出几本台历样品,说明来意,那男人的脸色立马就变了,说:"谁让你

棟树河
　　向东流

进来的？这东西我们不需要。"

尚宇低声下气地说："马厂长，你看我们这台历很有特色，给员工做福利很好，价格也不高，可以把你们单位的名称印上去。"

"这种东西我们这里很多，不需要。"马厂长一脸的不耐烦，走到门口喊了一嗓子，立马进来一个年轻人。马厂长指了指尚宇，说："带他出去。另外跟老黄说，不要什么人都放进来。"

尚宇感到从未有过的难堪，把桌上的台历都收起来，装进袋子，他很想有姿态地说一句打扰，可话在嘴边，就是说不出来。走出厂区，尚宇带着被严重挫伤的自尊，漫无目的地走在武汉街头，不知不觉走到了城外，看到两条铁轨向远方延伸，一屁股坐到铁轨上。真是穷途末路，他想这个时候如果来一辆火车，干脆就这样死了算了。他目光呆滞地看着不远处的荒草，脑海里突然闪过棟树河畔那一棵棵开满了紫色小花的棟树，那静静流淌的河流，那一张张熟悉的面孔，那飘着桂花香的小院。尚宇惊觉自己不是一个有情义的人，返城后，他把董家村那些善良的人都抛到了脑后，他为刚才想以死来逃避现实的念头羞愧无比。

尚宇站起来，决定把样品台历摆地摊处理完，然后打道回府。这次经历代价太大，但也有收获，至少让他明白，在不了解实际的情况下贸然行动，盲目乐观，失败是难免的。

回到宁波，尚宇大病一场。病好了，这欠下的一屁股债还得想办法还，厂里的业务还要继续跑。这次，他发动全厂员工参与，谁推销出去，根据数量拿提成，充分发挥大家的积极性。这一招果然有效，所谓虾有虾道，蟹有蟹路，为了能多挣点钱，大家也都拼了。这样上下齐心，终于在元旦前把库存给清空了。工厂的难关暂时渡过，可尚宇一点也轻松不起来,他想到了转型,倘若依然生产工艺台历、信封信笺之类产品,不会有前途。可转型做什么?他还摸不着头脑,只能先走一步看一看。

15

董远海病倒了。

他的身体在那些年就埋下了病根,又长期担惊受怕,心情抑郁,到了这个年纪,什么病都出来了。送到宁波医院一检查,肝癌晚期,已扩散。医生建议回家,想吃什么就吃什么。

徐慧闻听诊断结果,脸色惨白,感到天都要塌下来了,心慌不已。从青春年少到白发暮年,夫妻俩相依为命,一路走到今天,酸甜苦辣一言难尽,她无法想象丈夫离开后的日子怎么过。陪同前来的是董山岗和董平波,董山岗心情一样沉重,他对徐慧说:"阿嫂,要不要送阿海哥去上海看医生?"徐慧没了主意,她问董山岗:"这件事要不要告诉你哥?"董山岗想了想,说:"我们还是瞒着他,就说是没啥问题,回去养养就好。"徐慧摇摇头说:"我怕他早已猜到。"董山岗说:"要么还是去上海,大城市不一样,说不定还有其他好办法。"徐慧说:"好,去上海。可如果我们一边说没问题,一边说去上海看病,你哥不会相信。"董山岗一想,也对,如果没问题,怎么可能会好端端地跑到上海去看病?可如果不说实话,去上海看病的理由找不到。"阿嫂,你说如果阿海哥知道了实情,会不会同意去上海看医生?"徐慧说:"我就怕他不去看。"

两个人心情沉重地从医院走出来。为了等化验结果,董山岗特意在医院旁边的小旅馆开了一间半天房,让董平波陪着董远海休息。本来是做好了住院的思想准备,现在看来不需要了。来到旅馆,董远海说:"结果出来了?你们不要瞒我。"徐慧犹豫一下说:"我们先回家。"董山岗退了房,走了进来,说:"阿海哥,宁波医生水平差,我们去上海看看。"董远海问:"确诊了?什么病?你们不说我也知道,不会很好,我有数。"徐慧艰难地吐出两个字:"肝病。"她还是没有勇气说出"癌"这个字。癌,代表的就是死亡。董远海说:"回家,我不想再折腾。"徐慧泪水涌动,又怕惹董远海难过,拼命克制,不让那些泪水涌出来。

很快,董解放一家得知董远海病重的消息,夫妻俩买了些补品,带着四个女儿过来探望。几天不见,董远海消瘦得厉害,整个人都脱了形,眼珠子深深凹在眼眶里,脸上只见皮和骨头,大家都非常难过。陈彩霞见徐慧也瘦了许多,担心地说:"阿婶,你自己身体要当心,阿叔还要靠你照顾。家里有什么事你喊一声,不用客气,几个小的现在也能派上点用场。"徐慧说:"我晓得,有事情会找你们帮忙。"梨花没心情说话,拿起扫把闷头把几个房间的地和院子打扫得干干净净,又把地板给拖了。菜花拿着脸盆给墙角的桂花树和草花浇了水,见椅子上有换下的衣服,主动拿到河埠头去洗。

董解放坐在椅子上,陪靠在床头的董远海说话。菊花和梅花平时很好动,这会儿都安静地坐着。在她们眼里,上海阿爷的样子还是有点吓人,两个人都不敢走太近。怕影响董远海和徐慧休息,董解放一家六口没敢坐太久就告辞离开。临走前,梨花对徐慧说:"上海阿娘，我明天下班过来。"徐慧说："不用，忙你的。"梨花不管，她已打定主意，这段时间一定要多来陪陪两位老人。陈彩霞也是这么想，他们家受了这对老夫妻太多的恩惠，该是报答的时候了。

董解放一家走了，徐慧对董远海说："这家人都心善。"董远海说："是的，这么多年处下来，跟自家人一样。"徐慧说："也是我们运气，你现在给我好好养着，你把我带到乡下，不能不管我就走。"董远海嘴角扯出一丝苦涩，说："我还巴不得长命百岁，留你一个人，我也不放心。"徐慧瞪了丈夫一眼说："那你就给我活到一百岁。"

时候不早，徐慧服侍董远海躺下，上楼去休息。为了不影响彼此睡眠，老两口分房睡已经很久。躺到床上，徐慧怎么也睡不着，她心里明白，这次丈夫恐怕是凶多吉少。一旦他走了，就剩下自己一个人，孤苦伶仃。年轻的时候，没有孩子虽有遗憾，但不至于绝望，可如今她真的很怕，怕一个人没法生活下去。就这样胡思乱想到半夜，才迷糊过去。

董解放和陈彩霞都担心董远海这次可能要熬不过去，夫妻俩说着说着就聊到了孩子。董解放感叹道："没有儿子是可怜，你看看，生了毛病身边都没个商量的人。"陈彩霞说："你有四个女儿，还怕老了没人管你？"董解放说："女儿都是人家的。"陈彩霞说："看你嘴硬，有本事等老了不要去依靠女儿。"董解放闭上嘴巴，过头话他不说，不然到了那一天搞不好就是打脸，又说："这次工程队出去，我估计得两个月后才能回来。"陈彩霞问："这么久？"董解放说："时间紧，再说那边是深山冷岙，又没有公交车。"陈彩霞说："那多带几件换洗衣服。"反正这么多年，董解放又不是第一次出门。从内心深处讲，她也喜欢董解放出门，天天在家矛盾多。对这个丈夫，她谈不上多有感情，也不能说没感情，嫁鸡随鸡，嫁狗随狗，谁家不是这么过的？

　　第二天，董解放带上旅行包，骑着凤凰牌自行车，载着陈彩霞去单位。菜花跟着出了门，她现在在董振定的那个服装厂上班，当车工，学技术，一天做到晚，并不觉得有多辛苦。不过这不是菜花的目标，她的目标一直很明确，去城里。现在年纪还小，父母不同意她进城，怕被人给骗了，她只能耐心等待。最近她迷上了言情小说，书是问同事借的，书里的那些爱情令她神往。每次看书，她都会不由自主地想起尚宇，那位笑起来露出白白牙齿的少年。他很有耐心地陪儿时的她玩，他很爱干净，从不说脏话——她总是不自觉地把尚宇想象成书中的男主角，胡思乱想。一颗懵懂的少女心在她胸腔里乱窜，脸色绯红，像被火烤过一般。不知道那位大哥哥现在变成什么样了，她好想去城里找他。这一刻，菜花恨不得一夜之间就成人，可以自己做主，不用听从父母的安排。

　　菊花和梅花去学校读书，菜花上班，家里只剩下梨花，她上中班。收拾好家务，梨花去街上买了点菜，又到供销社买了几包山楂片，平时嘴巴没味道时她喜欢吃这个。忧心上海阿爷没胃口，她想让他尝尝。平时她除了上班，每天还要完成母亲布置的副业任务，编一条草片，从早忙到晚，即使过去看上海阿爷和阿娘，也待不了多长时间。现在上海阿爷病了，她若不过去帮着做点什么，心里就难受。昨晚，她跟母亲商量，家里的活她暂时少做点，把时间留出来，多陪陪两位老人。陈彩霞当即表示同意。

　　徐慧看到梨花提着菜进来，说："你这孩子，家里有菜，去花这个钱干吗？"梨花说："没事。上海阿爷好点没有？"徐慧摇摇头，神情忧伤。梨花把菜放到厨房,去看董远海,见他虚弱地坐在椅子上,很难过,轻声问道:"上海阿爷,你想吃什么?我来做。"董远海说:"梨花来了。阿爷没胃口,不想吃。"梨花说:"没胃口也要吃点,不然没力气。这是山楂片,味道很好,你吃几片,开胃。"她把山楂片放一边,拿起一小包撕开递给董远海。董远海见梨花一脸殷切地看着他,就用手指夹了几片放进嘴里,酸味中带一丝甜,刺激味蕾。徐慧端了一碗小米粥过来,说:"喝点粥。"董远海说:"现在不想喝。"梨花说:"上海阿娘,要不要去配几帖中药吃吃?我听厂里的同事讲过,她妈妈生病,不想吃饭,后来吃了几帖开胃的中药就好了。"徐慧说:"那我去趟仁德堂。"梨花自告奋勇地说:"我去好了。"董远海想到他们两家父辈从不来往,有点犹豫。再则,他觉得自己这个病,喝中药没用,只是不忍心拂了梨花的一片赤诚,说:"那你替阿爷过去问问。"梨花点点头,出门上街去。

走进仁德堂药店,映入梨花眼帘的是靠墙一排由一格格抽屉组成的高大柜子,每只抽屉外面贴着标签,中草药的香味从药柜抽屉里渗出来,让梨花忍不住深深地吸了一口。柜子上方还整齐地摆着一只只大圆肚的青花陶瓷药罐子,非常显眼。

董啸虎正在抓药,梨花开口道:"伯伯,上海阿爷吃饭没胃口,有没有喝了可以让他开胃的中药?"董啸虎转过身,见是梨花,一脸惊讶。他知道梨花是董解放的大女儿,这么多年,从没有打过招呼,突然跑过来喊他伯伯,他还真有些不习惯。一听是上海阿爷,知道是董远海,于是和蔼地说:"梨花啊,有开胃的方子,不过要搭脉,方子不能随便开。"梨花说:"那能不能请伯伯去上海阿爷家里看看?他没力气走路。"董啸虎微笑着说:"好的,现在没人替我看店,等会儿有人了,我会过去的。"梨花说:"那麻烦伯伯。"董啸虎说:"不麻烦。"

正说着,董林手上拎着一只竹篓从外面走进来,见梨花在店里,也有些意外。梨花大方地打招呼,问:"董林哥,你去钓鱼了?"董林说:"不是鱼,是泥鳅。"梨花想起那碗小米粥,转过头问董啸虎:"伯伯,泥鳅煮粥是不是营养很好?"董啸虎说:"是的,生病和体弱的人吃最好。"梨花对董林说:"董林哥,你可不可以把泥鳅卖给我?我想给上海阿爷煮粥吃,他生病了。"董林一听,忙把竹篓递给梨花,说:"你拿去好了,不要钱。"梨花不接,说:"那不行,钱要给,你辛辛苦苦抓来的。"说完,她从衣服口袋里掏出买菜剩下的零钱,一看只有一元多,抱歉地说:"你说个价,我回家去取钱给你。"董林说:"真没事,这个又不值钱。"董啸虎没想到梨花是个这么善良的女孩,看她的眼神有些不一样,见她还想推,开口道:"梨花,没关系,你拿去,伯伯现在就跟你过去看看。"又吩咐董林看店。董林点点头。梨花向董林父子道了谢,捧着竹篓,跟在董啸虎身后,朝董远海家走去。

路上,碰到村里人,见董啸虎与梨花走在一起,都觉得好新奇。有一定年纪的人都知道那段公案,知道董解放与董啸虎老死不相往来,他女儿倒跟没事一样。梨花才不管那些,她现在只想着这些泥鳅恐怕上海阿娘不会杀,她也不会杀,到时候该咋办?刚才没考虑到这个问题。

徐慧见梨花把董啸虎带来了,忙迎了上去,说:"麻烦董医生。"董啸虎说:"没事,我去看看远海叔。"梨花拿着竹篓跟徐慧说:"上海阿娘,这些泥鳅是董林哥抓来的,给阿爷烧粥吃,可以补身体。"徐慧又向董啸虎表示了一番感激之情,接过竹篓,朝里张望了一眼,为难地看着梨花,轻声问道:"梨花,这泥鳅你会杀吗?"梨花惭愧地说:"我

楝树河
　　向东流

不会杀,等我阿姆下班回来,让她帮忙,她会杀。"已走进房间的董啸虎听到,朝门外的两个人说:"这泥鳅先放着,等会儿我让阿林过来帮你们弄好。"徐慧说:"这怎么好意思。"董啸虎说:"没关系。"

董远海见董啸虎特意过来,请他坐。董啸虎一把脉,脉象无力,这身体实在是虚弱得不行。怕董远海有思想包袱,董啸虎故作轻松地说:"天气热,人很容易疰夏,我给你开几帖开胃药吃吃看。"董远海说:"麻烦了。"

董啸虎又问了一些情况,知道他昨晚吃了青菜年糕汤,人不舒服就躺下了,心里有了数,让梨花跟他去药店拿药。到了店里,梨花见董啸虎分别从贴着焦山楂、焦麦芽和焦神曲标签的抽屉里抓药,按分量包在一起,很好奇地问:"伯伯,这些是什么药?"董啸虎见梨花睁着亮晶晶的眼睛,脸上写着"感兴趣"三个字,说:"这方子叫焦三仙,开胃消食。"梨花说:"这药味真好闻。"董啸虎不禁笑了起来,说:"看来你从小没喝过中药,不知道中药很苦吗?"梨花认真地说:"我喜欢这药香味。"董啸虎正在包药的手略一停顿,抬头看了梨花一眼,说:"你喜欢中医吗?"梨花说:"我不懂,但我觉得中医很好。伯伯,你收不收徒弟?"董啸虎反问道:"你想学?"梨花毫不犹豫地点了点头说:"想,可我又怕学不会,中医很深奥。"董啸虎把一周的药量包好交给梨花,笑着说:"那你有空就来店里,我教你认药材,不过你爹爹会同意吗?"梨花说:"这是我的事,跟我爹爹没关系。"

董啸虎笑了,他吩咐董林跟梨花一道过去,帮忙把那些泥鳅杀了,将药费收回来。看着两个年轻人一前一后走出药店,董啸虎压抑不住脑海里突然冒出来的一个强烈念头,如果梨花能成为他家儿媳妇就好了,不只是因为刚才她说想学中医,而是这孩子对没有血缘关系的董远海和徐慧都这么孝顺，将来对公婆肯定不会差。董啸虎暗中盘算，这事他得先跟妻子通个气，再听听儿子的想法，如果都觉得好，董解放那里的僵局他去主动打破。他问过父亲，当年董解放父亲去世，跟他爹开的药真没什么关系，是场误会。冤家宜解不宜结，这么多年，也该画个句号。

董林对梨花的印象一向很好，今天更让他有了新的认识，心里有一种微妙的感觉。到了董远海家，董林去灶间弄来一些草木灰，把泥鳅倒在灰里一裹，又拿起剪刀，很快就剪了泥鳅的头，拉出里面的肚肠，没一会儿工夫就处理干净。梨花则一边守着炉子煎药，一边看董林手脚麻利地处理泥鳅，笑着说："董林哥，下次你抓了泥鳅还卖给我。上海阿爷身体太弱，急需要营养。"董林抬起头，看到梨花眼睛里明亮的笑意，不禁晃了晃神，脸微微有点红，回了她一个笑脸，说："不用买，送你。"梨花说："那我不要，你要收钱。这是我孝敬阿爷、阿娘的，你不收钱，我的诚意就打折扣了。"徐慧从厨房里出来，对俩年轻人说："等会儿一起吃饭。这泥鳅一半红烧一半煮粥，就怕太腥气，你阿爷不要吃。"董林说："我们家有臭冬瓜，特别下饭，我去取点来。"徐慧说："不用，家里有豆腐乳。"

董林是个老实人，听徐慧这么说，也不勉强。午饭当然不会留下来吃，可他很想和梨花多说几句话，又找不到合适的话题。泥鳅杀好，他就没理由再待在这里，接过徐慧给的药费，回药店去。梨花不想徐慧辛苦，多个人就要多做一道菜。等药煎好，端给董远海服下，她就回家随便煮了碗面条吃，开始编草片，一直做到离上班时间还有一小时，才洗了把脸，匆匆去厂里。

晚上，董啸虎在床上忍不住跟张小兰说了梨花的事，感叹道："这

棟树河
　　向东流

姑娘良心好,长得也不错,如果她爹不是董解放就好了,就让她嫁给阿林当老婆。"张小兰说:"这事你说了不算,要阿林喜欢,他如果喜欢自己会想办法。"董啸虎说:"那你明天问问阿林。"张小兰觉得好笑,说:"我还从没见过你这样子,人家是丈母娘看女婿,越看越欢喜,哪有公公看媳妇,越看越喜欢的?"董啸虎说:"儿子没希望,我这不是盼着孙子能喜欢这一行吗?仁德堂需要传下去。"张小兰说:"行行,那我跟阿林说,让他早点生魂灵。"

　　当董林从母亲嘴里听到梨花这个名字,耳朵一阵发热。张小兰见儿子这副模样,心里已猜到几分,问:"阿林,跟阿姆说实话,你喜欢梨花吗?如果喜欢,阿姆找媒人去提亲。"董林难为情地说:"阿姆,梨花比我小五岁,她家跟我家又不来往,她爹爹不会同意。"张小兰说:"如果你真喜欢梨花,那你主动点,等梨花心里有了你,我们再去提亲,还怕她爹爹不同意?梨花现在年纪还小,再大点,像她这么好的姑娘要被别人看相去的。"董林被母亲这么一说,竟生出几分危机感,忙说:"我晓得了。"正在上班的梨花打了个喷嚏,根本不知道她已被董林一家三口给惦记上了。

16

一年中最寒冷的季节到了。

在病床上缠绵了大半年的董远海还是没有熬过去,在一个北风呼啸的夜晚闭上了眼睛。徐慧虽然早有心理准备,可当丈夫真正离开,她还是接受不了,跌坐在椅子上,哀哀痛哭。她知道,对丈夫来说,死亡或许是一种解脱。每日,她目睹病魔对他的折磨,那无法止住的疼痛,让一个大男人在床上乱爬,把她的心撕成了碎片。现在,他再也不会痛了,永远都不会了。家里静悄悄的,白天还时不时有人过来探望,但晚上她没有理由麻烦别人,就自己守着。看墙上的挂钟已经十点,她想要不要去通知董山川他们。想到习俗,她还是擦干眼泪,拿出手电筒出了门,敲响了那几位堂兄弟的家门。

董山川、胡阿香和董山岗、张萍等人赶紧从被窝里起来,跟着过来。女人帮着烧水,徐慧仔仔细细地给丈夫擦好身子,趁身体还没有完全僵硬,给他穿上寿衣。村里有专供做白事的"堂前",董山岗去找保管钥匙的人。入殓的也有专人,要去请。一时,大家都分头忙碌起来。

第二天早上,闻讯来帮忙的董解放、陈彩霞、董啸虎、董林、癞头

棟树河
　　向东流

　　阿三等人，一律听从董山岗的安排，董山川负责指导。梨花和菜花刚好一个上中班，一个晚班，一起帮着做事。见徐慧脸色憔悴，梨花扶她坐下休息。徐慧很疲惫，可她知道这个时候再累也不能倒下，只能强打着精神硬撑着。

　　让大家意外的是，尚宇来了。这是他回城后第一次回来，看着眼前熟悉的村庄，心绪难平。徐慧疑惑地问："小尚，你是怎么知道的？"尚宇说："徐姨，是解放哥叫菜花写信跟我说董叔生病的事。我过来看看他，没想到还是没见到最后一面，您节哀。"徐慧才想起前段时间菜花过来问她尚宇的地址，她翻了半天抽屉才找出那封信，把上面的地址抄给了菜花，说："你有心了，你董叔昨晚走的。"

　　董解放走了过来，拍拍尚宇的肩膀，说："我不知道你的地址有没有变，就让菜花试着给你写封信。小尚，你会来，董叔在地下有知一定很高兴。"尚宇摇头，自责地说："本来应该昨天过来，厂里有事要处理，耽搁了。是我不好，这么久都没回来看看你们。"徐慧说："这个不怪你，你董叔什么时候走我们都不确定，大老远的你能来，已经很麻烦了。"

　　正说着，癞头阿三走了过来，看到尚宇，伸出拳头想敲他一下，又觉得不妥，硬生生地收了回来，故意问："这是哪里来的贵客？"尚宇上前，向他伸出手，说："阿三哥，好久不见。"癞头阿三这才亲热地握住尚宇的手说："兄弟，把阿哥忘记了，这么多年都不联系。"尚宇惭愧地说："混得太差，无颜见江东父老。"癞头阿三说："混得差才更要联系，这次过来多住两天。"尚宇说："我也想住，可厂里事情太多，下午得赶回去。"癞头阿三有些失望，说："那你给远海叔去上支香。"尚宇点点头，跟董解放和徐慧打了声招呼，来到堂前，给董远海上香，恭恭敬敬地鞠了三个躬。

出来,见一位亭亭玉立的少女在偷偷看他,尚宇猜是菜花,这模样跟小时候还是有很大变化,小脸蛋已经长开,是个漂亮姑娘,他走上前说:"菜花,你不认识我了?"菜花红着脸说:"认识。"心里却在嘀咕,在她的记忆里,尚宇是个很年轻的大哥哥,很帅气,眼前这男人有些老相,跟她想象的书中男主角的形象有不少差距。具体差距在哪里,她又说不出来。不管怎样,见到尚宇她还是很高兴。尚宇说:"那你还不叫叔叔?"菜花张了张嘴,声音像蚊子叫一样喊了一声:"大哥哥。"尚宇装作没听清,叫她再大声点,又考虑到这场合不好开玩笑,就放过菜花,和癞头阿三一起去找董解放。癞头阿三悄声问尚宇:"你跟张晓云有联系吗?"尚宇说:"没联系,解放哥有没有通知她?"癞头阿三说:"估计没通知,就算通知,她也不会来。"尚宇想起那些年、那些事,说:"是的,她不会再来。"

村里帮忙的人看到尚宇,都客气地上前打招呼,看着眼前一张张纯朴的脸,尚宇感到很亲切。董解放问尚宇现在的情况,尚宇就简单说了一下,他承包了街道工厂,亏损,眼下还处于艰苦的创业阶段。董解放又问他有没有结婚。尚宇的神情有些黯然,不愿多讲,含糊地说:"之前找过一个,后来不合适又分开了。"癞头阿三接过话头说:"你们城里人结婚晚,我女儿都可以打酱油了。"尚宇说:"还是先赚钞票,有钱还怕没老婆?"癞头阿三说:"那是,随便你挑。"董解放安慰他说:"慢慢来。"

董啸虎扛着一根板凳过来,看到董解放,破天荒地朝他打了声招呼,态度非常好。董解放还以为太阳从西边出来了,要知道这么多年他们就算面对面碰到,都装作没看见。见董解放没反应,癞头阿三碰了碰他的手臂，董解放只好做了一个客套的回应，心里冒出一大堆疑问。

那边，董林正在帮梨花把洗好的一大脸盆菜端到一间简易房里，那里有几个妇女在两口土灶边上，炒菜的炒菜，烧饭的烧饭。还有几只煤饼炉上烧着开水，一片忙碌的景象。这半年，梨花和董林接触比较多。由于关注董远海的病情，她三天两头跑药店，村里人都知道董远海病了，梨花在帮徐慧跑腿，对她时不时出现在药店也没大惊小怪。而董啸虎自从知道儿子的心思后，经过一段时间的暗中观察，很认可梨花的为人，把她纳为最佳儿媳妇备选对象，对她和颜悦色，很有耐心地教她认药材，每种药材的药性，跟什么搭，可以派什么用场等等。每次，梨花都虚心地听着，还做笔记，非常勤奋好学。不但董啸虎欢喜，老爷子董良善一样笑逐颜开，看梨花的眼神分明就是在看孙媳妇。梨花从没有谈过恋爱，再加上年轻，心里虽然对董林有好感，但并没有往那方面去想，只觉得董林一家人真好，待人热情，很好相处。

董解放正在纳闷董啸虎的态度，找不到原因，直到他无意中发现董林总喜欢往梨花身边凑，突然想到了一个可能，心里立马警觉起来，看样子这对父子在打梨花的主意，难怪董啸虎像换了一个人似的。这么一想，董解放心里不由来了气，他想回家好好问下梨花，年纪轻轻的就想找对象，吃了豹子胆。

傍晚，尚宇准备离开。董解放问："你是坐车还是坐船？最后一班航船等会儿就来了。"现在去城里，除了坐船，还有一个选择，到镇上坐私营中巴车，刚开通不久。尚宇说："我坐中巴回去。"看到徐慧过来，尚宇从口袋里掏出一只信封，里面装了一百元钱，作为丧礼。徐慧不要，尚宇一定要她收下，真诚地说："徐姨，你和董叔对我的好，我一直记着。这些年我过得不太顺,也没来看你们,是我不对,以后有空我会来,您老人家多保重!"徐慧见推不掉,只好收下,道了几声谢。

癞头阿三让尚宇稍等,他回家去骑自行车,把他送到镇上。尚宇不跟他客套,答应了下来。菜花要去上班,她很想跟尚宇告个别,可人这么多,她又不想喊他叔叔,正犹豫,听到癞头阿三的话,估计了一下时间,应该不会迟到,磨蹭着等癞头阿三骑自行车过来,说要跟他们一起走,反正顺路。尚宇一听,对菜花说:"我来骑车带你去。"癞头阿三这才想起菜花上班地方就在镇上,说:"对啊,你们两个同路,那我就不送你了,你上车地方就在她厂子边上。"尚宇说:"行,省得你来回跑两趟。"

尚宇载着菜花往镇上驶去,坐在自行车后车座上的菜花感觉自己的心出现一个小洞,那些细碎的喜悦像楝树河水一样给漫了出来,让她有几分慌张,又故作镇静,有一搭没一搭地回答尚宇的问话。尚宇说:"你怎么不继续读书?我记得你小时候说要考大学,怎么连高中都不读?"菜花说:"我家的情况你也知道,早点工作也好减轻父母的负担。"尚宇说:"真难为你。"菜花突然冒出一句:"我想去城里打工。"尚宇说:"你有十八周岁了?城里没有你想的那么好。"菜花沉默,过了好一阵才说:"过了年就满十八周岁,我如果去城里,可以去找你吗?以前你答应过我。"尚宇的心没有理由地一慌,可他又找不出拒绝的理由,只好笑着说:"这么久了还记着?你去城里当然可以来找我,我好歹也是你叔叔。"菜花心想,你是我哪门子叔叔?只不过她没有把这句话说出来,顺着尚宇的话,故意说:"那就这么说定了,小尚叔叔。"尚宇说:"好。"他想菜花还这么小,解放哥一定不会同意她进城打工。如果真去找他,他还是有点怕。至于怕什么,又说不清楚。

棟树河
　　向东流

　　镇上到了，菜花第一次发现这段路实在有些短，好像没几分钟工夫。在厂门口，菜花从自行车后座跳下来，握住车把，很认真地对尚宇说："我会去找你。"尚宇打量着眼前的少女，纤细的身材，皮肤还是那么黑，一双非常明亮的眼睛。他朝她摆了摆手，说："好，那我走了。"转身，快速离开。这背影落在菜花眼里，给她一种落荒而逃的狼狈，不由笑了出来。心想，大哥哥好可爱。

　　尚宇坐上回城的中巴车，靠在椅背上闭目养神，脑子里出现他从水里捞起菜花，还有菜花黏着他的那些场景。他想，小姑娘跟他说这么多，是因为把他当作救命恩人？对，一定是这样。至于菜花会不会来城里，这事他管不了，若真来，他请她吃餐饭也应该。这么一想，心情就平静下来。他睁开眼睛，看着车窗外一闪而过的田野，空旷，寂寥，它们在耐心等待春天。

　　第二天大清早，一行人把董远海送上山。他的坟就在他父母的合葬坟旁边，也是双穴。坟前立了一块墓碑，徐慧的名字是红色的，董远海的名字被董山岗涂成了黑色。

　　这个时候的徐慧已冷静接受事实，抚摸着冰冷的石碑，轻声说："你先去那里跟爸妈团聚，到时候我会去找你。"

　　办好丧事，徐慧紧绷的神经一下子就松懈下来，病倒在床。董山岗叫张萍帮忙照顾，张萍嘴上同意，心里却有了别的想法。她想，董远海已经去世，这么大的房子就徐慧一个人住，等她走了，能继承这财产的也就他们几个堂兄弟，不如趁早住进去，占得先机。于是她就把心里的算计跟董山岗说了。董山岗当即把张萍骂得狗血淋头，让她灭了这个念头，说："你不要脸，我还要脸。"张萍气极，干脆甩手不管,说:"没好处,谁去伺候她?"董山岗狠狠地瞪了她两眼,转身走出家门。他一个人不好去探望堂嫂,叫上大哥董山川,商量着叫谁去照顾徐慧好。董山川也想不出好主意,他和妻子胡阿香年纪都比徐慧大,若叫小辈来,又说不出口。再说照顾人,偶尔一天两天还行,时间长了肯定不行。

到了徐慧家,看到梨花正端着一碗肉粥从厨房出来,董远海生病期间,他们已经碰到过梨花多次,没想到徐慧一病,还是她在照顾。董山岗问:"梨花,你不用上班?"梨花说:"我今天上夜班,上海阿娘好多了。"董山岗说:"谢谢你,梨花。"梨花说:"不用谢,阿娘、阿爷对我们这么好,应该的。"

徐慧坐在床上,梨花把肉粥放到一边,拿过一只枕头,细心地垫在她的腰部,说:"上海阿娘,肉粥我放了一点点盐,你尝尝。"徐慧点点头,又对董山岗兄弟俩说:"我没事,你们忙,不用过来看我。"董山川说:"阿海不在了,你有事一定要跟我们讲。"董山岗补充道:"是啊,阿嫂,你好好养身体,有事尽管叫我们,不要见外。"徐慧说:"好,肯定要麻烦你们。"董山川说:"自家人不要说麻烦。"

接过梨花递过来的肉粥,徐慧拿起调羹尝了一口,味道很不错。董山川和董山岗不好看着徐慧吃,便告辞离开。走到外面,董山川忍不住感叹道:"真没想到,解放生了一个有情有义的女儿。"董山岗想到张萍的心思,更觉得梨花是个好姑娘。有梨花在照顾徐慧,他们放心了。

董解放盘问梨花与董林的事,已是半个月之后。主要是那段时间,为了照顾生病的徐慧,梨花除了上班,其他时间就住在徐慧家,直到她康复。陈彩霞对董解放的猜测不以为然,认为他想多了,董解放就怪她不管女儿,陈彩霞也不跟他争。

这天,梨花上白班。吃过晚饭,菊花和梅花在房间里做作业,菜花上夜班不在家。陈彩霞把梨花叫到隔壁房间,夫妻俩神情严肃地问梨花:"你是不是跟董林在找对象?"梨花一愣,马上否定说:"没有啊,谁说我跟他在谈恋爱?"董解放不信,说:"如果没有,他怎么总喜欢跟在你屁股后面?董啸虎怎么会主动跟我打招呼?你是不是经常去他家药店?"梨花说:"是啊,我是经常去。我喜欢中医,董伯伯和董爷爷都愿意教我。爹爹,我现在已经认识很多药材了。"陈彩霞睁大眼睛问:"这是什么时候的事?"梨花说:"上海阿爷生病的时候。爹爹,董林哥一家人都挺好,真的。"董解放一听,脸色就不太好,对陈彩霞说:"你看看,你看看,你生的好女儿。"梨花觉得父亲有些莫名其妙,对陈彩霞说:"阿姆,我去看看上海阿娘。"说完,也不管父亲在背后的警告,走出家门,到徐慧家去。

路上,梨花回味父母刚才的话,以前真没想过,可被父母这么一提醒,她一下子明白过来,董林看她的眼神是有些不一样。再加上他父母和爷爷对自己的态度,莫非爹爹说的是真的?夜色中,梨花的脸悄然红了,少女的心第一次感到了悸动。梨花想,或许,自己也是喜欢董林的吧?她有些不确定,又怕自作多情,万一董林没这个意思,若被人知道,那就丢人死了。最后决定,在董林向她明确表白之前,她装作啥也不知道。这么一想,梨花的脚步不由轻快起来。

17

田野上,再一次轮换了四季的风景。

董解放家的经济条件比过去好了许多,他计划把两间平房翻成楼房,四个女儿都大了,每个人都想有个私人空间。徐慧从梨花那里听说她家要准备造楼房,萌生了一个念头,她想把自己住的这幢小楼加两间平房便宜卖给董解放,条件是他们照顾她,让她住到过世。凭着她对董解放一家的了解,她认为这个方案可行,于是去找董山川和董山岗兄弟商量,听听他们的意见。

董山川和董山岗没想到徐慧有此打算,毕竟这样的事在村里还从没有过。徐慧虽说是一个人,但还有他们这些夫家的堂兄弟在,算不了真正意义上的孤老。徐慧是这房子的主人,决定权在她手上,他们不太适合提反对意见。董山川想了想说:"解放一家人不错,卖给他家合适,就是不知道买下房子后,会不会尽心尽意照顾你。"

徐慧对这一点很放心,她说:"梨花真把我当亲阿娘,每天总要过来看一下。彩霞有空也会过来,我觉得这家人良心都很好。"董山岗说:"阿嫂,房子是你的,这事你做主,我们没意见。"董山川说:"解放不一定会要。"徐慧不明白。董山川解释道:"解放这个人最怕别人瞧

棟树河
　　向东流

不起他,他如果便宜买了你的房子,万一村里有人说闲话,他会有想法。"董山岗听大哥这么一说,也觉得有道理。徐慧说:"那我私下问问梨花。"兄弟俩点点头,他们还是认为董解放不会买,不是说买了不会照顾徐慧,而是没买的话,这样照顾徐慧有个人情。若真买了,必定会被人说成这份照顾别有用心,想图徐慧的财产。董解放最受不了的,恐怕就是这种误解。

不出所料,当梨花把徐慧的想法告诉父母,夫妻俩半天才反应过来。不得不说,这个主意还真不错,而且可行,可惜这好处董解放不想要。陈彩霞有些动心,如果真买下那房子,她可以把这两间平房卖掉,再加上积蓄,估计钱也差不了多少,就算负点债也不怕,独门独院又宽敞,而且她很清楚那房子的质量,好得很。董解放怕妻子起贪心,严肃地说:"这个便宜不要去占,犯不着,有钱我们可以自己造楼房。"陈彩霞迟疑一下问:"真不考虑?"董解放毫不犹豫地说:"不考虑。"见董解放这么坚决,陈彩霞只好放弃,让梨花下次过去的时候说一声。

这件事,梨花的想法跟父母不一样,她希望父母能买下,这样住一起可以方便照顾上海阿娘。至于是不是占便宜,会不会被人家说闲话,她没想,也想不到。既然父母不同意,她回话就是。第二天下班,梨花去了徐慧家,说了父亲的意思。徐慧很遗憾,看来以后的日子只能一个人冷冷清清地过了。梨花也觉得挺遗憾,见徐慧一脸失望,安慰道:"上海阿娘,你不要太担心,还有我。"徐慧慈祥地看着梨花,欣慰地说:"我没有看错,你是个好姑娘。"

对父母拒绝买下徐慧的房子这件事,梨花没什么想法,她最近很忙。前些日子,厂里接了一批童装业务,需要在衣服上绣花和钉小珠子、扣子，不能机器操作，只能手工。为了赶进度，不影响交货时间，就发动全厂职工领一些活回家加工，赚外快。刺绣要求不高，图案也简单，菜花看两遍就会了。每天除了上班，业余时间其他活不干，就坐在那里绣。菊花考上镇上的高中，功课紧，选择了住校。梅花晚上做好作业帮忙钉珠子和扣子，两姐妹齐心协力，完工速度比一般人要快。

菜花在学校读书的时候，比较喜欢美术，她对线条很敏感，这次在童装上绣花激发了她对刺绣的浓厚兴趣。她请父亲帮她做了一个小型的花绷子，有空就去绣上几针练练手，惹来母亲笑话，说她是"丫头命，小姐品"。菜花才不管这些，对自己喜欢的东西，她很执着。只可惜镇上的新华书店门市部没相关的书籍卖，靠她自个儿琢磨，有些力不从心。她迫切地想进城去，瞒着董解放，偷偷给尚宇写了一封信，再次说出了心中的愿望。尚宇连忙写了回信，劝菜花暂时还是在乡下工作，因为现在的他没有能力帮她，请她原谅，等他有能力了，让她再来。他在信的最后写了一句话："我怕你失望，相信我。"

过了许久，菜花轻轻折起信纸，把它装在信封里。她把信放在专属的那只红色人造革皮箱里，锁上。那里，还有她写的日记。

尚宇见菜花不再来信，又有些失落，他想小姑娘可能想通了。可事实上，菜花不但没有想通，反而更加坚定了进城打工的决心。只不过她才向父母试探了口风，就被董解放和陈彩霞一口给否定。董解放不同意是因为好不容易才把女儿养大，结果一个个都有了自个儿的主见，不听话。陈彩霞则是担心城里不安全，怎么放心让女儿一个人进城去打工？梨花劝菜花不要着急，有合适的机会再说，总得有个落脚点再去为好。菜花冷静下来，决定先耐心等待。她不喜欢农村，

棟树河
　　向东流

哪怕一年四季田野上有不同的美丽景致也无法打动她,她一定要走出去。

　　这一年,董解放的目标是造两间楼房。陈彩霞是个很会当家的女人,特别擅长精打细算,手头有点钱就让董解放去买造房子需要的建筑材料,一点点积累,准备得差不多了,建房就付诸行动。由于是原拆原造,还得先租房,等新房子造好了再搬过来。租房,再没有比租徐慧家的房子更合适的了。

　　陈彩霞来到徐慧家,见屋里打扫得很干净,柜子上放着董远海的一张黑白照片,其他没什么变化,可空气里有一种说不出的冷清。徐慧见到陈彩霞很高兴,连忙请她坐,说:"我还没有去谢你,梨花这孩子真好,你看这地板都是她帮我拖的。"陈彩霞说:"她有力气,你有事就叫她做。"徐慧说:"你们一家都是好人。"陈彩霞说:"我们也没做什么。"

　　当徐慧听说陈彩霞的来意,想租两间平房临时过渡,一口答应,明确表示不要钱,白住。陈彩霞说:"阿婶,钱还是要给,不能白住,房子造好,又不能马上搬进去,总要晾晾。解放还要做几样家具,我估计得租三个月差不多。"徐慧说:"没关系,住多久都行,这房租真的不用给我。"陈彩霞见徐慧诚心诚意,就收下了她的这份好意。

　　董解放一家又搬到徐慧家的小屋居住,不知内情的人还以为他们在打什么主意,后来听说是造楼房临时借用,有心里嫉妒的,说几句风凉话,意思是没想到这么穷的董解放居然有一天也有能力造楼房。陈彩霞向单位请了假,每天买菜做饭给建筑工人和师傅们吃,忙得手脚不停。梨花和菜花帮着母亲做好后勤工作。陈彩霞想反正要做饭,徐慧一个人又吃不了多少,让她不用开伙,跟着一起吃。徐慧说:"不用麻烦,我自己做简单。"陈彩霞说:"阿婶,你就不要跟我客气,你都不收我们房租钱,吃两餐便饭又没啥。你不答应,那我们也没脸白住你的,必须得交钱。"徐慧笑着说:"就你有理,行,那我跟着你们随桌吃,享几天福。"陈彩霞说:"好好。"

有了董解放一家做邻居,徐慧因董远海去世郁郁寡欢的心情好了许多。她从心底里盼着以后一直能过这样的日子,甚至觉得董解放有些傻,送上门的便宜都不愿占,倘若贪一点,这笔买卖肯定就做成了。一个人生活,实在有些孤单。可惜这样的心思,没有人懂。

等新房子造好,董解放一家搬进去,已是秋天。徐慧再不舍也没有办法,毕竟只是邻居,又不是子女。梨花很善解人意,说:"上海阿娘,我每天会过来。"徐慧说:"我一个人没事,你不用天天跑,那么忙。"梨花说:"顺路。"徐慧的心里很暖,梨花把照顾她当成一种责任,这是她的福气。这个时候,徐慧特别庆幸当年曾经对这孩子的一点点付出,竟换回这样的回报。

梨花从徐慧家出来,经过仁德堂药店,被董啸虎看到,叫住她,问道:"梨花,你最近怎么不来药店?"梨花有些窘迫,只好说:"伯伯,主要是家里在造房子,事情太多,又要上班,没时间。"董啸虎笑眯眯地说:"现在都弄好了?"梨花说:"刚搬进去。"董啸虎说:"年轻人记性好,你对中医又感兴趣,有空就多过来学学,等天气冷了,还能给我当个助手,帮忙一起做滋补药丸,到时候我给你开工资。"梨花高兴地说:"好。"心里又怕父母不会同意,可她真的很喜欢这个充满了药香的地方。更隐秘的心思,跟董林有关。好多次,她都怀疑在路上碰到董林,不是偶遇,而是他特意在那里等。即便是一句平常的招呼,落

楝树河
　　向东流

在耳里,也带了几分说不清道不明的情愫。她不敢走近,只能躲得远远的,不像过去那样大大方方地说话。

董啸虎是有意这么说的,家里的傻儿子说梨花总是避着他,不知道该咋办,想叫父母托人去提亲,又怕被直接回绝,故而还是按原先的策略,只要梨花心里有了董林,那就成功了一半。当爹娘的只能在旁边偷偷助个力,最终还得看儿子的本事。董林纠结的地方就是怕一旦开了口,若梨花无意,他就没了一点希望。在没有把握时,还是慎重为好。

回到家里,梨花想来想去,还是决定私下告诉母亲。父亲那里,由母亲转达比较好。陈彩霞对董啸虎一家没什么特别印象,这么多年也没交集。让梨花去药店帮忙,她是过来人,怎么会看不出这是个借口。恐怕真如丈夫所说,他们是看上了梨花。不过站在一个当妈的角度,若没有上一辈的那件事,董林很适合当女婿,小伙子忠厚老实,又勤快,在村里口碑很好,他家的条件又是数一数二的。很多年前,他们住的就是楼房,还有一个大院子,是董林爷爷手里造的,听说那柱子的木料都粗得很。陈彩霞说:"这事不要让你爹爹知道,省得他烦。"梨花见母亲同意,很高兴。只要没有人在父亲耳边乱说,他不会知道这件事,而她只要行得正,也不怕别人说闲话。

当董林在药店看到梨花,心情那个激动,差点把一只药罐都给打翻了,本来就黑的皮肤染上了红色,变成黑红黑红的,瞅着梨花傻笑。梨花面红耳赤地白了他一眼。董啸虎在旁边看得清楚,从梨花的反应看,她对自家儿子似有好感,大喜。又见儿子这副傻样,暗骂一句没出息。

董啸虎不愧是老江湖,为了儿子的亲事,他也是豁出去了,从一只袋子里拿出一把枯草,考梨花:"知道这是什么草吗?"梨花摇摇头。董林认识,立马接过话头说:"车前草,就是猪耳草。"梨花睁大眼睛,惊讶地问:"猪耳草不是用来喂猪的吗?"董林得意地说:"这是一味药,具有利尿、清热、明目、祛痰的功效。它的种子也是药。我没事经常去找这些草药,晒干了可以用。"梨花敬佩地看着董林,羡慕地说:"董林哥,你懂得真多。"董林突然有些后悔,早知道就跟着阿爷和阿爸多学点,这样也好与梨花有更多的共同语言。董啸虎斜了儿子一眼,故意说:"你有这么好的条件不肯学,如果你有梨花一半用心,早可以出师了。"董林想说自己笨,记不住,又觉得在喜欢的女孩面前,还是不要这样贬低自己的好,于是一脸孝顺儿子的样子,讨好地说:"那我以后也用功学。"梨花说:"董林哥,你是身在福中不知福,你不知道有多少人眼红你,学了这门手艺,以后可以不用种田。"董林说:"种田是辛苦,不过我觉得挺好。如果大家都不肯种田,就没饭吃了。"梨花虽年轻,但家庭环境让她比一般同龄人要成熟。在她的认知里,没几个人喜欢种田,特别是农忙季节,个个累得眼睛要翻白,像董林这样不怕吃苦的后生并不多。这么一想,对董林的印象分又提高了。

  这一次学习,让梨花再次惊叹中医的神奇,她没想到像枇杷叶、荷叶、艾叶、野菊花、金银花等看起来毫不起眼的花花草草原来都是药。她很兴奋,兴致勃勃地计划着,要在自家的房前屋后种些可以入药的花草。一不留神,她把想法说了出来。董林眼睛一亮,马上说:"我家院子种了很多,你去取些回去种好了。"梨花从没有去过董林家,不清楚他家情况,听他这么讲,很好奇,可又觉得这样跟过去取花,人家看到了万一说了什么,传到父亲耳朵里要生事,犹豫着说:

> 楝树河
> 　　向东流

"要么你有空帮我取两样来,我就不过去了。"董啸虎在旁边笑着说:"梨花,你是不是怕人家讲闲话?你们年轻人怎么也这样古板,还没我这个老头子想得开。去看看又没关系,怎么说,你也算是我半个徒弟。"梨花调皮地反问道:"拜师父是不是要送蹄髈?"董林插了一句说:"谢媒人要送蹄髈。"梨花顿时闹了个大红脸,借口时候不早,慌忙走出药店回家去。董林还没明白过来,问父亲:"她怎么走了?"董啸虎笑骂了一句:"呆大。"

　　走在路上,梨花想起董林的眼神,这颗心就在胸口横冲直撞,好像要跳出来一样,带着丝丝的甜。这种感觉从没有过,梨花怀疑自己可能病了。

　　晚上,董林在父亲的提示下,给梨花送来了几盆花草,有薄荷、紫苏、金银花等,这是他第一次正大光明地出现在梨花家。董解放和陈彩霞用审视的目光打量眼前这个年轻人,他高大,一脸憨厚,说话实在,给他们的印象还不错。若真要找女婿,这小伙子和家境在农村无疑是上选。董解放心情很复杂,总有个坎卡在那里,他没法忘记父亲喝了董林爷爷开的药,吐血而亡这件事,脸色随之阴沉起来。他嘴上什么也没说,只是冷冷地看了梨花一眼。也因为董林来了这一趟,董解放才知道梨花偷偷去药店学中医,更是气不打一处来,当爹的权威被严重挑衅。等董林一走,董解放劈头盖脑骂了梨花一顿,把梨花给骂哭了,跑了出去。没有了目标,董解放又把视线转移到妻子身上,怪她没管好女儿,还借机教训在家的梅花,以后不能跟着梨花学。梅花莫名挨批,心里很不爽,借口做作业,关上门,不理这个暴怒的爹。

　　陈彩霞很生气,不是生梨花的气,是气董解放,她说:"几个女儿从小到大你有没有管过她们一天?现在倒说起现成话,怪起我来了。

要我说,这董林如果真喜欢梨花,梨花也喜欢他,有什么不好?人家比我们有钱多了,你还欠了一屁股债。再说,为了这个家,梨花和菜花都没能读高中,是你这个当爹的没本事,你还有脸骂她?"董解放被妻子反驳得哑口无言,想想这么多年,在家的时间确实不多,都靠妻子一个人带着几个孩子过,很辛苦。说她没把女儿教育好,是有些过分。他只好降低音量,说:"我就随便讲几句,你火气真大。"陈彩霞没好气地说:"火气没你大。"陈彩霞不想理丈夫,走到隔壁,让梅花去徐慧家看看梨花在不在,外面天都黑了,她有些不放心。梅花答应一声,转身出了门。

梨花在徐慧家里,洗了一把脸,神情有些萎靡。徐慧听梨花说了事情经过,问她:"那你喜欢董林吗?"梨花羞涩地说:"我不知道,他们一家人都挺好的。"徐慧说:"找个自己喜欢的人很要紧,要过一辈子,不能随意找个人嫁。"梨花苦恼地说:"被爹爹这么一搞,以后我就不能再去药店了。"徐慧说:"你若喜欢,为什么不坚持?我想你爹爹会明白。你又不是去做坏事,学点东西也好。"梨花抬起头问徐慧:"上海阿娘,你也觉得我可以去学,对吗?"徐慧说:"当然,人这一辈子最难得的就是坚持做自己喜欢做的事。"梨花沮丧的心情一下子好了许多,她说:"我会的。"

梅花跑了进来。梨花站起来,问:"你怎么来了?"梅花向徐慧打了声招呼,然后说:"阿姆叫我来找你。"梨花说:"爹爹还在发脾气?"梅花撇了一下嘴说:"被阿姆骂了几句,现在没声音了。"梨花想笑,她家爹爹就是这个脾气,程咬金三板斧,气势看起来很足,实际上没啥花头,就跟徐慧道了个别,和梅花一起回家。

姐妹俩并排走着,梅花突然问:"大姐,你是不是真的喜欢董林?"

棟树河
　　向东流

梨花的脸莫名热了起来,她说:"别瞎猜,没有的事。"梅花说:"这又不丢人,怕什么?爹爹也是,你又不是三岁小孩,就算现在找对象,不是也很正常吗?"梨花说:"还不是因为阿爷的事,就算我喜欢董林,董林也喜欢我,有什么用?爹爹不会同意。"梅花说:"阿爷的事跟你有什么关系?大姐,如果你真喜欢,我们都支持你。"梨花吓一跳,转过头打量梅花,严肃地说:"你们不好好读书,怎么讨论这个?"梅花笑了起来,说:"大姐,你不知道二姐整天在看言情小说?她最喜欢和我们说情感故事。"梨花觉得这事她要好好找菜花谈谈,菊花和梅花还小,怎么能说这些,连忙用警告的口吻说:"别听你二姐胡扯,你们两个好好读书,考上大学,不要像大姐一样没出息,只能做个三班倒的纺织女工。"梅花说:"我知道。"

　　回到家里,董解放在房间里没出来。陈彩霞过来,见梨花情绪已恢复正常,提醒她平时注意,姑娘家名誉最重要。梨花也不顶嘴,很顺从地点了点头。

　　躺在床上,梨花在想徐慧说的那几句话,坚持做自己喜欢做的事,她暗下决心。

18

这天是周末，菜花上白班。她下班经过村口的晒谷场，发现摆了很多板凳，知道晚上有电影可以看。"也不知道是什么电影"，菜花嘀咕了一句。按以往经验，放映队到各个村来放的就是一些老片子，什么《铁道游击队》《地道战》之类，她没兴趣，还不如看言情小说来得有意思。现在镇上租书摊生意很好，借了多次，摊主跟她也熟了，有什么新书会及时告知她。但愿晚上是个新片子，菜花想。农村本来就没啥娱乐活动，电视机也是少数人家才有。每次放电影，不仅本村，附近村庄的人都会过来，尤其是年轻人，没特殊情况不会错过。以前她不懂，现在明白了，看电影，是很多年轻姑娘和小伙子相看的机会。这时，她又想到了城里。说起来，她都没有好好逛过宁波市区，在读初中的时候，学校组织过一次春游，到天童寺玩。工作后，每天上班下班，休息天还要在家干活，进城就成了一个梦想。明天就是星期天，干脆姐妹四人去宁波逛逛，说不定还能碰到尚宇。回头她跟菊花和梅花一说，她们一致同意。梨花上中班，不在家，菜花相信大姐不会反对。

吃过晚饭，三姐妹打扮得漂漂亮亮去看电影。陈彩霞忙着做家

棟树河
　　向东流

务没有去,董解放出差不在家。

到了晒谷场,看电影的,摆各种小摊的,小孩子奔跑打闹的,人挤人,像倒翻的田鸡篓,热闹非凡。提前放好板凳、椅子的就挤进去找位子坐下,没有的站在边缘,三五成群,聊着各种八卦。三姐妹一出现,就吸引了不少年轻后生的目光,三个有着杨柳细腰的少女,个个容颜秀美。即便像梅花还没有长开,但已看得出来是个美人胚子。菜花对自己的外貌一向很自信,跟梨花的随和不同,她骨子里有一种清高,面对一些若有若无的殷勤目光,视若无睹。她志不在此,自然不会对谁轻易动心。至于菊花和梅花,关注点根本不在这里,只关心晚上放什么电影。

天黑了,放映机转动起来,一束光打在竖起的幕布上,出现了"高山下的花环"这几个字。三姐妹一看,顿时泄了气。这部电影,她们在邻村看过。菜花问:"还要不要再看一遍?"菊花和梅花摇头,表示不想看。菜花无所谓,见俩妹妹没兴趣,跟着一起退场。她们挤出人群,朝家里走去,不想在转角处碰到董林。菜花忽生戏弄之心,走到董林身边,悄声说:"明天大姐要带我们去宁波,你去不去?"董林惊喜地问:"我可以跟去吗?"菜花说:"反正我已经告诉你了,去不去你自己定,八点班的车。"说完,带着俩妹妹扬长而去。董林暗暗猜测,这可能是梨花的意思,不好直接跟他讲,故意通过菜花的口来传达。想到梨花跟自己有着一样的心思,董林很激动,他担心晚上会睡不着觉。

菊花和梅花并没有听清楚菜花跟董林说的话,见此,很好奇,菊花问:"二姐,你刚才跟他说什么?"菜花眼珠一转,嬉笑着说:"明天你们就知道了。"梅花疑惑地问:"二姐喜欢他?"菜花一顿足,说:"老四,你哪只眼睛看到我喜欢他?乱讲,我才看不上。"梅花说:"那二姐喜欢什么样的男人?"菜花狐疑地打量着梅花,说:"你这小娘思春了?"菊花没忍住,笑了起来,搂住梅花的肩膀说:"老四,你不知道二姐喜欢谁吗?《上海滩》里的许文强啊!"梅花恍然大悟,说:"难怪二姐最喜欢听'浪奔浪流',原来是喜欢许文强。"菜花装作恼羞成怒的样子去拍打俩妹妹,菊花和梅花见势不妙,赶紧笑着跑开。

"哼哼,喜欢许文强咋得了?"菜花朝着俩妹妹的背影说。前两年,村集体出钱,买了一台黑白电视机,放在大会堂,供村民们观看。除了《上海滩》,还有《红楼梦》,她都是从电视上看来的。菜花想,以后就要找一个那样的男人。脑海里忽闪过尚宇的模样,微微一惊,自言自语道:"可惜长得没许文强好看,又老了点。"她脑袋一摆,加快脚步回家。

梨花半夜下班回来,看到菜花留的字条,去宁波玩她没意见,赶紧洗漱好睡觉。

第二天早上,姐妹四个穿戴整齐,背上包包,骑了两辆自行车去车站。车子就停在菜花的厂里,她们不放心停外面,怕被人偷去。停好车,来到上车点,梨花忽然看到一张熟悉的面孔,董林站在那里朝她笑。梨花惊奇地说:"你也去宁波?"董林刚想回答,余光瞥见菜花朝他使眼色,好像一下子明白过来,把原来想说的话咽了下去,点点头说:"真巧。"梨花不知原因,心想是够巧的,这偶尔进城一次,居然还选同一天同一班车。几个人上了车,选了位子坐好。董林坐在梨花后面,耳边听着四姐妹交流的内容,心里蠢蠢欲动,很想把梨花那两根黑油油的长辫子握在手里。

棟树河
　　向东流

　　到了汽车东站下车，四姐妹朝街上走去，梨花见董林跟在她们身后，很纳闷地问："你不去办事？"董林搔了搔头皮说："我没事，今天给你们当保镖。"梨花的脸一红，嗔怪道："谁要你做保镖？"董林张了张嘴，还没有发声，菜花就自作主张，说："大姐，既然董林哥有这份心意，那就让他当保镖好了。或者，你们两个去约会，我们自己逛。"梨花一把扯住菜花的手臂问："是不是你告诉他的？"菜花嬉皮笑脸地说："大姐，既然你们都喜欢对方，干吗不挑明？来都来了，那就一起玩。"菊花和梅花在旁边帮着说话，梨花无奈，总不能在大街上发脾气，只好剜了董林一眼说："就你本事大。"她误以为是董林偷偷串通了三个妹妹，让她们帮他说话。董林也不辩解，在那里笑，只要能让他跟着，什么都好说。

　　一行人说说笑笑去东门口，气氛很融洽。董林说："中午我请你们去城隍庙，那里有很多小吃。"梨花说："我们自己会买。"菜花故意来捣蛋，说："大姐，我们难得敲一下董林哥的竹杠，你就不要剥夺他请客的机会。"梨花说："你这些从哪学来的？"菊花冷不丁来一句："肯定是抄言情小说里的话。"梨花转过头对菜花说："看样子你是想找对象了。"菜花一脸傲娇地回答："我才不会在农村找。"梨花不知道该怎么接这话，她很怕大妹心气太高，这样反而不好。不在农村找，那只有进城，但城里人有这么好找？一个户口就可以把你给卡死。可她又不好打击菜花的积极性，只好说："那也得要有本事。"菜花语气坚定地说："总有那么一天。"

　　到了东门口，几个女孩要去逛商店，可董林这样跟着，她们又没法逛尽兴。这时，菜花意识到自己多事。她拉住梨花的手臂，轻声说："大姐，你和董林去玩，我们三个随便转转。"梨花不同意，她和董林还没有正式交往，这样单独去逛街，万一碰到熟人，会说不清楚。菜花无语，觉得大姐年纪轻轻，思想很封建。其实她的口袋里还放着一张纸条，上面有一个地址，这一路她一直在犹豫要不要去找找。本来想着若大姐和董林不跟着，她就带着两个妹妹去找那个地方。现在大姐坚决不离开，她就没法去了。

董林见东福园饭店门口有人在摆摊卖香干和茶叶蛋，一大锅正煮着，热气腾腾，那香味不停地往鼻子里钻。他上前掏钱，买了四串香干、四只茶叶蛋，递给姐妹四人。梨花不想要，菜花趁她还没有开口就抢着说："谢谢董林哥！"梨花没法，只好接过香干和茶叶蛋，躲一边吃了起来。董林朝菜花感激一笑，想，如果自己和梨花真成了一对，这个小姨子功不可没。

中山路很热闹，到处都是自行车和行人，还有公共汽车的喇叭声，街两边房子的墙体上竖着各种广告牌，菜花忍不住对姐妹几个感叹道："城里就是不一样。"菊花和梅花也颇有感触，异口同声地说："我们以后要到城里来读书、工作。"菜花碰了碰站在边上的梨花的胳膊，问："怎么样，大姐，有没有兴趣到城里来？"董林一听，神经立马紧张起来，怕梨花进城，那他就追不到她了。看到梨花摇头，他悬着的心又放了下来。他决定回去就让父母找个媒人上门提亲去，不然他不安心。梨花说不上为什么不喜欢城里，她还是喜欢董家村，喜欢那一条静静流淌的楝树河，喜欢那一棵棵开满了紫色小花的楝树。那种感觉很宁静，她愿意生活在那里。

他们去了第二百货商店，人很多，商品琳琅满目。董林在梨花耳边低声说："买结婚用品的都喜欢上这里来，买'大件'的去交电商店。"梨花转过头，故意不接董林的话，现在跟她说这些什么意思？她

棟树河
　　向东流

一直以为董林很老实，这会儿看看一点也不老实，油头滑脑。董林怕梨花恼他，赶紧说别的，问姐妹四个有没有什么东西想买。姑娘们摸摸口袋里的钱，还是按下了购物的冲动。

中午，董林带路来到城隍庙，那里摆了很多小吃。一进门，菜花说："好热闹，像赶集市，你们想吃什么？"梅花说："我要吃馄饨。"菊花则看上了牛肉细粉。梨花在找位置，好不容易看到有一桌空出来，叫大家赶紧先过去坐。走了这么久，两条腿还是有点累。董林说："我去排队。"又问梨花吃什么。梨花刚才经过一个专门卖烤鸡壳的摊位，不知道放了什么调料，香得不行，她想吃这个。可董林在，她不好说，见他问，就点了一碗素面。菜花跑出去看外面一个个小摊，梨花就随她。董林买好票，再去窗口等。梨花让菊花守着，自己过去帮忙端。

"我点的是素面。"梨花看着一大碗撒着葱花的牛肉面疑惑地问。董林笑着说："这里的牛肉面很好吃，你尝尝。"梨花见面已上来，又不好说不吃，拿起筷子品尝起来，味道果然不错，不由抬起头看了董林一眼。见董林正含情脉脉地看着自己，脸顿时像涂了胭脂那般红，羞涩地低下了头。梅花用调羹舀了一勺新鲜的辣酱放在汤里，喝一口，一脸的满足，看到大姐脸上浮现的红晕，好奇地问："大姐，你又没吃辣，为啥脸这么红？"董林怕梨花难为情，忙问梅花："你喜欢吃辣？"梅花说："是啊，喜欢，我们家就我喜欢吃辣。"董林说："你不像宁波小娘。"梅花故意皱起眉头，说："会不会我妈在医院抱错了？"菜花从外面端了一盒煎饺进来，吃得津津有味，听到梅花的话说："完全有可能，搞不好你是四川人。"梅花说："你又不认识四川人。"菜花说："我们厂里就有。"菊花自顾吃她的牛肉细粉，再喝一口放了咖喱粉的汤，发出一声满足的感叹,好鲜啊!这么一打岔,梨花已平静下来,对三个妹妹说:"快吃,吃好我们也该回去了。"

从城隍庙出来,在旁边的小店铺,四姐妹每个人挑了一条纱巾。好歹出来一趟,空着手回去有点说不过去。董林要付钱,被梨花坚决拒绝,还非要把点心钱塞给他。董林让梨花不要见外,难得和她们姐妹几个同行,就当给他一个机会。梨花还想说什么,被菜花给拦了下来,只好作罢。

等回到家里,已是傍晚。菊花在母亲面前不小心说漏了嘴,说今天董林跟她们一起去了宁波。陈彩霞一直认为梨花最稳重,怎么会同意让董林跟着她们?菜花见此,主动承认是她邀请,气得陈彩霞骂她多事,菜花理直气壮地说:"我是为大姐的幸福考虑。如果董林表现不好,以后就不要理他。表现好,大姐可以考虑跟他谈恋爱。"陈彩霞提高音量说:"你才多大?就想找对象?"菜花说:"不是我,是大姐。我不会在农村找,你放心好了。大姐这个年纪有喜欢的人不是很正常吗?"陈彩霞说:"这事让你爹爹知道,有你受的。"菜花不以为然,她上前搂住母亲的胳膊说:"好了好了,别生气。以后董林真成了你的大女婿,你还得感谢我。"陈彩霞哭笑不得地说:"讨打。"

梨花的脸一阵红一阵白,干脆就跑回房间,不再搭理这个爱惹事的大妹。想起董林,她心里又有一种很奇妙的感觉,有羞涩,有喜悦,有好奇,还有带着对未知的那么一丝慌乱。

19

董林请父母找媒人到梨花家提亲,他比梨花大五岁,在农村,已经不算年轻。董啸虎和张小兰商量半天,觉得再也没有比请徐慧来做这个介绍人更合适的了。徐慧跟董解放一家这么多年关系亲近,更是看着梨花长大的,又是个文化人,她一定能说服董解放放下成见,成全这对年轻人。商量好,一家三口提着滋补礼品去了徐慧家。徐慧一看这阵势,开始很惊讶,又很快明白过来,估计此事跟梨花有关。

当张小兰说明来意,徐慧笑了,说:"梨花是个好姑娘。"张小兰诚恳地说:"是啊,我们一家人都喜欢梨花,想请阿婶帮我们去说说。"徐慧详细询问了梨花爷爷与董啸虎父亲的事,董啸虎拍着胸脯保证,这是天大的误会,他说:"这事我问过我阿爸很多次,真的跟他没关系,他是生好心才开的药。"徐慧说:"不管是不是误会,上辈的事不应该让孩子们来承担后果。"董啸虎忙点头,说:"是是,阿林也是好不容易才喜欢上一个姑娘,这几年给他做介绍的很多,他看都不去看。"徐慧说:"梨花的意思你们知道吗?"董林说:"我们虽然没有明说过,但我觉得她不讨厌我。"徐慧说:"那这样,我先私下问梨花的想法,如果她没意见,我去跟她父母说。"张小兰和董啸虎认为此法很妥当,梨花的态度最重要,她若不喜欢,上门去提亲也没有用。商量好后,董啸虎一家就回去了。徐慧认真地把梨花与董林放一起做了比较,觉得很合适。

第二天,梨花下班又来看徐慧,帮她做家务。徐慧拉住她,很直接地说了董林和他父母的想法,慈祥地说:"梨花,我一直把你当亲孙女,希望你以后生活幸福。现在,你跟阿娘说句实话,你喜不喜欢董林?如果喜欢,我去跟你父母说。若不喜欢,就当我没问过这些话。"梨花见董林动作这么迅速,再一想他的年纪,心里释然。见徐慧问,她低下头,羞得半天说不出来话,两只手绞在一起,不知道该往哪放。徐慧见她这副样子,笑着拍拍她的手,说:"你不说,阿娘就当你同意了。不过董林这后生不错,他家经济条件也好,既然喜欢,就不要错过。"梨花抬起头,忧心地说:"上海阿娘,我怕爹爹不会同意。"徐慧说:"怕什么?现在又不是过去,婚姻大事必须听父母,你的幸福你自己去争取。"梨花的眼神变得坚定起来,说:"我晓得了。"

确定了梨花的心意后,徐慧去找董解放和陈彩霞。夫妻俩见徐慧上门来,很高兴。陈彩霞热情地请徐慧坐,说:"阿婶,我听梨花讲你前段时间晚上睡不好,现在好点没有?"徐慧说:"吃了两帖中药,好多了。"陈彩霞说:"那就好,年纪大了,要当心。"徐慧说:"是啊,现在还走得动,再过两年恐怕连门都出不了。"陈彩霞说:"不会的,你看村里比你年纪大的人很多。"

两个人扯了一会儿闲话,徐慧言归正传,笑着说:"我今天来给梨花做媒。"陈彩霞说:"梨花年纪还小,不知道阿婶说的是哪户人家的后生?"心里,已隐约猜到。显然,董解放也猜到了,开口道:"是不是

棟树河
　　向东流

董啸虎的儿子?"徐慧点头,说:"是的,董林这后生不错,他家情况你们也清楚,梨花以后嫁过去,不会吃亏。"董解放脸色有些不太好,他说:"阿婶,这闲事你就别管,我不想跟他家结亲。"徐慧预料到董解放会反对,她不急,拿起茶杯,喝了一口陈彩霞为她倒的开水,慢悠悠地说:"解放,听阿婶一句劝,冤家宜解不宜结,这俩孩子看对了眼,当父母的如果一味反对,以后万一找不到合心意的,那就是一辈子后悔。"董解放说:"董林爷爷欠了梨花爷爷一条命,怎么可以在一起?"徐慧说:"这事我听董啸虎详细解释过,当初他阿爸也是看你们父子可怜,生好心开了药,你那时年纪小,不清楚你阿爹生的是什么病。再说都过去这么多年,就算你们上辈有恩怨,也不应该让俩孩子来承受,孩子是无辜的。"徐慧转过头问陈彩霞的意见,陈彩霞说:"这事我会问梨花,如果她喜欢,我同意。"徐慧说:"你这当妈的开明。"董解放不悦,摆出一家之主的威严说:"我不同意。"徐慧说:"你们一家人好好商量一下,定下来了给我一个答复。"陈彩霞怕董解放牛脾气上来,当面下了老太太面子,给人难堪,马上说:"好,辛苦阿婶跑一趟。"徐慧说:"不辛苦,梨花有情有义,是个好孩子。"

　　徐慧走了,梨花上班不在家,陈彩霞对董解放说:"这事如果梨花同意,你就别插手。"董解放很不高兴地说:"我是她爹,还做不了她的主?"陈彩霞说:"这事我做主。"董解放不想跟妻子吵,就放下狠话,说:"我不同意,如果那小子敢上门,我就打断他的腿。"陈彩霞狠狠地瞪了董解放一眼,说:"你试试。"原本陈彩霞也没非要看上董林当大女婿不可,被董解放这么一激,还真觉得这门亲事好,见董解放这么固执,很生气,顾自上楼去。

　　梨花半夜下班,其实她可以住集体宿舍,但她不喜欢,人太多,住着不舒服,除非碰到天气不好或冬天,其他时间能回家的都回家,路不算很远,骑自行车半小时。她刚把自行车推出厂门,忽见董林站在路边,吓了一跳,惊讶地问:"你怎么会在这里?"董林说:"来接你下班。"梨花有些慌张,怕同事们看到,跨上自行车,丢下一句话:"谁要你来接?"就急急朝前骑去。董林骑上自行车连忙跟上,很快与梨花并排,说:"梨花,以后你上中班,我都来接你,深更半夜,一个女孩子不安全。"梨花的心跳得好乱,她不是傻子,董林的行为已经明确告诉她这是什么意思,她承认对他有好感,可现在这样,若让人看到,还是不太好。想到这里,梨花很严肃地说:"董林哥,你没必要这样,我又不是你的谁,你半夜来接我,人家看到了会说闲话。"董林一急,那句压抑了很久的话冲口而出,说:"梨花,我喜欢你,做我女朋友好不好?"梨花的自行车龙头忽然晃了一下,她一屏神,又稳稳握住,咬紧嘴唇。董林见梨花不说话,带着几分急迫,认真地说:"真的,我阿爸和阿姆已经请上海阿娘做媒人,去找你爸妈说了。我不骗你,我真的是第一次喜欢一个姑娘。"梨花想到父亲,她忽然想试探一下,问董林:"如果我爹爹坚决不同意呢?"董林说:"只要你同意,其他我都不怕。"梨花说:"我现在还不知道爹爹和阿姆的想法,你若真的想跟我交往,必须要让我父母认可你。"董林毫不犹豫地答应下来。话说到这个份上,两颗年轻的心一下子就贴近了许多,连夜风吹在身上,都感觉特别的舒爽。

　　把梨花送到家门口,董林朝她摆摆手回家去。梨花深深地吸了一口气,拿出钥匙,悄悄开了门。简单收拾后,她上楼去睡觉。刚进房间,菜花和梅花同时从床上仰起头,把她给惊了一下,轻声问:"你们怎么回事,还没睡着?还是我吵醒你们了?"菜花说:"我们一直在讨论你和董林哥的事。"梨花问："是不是上海阿娘来过了？"菜花说："是的，爹爹不同意，你要有思想准备，他是铁了心要棒打鸳鸯，说如果董林哥敢上门，就打断他的腿。"梅花也压低音量说："大姐，我们都支持你，与封建思想的爹爹作斗争。"梨花忍不住一笑说："行了，还不快睡，说些啥。"房间里又恢复了安静，梨花的心久久不能平静下来，在床上翻来覆去烙饼子，天快亮了才迷迷糊糊进入了梦境。让她难为情的是，她居然梦到了董林，梦见跟他手拉手一起去爬山。走到半山腰，突然看到父亲一脸怒容站在那里，手里还拿着一根棍子，心里一激灵，醒了。

　　家里静悄悄的，上班的上班，上学的上学，梨花又躺了一会儿就起来了。对这门亲事，她一点也不急，父亲不同意也好，如果董林是真心喜欢她，那么他一定会想办法让父亲接受，这也算是对他的一个考验。

　　陈彩霞并没有第一时间问梨花的想法，等到星期天才问她。梨花记着徐慧跟她说过的话，自己的幸福自己去争取，对母亲说："阿姆，我愿意同董林交往，不过最好爹爹能同意，我不想夹在中间为难。"陈彩霞说："那我去给你上海阿娘回话，只要董林能说服你爹爹，这亲事就定下来。"梨花正有此意，点点头。

　　董啸虎一家得到回话，明白这事主要症结在董解放身上，梨花这样做，可能也是想看看他家的诚意。董啸虎见儿子忧心忡忡地苦着脸，忍不住叹息，自己这个儿子人很忠厚、勤劳，就是太实在了点，脑子不会拐弯，若不是他这个当老子的在旁边指点，哪知道怎么去追人家姑娘？像半夜去接梨花下班的主意，多好。人都有一种习惯依赖，当一个人习惯另一个人的存在,这感情自然也就有了。他看上梨花当儿媳妇,除了善良,还有一个原因是觉得梨花很聪明。他可没忘记以后要把孙子培养成接班人的心愿,这儿媳妇必须要找个聪明的才行。董啸虎对董林说:"你以后活络点,梨花家没有自留地,吃什么都要买,我们家有啊,你随时送点东西过去。碰到她爸,无论他怎么对你,你态度一定要好,听到没有?"董林说:"我会孝敬他的。"董啸虎又对妻子说:"我跟阿爸去商量一下,要么我跟他一起去一趟解放家,跟他好好谈谈。"张小兰不同意,说:"阿林又不是找不到老婆,梨花这姑娘虽然我也喜欢,但她家条件太差,能跟我们结亲是高攀。你和阿爸去找解放谈,万一他狮子大开口要很多彩礼,我们不是太亏了?"董啸虎说:"什么高不高攀,这话不要说出去。反正这事你别管,儿子喜欢,随他。"张小兰闭了嘴,心里有那么一点不舒服,觉得董解放有些不识好歹。

　　这天,梨花刚下白班到家,还没来得及喘口气,就听到院门外董林在叫自己名字,忙去开门,见他提着一大包蔬菜站在门口,问道:"你怎么过来了,不怕我爹爹骂你?"董林见梨花没有请他进屋的意思,小心翼翼地朝里张望了一下,说:"叔叔还没下班?这些是我种的,晚上给你们加个菜。"梨花说:"这样不太好,难为情。"董林说:"没事没事,又不花钱。"他把东西放在门边,搓着双手说:"你放心,我会让叔叔同意我俩的事。"梨花口是心非地说:"我又没同意跟你谈朋友。"董林信以为真,急了,说:"梨花,我是真心的。"梨花的脸一红,说了一句:"呆大,笨死了,快回去。"董林突然开窍,明白过来,他怕这个时候跟董解放正面对上,他还没做好思想准备,就满怀喜悦地回家去。梨花把一大包菜提到灶间,开始洗菜、做饭。

> 楝树河
> 　　向东流

吃晚饭时，陈彩霞见桌上多了好几样她没买过的菜，随口问梨花："这些你买的?"梨花偷偷瞄了一眼父亲，想着还是不要让他知道的好，找了个借口说："上海阿娘给的，别人送她的，多了吃不完。"陈彩霞没起疑心，以前也有过这种情况。董解放只顾着喝他的老酒，梨花夹起一筷子青菜，低头吃饭。

董林开了送菜这个头后，找到了打开董解放家门缺口的办法。从此，三天两头梨花家的饭桌上出现各种河鲜，还有鳝丝羹、红烧泥鳅之类的荤菜和蔬菜。陈彩霞早知道了真相，梨花不敢瞒她，第一次事后就告知了她。对于董林献的这份殷勤，陈彩霞并不反感，她认为这是一种态度，至少说明他家是有诚意结亲。董解放只要每天有吃，哪管是买的还是人家送的，他又不是当家人。只是次数多了，忍不住在饭桌上感慨道："现在日子好过了，每天有鱼有肉，想想过去，一年到头都不见油珠子。"陈彩霞忍不住想告诉丈夫，你嘴上吃得津津有味的菜是你未来女婿送来的，又怕董解放知道了发火，硬是按下了揭开真相的冲动，准备等过段时间再告诉他。结果，有一天董解放提前下班回家，在家门口与端着一脸盆黄蚬过来的董林碰到，才恍然大悟。他的脸色像六月的天，忽然乌云密布。董林进也不是，退也不是，硬着头皮说："叔叔，你下班了，这个刚捞来，晚上做个汤喝。"董解放说："不需要，拿回去。"就自顾自走了进去。董林很无助地站在那里。听到声音，梨花走了出来，见父亲的脸黑得吓人，快步走到门口，轻声说："你先回去，以后不要再送来，已经吃了很多次。"董林说："又不是买来的。"他把脸盆递给梨花，说："下午捞了很多，我给上海阿娘也送了一碗过去。"梨花没法，只好接过。董林有些不安地看着梨花，梨花给他一个安抚的眼神，让他赶紧走。董林只好把想说的话咽下去，无精打采地回家。

陈彩霞回了一趟娘家，吃了晚饭回来，进门就发现家里气氛不对。董解放摆了张臭脸，一个人坐在饭桌前就着一碟花生米在喝酒。她很纳闷地问："现在什么时候了，你还在喝？"董解放把筷子重重一放，说："我不是跟你们说过，这门亲事我不同意，你们居然还瞒着我吃他送来的东西，这张脸都给你们丢尽了。"陈彩霞没好气地说："那你把以前吃的都给我吐出来。"董解放语塞，只好再次提高音量说："别把我的话当耳边风，这事没得商量。"梨花在房间里，听着父亲那些话，心里很委屈，眼泪突然就涌了出来。梅花见大姐哭了，放下手中的笔，她跑到父母面前说："你们别吵，大姐都被你们搞哭了。"陈彩霞不想理董解放，转身上楼。董解放很闹心，董家村谁不知道他和董啸虎那一家老死不相往来，现在倒好，想结成亲家，开什么玩笑？若他老爹地下有知，还不气得活过来？最后，他把一切都归结为生女儿就是烦。这酒他不想再喝，走出家门去透透气。

陈彩霞见梨花在抹眼泪，这个大女儿从小到大都很听话，再加上她对董林很满意，就劝梨花不要难过，说："你自己掌握分寸，其他的不用去管。"梨花嘀咕了一句："爹爹是个老顽固。"梅花说："我以后考出去，这样爹爹就管不到我了。"陈彩霞说："你们这个爹也就嘴巴硬，他就是心里有个坎过不去，过几天再跟他好好说说。"梨花说："我知道。爹爹出去了，我去洗碗，一会儿去厂里。"今天，她上夜班。陈彩霞说："让他去吹吹冷风也好，脑子清爽点。"

董解放出了门，真想去找董啸虎，警告他别打梨花的主意。被冷风一吹，人清醒了许多，没有做出这么冲动的事。其实对董林，他没什么不好的印象，他就是说服不了自己。现在骑虎难下，一时想不到好办法,只能先拖着再说,反正梨花还年轻。

梨花和董林的事被搁了起来,私下里,两个年轻人随着了解的深入,感情越来越好。董林依然有什么好吃的就往梨花家送,只不过与董解放在家的时间错开,尽量不发生正面冲突。

就这样到了快过年的时候,梨花单位里的一个小姑娘因为恋爱,父母坚决反对,受挫后一时想不开,喝了农药,等家里人发现,已经来不及了。这事闹得很大,传到董解放耳里,他突然沉默了。

那天晚上,董解放主动跟梨花提起了董林,问她:"你是不是真的看上那小子?"梨花说:"董林哥对我很好,跟他在一起,我很安心。"董解放说:"你不后悔?他年纪比你大五岁,你完全可以再好好找找。"梨花摇摇头说:"不后悔。"董解放不说话,过了许久才开口道:"既然这样,那就随你们。"梨花又惊又喜,不相信自己的耳朵,追问道:"爹爹,你同意了?"董解放的脸又黑了下来,一副恨铁不成钢的样子,说:"你给你几个妹妹带了个坏头,小小年纪就想找老公。"梨花的脸爆红,赶紧找个借口跑出家门。

梨花去了徐慧家,红着脸对她说:"上海阿娘,爹爹同意我跟董林的事了。"徐慧听了很高兴,说:"你们两个都是好孩子,你爹爹总算没做糊涂事。"

当董林从梨花口中得到这个好消息,开心得都要跳起来,这就意味着以后他可以正大光明地去梨花家。他跟父母和爷爷一说,都很高兴。作为一家之主的董啸虎大手一挥,决定春节的时候先办个订婚宴,把两家的亲事正式定下来。对此建议,董解放和陈彩霞没意见,只是说梨花年纪还小,结婚再等等。董林家一口答应。

订婚宴的时间定在正月初二。本来应该是男方先到女方家,女方再到男方家,认认门。现在就放在徐慧家,两家人一起吃餐饭,很热闹。

大清早,两家的主妇就在徐慧家的灶间开始忙碌。陈彩霞和张小兰以前在街上碰到,虽从没搭过话,但也不至于像仇人,现在成了儿女亲家,很快配合默契,各自拿出看家本领,一道道菜被端到客堂间的桌子上。梨花和菜花在旁边帮忙,董林更是手脚勤快,浑身充满了劲。这边,菊花和梅花陪徐慧说话,董解放和董良善、董啸虎坐在一起喝茶。怕董解放心里还有疙瘩,董啸虎表现得特别主动热情,一脸羡慕地说:"解放,你这几个囡个个都生得好,以后你这丈人老头老酒喝不完。"董解放说:"囡都是人家的。"董啸虎立马说:"女婿是半子,可以靠。"董良善坐在那里,精气神十足,孙子有了对象,他很开心,对董解放说:"如果你阿爸、阿姆还都在就好了。"

话音刚落,突然四周没了声音。董啸虎不禁在心里怪老爹糊涂,这个时候,你提董解放的父母这不是没事找事吗?董解放也没想到,不想破坏了这融洽的气氛,马上顺着说:"是啊,如果都在就好了。"再想,都过去这么多年了,既然同意了这门亲事,那个疙瘩也该去掉。想通了,没有了精神负担,董解放的脸上堆起了笑,说:"梨花之前没少去烦你们,她说喜欢中医,看起来倒真像是你们家的人。"董啸虎眉开眼笑地说:"你还别讲,梨花真的很聪明,现在店里的药材她都认识,药性也背得滚瓜烂熟,我考过她几次,真不错。"董解放说:"投胎投错了。"董啸虎笑得更欢了。

这一餐饭,大家都吃得很愉快。张小兰喝了梨花双手捧上来的一杯茶,给了她一套金首饰作为订婚礼物。

饭后,董啸虎请董解放一家和徐慧到他家坐坐。一个村这么多年，上门还是第一次。到了董啸虎家，才知道说他家是村里条件数一数二，确实名不虚传。宽敞的院子，种满了花草，虽是冬季，依然满目绿意。两层楼，每层三个房间，每个房间面积都很大，隔前后间。家里有电视机、冰箱等家电，坐的是皮沙发。陈彩霞对董林家条件很满意，梨花嫁过来不用过苦日子。梨花一直安静地坐在沙发上，她才不会楼上楼下去看，反正三个妹妹去转了，回头会告诉她。其实不用看，就客厅的摆式，她也清楚这是一户生活富足的人家。对她来说，条件是次要的，关键还是这家人好，这最要紧。董林坐在她边上，一会儿给她剥橘子，一会儿问她要不要吃糖。梨花吃了一只橘子，悄声问："董林哥，你家这么好条件，你怎么没早早找对象？"董林说："做介绍的人很多，去看过几个，不喜欢。"梨花从这句话听出一个信息，故意说："老实交代，你一共相过几次亲？"董林怕梨花误会，忙解释道："不是正式相亲，是偷偷瞧一眼，不喜欢。你别多想，我可没谈过恋爱。"梨花说："我不想这么早就结婚。"董林态度极好地说："我会等你。"

参观好，大家在客厅里坐着喝茶聊天，张小兰又去煮了汤圆，非要董解放一家人吃了才算结束。

走出董林家院子，梨花回头看了一眼，想到将来自己要穿着嫁衣走进这里，成为其中的一员，脸又开始发烫起来。

20

过完年,菜花正式向父母提出要进城打工。这两年,村里陆续有年轻人进城去寻找新的出路,很多观念在不知不觉中改变。董解放和陈彩霞见菜花这个态度,知道拦不住,就问她进城后的打算。菜花说:"我想跟尚叔叔联系一下,如果他愿意帮忙最好。他不肯帮,也没关系,别人找得到事情做,我一样可以找到。"董解放说:"人家跟我们非亲非故,没义务帮你。再说,现在是个什么情况也不清楚,你确定写封信去,他会理你?"菜花说:"不试过,怎么知道?"董解放说:"你有本事,你自己联系。"菜花去翻箱子里的日记本,尚宇之前的回信夹在那里。菜花的手指在信封上滑来滑去,不知道这地址有没有变?她找出信封、信纸,很认真地写起信来。

信寄出后,菜花算了算回信时间,尚宇肯不肯帮忙,有没有能力帮她,一切未知。她就抱着试试看的心情,因为除了尚宇,她想不出第二个可以帮她的人。

菜花写的地址是尚宇以前住的地方,后来他结了婚就搬到别处住,这封信送到他父母手上,又转送过来,耽搁了几日。尚宇看信封,就知道肯定是菜花写的,打开一看,原来小姑娘还在心心念念到城里

棟树河
　　向东流

来工作。眼下他的情况比前几年要好些，这忙若想帮也只有把她叫到自己厂里来上班，放在眼皮底下才放心。尚宇坐在办公室里，思索着。他没有忘记当年在董家村的那些日日夜夜，回城后，又经历了创业失败，负了一身债，被逼得没法，只好背水一战，向银行贷款，购置了新设备，转型印刷行业，直到现在才慢慢打开局面，这些年一直都在折腾，没消停过。既然这小姑娘跟自己有缘，那么就帮了这个忙。于是，他简单写了一封回信，让菜花到时候直接来厂里找他。菜花捏着回信，看到了另一条不一样的路。

董解放见尚宇这么讲义气，很感动，他决定亲自送菜花进城。进城前，菜花给自己改了一个新名字，叫董洁云。董解放对菜花的自作主张无可奈何，这个女儿主意大，他管不了。叫了这么多年菜花，让他改叫女儿新名字很不习惯。菜花表示无所谓，只要在人前不要菜花菜花叫，难听，又没文化，丢她脸。

菜花是在阳春三月桃花盛开的时候离开董家村的，她的口袋里装着名为董洁云的新身份证，满怀对新生活的期望，没有坐船，而是踏上了去宁波的中巴车。父女俩进城后，根据地址找到了宇丰印刷厂。尚宇已提前知晓菜花来的时间，跟门卫打过招呼。父女俩到了后，门卫就叫人带路送父女俩过去。

菜花边走边观察，发现厂区并不大，房子看起来旧旧的。尚宇的办公室在一幢黄色的两层小楼里，领路的人把父女俩带到楼梯口，说上去右边最后一间就是。父女俩道了谢，提着行李上了楼，走进尚宇办公室。

"解放哥，你们来了，快请坐。"尚宇热情地走上前，与董解放握手，请父女俩坐，倒了两杯水，还对菜花开了句玩笑话，说："女大十八变,菜花,你还记不记得小时候我抱过你,你亲了我一脸口水?"说完,才发觉当着董解放面前说似有不妥。可话已出口,无法收回,正考虑如何补救,菜花开口,她一脸认真地说:"我改名了,现在叫董洁云,洁白的洁,云朵的云,以后不要叫我菜花。"尚宇很惊讶地问:"这名字是谁帮你改的?"菜花骄傲地说:"我自己改的。"尚宇说:"能干。"

说到菜花的工作,尚宇对董解放说:"解放哥,我想让菜花做我的秘书,学着处理一些杂务。她年轻,学起来应该很快。现在厂里业务并不景气,我得把主要精力放到销售上去,一些杂七杂八的事她能帮我处理的话,可以让我省很多神。"董解放说:"在你身边那最好不过,就怕她不懂事,给你搞砸了。"尚宇说:"有我在,你放心。"菜花对秘书这一职没什么概念,能在尚宇身边当然好,在这里,她又不认识第二个人。她打量这间办公室,很简陋,墙上挂着一个镜框,写着"大展宏图"四个字,两张写字台,一张对着门,桌上只有一部电话机和几样办公用品,一张放里面的是尚宇的办公桌。她指了指对着门的那张桌子,调皮地说:"以后我是不是坐那?"尚宇笑着回答:"是的。"菜花很开心,这工作既轻松又体面,早知道应该早点进城来。至于住,厂里有集体宿舍,他已经安排好,吃有食堂。董解放见尚宇考虑周到,很感激地道了谢。

中午,尚宇请董解放和菜花到厂门口的小饭馆吃了一餐饭,宾主尽欢。饭后,董解放回家去,菜花留了下来。回到尚宇办公室,提上行李,尚宇叫人把菜花带去宿舍,让她休息半天,看看还需要买哪些日常生活用品,第二天正式上班。菜花点头说好。

到了宿舍,一个小房间,四张床,上下铺,看样子这房间已住了两个人,占了两个下铺。上班时间,没有人。菜花把带来的行李放到空

棟树河
　　向东流

着的一个上铺,铺好床单,叠好被子,几件换洗的衣服放在床头一角。收拾好,她到工厂边上的杂货店买了塑料盆、毛巾、肥皂等急需用的东西。

到了晚上,菜花见到了同宿舍的两位姑娘,一个叫姜美丽,另一个叫蒋师师,都是下面镇上的人,离家远,一周回去一次。一问年纪,姜美丽最大,二十四岁,蒋师师二十三岁,菜花最小。

"洁云,你去哪个车间?"圆脸短发的姜美丽好奇地问。

"尚厂长安排我在办公室。"菜花微笑着说。

姜美丽和蒋师师见眼前这个少女运气这么好,不用去车间,坐办公室,很羡慕。蒋师师说:"洁云,你是谁介绍进来的?"菜花说:"尚厂长以前在我们村插队,就住在我家隔壁。"姜美丽说:"难怪,那是不一样。"再看菜花的眼神,多了那么一丝复杂。

夜深了,躺在单人床上的菜花却无睡意。第一次离开家,她没什么特别的感触。既然进了城,她要好好在这里扎下根,目标明确,成为城里人,她要改变自己的命运。

明天开始,只有董洁云,没有菜花。

董解放回到家里,跟陈彩霞说了尚宇的安排,陈彩霞说:"上次上海阿叔没了,他能特意过来,我就觉得这是个有情有义的人。"梨花在旁边听着,突然问道:"爹爹,那个尚宇结婚了没有?"董解放说:"人家孩子都有了。"梨花皱了一下眉,有种说不清的担忧,说:"菜花这么漂亮,尚宇把她留身边当秘书,他老婆会不会有想法?万一……"这万一的事,她没有说出口,怕是小人之心度君子之腹。董解放被梨花这么一提醒,也意识到这个问题,就算尚宇是正人君子,可落在别人眼里可能就是另外一回事。这下,陈彩霞又担心起来,埋怨菜花心大,一门心思想往城里跑,还不知道要吃什么亏。梨花见父母这个样子,只好安慰道:"菜花很聪明,你们不用太担心,等会儿我就写封信提醒她一下。"陈彩霞说:"行,那你晚上就写。"

新的一天开始了。

当尚宇看到一身朝气的少女走进办公室,顿时觉得这空间都亮堂起来。虽然眼前的女孩穿着朴素,但这张年轻貌美的脸却是最好的武器。

上班第一天,尚宇送了一份礼物给董洁云,一台崭新的传呼机。他的理由很充足,为了方便工作联系。见董洁云一脸犹豫,尚宇说:"你就当这是叔叔送给侄女的礼物,不要见外。"董洁云见他这么讲,道了声谢,收下了。至于相关使用费用,尚宇早考虑到,他说:"工资里有通讯补贴,你安心用就是。"董洁云见尚宇这么细心,很感动,发誓一定好好工作,以报答这份知遇之恩。

董洁云刚接手这份工作,尚宇不会一下子安排很多事让她做,先易后难:接听电话,并做好记录;收发信件、报纸;若有客户来访,做好接待工作;安排尚宇的行程,并提醒;等等。这些对她来说并不是难事,她很快就进入角色。一天下来,尚宇对董洁云的工作能力表示满意,觉得她聪明,脑子灵活,一点就通。

收到梨花寄来的信,董洁云明白家人的担心,但她并不当回事。她早从姜美丽和蒋师师那里打听清楚尚宇的事,他是二婚男人,第一次婚姻听说时间很短,不知什么原因离了。三年前再婚,他老婆给他生了个女儿,现在家带孩子。她相信,尚宇是不会来招惹她这个比他小那么多的故人之女。至于她对他的感情有点复杂,不是简单的喜欢或不喜欢，而是有多种成分混合在一起，语言表达不清楚。她认为自己跟少年的尚宇有一种别样的牵连，对眼前这一位，她没什么想法，只想好好工作，早日在城里站稳脚跟。

　　为了让父母放心，董洁云还是写了一封回信，详细汇报了工作情况，又故意说尚宇一家三口很幸福美满。董解放和陈彩霞看到信后，这下真放心了。只有梨花，总有一丝忧虑，对秘书这个岗位她并不了解，是一种直觉。可想到这是菜花心心念念要的东西，她这个当大姐的总拦着，那还不得被妹妹恨一辈子？又转念想菜花这么聪明，应该清楚怎么做，用不着她瞎操心。

　　在城里的董洁云一点也没梨花想的那么复杂，她适应环境的能力超强，做事认真，对人有礼貌，再加上尚宇的关照，日子过得很舒心。第一个月工资，除去吃饭钱，其他的都被她用来置办行头。城里不比乡下，她又是秘书身份，穿得太差不行。在厂里，要说别扭的地方，就是同宿舍的姜美丽和蒋师师对她有一种天然的敌意。刚开始三个人还维持表面的和平，也许是因为看到她这个乡下来的黄毛丫头，不但得厂长另眼相看，工作轻松，还很会打扮，平常的衣服硬是被她穿出几分味道来，心里就不舒服，虽然她们也不过是来自镇上。这两人不知道董洁云以前在服装厂工作过，又有一双巧手，会绣花，会色彩搭配。有一次，三个人不约而同穿了一身黑，姜美丽和蒋师师上身一件黑色羊毛衫，配一条时髦的脚踏裤，黑色皮鞋配白袜子，脖子上还围着一条白色针织围巾，自我感觉良好。董洁云也是一件黑色羊毛衫，配的是黑色直筒裤，脖子上是一条彩色丝巾，那还是她和姐妹们那年一起到城隍庙旁边的小店里买的，黑色高跟皮鞋配肉色丝袜，一走动，柔软的丝巾随着脚步颤动着，像蝴蝶的翅膀。落在姜美丽和蒋师师眼里，浑身说不出来的不爽，两个人把董洁云孤立起来，当她是空气。董洁云见她们这个态度，也没了结交的兴趣，便独来独往。下了班，在食堂吃过晚饭，她就跑办公室去翻买来的有关服装设计的书，在纸上写写画画，等有了困意才回宿舍。爬上铺，顾自睡去。她想过换宿舍，又觉得这么点小事不应该去麻烦尚宇。更何况，无论她跟谁换，结果都差不多。她以为这样就能相安无事，谁知道有些人就喜欢无事生非。

不知从何时开始，厂里暗暗在传一个八卦，主要是针对董洁云，说她一个乡下来的打工妹，文化程度又低，居然能当厂长秘书，肯定是背后耍了什么手段，看她那张脸，走起路来妖来妖去，一看就不是正经姑娘。再加上尚宇有些应酬带着董洁云去，这样流言在别有用心的人散播下，显得真像有那么一回事。董洁云两耳不闻窗外事，并不知晓外界把她传成了一个什么样的人，但她本身很敏感，去食堂吃饭，明明几个人聚在一起很热烈地讨论着，看到她过来，突然就闭上了嘴。她不是傻瓜，知道这里面肯定有问题。身正不怕影子歪，她腰板笔挺走了过去。

直到有一天，正坐在办公室忙着接电话的董洁云看到一个身材丰满、五官略显刻薄之相、抱着孩子的女人进来。那女人看她的目光非常不善，好像恨不得在她脸上戳几个洞，她不由微微一惊。董洁云并不认识她，但尚宇的办公桌上有他一家三口的照片，她知道这女人叫舒佳妮。来者不善，董洁云不禁打起了精神。

尚宇见妻子带着女儿突然出现，还以为有什么事，问道："你怎么过来了？"舒佳妮阴沉着脸说："我不过来，怎么知道我们的尚厂长新招了一个年轻漂亮的女秘书？"尚宇知道坏了，董洁云的事他没有跟

棟树河
　　向东流

妻子说，就是怕她误会。平时，妻子极少到厂里来，今天看她这样子，分明是听到了什么风声，特意过来的。他上前，接过女儿娟娟，把她抱在怀里，语气平淡地说："小董是我在董家村插队时认识的解放大哥的女儿，我们是邻居。前些日子，解放大哥找我，让我帮忙给小董找个工作，一时没合适，就先让她在办公室做些杂务。"

这边，董洁云已倒好水，很恭敬地端到舒佳妮面前，说："我在董家村时，叫尚厂长叔叔。婶婶，请喝茶。"董洁云是特意的，故意小一辈，以减轻舒佳妮心中的猜忌。

舒佳妮听到董洁云叫她婶婶，那一口气被阻在那里，上不上，下不下。她是听到一些不好的传言，带着女儿过来兴师问罪，可一见面，人家大大方方、恭恭敬敬地把她当长辈，她这脸还怎么拉得下？只好把怒火转移到丈夫身上，说："之前都没听你提起。"尚宇说："又不是什么大事，你每天还要照顾孩子，很辛苦。我又有那么多事要做，没顾上，是我不对。"

董洁云不想当灯泡，找了个借口下楼去。她不是傻瓜，舒佳妮不可能无缘无故跑来，肯定是有人说了什么。这厂里，她认识的人并不多，除了厂部，车间里的人基本上都不熟，唯一熟悉点的就是同宿舍的那两位。可她跟那两位并没有什么利害冲突，不至于说她坏话，那又是谁呢？实在想不通。

在下面晃悠一阵，见舒佳妮抱着孩子走了，董洁云才回办公室。尚宇朝她抱歉地说："小董，对不起，让你受委屈了。"董洁云做了一个无所谓的表情，说："没事。"她说没事，可尚宇心里有事，他知道妻子是个性格多疑的人，今天虽然好说歹说把她给说服了，可只要董洁云一天是他秘书，她就一天不会安心。这事，实在让他左右为难。作为男人，他当然喜欢身边有个年轻聪明、长得又好看的下属做他的助手。更何况，他是看着董洁云长大的，又救过她，说一点感情都没有，那是骗自己。至于这感情是什么，他没有细究过，只觉得每次看到董洁云，心情很愉快。如果他不把董洁云放在身边，让她去车间或介绍到别的单位去上班，他放心不下。为什么不放心？他的理由是，解放哥相托，他不能言而无信。所以，他只能安抚妻子。对董洁云，他该怎么关照，还是会继续关照。董洁云哪里知晓尚宇肚子里的这些想法，她只管做好手头的事，其他的跟她没有关系。

晚上，董洁云没有像平时那样很晚才离开办公室，而是提前回宿舍。刚走到她住的那间宿舍门前，听到里面传来姜美丽和蒋师师的声音。姜美丽说："今天尚厂长的老婆来过了，我还以为她会闹，可惜没闹起来。"蒋师师说："闹也要有理由，又没有亲手抓到。"姜美丽说："反正就算不闹，心里也不舒服，我看那个董洁云的好日子快要到头了。"蒋师师说："不见得，你没看尚厂长对她有多好。"姜美丽说："那你就等着看。"姜美丽忽又压低声音问："你说，她跟尚厂长是不是真的有一腿？"蒋师师迟疑道："应该不会，不然胆子也太大了。"姜美丽说："我师傅说过，是不是正宗的姑娘看眉毛，如果眉毛散开，就已经破身。明天早上我们仔细看看她的眉毛。"蒋师师说："还有这种说法？"姜美丽说："当然，没骗你，你看我俩的眉毛。"

站在门外的董洁云越听越气得发抖，推开门就冲了进去，干脆利落地分别甩了两个巴掌给姜美丽和蒋师师，眼睛里喷着怒火说："我哪里得罪你们了，居然在背后这样污蔑我？"

姜美丽和蒋师师没提防，吃了一记耳光，等反应过来，半边脸已肿了起来。两个人明明理亏，可挨了打怎么甘心，一起站起来扑向董洁云。董洁云发了狠,手脚并用,毫不留情。三个人扭作一团,尖叫连连,惊动了其他房间的人,都跑了出来,好不容易把三人拉开。

有人叫来了值班的车间主任,一问情况,各有各的错,把三个人严肃批评了一顿。董洁云的头发被扯下一缕,这会儿正火辣辣地痛。姜美丽和蒋师师鼻青脸肿,也好不到哪里去。这样子,三个人没法住一间屋,车间主任只好临时做思想工作,把姜美丽和蒋师师给调换到别的宿舍。等一切收拾好,都快半夜了。

这一晚,董洁云失眠了。这事,她还不想就这么画上句号,她得让她们长长记性。

第二天早上,尚宇一走进办公室,就发现董洁云情绪不对,还没有开口问,车间主任来了,把昨晚发生在宿舍的事详细说了一遍。尚宇原本就窝火谁在舒佳妮那里乱嚼舌头,现在抓到两个现行犯,那还不好好敲打一番?由于姜美丽和蒋师师也是关系户托进来的,开除了不好,就扣了三个月奖金,并要求她们向董洁云赔礼道歉。姜美丽和蒋师师再不情愿,也怕被开除,只好低着头向董洁云说对不起,心里彻底记恨上了。

对这个处理意见,董洁云有些失望,她还以为这种造谣者应该开除,可听了尚宇跟她说的为难之处,她不好再揪着不放,毕竟现在脚跟未稳,只能暂时这样。这些事,她当然不会跟家里人说,自从进了城,写信一直是报喜不报忧。这条路是自己选的,那么,无论有多难,她都会坚持走下去。

21

星期天,董洁云闲来无事出去逛街。她没有每周回家,一般情况是半个月或一个月回去一次。来城里工作已大半年,她很喜欢这种自在的生活。想到这次菊花高考失利,发誓明年再考,还得重读一年,心有戚戚,想当年她若能继续读书,这人生定会有不一样的安排。

她去新华书店买了一本《上海服装款式与裁剪》,封面是个年轻的女人,烫着大波浪,穿一身大红的套裙,很吸引人。这么漂亮的衣服,董洁云只能眼睛看看,收入有限,她要省着点花。从小,董洁云就明白,父母没有能力帮她们姐妹几个,她只能早早为自己打算。正因为有这样的想法,她才坚持一定要进城。机会,城里肯定比农村多。看着街上来来往往的人流,董洁云无比清醒,虽然眼下站着的这块地属于城市,但她不是城里人,如果她没本事留在城市,那么总有一天,她还得回农村去。除了努力工作,她还有一条路可以走,就是找个城里的男人,这是最差的选择。目前,她没有这个打算。她不喜欢把命运交给别人掌控,哪怕那个人可以改变她命运的轨迹。别看她整天看言情小说,真到了现实中,她很理性。这些心思没有人会知道,她没有朋友,只能步步为营。

棟树河
　　向东流

　　时候不早,肚子有些饿,董洁云看到巷子边上有一家牛肉面馆,走了进去,点了碗牛肉面,找个空位子坐下。她眼睛一扫店堂,忽见旁边一桌坐着一对母女,那女的有些眼熟,不由多看了一眼。张晓云?董洁云怕认错,再仔细一看,还真是她,走了过去,欣喜地说:"晓云阿姨,真的是你?"张晓云抬头,第一眼没认出来眼前这个漂亮的姑娘是谁,疑惑地反问:"你是?"董洁云咧开嘴,高兴地说:"晓云阿姨,我是菜花啊,你还记得吗?董家村的菜花。"张晓云很意外,放下筷子,又打量了董洁云一番,说:"真的认不出来,你跟小时候不太一样。"董洁云笑着说:"很多人都这么讲。"张晓云很好奇地问:"你怎么会在这里?"董洁云说了下近况,告诉张晓云,她现在不叫菜花,叫董洁云。张晓云没想到她在尚宇那里工作,尚宇还当了厂长,再想想自己,不禁黯然神伤。只是为了面子,她不可能说什么,装作很惊喜的样子说:"挺好的。你爸妈和姐妹都好吗?还有董叔和徐姨。"董洁云说:"上海阿爷已经过世了,上海阿娘身体还好,我们都好,我大姐已经订婚。"张晓云说:"你大姐年纪也不大,这么早就订婚了?"董洁云说:"农村要早些。"

　　看到那个瘦弱的小女孩,董洁云问:"晓云阿姨,这是你女儿?长得好可爱。"张晓云点了点头,转过头对小女孩说:"叫阿姨。"小女孩很有礼貌地叫了一声:"阿姨好。"董洁云笑着说:"真乖,你叫什么名字?"小女孩胆怯地看了看母亲,见她没说话,就自个儿回答说:"张含。"董洁云说:"真好听。"

　　正说着,董洁云的面端了上来,她就挨着母女俩坐,边说边吃。吃完面,张晓云说要去办事,带着女儿走了。她既没有告诉董洁云她在哪工作,也没说住哪,甚至连客套话都没多说一句。对张晓云这个态度,董洁云有些奇怪,可又找不到原因,她想等上班了问问尚宇。

　　张晓云带着女儿坐公交车回家。今天遇到董洁云,又让她想起了在董家村的那些日子。当年董阿牛事件对她的影响很大,因为流言,她的婚事被耽搁,好不容易经人介绍嫁了一个男人,谁知新婚之夜因没有落红,被丈夫误以为她不清白,又听到一些传闻,认为她在农村插队时不但被人强奸,还靠出卖身体才换来进城的机会,坚决要求离婚。她好冤,可找谁说去?无论她怎么求,丈夫一定要离,不然就天天打她。她没办法,只好同意。离了婚,她没有回娘家,后妈不会给她好脸色,只好在城中村租了一间小屋一个人过。她有工作,饿是不会饿死。不久,她感觉身体不对劲,上医院检查,才知道自己已怀孕三个月。由于她的例假一向不准,心情又不好,她没在意,没想到竟然怀上了。她去找前夫,想告诉他怀孕的事,也许看在孩子的分上,会考虑复婚。刚走到原来的家门口,关着的门突然打开,她看到前夫和一个女人从屋里走出来,两个人很亲密的样子。她傻站在那里,大脑一片空白。等她反应过来,前夫和那个女人已走远。她拖着沉重的脚步回到小屋,想了一晚上,决定去流产。到了医院,她已经躺在手术台上,不知道哪根神经抽了一下,做了一个事后令她后悔不已的决定,把这个孩子生下来。她翻身下床,说了一句我不动手术了,慌不择路地从医院跑了。那时候,她像着魔似的,铁了心要生。十月怀胎,生了个女儿,瘦弱得像只病猫。孩子先天不足、体弱,让她操碎了心。她要去工作,不然母女俩要喝西北风。孩子没人管,只好出钱请隔壁的一个老太太代为照顾。很多个夜晚,她都为当初一时的心软而后悔,心情不好就拿孩子出气。时间一长,孩子看到她总是一脸恐惧。她恨命运捉弄,早早没了亲娘,嫁个男人又是那样,现在

棟树河
　　向东流

又带了个拖油瓶，再婚谈何容易？张晓云想了一路。倘若那时候没有去董家村插队，没有董阿牛那件事，她的日子一定不会过得像现在这般糟糕。她还记得那个大名叫董希康、绰号癞头阿三的后生看她时的眼神，早知道回城后是这个样子，还不如就留在那里，嫁一个真心实意对自己好的男人。可惜时光不会倒流，也许一切都是命中注定。张晓云的目光落在女儿的小脸上，想着投胎做她的女儿，也是个苦命人。她的手落在张含头上，轻轻地揉了揉孩子柔软的头发。张含被母亲突如其来的亲热举动吓着了，六岁的她不明白发生了什么，紧紧抓住张晓云的衣角，生怕一松手，母亲就把她给丢了。

下了公交车，又走了好长一段路，终于到家。打开门，一股隐约的霉味传来。母女俩住在这里，就图一个房租便宜，离她上班的地方也不算太远。这间小屋约二十平方米，被她一分为二，前半间做饭、吃饭，后半间住人。门口在别家的墙角边用石板搭了个洗东西的台子，装了个自来水龙头，平时所有的洗漱都在外面。夏天还好，冬季在外面洗两件衣服都可以把人冻得半僵。

斑驳的墙上挂了一面红色塑料架的圆镜子，张晓云站在镜子前，怔怔地看着镜中的那个女人。这些年的生活磨难让她苍老了许多，曾经如花的美貌已悄然黯淡，眼角有了细细的皱纹。再加上她没有心情打扮，看起来比实际年纪要大好几岁。张晓云想不通，她不算太笨，为何会活成现在这个样子？做人太失败。曾经那么骄傲的一个人，已被磨得没一点锐气，这个发现让张晓云很悲哀。特别是当她想到尚宇混得这么好，还当了厂长，而她深受流言之害，难道跟他没一点关系？打死她也不信。知情人就这么几个，回城的除了她，只有他。这事虽然没证据，但她认定跟尚宇脱不了干系，时间越长，越固执地相信这个判断。从某个层面来讲，她认为尚宇应该对她糟糕的人生负很大责任。她想，是不是应该去找尚宇算算这笔账？这个念头一出现，就像生了根，挖都挖不掉。可再一想，她又能以什么理由去找人家算账？张晓云再一次陷入魔怔之中。

董洁云告诉尚宇，在街上碰到张晓云和她女儿。"她看起来不太好。"董洁云说。尚宇很久没听到张晓云这个名字，这么多年虽在一个城市，但从没有碰到过，并不清楚张晓云的情况。尚宇说："你怎么感觉出来她不太好？"董洁云说："我记得她在董家村的样子，那么漂亮，现在看起来好老，脸色也不好。还有她那个女儿，好像营养不良，很瘦弱。"尚宇沉默，他仍然记得第一次看到张晓云时的惊艳，看来她回城后日子也过得并不怎样，一时心情有些复杂。过了许久，尚宇惆怅地说："我现在挺怀念在董家村的日子。"董洁云不明白，问道："为什么？"尚宇说："你还太年轻，不懂。"董洁云说："搞得你像老前辈一样。"尚宇笑了，略有些压抑的情绪跟着消散不少，说："我是你叔叔辈，那时候你才几岁，一个整天只知道玩的小屁孩，看起来挺老实，没想到长大了这么活络。"董洁云说："说起来你还是我的救命恩人，你说我怎么报答？"尚宇说："救命之恩，以身相许，戏文里不是都这么唱的吗？"话一出口，尚宇恨不得打自己一巴掌，暗骂一句嘴贱，而董洁云的脸已浮满红云，办公室的气氛一下子变得极其诡异。尚宇连忙解释道："开玩笑，开玩笑。"董洁云就朝他做了个鬼脸说："小心我去告状。"尚宇说："那解放哥还不把我给撕了。"董洁云掩住嘴在那里笑，两只眼睛弯弯地看着尚宇。尚宇的心慌乱起来，低下头，拿起桌上的报表，看上个月的销售情况，眼神却无法聚焦。董洁云也迅速进入工作状态。办公室的氛围忽然有一种微妙的变化，但具体是什么，

楝树河
　　向东流

谁也不敢去试探。

　　电话铃突然响了,董洁云接起,话筒那边传来梨花沙哑的声音,她说:"菜花,上海阿娘走了,你请个假回来一趟,明天要送上山。"董洁云以为听错了,又问了一句:"大姐,你说什么?上海阿娘走了?什么时候的事?我怎么没听说她生病?"梨花说:"昨天早上才发现的,她可能是晚上起夜,摔倒在地,身边没有人。"说到最后一句,声音已哽咽。董洁云心里很不是滋味,忙说:"我马上坐车回去。"

　　她放下电话,还没有开口,已听到对话内容的尚宇一脸疑惑地问:"怎么回事?徐姨走了?"董洁云说:"是的,好像是意外,我要请假回去一趟。"尚宇说:"我跟你一起去,送送徐姨。"董洁云想到上海阿爷走的时候,尚宇特意去送了,这次送上海阿娘她也不奇怪。

　　董洁云本来想着马上就出发,既然尚宇要同去,那就改成下午回。对这个安排,尚宇没意见。中午,尚宇抽时间回家一趟,跟舒佳妮打了声招呼。听说他要和董洁云一起去董家村,舒佳妮心里很不舒服,可她没有理由阻止尚宇去送老太太,人死为大,她不想因为这事跟丈夫吵架,只能抱怨几句。尚宇不想多说废话,转身就走。

　　一整天,因为梨花的这个电话,董洁云情绪很压抑。她对徐慧的感情没有梨花那么深,但她并非是个不识好歹之人,在她们几个姐妹的童年,徐慧就像一盏灯,她教她们认字,给她们讲道理,有好吃的总惦记着她们,像亲奶奶一样。那些画面以前都隐藏了起来,现在一个个浮现在她脑海,无比清晰。没想到这么慈祥的一位老太太以这种方式突然走了,而且还走得这么急,离开时身边一个人都没有,她走得好孤单。想到这里,董洁云的眼睛里起了雾。此刻,她好想哭。

　　尚宇看出董洁云的异样,走过来,轻轻拍了拍她的肩膀,什么话也没有说。董洁云忍了很久的眼泪,流了下来,她抽泣着说:"上海阿娘好可怜,走的时候都没有人在她身边送终。"尚宇开口道:"明天我们去送她一程,她是个好人。"

下午,把工作安排好,尚宇和董洁云到汽车东站坐中巴去董家村。到达时,已夕阳西下。

在村口,两个人碰到了癞头阿三,他刚从自留地除草回来。见到尚宇,马上猜到他因何而来,就陪同去了办丧事的地方。董洁云在后面跟着,她想先去上炷香再回家。

这次丧事具体还是由董山岗操办,见尚宇回来,非常感动,握着他的手,连声说着谢谢。董洁云看到梨花守在灵前,上前叫了一声大姐。梨花的眼睛很红肿,人显得有些憔悴,看到大妹来了,沙哑着声音说:"你先拜拜。"董洁云上前祭拜一番,目光落在灵前小桌子上的一张黑白照片,久久没有动。照片里的老太太慈眉善目,微笑着注视着众人。想起上次回家,她还带了一份小蛋糕送过来,老太太很高兴,给她做了一碗木莲冻吃。放着糖水的木莲冻,用调羹挖一勺,放在嘴里,从喉咙滑溜着奔向肚子,说不出的舒服。以后,再也吃不到那么好吃的木莲冻了。想到这里,董洁云的泪水爬满了脸颊。

尚宇进来,跟梨花打了声招呼,上了一炷香,很恭敬地鞠了三个躬。董平波和他几位堂哥堂姐们以小辈的身份在旁边回礼。

走出灵堂,董洁云问尚宇:"要不要去我家坐会儿?"尚宇说:"好,上次太匆忙,我去看看解放哥。"董山岗过来对尚宇说:"等会儿来吃饭。"又嘱咐董洁云道:"菜花,叫你爸妈也过来吃。"董洁云现在听到菜花这个名字会愣一下,在城里,没有人叫她这个名字,刚开始的时候,尚宇会叫,不过很快就改了过来。回到董家村,她就只能是菜花。

> 楝树河
> 　　向东流

　　董解放和陈彩霞刚下班到家,见女儿带着尚宇过来,热情接待。陈彩霞准备去做饭,董洁云说了董山岗的意思。陈彩霞就不去忙了,陪尚宇说话。大家说到徐慧的走,都一脸惋惜。董解放说:"如果当时身边有人,说不定就能救回来。"尚宇说:"年纪大了,身边还是得有人。"董洁云问:"到底是什么病,会让人摔倒就醒不过来?"陈彩霞说:"我听阿林讲,他阿爸怀疑是心脏病突发或脑出血。唉,现在说什么都晚了。可惜,没能等到喝梨花的喜酒。"

　　想起徐慧,大家都沉默起来,心情很沉重。

　　那天晚上,尚宇在徐慧家的院子里站了好一阵,看着当年曾住过的小屋,心潮涌动。门口的七石缸还在,自己蹲在那里刷牙的情景还在,墙角的桂花树还在,可惜坐在堂前看书的老先生不在了。现在,连在厨房里忙着炒菜做饭,对谁都笑眯眯的老太太也走了。董家村的人和事,就这样一点点远去,直到最后都消失不见。尚宇抬起头来,看了看夜空,没有月亮。酷暑已过,秋风正起。

　　第二天一早,一行人把徐慧送上了山,与董远海合葬在一起。看着董山岗把坟碑上徐慧红色的名字涂成黑色,梨花和董洁云失声痛哭。董远海和徐慧没有子女,去世后,所有财产归董山岗几个堂兄弟继承,但谁也没有提出来,或许是觉得人刚走马上分人家的家产有些过分。一把铁锁,锁住了小院的门和曾经的欢声笑语与人间烟火。

　　尚宇和董洁云回城去了。路上,两个人都没有说话,各想各的心事。快到站时,董洁云突然说:"真奇怪,好多事我以为早已经忘记,谁知道这会儿又都冒了出来。"尚宇侧过头看董洁云,他很想伸出手去摸摸她的头,又觉得不妥,调整一下坐姿,淡淡地说:"忘不了。"董洁云一直以为自己比较冷漠,从小到大,没见对谁特别亲,尚宇是例外。这次徐慧的去世让她发现她也有情,只不过都隐藏了起来。

　　从山上回来,梨花狠狠睡了一觉,起来后就去上班。生活,又恢复了原来的节奏。很长一段时间,梨花总习惯往徐慧家跑,每次迈开了步子,才想起人已不在,不禁黯然神伤。

22

夜,很深了。

梨花还没有睡,三个妹妹在陪她说话。想到明天就要嫁人,她一向平静的心情被打乱,有紧张有喜悦有羞涩。家里的大门和玻璃窗上贴着红双喜,楼下房间摆着她的嫁妆,看起来很丰厚,但事实上像电视机、冰箱、洗衣机、缝纫机、收音机等电器都是董林家掏钱买的,算是彩礼。母亲给她置办了几条新棉被和一些小杂件,父亲亲手给她打制了两只樟木箱。她给董林一家和自己添置了几套新衣。所有嫁妆都用红绒线系着,透着喜气。回想恋爱这几年,两个人感情一直很平稳,没什么大起大落。对董林父母来说,能等到她二十四周岁已是极限,毕竟董林的年纪摆在那里,不管在农村还是城市,都属大龄青年。

"新娘子,给我们说说恋爱究竟是个什么东西?"董洁云把脑袋伸到梨花面前,调皮地问。

梨花伸出手,捏了一把大妹光滑的脸蛋,说:"你自己去谈,不就知道了。"又见菊花和梅花竖着耳朵,一脸兴趣,教训道:"你们两个好好读书,现在不是找对象的时候。"

菊花垂下眼帘，她平时成绩不差，就是考试的时候容易晕场。心里太想考上，结果反而适得其反，如果今年还没有考上，她就去城里打工。梅花在那里偷笑，反正她年纪最小，对姐姐们讨论的话题，可听可不听。

董洁云心里好像有很多疑问，说："大姐，你说什么是爱情？怎样才知道这个人爱你或你爱对方？"

"你是不是喜欢上谁了？"梨花觉得大妹有些异常，关心地问。董洁云说："没有喜欢上谁，我只是咨询一下。大姐，你不给我们传授一点经验？"梨花说："我哪有什么经验？又不是谈了十七八次恋爱，就你们董林哥这一个。你问什么是爱情？大道理我讲不出来，我想应该是这样，比如他有什么好吃的会在第一时间想到我，我有什么解决不了的事会第一个想到找他商量，跟他在一起很安心，很平静。"董洁云说："爱情怎么可能会很平静？我看那些言情小说里写的根本不是这样，爱情应该是燃烧式的，很激烈，让人神魂颠倒，刻骨铭心，永生难忘，你确定你和大姐夫是爱情？"

菊花听了董洁云的一番高论，大笑起来，说："二姐，完了完了，你中毒太深，这跟平时的你不太一样啊！"梨花再次用狐疑的目光打量大妹，心里有隐约的猜测，说："平静有什么不好？我不喜欢折腾。你真没有喜欢的人？"董洁云说："没有没有，你们知道我眼界高，一般人我看不上。"

看时候不早，四姐妹各自躺下，只是谁也没有睡好。梨花是新嫁娘，难免心里有些紧张。董洁云有心事，按理说她这张脸长得还是可以，脾气也不算差，可厂里那些小伙子像眼睛瞎了一样，没有人敢主动向她示好。虽说她看不上那些人，但别人无视她又是另一回事。

棟树河
　　向东流

想了半天,她认为问题出在尚宇身上。那些人戴着有色眼镜,以为她和尚宇关系特殊,谁吃饱了撑着来招惹她?为此,她觉得好冤。尚宇对她很好,很关心,她不否认,被人重视的感觉真的很不错。特别是像她这种从小到大在父母的忽视中长大的女孩,内心更加渴望关爱。她虽没有谈过恋爱,但有一点可以确定,尚宇的这份好,不是爱情,她对尚宇也无那种想象中的心动。她是有秘密,这个秘密说出去恐怕没有人会相信,她的心里早早就住进一个人,那个眉清目秀、带几分青涩的少年。随着年龄的增长,这个少年的影像就越清晰,无人可替代。他跟现实中的尚宇有关系,又没关系。想着想着,人就慢慢迷糊过去,进入了梦乡。菊花则是在想以后会找一个什么样的男人,像父亲一样?不喜欢。像大姐夫?好像也不喜欢。她希望有一天能嫁给爱情,有相同的志趣,最好是喜欢文学,因为她喜欢写作,在学校里,她的作文常常被当作范文。将来能不能成为一名作家,菊花没想过。那个梦想太遥远,她只不过不想跟农村其他女孩一样,到了一定年纪找个人嫁,然后就是怀孕、生孩子、把孩子养大,再等孩子成家,有了孩子,还要养孙子,看头上的白发一天比一天多,最后匆匆走完一生。她不喜欢这种一眼就看得到尽头的路,这点,她很欣赏二姐,坚信通过自己的努力能改变命运的轨迹。她也是这么想的。梅花对找对象没想法,她还小,不会去考虑这个问题,她的志向就是考上大学,走出去,看看外面的世界。

　　天刚微微亮,陈彩霞就起来了。一晃,大女儿就要嫁人,时间实在过得太快。这次酒席两家合在一起办,叫上亲朋好友吃上两餐,她都没操什么心,都是董林父母在操办。女儿的眼光很不错,女婿这家人厚道,靠得住,又在一个村,她很放心。梨花没睡多久就早早醒来,她从来都不是个虚荣的女孩，没要求有个怎样的婚礼，只要一家人和和美美地生活在一起，比什么都强。

吃过早餐，梨花换上新嫁衣，三件套大红套裙，肉色长袜子，红色高跟皮鞋，这一身衣裙还是董洁云陪着她去第二百货商店扯来的布，请裁缝师傅做的。头发是烫过后又修剪了一番，微微有点卷，很有女人味。三个妹妹担任伴娘角色，跟着换上新衣服。董洁云看了一眼外面的天气，感叹道："大姐夫真是贴心，选这5月1日结婚，不冷不热，刚好。"菊花说："二姐，下一个就轮到你了。"董洁云说："我男朋友还没出生，搞不好还是你早结婚。"菊花说："怎么可能，哪有妹妹比姐姐早结婚？"董洁云说："谁规定妹妹不能早结婚？"菊花说："我可没那本事。"梨花笑着对董洁云说："菊花还要读书，你别分她心。"

虽是一个村，但接亲的仪式还是不能少。当打扮一新的董林带着几位伴郎出现时，董解放家门口就响起了鞭炮声。屋里，陈彩霞在给梨花喂上轿饭。三个小姨子和一些亲友拦着门，不让新郎进来，想各种办法为难新郎和伴郎。董林很大方地拿出钱，让大家去买糖买烟。终于进了屋，董林看到了他的新娘，眼睛一亮，心里开出了一朵朵花。搬嫁妆的人进来，每个人都小心翼翼地抬着东西出门。董林上前，牵住梨花的手，在她耳边轻声说："梨花，今天你真漂亮。"梨花飞了一个幸福的眼神过去，脸悄悄红了。董林牵住梨花的手，对董解放和陈彩霞说："阿爸、阿姆，我们走了。"陈彩霞说："好好过日子。"梨花的眼圈红了，陈彩霞的眼泪也跟着要下来。董解放克制着情绪说："走吧。"

伴郎、伴娘簇拥着一对新人，沿着楝树河转了一圈。那淡雅的花香令人愉悦，让梨花想起大妹问她的那个问题，什么是爱情？在那一

棟树河
　　向东流

刻,梨花好像找到了答案。

　　快到董林家时,又一阵鞭炮声响起,有人在喊"新娘子来了"。很快,有两个妇女在地上铺起麻袋,一前一后,让梨花踏着麻袋前行,一直到走进家门。

　　为了迎接新媳妇进门,董啸虎早把房子里外都重新装修了一番,虽是老房子,但里面的设施都是新的,包括抽水马桶、浴缸、热水器等,这些在农村可是稀罕之物。

　　这一天,梨花感觉不属于自己,被那么多双眼睛围观着,她不敢大意:叫奉茶,就去奉茶;喊敬酒,就去敬酒。看着眼前热热闹闹喝喜酒的场面,她想若说有什么遗憾,就是上海阿娘和阿爷没有等到这一天。

　　梨花结婚,董解放邀请尚宇一家来参加,尚宇没来,叫董洁云带了一份贺礼过来。董解放这边没亲戚,叫了几个要好的同事,其他的就是陈彩霞的娘家人。董解放现在对董林这个女婿左看右看非常满意,看董啸虎也很顺眼。两亲家喝着黄酒,借着几分醉意交流,很是亲密。董解放说:"没想到我们两家真的成了亲家,这人啊过头话是不能讲。"董啸虎笑着说:"我眼光一向很好,梨花是个好姑娘。"董解放说:"这孩子从小到大都没让我们操过什么心。"董啸虎说:"梨花进了门,以后就让她来当家。"董解放说:"你们不分家?让她当家,恐怕太年轻,挑不起这个担。"董啸虎说:"我横竖就这么个儿子,分什么家?放心,虽然住在一幢楼里,我们这些老的不会去干涉年轻人的生活。"董解放说:"你们对她这么好,我有啥不放心的。"董啸虎说:"以后咱们哥俩没事就多喝喝老酒,我等着当阿爷,你等着做外公。"董解放说:"好好,再来一杯。"张小兰和陈彩霞忙着招呼客人,任两个男人把酒言欢。

等宾客散去，新房门关上，梨花已经累瘫在沙发上。董林放好热水，让她先去浴缸泡澡，他去捡床上的那些花生、桂圆、红枣之类寓意早生贵子的东西。梨花洗好澡出来，见董林不在房间，又听到隔壁间有洗澡的声音，就知道他跑那里去洗了。见床铺已收拾干净，她脸微微一红，上床躺下，倦意袭来，不由闭上眼睛，沉沉睡去。等董林回到新房，见他的新娘睡得正香，哭笑不得。恋爱几年，他和梨花只到亲吻这一步，想再进一步，梨花坚决不同意。他喜欢她，不可能勉强她，只好忍着。可怜他好不容易忍到今天可以开荤，哪知道人家就这样睡着了。董林自嘲地笑了笑，在梨花身边躺下，关了灯，小心地把她搂进怀里。柔软的躯体入怀，他听到咚咚的心跳声，实在是太煎熬，可他又心疼梨花的累，不愿叫醒她。睡到下半夜，梨花醒了，她一动身子，董林立马惊醒过来，把她搂得更紧，咬着她的耳朵说："老婆，你太过分了，新婚之夜居然不管我。"梨花把脸埋在董林怀里，不知道该如何应对。董林就一边爱抚她，一边小心翼翼地试探，最后终于融为一体。

菊花再一次高考失利。

当结果出来后，菊花把自己关在房间里，呆呆地坐着。她明明已经很用功，考前也信心十足，可偏偏一进考场，人就控制不住地紧张，面对试卷，很多答案就在脑子边，可就是不出来。

"难道这就是我的命？"菊花的手落在那一堆复习资料上，痛苦地闭上眼睛。去年没考上，还能厚着脸皮提出复读一年，今年仍没考上，她只有一条路可以选，出去打工。出去打工和考出去，完全是两

棟树河
　　向东流

码事。虽然她有心理准备，可真面对现实时，还是有太多的遗憾。

陈彩霞见菊花躲在房间里不出来，怕她想不开，就叫梨花过来劝劝她。梨花敲门，叫着菊花的名字。菊花站起来，打开了门。梨花安慰道："没考上就没考上，不要难过，大道理你比大姐懂，大姐也不多说，我们还是想想接下去的打算。"菊花很难过，说："大姐，我太没用，浪费了一年时间，结果还是这样。"梨花说："这有什么浪费？你学的东西都在你的脑子里，别人又抢不走。"菊花低下头，她想马上离开这里，到一个完全陌生的地方去。梨花猜到她的心事，语重心长地说："你是不是想进城找工作？"菊花点了点头。梨花说："行，大姐支持你。你给二姐写封信，让她先帮你找找看，最好有点眉目了再过去。"菊花说："大姐，我也想改名字，我要重新开始。"梨花说："这事你自己做主。"

姐妹俩谈了好久的心，菊花的心情慢慢平静下来，大姐说得对，人活着，总是要向前看。她坐到写字台前，给董洁云写了一封信。梨花又私下提醒父母，支持菊花进城，这样能转移她落榜的阴影，不然她万一想不开，后悔就来不及了。

有梨花提前打的招呼和董洁云这个先例，董解放和陈彩霞对菊花要出去的念头表示理解。不管怎么说，城市总要比农村机会多。陈彩霞虽没提反对意见，但内心有些担忧，四个女儿，菊花长得最漂亮，又是这样的年纪，只要稍加打扮，一点也不比城里姑娘差。她很怕女儿在城里遇人不淑，被男人骗，那就是一辈子的苦。如果菊花能像梨花一样安分守己，在农村并不是生活不下去，现在条件好了，日子还是好过的。这么想着，免不了在菊花耳边唠叨一番。菊花刚开始态度还好，多听几句就产生了逆反心理，不高兴地说："我又不是白痴,哪这么容易就被人给骗了?"陈彩霞说:"不听老人言,吃亏在眼前。"菊花哪听得进去这个,她在急切盼望着二姐的回信,这颗心早飞到城里去了。

23

舒佳妮决定到厂里去上班,她实在不放心尚宇身边有这么个年轻貌美的女秘书。社会上有关女秘书是老板情人的传言很多,虽说尚宇真不是什么老板,但在外人心里可不是这么认为。结婚前,她有别的工作,后来怀孕、生孩子,由于不是正式工,就把工作给辞了。原先是打算等孩子上小学了再考虑出来找点事做,董洁云的出现让她改变了主意。她把女儿送到幼儿园,跟尚宇说要来厂里工作,以后财务由她管。尚宇不答应,她就跟他闹,最后她赢了。尚宇对她的要求是不许生事,舒佳妮对这个要求极不舒服,她是他的老婆,什么不许生事,还不是怕她找董洁云麻烦。

到厂里第一天,舒佳妮非要把办公桌放在尚宇的办公室里,和董洁云面对面。尚宇顾及面子,只好答应让她坐在那里。舒佳妮得寸进尺,跟董洁云换了位子,让她背朝大门。舒佳妮没什么特长,又不懂财务,只能挂个名,她名为上班,实为监视。董洁云的一言一行在她眼里都能演绎出另一种意思,鸡蛋里挑骨头,抹个口红都能变成想勾引男人的罪证。年轻气盛的董洁云实在受不了舒佳妮那些阴阳怪气的话,一日趁舒佳妮带孩子去打预防针不在办公室的空档,向尚宇提出了辞职。

尚宇非常理解董洁云的心情，自从舒佳妮来了后，他的工作一样被严重干扰，对董洁云受的委屈感到很抱歉，可他又不想她走，说："既然解放哥把你托付给我，我不能言而无信，佳妮疑心病太重，我也很烦。这样，你先别急，我看看哪里有合适的地方，等确定了你再走。若没有，你就留在这里，你做你的事，别理她。"董洁云说："我也不想走，可你看看，现在这样子换作谁都受不了，我又不是犯人。"尚宇揉了揉太阳穴，一脸郁闷地说："我知道，晚上回家我再好好跟她谈谈。"董洁云想，你若真有本事，你老婆也不会骑在你头上，这么嚣张，说到底是你没本事。心里不免对尚宇有些失望，不到万不得已，她也不想换单位，说说简单，可真要换个合心意的不容易。这点，董洁云脑子很清醒。

晚上，尚宇回到家里，这是一套两居室，只作了简单装修。别看他在外面被人叫厂长，不知道的人还以为他有钱，实际上是表面风光，银行里还欠着一大笔贷款，他一个人挣钱要养妻女，日子过得并不宽裕。他是二婚。虽然第一次婚姻只维持了短短半年不到，前妻就弃他而去，但说起来总是结过婚。舒佳妮是头婚，平时总是他迁就她，结果就是一个越迁就，一个越跋扈。

舒佳妮由于从小父母离异，跟着母亲长大，一向缺乏安全感，找对象时挑挑拣拣，一直没有挑顺眼，再加上她长相普通，自身条件并不好，她挑别人，人家也挑她，高不成低不就，一来二去，年纪就拖大了，最后选了尚宇。她觉得一个男人已经离过一次婚，应该不会轻易离第二次。另外，她以为尚宇的经济条件好。结婚后才发现，尚宇不但没钱，为了办企业，还负债累累，认定尚宇骗她，对他就没好脸色。

直到有了孩子,又见他对自己不错,她认了命,这日子就这样磕磕碰碰过了下来。见过董洁云一面后,她心生危机,怕一不小心,她的家就散了。受够了单亲家庭的苦,再加上受母亲的影响,她对男人很有偏见。可惜她不知道,她把尚宇盯得越紧,尚宇就越反感。

吃过晚饭,尚宇把碗洗好,让女儿在隔壁房间玩搭积木,叫舒佳妮到客厅沙发坐下,一脸严肃地说:"你既然来厂里上班,我没意见,可你不能像现在这样,整天正事不干,就坐在那里。跟你再三说,小董的父亲把她托付给我,人家是相信我,我不可能不管她。更何况小董人很聪明,又有工作能力,我不用她,也要找别人,那干吗不用?怎么说也是知根知底,总比外面找来的好,你为什么总是不相信我?我好歹也是厂长,你这样子不但丢我的脸,也丢你的脸,你让厂里员工怎么看我们这对夫妻?"

舒佳妮打开电视机,寻找感兴趣的电视节目,听尚宇在那里说个不停,瞥了他一眼,说:"你们心里没鬼,怕我什么?"尚宇说:"你这样不累吗?"舒佳妮说:"这有什么累?我在保卫我的婚姻。你不用找那么多理由,如果你不把她开了,我就每天坐在办公室盯着你们。秘书为什么要找女的?男人不可以吗?身边留个小姑娘,怕别人不知道你那点心思?"她不会承认,她的内心有多么嫉妒董洁云的年轻,像一朵娇嫩的花开得正好,哪个男人能保证不会日久生情?

"我有什么心思?她叫我叔叔。"尚宇想到董洁云要走,心里就很不舒服,有股火在拼命往上蹿,压也压不住,烦躁地说。舒佳妮给了尚宇一个嘲笑的眼神,说:"叔叔?又不是嫡亲的,骗谁去。如果你没别的心思,为什么不把她给开了?"尚宇说:"我已经跟你解释过无数遍了,你还要我说什么?做人不能这样言而无信。"舒佳妮说:"做贼心虚,我警告你,你敢做出对不起我的事,我跟你没完。"

娟娟从隔壁房间出来,怯生生地站在那里看着父母。尚宇见说服不了舒佳妮,又怕吓着女儿,只好忍着不再跟她争执,说了一句"有病",抱起女儿去隔壁房间,关上了门。夫妻俩又一次陷入冷战。

董洁云对尚宇能不能做通舒佳妮的思想工作,不抱任何希望。又不是第一次,每次都不了了之,但若要她一直忍气吞声,那也是不可能的事。她本是个心高气傲的人,很想辞职不干,可转念,这事又不是自己的错,凭什么让她扔了这份好好的工作离开?她无意插足尚宇的婚姻,但舒佳妮疑神疑鬼,把她假想为情敌,总想找她麻烦,又让她很愤怒。她想,如果舒佳妮还要继续过分下去,她就反击,别以为乡下姑娘好欺侮。而舒佳妮则把尚宇的冷淡全算在董洁云头上,认为一切都是她的错,看到她像针刺一样难受。

就这样,办公室的氛围陷入一种怪异当中。刚开始一段时间,董洁云由于在意舒佳妮的态度,过得很难受。后来她就左耳进,右耳出,把舒佳妮的冷嘲热讽当空气,只管认认真真地工作。舒佳妮见找不出董洁云的错处,忽然改变策略,当着尚宇的面,亲切地对董洁云说:"小董,听说董家村很漂亮,下次有机会跟你去看看。"董洁云见舒佳妮一反常态,暗暗提高警惕,心想你会演戏我也会演,热情地说:"好啊,我代表董家村人民欢迎婶婶大驾光临。"舒佳妮就咯咯地笑了起来,说:"看你这张小嘴。"董洁云严重怀疑舒佳妮吃错了药,莫非真要来一个"一笑泯恩仇"?舒佳妮接着说:"你跟我讲讲我家尚宇以前在董家村的事。"董洁云说:"我那时候还是小孩子,记不太清了。"

见舒佳妮与董洁云一副相谈甚欢的样子,尚宇的表情像大白天见了鬼,目光从舒佳妮脸上扫到董洁云脸上,今天太阳从西边出来了?不过如果真能握手言欢,他当然高兴。

尚宇出去办事,前脚刚走,后脚舒佳妮把门一关,冷着脸说:"不要以为我不知道你打的什么主意,别做梦,识相点自己走,大家还能客客气气。如果不走,敢动歪脑筋,我会让你身败名裂。"

董洁云突然笑了起来,她看着舒佳妮,半天才吐出四个字:"你真可怜。"舒佳妮被戳到心窝,开口骂道:"贱骨头,好说好话听不进去。"董洁云恼怒,说:"你骂谁?"舒佳妮说:"贱骨头,骂你。"董洁云嘴角浮起讽刺的笑。舒佳妮醒悟过来,冲过去趁董洁云不注意,打了她一个巴掌。董洁云挨了她这一记耳光,再看舒佳妮,眼睛里只有冰冷的寒光,一个字一个字地说:"你会后悔的。"说完,她拿起包,打开门走了。舒佳妮不怕董洁云找尚宇去告状,又没证据,谁说这一巴掌是她打的?坐了一会儿,舒佳妮抓起杯子,喝了两口水,胸口的那口气还没有咽下去,一鼓一鼓的,像在拉风箱。

舒佳妮以为董洁云会去找尚宇,她已经想好了相关的说辞,谁知道风平浪静,仿佛那一巴掌根本不曾存在。董洁云在办公室的表现一切正常,这反而加重了舒佳妮的疑心,她总觉得董洁云没这么老实。可事实是,被打了以后,董洁云看到她比过去要恭敬得多,不管用什么话去刺激她,她都一脸淡然。一段时间后,舒佳妮悬着的心放了下来,在心里暗骂董洁云就是贱,非要挨一巴掌才消停。她后悔没有把这巴掌早早送上去,害她费了这么大的劲。

董洁云收到菊花的信,为妹妹的落榜感到遗憾。如果说之前董洁云不想欠尚宇太多,舒佳妮的那一巴掌让她改变了想法,既然平白无故惹了一身骚,她怎么也要咬几口,要不然岂不太亏?舒佳妮以为自己是城里人,高人一等,这么看不起农村人,那就让她瞧瞧农村人的厉害。董洁云虽没谈过恋爱，但好歹看过那么多言情小说，里面可是有不少专门针对男人的法子，凭着她的聪明劲，学几招还是没什么问题。现在菊花要出来，这找工作的事她就理直气壮地去麻烦尚宇。舒佳妮这么怕她跟尚宇扯上关系，她偏要对着干。由于舒佳妮的胡搅蛮缠，尚宇对董洁云一直心存愧疚，见董洁云如此识大体，受了委屈也不多言，反而努力工作，对她更加另眼相看。听说菊花没考上大学，想进城来找工作，他一口答应帮忙。当然，这事得瞒着舒佳妮，绝不能让她知道。

菊花收到董洁云的回信，说工作已经落实，可以择日进城。菊花告别家人，带着简单的行李，离开了董家村。在她走的前一天，梨花确诊怀孕了。菊花想，大姐这辈子大概就留在农村了，而她们，只要走出这个村庄，估计是不太可能再回来了。

梨花怀孕了，两家父母都很高兴，董林更不用说，整天盯着梨花，不准她劳累。梨花说自己没这么娇贵，依然每天去上班，还去药店帮忙。董啸虎心心念念的孙子计划眼看就要实现，得意得晚上多喝了两杯黄酒，对董良善说："阿爸，仁德堂终于后继有人。"张小兰在旁边听了，觉得好笑，说："你火眼金睛，现在就看出梨花怀的是孙子？如果是孙女呢？"董啸虎说："肯定是孙子，我眼光不会错，梨花旺我们家。"张小兰说："你还会看相？"董啸虎不理她，喝一口酒，哼起甬剧《半把剪刀》，当起了"知府老爷"。董良善高兴的是四世同堂，笑得眼睛都眯成一条缝，听到儿子、媳妇的对话，说："如果这一胎是囡没关系，过两年再生一胎，我老头子等得起。"董啸虎说："那是，阿爸身体介好，长命百岁。"作为一名老中医，董良善很懂养生之道，他想只要

> 楝树河
> 　　向东流

没意外,活一百岁真不是什么难事。

菊花进城,她改了个董静秋的新名字。她很喜欢这个名字,富有诗意。尚宇帮忙介绍的工作单位是一家规模比较大的服装厂,名新兴。这家企业的副厂长是他一个拐弯抹角的亲戚,舒佳妮闹得最凶的时候,这份工作是他为董洁云留的退路。他知道董洁云没进城之前,在服装厂做过,是个熟练工,心里舍不得放她走,一直在犹豫。现在舒佳妮和董洁云的关系表面上不针锋相对,他就装聋作哑,平常对待。菊花要来,顺水推舟把这个工作机会送给她,落个人情。

新兴服装厂很正规,每位员工进厂前都要去医院体检,董静秋想到一件事,很紧张,悄声跟董洁云说:"二姐,我是小三阳携带者,你说查出来会不会人家不要我?"董洁云吃了一惊,问道:"小三阳?我从没听你提起过。"董静秋说:"学校体检时查出来,我没跟你们说。"董洁云说:"走,去找尚厂长。"

尚宇看到董家两姐妹可怜巴巴地望着他,一脸的依赖,心一软,好事做到底,帮帮人家小姑娘,出了一个主意,抽血时让董洁云代替去。他跟那位亲戚打了声招呼,不要派专人带去体检,他陪同前往。因为就招董静秋一人,尚宇的那位亲戚随了他的意。事情解决,董家两姐妹向尚宇表达了衷心的感谢。为了联系方便,董洁云买了一台传呼机送给妹妹。董静秋很开心,向姐姐保证一定会好好工作。

董静秋如愿进了新兴服装厂,由于她声音非常甜美,普通话标准,又是副厂长介绍进来的,恰好厂里的广播室需要一名播音员,就安排她过去。这对董静秋来说,仿佛是天上掉了一只大馅饼,运气不是一般的好。她非常感激尚宇,如果没有他的帮忙,哪来这么好的机会!她对董洁云说:"二姐,你说我们是不是应该买样礼物去谢谢尚叔叔?"妹妹能找到这份好工作,董洁云也很高兴,说:"这样好了,找个时间,我们请他吃一餐饭。"董静秋说:"好,二姐,这事你做主。"姐妹俩又说到了普通话,董洁云说:"我们最应该感谢的是上海阿娘,如果当年不是她教我们学拼音和普通话,今天这份工作肯定轮不到你。"董静秋说:"是的,说起来上海阿娘的那本《新华字典》可是我们姐妹的启蒙书。"董洁云说:"现在回过头来看,我们家能跟上海阿爷、阿娘做邻居,真的很幸运。"董静秋说:"确实如此。"

提起董远海和徐慧,两个人都陷入回忆中。

对董家姐妹的邀请,尚宇很爽快地答应了。考虑到每次他有应酬,舒佳妮必定要细细盘问时间、地点、参加人员,还时不时搞突然袭击,让他烦不胜烦,故而在没有找到合适时机前,这餐饭只能先挂着。董洁云知道缘由,跟尚宇说时间由他定。对眼前这个男人,她有时候挺同情。若说没一点能力,这厂也办不下去。若说能力很强,总觉得为人处事少了那么一点气势,想做大事业还是有很大难度。以前一个人在城里,她要依靠尚宇,现在妹妹来了,她更需要站稳脚跟,这样有事也好相互帮衬。至于舒佳妮,她记住了对方给予的所有难堪,但她不会去冲动报复,先忍着。

梨花自从怀孕后,只要上白班,吃过晚饭,董林就陪她去楝树河边散步,常常拐到丈母娘家,陪丈人和丈母娘说会儿话。董解放和陈彩霞以前嫌孩子多,房子不够大,没想到现在下班回家,打开院门空空荡荡。大女儿出嫁,老二、老三进城,最小的读高中寄宿,不到周末不回来。董解放握着酒杯,略带伤感地说:"生女儿就是替人家忙,你看看,生了四个,最后没一个在身边。"陈彩霞说:"梨花就在边上,你

> 楝树河
> 　　向东流

有事喊一声,有什么两样?"董解放说:"怎么可能一样?女婿是娇客,轻不得重不得。女儿嫁了人,到娘家来也是做客。你别搞错。"陈彩霞了解丈夫,每次喝了酒就话多,你若不顺着他的意,搞不好又要吵架。她正准备上楼去,听到开院门的声音,知道是梨花来了。

梨花和董林走了进来,见董解放还在喝酒,董林说:"阿爸,等过年了我给你做一缸糯米老酒。"董解放说:"糯米老酒好。"梨花说:"今天怎么这么晚饭还没有吃好?"陈彩霞说:"你爹又在后悔没生个儿子。"梨花说:"生男生女都一样。"董解放说:"你不懂。"董林坐下来陪丈人,梨花和陈彩霞上楼去。陈彩霞说:"这是你爹的心病。"梨花说:"这又不是你的错,以前不知道,现在我知道,生男生女主要还是跟男人有关,爹爹没有理由怨你。"陈彩霞的目光落在梨花的肚子上,说:"你这一胎估计是男孩。"梨花摸了摸了鼓起来的孕肚,脸上散发着柔软的光,说:"我婆婆也这么说,她说肚子尖尖的生儿子。"陈彩霞说:"生了儿子,你在他家就有地位了。"梨花笑了起来,说:"阿姆,现在又不是过去,女人没地位。"陈彩霞想想也是,又说到在城里的两个女儿,说:"我还是担心,她们年纪这么轻,万一碰到坏人,吃亏的总是女人。"梨花劝慰道:"她们两个都很聪明,你不用太担心。下次回来,我会提醒她们保护好自己的。"陈彩霞说:"她们两个都想找个城里对象,可这户口一道关,就能把人卡死。"梨花说:"那可不一定。"陈彩霞说:"爹妈没本事,要靠她们自己。"梨花又好生劝了一番,陈彩霞暂时安下了心。

"阿姆,我厂里再做一个月就不做了,去药店帮帮忙,顺便养胎。"梨花说。陈彩霞说:"挺个大肚子做三班倒是吃力,你公婆没意见?"梨花说:"没有,公婆和阿爷对我都很好。"陈彩霞说:"你眼光不错,女人三次投胎,第一次闭着眼来,第二次就是选老公,第三次是养儿女。你投胎我肚子,从小苦到大,现在好了。"梨花说:"我们都会越来越好。"

  陈彩霞想起过去天天喝薄粥汤,缺衣少食,再看看现在,简直像做梦一样。

24

快过年了,董洁云跟妹妹约出去逛街,买点东西,才从厂里走出去没多少路,被一个骑自行车的男人不小心给撞倒在地,扭了脚。董洁云坐在地上,用手按了几下,骨头应该没断,皱着眉头对那男人说:"你拐弯不会按车铃?"那男人把董洁云扶起来,不停道歉,还坚持要送她去医院检查。董洁云打量这男人,三十多岁的年纪,长着一双桃花眼,瘦高型,嘴唇很薄,五官还挺端正。见他态度诚恳,一脸歉意,她摆了摆手说:"算了,下次注意。"

"你住在哪里?我送你过去。"那男人见董洁云不去医院,只好作罢,看了看她的脚,诚恳地说。

"你把我送到门卫就好。"董洁云指了指不远处的厂区,她要给董静秋打个电话,免得她空等。

那男人把董洁云扶上自行车后座,推着她到了厂门口,扶她到门卫,又从口袋里掏出一张名片,塞到她手上,说:"这是我的名片,如果脚不舒服,一定要记着给我打电话。"

董洁云拿起名片扫了一眼——蒋帅,搞服装批发,微微点了点头。那男人走了,董洁云在门卫给董静秋打了个传呼,让她过来一趟。董静秋匆匆赶来,问清缘由,扶她到厂医务室配了瓶消肿的药水,又到宿舍休息。董洁云爬不了上铺,只好跟同事商量暂换一下。董静秋又去楼下小卖部买了饼干和蛋糕,让董洁云饿了可以吃。董洁云靠在床头,让董静秋把包递给她,摸出那张名片看了看,问道:"你说这张名片会不会是假的?"董静秋说:"当然有这个可能,不过不会这么巧。"董洁云说:"也是,哪有人提前准备一张假名片来撞我?算了,把名片扔了,反正以后又不会碰到。"董静秋说:"先留着,万一你的脚明天严重起来,得找他赔。"董洁云想想也有道理,又把名片塞了回去。董静秋说:"都要过年了,幸好没伤骨头,不然可惨了。"董洁云说:"今天出门没看皇历,碰到一个眼瞎的。"两姐妹说了一会儿话,董静秋回单位去,说明天再过来。

睡了一晚,董洁云的脚肿消了些,试了试,可以走路,慢慢挪着去上班。尚宇见她伤了脚,让她回宿舍去休息。让董洁云意外的是,那个蒋帅居然提着水果到厂里来看她,再次向她道歉。她问他:"你怎么知道我的名字?"蒋帅笑着说:"问了门卫师傅。"见董洁云脚无大碍,放下东西走了。临走前,还要去了董洁云的传呼号。董洁云见蒋帅这么知礼,事后跟董静秋一说,姐妹俩对他的印象还不错。

等董洁云的脚消了肿,可以正常走路,蒋帅一定要请客吃饭,说是赔罪。董洁云说不需要。蒋帅说了一堆言辞恳切的话。董洁云只好答应,叫上董静秋一起前往。

到了饭店,走进蒋帅订的包厢,蒋帅已在那里,看到姐妹俩,很热情地招呼。董洁云见桌上放着一台砖头状的大哥大,微微一笑,那可是有钱人的一个身份标志。蒋帅请姐妹俩点菜,笑着说:"我们这是不撞不相识,缘分。"董静秋在暗中观察,这可是她们第一次跟陌生男

棟树河
　　向东流

人吃饭。见了面，董静秋对蒋帅的第一印象并不是特别好，那举止落在眼里，有些轻浮。尤其是那双桃花眼，眼角都写着风流二字。董洁云则在猜测这个男人的目的，她才不相信这撞出来的缘分，因为蒋帅热情得有些过头，让人不得不生疑。

蒋帅很会照顾人，口才又好，一餐饭下来，董家姐妹知晓了他的情况：离异，有个儿子由父母带着，很早就下海做生意，有房有车。他平时开车，偶尔会骑自行车。"你说巧不巧？"蒋帅睁着那对桃花眼，笑眯眯地对董洁云说。董洁云嘴上说巧，心里的疑问反而更重，莫非蒋帅看上了她这张脸？一种女人的直觉，让她对这个男人心生防备。董洁云不想费神去猜，吃好饭和董静秋一起告辞离开。蒋帅看着姐妹俩离去的身影，若有所思。

"二姐，你对这个人印象怎么样？"董静秋问。

"不好说，看起来像个情场老手。"董洁云眯起眼睛，下了这个结论。

"嗯，我的感觉也不是很好。"董静秋说。

"今天吃了这餐饭，以后这人就没有理由再来找我，这事画个句号。"董洁云冷静地说。

董静秋仔细一想，才明白二姐的用意，不由投去敬佩的目光，说："二姐，以后我找男朋友一定请你当参谋。"董洁云斜了妹妹一眼，故作严肃地说："春天要来了。"董静秋"哦"了一声，等回过神，娇笑着去扭董洁云的胳膊。董洁云握住妹妹的手，一脸坏笑。

董洁云以为跟蒋帅不可能再有牵涉，哪知道这男人不怕拒绝，一次次邀约，把她搞得很烦。她只好跑下楼，狠狠地警告了他一番。谁知蒋帅的脸皮比城墙还厚，非要说是真心实意想跟她交往。被蒋帅这么一搞，厂里又有流言，说她在外面招惹了不三不四的男人，人家找上门来又不理人。董洁云猜测这流言背后离不开别有用心的人在推波助澜，想毁坏她的名誉。一群神经病，董洁云在心里嘀咕。她一直以为清者自清，可事实好像并非如此。那蒋帅再多来找她几次，没有的事也会被传成有事，董洁云郁闷得想撞墙。她想要么换个工作，眼不见心不烦，又不想不战而败。她喜欢挑战，那些人越想看她笑话，她越要用事实打她们几个耳光。眼下这个局，她又该如何来破？找个男朋友转移视线？问题是上哪去找？她又没认识几个人，总不可能随便在大街上拉一个。若不予理睬，流言会不会愈演愈烈？想得她头痛。

话说蒋帅一向很自恋，既有成熟男人的魅力，腰包也鼓，又很有一套讨女人欢心的本事，在情场上从来都是他掌握着主动权，哪被这样嫌弃过？而且还是一个农村来的姑娘。这口气，他怎么咽得下？从某种角度讲，蒋帅和董洁云有些地方挺相似，都属于喜欢挑战之人。董洁云越不给蒋帅好脸色看，蒋帅越想征服她。想着等征服了，他再回头一脚把她给踹开，看她还狂不狂。在情场上，他还没有输过。深谙"好女怕赖汉"之道的蒋帅三天两头跑到厂里来找董洁云，不见他也没关系，他就在门口站着，听着门卫喇叭喊董洁云的名字，给人造成一种董洁云跟他有情感纠葛的假象。厂里的谣言越传越烈，让董洁云烦不胜烦，严重影响心情。看到董洁云被缠得如此狼狈的样子，最高兴的是舒佳妮，恨不得敲锣打鼓庆祝。

尚宇听说后，找了个机会，问董洁云什么情况。董洁云说："我根本不想理他，这个人脑子有病。"蒋帅不按常理出牌，还摆出一副痴情的模样，真正要把她给气死。尚宇皱着眉头，说："要不要我去警告

> 楝树河
> 　　向东流

他?"董洁云说:"这种无赖,你越理他,他跳得越厉害。"尚宇看着董洁云这张脸,暗自摇头,小姑娘长得太漂亮实在是件麻烦事。至于厂里的谣言,他怕提醒了反而有副作用,就安慰董洁云说:"你不想理就不要理他,他觉得没趣会断了那念头。"

"对了,你刚才说那个人叫什么名字?"尚宇怕听错,又问了一遍。

"蒋帅,说是做服装批发生意的。"董洁云见尚宇神情有异,疑惑地问:"你认识?"

"不认识。"尚宇迟疑了一下回答,又善意提醒道,"你不知道有些人存着什么坏心眼,你们两个小姑娘要保护好自己,不要随随便便跟陌生男人出去吃饭、唱歌。"董洁云点点头,表示有数。

董洁云出去了。尚宇在想心事,如果他没记错的话,舒佳妮有个初中同学叫蒋帅,不知道是不是同一个人。若是同一个人,那么,蒋帅接近董洁云的目的又是什么?现在,他还不能直接去问舒佳妮,没有证据,问了,舒佳妮也不会承认。越细琢磨,尚宇越觉得这件事不简单,他绝不允许任何人来伤害董洁云。

蒋帅被董洁云下了多次面子后,终于不再出现。董洁云紧绷的神经松懈下来,她还真怕蒋帅死缠她,那真的只能离职了。尚宇听董洁云说对方不再出现,也以为自己草木皆兵,太敏感,差点冤枉了舒佳妮。那天晚上回去,尚宇的态度出奇地好,惹得舒佳妮想半天也没找到原因。

董洁云把蒋帅抛在脑后,最近舒佳妮也消停了,让她感到从未有过的轻松。于是,一个传呼打过去,约董静秋晚上出去逛街。

夜色降临,城市灯红酒绿。

此刻,在东门口的一家咖啡馆里,蒋帅、蒋师师和舒佳妮坐在一起边吃套餐边聊天。

"阿哥,我还以为没有你追不到的女人,没想到这次碰到董洁云,连你也没辙。那女人眼界也太高了,你这样条件的男人她都看不上,她想嫁给谁?"蒋师师咬了一口牛排,对着本家堂哥,一脸的不相信。

"我也以为像她这样的农村姑娘,又没见过世面,只要稍微给她一点甜头,就会乖乖听话,没想到她不上钩,看来我长得还不够帅。"蒋帅沮丧地说。见舒佳妮情绪低落,他在桌子底下用脚碰了碰她的小腿。舒佳妮抬头,见蒋帅似笑非笑地看着她,心跳加速,又低下头吃她的排骨饭。

这个时候,舒佳妮有点后悔,蒋帅是她的初中同学,偶尔有一次她得知蒋帅和蒋师师是堂兄妹,听蒋师师吹牛说这个堂哥怎么个厉害,换女朋友像换衣服,她就动了心思,想借蒋帅的手来教训董洁云,没想到失败了。想起前两天,尚宇突然问她是不是有个叫蒋帅的同学,她一口否认,心里却打起了鼓。倘若让尚宇知道自己这么算计董洁云,她这个苦心维持的家搞不好真要散了。

蒋师师还不肯放弃,问蒋帅:"阿哥,我问你,你说董洁云长得漂不漂亮?"蒋帅说:"你这个同事是长得漂亮,她不是那种木头美人,你有没有注意到她那双眼睛,一看就很聪明。"蒋师师听到堂哥对董洁云这么高的评价,心里很嫉妒,继续怂恿道:"就是啊,你说你有钱有相貌又有水平,难道还搞不定一个农村姑娘?你以前说得这么厉害,是不是哄我的?再说,董洁云还在背后说你是癞蛤蟆想吃天鹅肉,我听了都心寒,为你打抱不平。"蒋师师边挑拨边观察蒋帅的表情。蒋帅被蒋师师的激将法搞得恨不得立马就把董洁云拿下,自信地说:

"只要我想追,还没不成功的。她说我是癞蛤蟆,她是天鹅,那我倒要尝尝这天鹅肉的味道。"蒋师师唯恐天下不乱地说:"好啊好啊,那我就静候表哥佳音,你把她吃了,再一脚踢开。"

"算了。"舒佳妮突然打断了两个人的交流,她放下筷子,对蒋帅说,"我老公已经怀疑了,这事就到此为止,万一被他知道就不好收场。"

蒋帅见舒佳妮收起了争斗之心,不好再说什么,他本来就是看在同学和堂妹的份上,才来蹚这浑水,想吃嫩豆腐,揩点油。只不过认识董洁云后,他还真对她产生了兴趣,可惜剃头挑子一头热。蒋师师很失望,本来这事若成,舒佳妮答应给她换个轻松点的岗位,现在估计要黄了。

三个人边吃边闲聊,没发现董洁云和董静秋从外面经过,董洁云无意中偏过头朝里面看了一眼。瞬间,她整个人像被一盆冰水从头顶浇下,感到一阵彻骨的寒意。

"二姐,你怎么了?"董静秋发现董洁云神情不对,拉了拉她的手臂,焦急地问。

董洁云快速朝前走去,拐个弯,停下脚步,因愤怒而狂跳的心脏许久才恢复正常,对董静秋说:"你猜,我刚才看到了谁?"

"谁?"董静秋不解地问。

"蒋帅、舒佳妮,还有一个单位同事蒋师师。"董洁云咬着牙说,"这三个人会在一起吃饭,看来上次的事件不是偶然。这个蒋帅跟蒋师师肯定也有关系,都姓蒋,搞不好是亲戚。肯定是舒佳妮出的鬼主意,好,真当我们乡下人好欺侮。"

董静秋非常意外,不禁打了个寒战,说:"二姐,这些人的心思太可怕了。"

董洁云实在咽不下这口气,她找了个公用电话,给尚宇打了过去,语气冰冷地说:"刚才我看到蒋帅和舒佳妮、蒋师师在一起吃饭。"说完,挂断了电话。

晚上,当舒佳妮回到家里,见尚宇脸色非常难看,心里一惊,脸上装作若无其事的样子问:"娟娟睡了?"尚宇像看陌生人一样看着舒佳妮,语气比十二月的西北风还要冷,说:"舒佳妮,做人要留点余地。"舒佳妮强词夺理,说:"我做什么了?你少来这一套。"

"你做了什么,自己清楚。你让蒋帅去撞小董,打的什么主意?"尚宇越想越愤怒,大声质问。

"你血口喷人,我哪里叫人去撞她了?拿出证据来。还说跟她没一腿,怎么着,心疼了?"舒佳妮跳了起来,坚决不承认。

睡在隔壁房间的娟娟醒了,听到父母的争吵声,大声喊爸爸。尚宇冷冷地看了舒佳妮一眼说"好自为之",打开隔壁房间的门,走了进去,又重重关上。舒佳妮坐在沙发上,手脚冰冷。完了,这件事居然让尚宇知道了,舒佳妮六神无主,不知道该怎么办才好。再一想,娟娟还这么小,尚宇极爱女儿,他不会提离婚,最多就冷战。想到最后,又恨董洁云,她是这个事件的源头。也恨尚宇,董洁云又没少一根头发,他就不分青红皂白发脾气,自己眼瞎,找了这么个男人。她越想越委屈,不怕邻居笑话,就在那里干号。在隔壁房间陪着女儿睡的尚宇听到干号声,火冒三丈,跑出来吼了一句:"不想过,明天就散伙。"舒佳妮喉咙里的那声嚎,上不上,下不下,卡在那里,音量慢慢低了下去,最终没有了声音。

这一晚,没有睡好的还有董洁云,她满脑子想的都是如何反击。舒佳妮最在意她的婚姻,那就让她失去婚姻。就算拆散不了她这座婚姻的庙,也要让她得不到丈夫的爱。她不急,有的是时间。村里的老人说过,钝刀子割肉最痛。

第二天,尚宇早早来到办公室,详细询问董洁云有关蒋帅出现前后的过程。他猜不到舒佳妮的真正目的,是想让董洁云和蒋帅好上嫁给他,还是玩弄董洁云的感情?如果是玩弄感情,这么恶毒的女人,他一天也不想跟她过下去。可想到年幼的女儿,尚宇的心肠又硬不起来,只好向董洁云解释道:"昨晚我问过她,她说蒋帅条件很好,想介绍给你认识,又怕你对她有误会不接受,才干出那么蠢的事。对不起,小董。"说到后面,尚宇因底气不足而显得分外心虚。

董洁云见尚宇言语闪烁,这些话怕不是出自舒佳妮之口,而是他想出来,以免她和舒佳妮结怨太深。她和舒佳妮还有和解的可能吗?董洁云想笑,又笑不出来,过了好一阵,开口道:"这事到此为止,我可以不计较,希望她不要再来找我麻烦。如果你认为我在这里工作影响你们夫妻感情,我走就是,我不想让你左右为难。"

"有没有你,我们都这样。你别多想,好好工作。"尚宇很怕董洁云心里有疙瘩,连忙说。

董洁云想到自己的计划,点点头。

正说着,舒佳妮进来了。董洁云看了她一眼,自顾自开始工作。尚宇咳嗽一声,对舒佳妮说:"你搬财务室去,厂有厂规,不能因为是私营没个规矩。过去是我错了,公私不分,以后再也不能这样。"舒佳妮见尚宇当着董洁云的面给她难堪,愤愤不平,想强辩,又见尚宇这突然强硬的态度不像是开玩笑,非常时期,她就先忍忍。

这个结果,董洁云没料到,不过她喜欢。

25

又到吃午饭的时候，董静秋从广播室出来准备去食堂，在下楼梯时，一位身材高大、穿迷彩服、戴着墨镜的年轻小伙走上来，两个人相互对视一眼，擦肩而过。到了食堂，早一点的人已经吃好，她找了个角落坐下来，很安静地吃着饭菜。吃到一半，忽然感觉有人在看她。抬起头，她又看到那位小伙子，他已取下墨镜，坐在她的斜对面，正朝她笑。董静秋低下头，心里有微微的恼，那眼神有点热，刺激着她的皮肤。看他的穿着应该是位军人，估计是来厂里找什么人。对军人，董静秋有一种崇拜情结，认为他们保家卫国很了不起。也许是她敏感，总感觉那道目光一直都在。她又忍不住抬头，偷偷朝那个方向快速瞟了一眼，又装作若无其事的样子，继续数着米粒吃。此人五官硬朗，英武，很有男人气概。董静秋想着，脸上浮现可疑的红晕。她不知道这副青涩中又带着天然妩媚的样子，落在这位名叫卢松的小伙子眼里，有多吸引人。吃好饭，董静秋端着盘子走了。卢松的视线追着女孩苗条的身影，对自己说，这个女孩，他一定要认识。

下午，董静秋在办公室里又很惊讶地看到这位小伙子，他把墨镜拿在手上，眼睛里有火花闪过，她低下头不敢再抬起。

棟树河
　　向东流

　　第二天上午，小伙子又来了，还在董静秋工作的写字台前坐了一会儿。他没说话，静静地看着她做事，害得董静秋的手脚都不知道该怎么放，脸红得像个高烧的病人。有关小伙子的信息，她只从同事嘴里听说过，他是个特种兵，还在服役。董静秋从未遇到过这样的人，对方是在逗她玩？

　　晚上，董静秋躺在床上想心事。

　　作为一名文学女青年，她最喜欢做的事之一是幻想，比如幻想能拥有一份天荒地老的爱情。想起这两天的"奇遇"，她那颗小心脏就活蹦乱跳。闭上眼睛，一张英俊的脸浮现在她的脑海里，他看她的眼神，让她有一种被爱神击中的慌张。莫非，这世上真的有一见钟情？可是，她连对方的姓名都不知道，怎么可能会有故事？董静秋拉起被子，蒙住了头，告诉自己，这是在做梦。心里却有个小小的声音在问：明天，他还会来吗？

　　又是新的一天。

　　早上起来，董静秋发现她的心似在期待什么，这期待中又带着几分说不清道不明的慌乱，很矛盾。这么复杂的心情以前从没有过，她还是第一次遇到。心不在焉地过了大半天，没见人影，董静秋心里竟然有一种淡淡的失落。

　　"董静秋，电话。"突然，董静秋听到门卫的喇叭声。电话？应该是二姐打来的。她匆匆下楼跑过去接听。

　　"二姐？"董静秋拿起话筒问。

　　话筒里传来一个陌生的小伙子声音，听到这声二姐，他笑了笑，问："你几点下班？"

　　"你是哪位？"不是二姐，董静秋愣了一下，满肚子疑问。

"我们见过。"小伙子在电话那头说。

"你不说,我就挂了。"董静秋紧张地说。

"我们认识。"

见对方还是不肯说名字,董静秋感到这话筒握在手上有些发烫,又怕旁人看出些端倪,故作镇定地给挂了,转身就走。没走几步,电话铃再次响起。门卫喊住她,还是那个人。董静秋有些恼火,语气变得不那么客气,说:"你是谁?不要玩这种无聊的游戏,我没兴趣。"

"我叫卢松,昨天我还在你面前坐过。"

原来是他,董静秋心慌得不行。她记不清说了些什么,只记得对方那声音很好听,像会控制人似的,"等你下班,我到厂门口来,我等你。"她想拒绝,却又莫名地舍不得,鬼使神差地答应了下来。走出门卫室,董静秋清醒过来,对方是个什么样的人她都一无所知,怎么会如此大胆答应邀约,她这是疯了?

好不容易等到下班,董静秋叫上一位同事,借口说出去逛逛。走到厂门口,董静秋一眼就看到那个高大的身影,心跳如鼓。卢松站在那里,看到董静秋从里面出来,刚想上前打招呼,忽见她身后还跟着一个女人,硬生生收了脚。他就这样静静地看着她,董静秋按捺住那颗快要跳出胸腔的心,快速从卢松面前走过。

这个晚上,董静秋再次失眠。她一直在琢磨这位小伙子的身份,他来厂里,说明有熟人在,那么对她的情况应该有所了解,而她对他却一无所知。看他的样子并不像个轻浮之人,但这种行为又无法解释,难道是因为对她一见钟情?董静秋相信这世上有一见钟情,但不相信这一见钟情会落到她的头上。若真是一见钟情,那也只不过说明对方被她的容颜所惑。同理,她对他产生的莫名好感,跟他的外表同样分不开。董静秋的脑子里出现无数个虚构的情节,突然想写首诗,记录这不知从何而来的情愫。

董静秋做了一个梦。她梦见那位穿着迷彩服的小伙子带着一抹痞子的笑朝她走来,对她说:"我喜欢你。"她不信,说:"我不认识你,你也不认识我,怎么可能会喜欢?"他说:"因为我多看了你一眼。"她摇头,说:"你骗人。"他一脸焦急地说:"真的,我没骗你。"他去拉她的手,她转身想跑,突然摔了一跤,醒了。

"'因为我多看了你一眼',这是真的吗?"董静秋自言自语道。

董静秋没想到卢松会这么执着,不知道他用了什么方法,居然请了厂里好几位同事一起吃饭,她被人拉着去参加,卢松毫无顾忌地坐在她旁边。董静秋跟这些人并不熟悉,听卢松口气,他们之间并非初识,这让董静秋越发困惑卢松的身份。饭后,卢松邀请董静秋到中山公园走走。董静秋答应了,她实在很好奇。

两个人沿着公园的小径慢慢走着,春风吹得人不知不觉放松下来。卢松说:"静秋,不知道为什么看到你,心里就很想认识你,我现在相信真的有一见钟情。我过两天就要回部队去,我想问问你,你愿不愿意做我女朋友?"

董静秋停住脚步,很认真地说:"你了解我吗?我家在农村,就算我同意做你的女朋友,你家里人也不会同意。你们城里人,怎么可能会找个农村媳妇?再说,我对你一无所知,你让我怎么答应你?"

"我家里很简单,父母就我一个儿子。农村的又有什么关系?只要我喜欢,我爸妈不会不同意。"卢松自信地说。

这个时候,董静秋已经冷静下来,她不相信自己有这么好的运气,一碰到就是一个有情人。想到董洁云遇到蒋帅是有心人刻意安排,那么卢松呢?想到这里,她很有礼貌地说:"谢谢你,可这事太突然。对不起,我还没思想准备。"

卢松知道自己心太急,可他没办法,马上要回部队,好不容易碰到一个让他心动的女孩,实在不想放弃。听董静秋这么说,他表示理解,所谓欲速则不达,于是退了一步说:"是我冒昧,那能不能送我一张你的照片?以后我可以给你写信吗?"董静秋说:"我没照片,写信可以,大家先做个普通朋友。"卢松怕把她吓走,连忙答应,又从手提包里拿出一盒化妆品送给董静秋。董静秋见这时髦之物,婉言谢绝,她故意开玩笑说:"你看我这张脸需要化妆吗?"卢松说:"你天生丽质,不需要。你不用,可以送人啊,我听说你家姐妹多。"董静秋说:"是的,我有两个姐姐、一个妹妹。"卢松羡慕地说:"真好,哪像我从小到大一个人,没个兄弟姐妹。我小时候很想要个妹妹,可我妈不想生,说生我一个就够了。"董静秋说:"那你以后把我当妹妹好了。"卢松才不愿意呢,他要老婆,不要妹妹。可现在还不到时候,那就先妹妹也好。他最怕董静秋不理他,不给他一点点机会,毕竟很唐突。只要她愿意了解自己,他相信总有一天,他会赢得这颗芳心。

年轻人容易找到共同话题,更何况卢松有意迎合,两个人聊得很愉快。对董静秋来说,她是第一次被人表白,也是第一次跟一个陌生男孩大晚上在公园里谈情说爱,那是一种从未有过的新鲜感。她怕一不小心就陷进去,看了看手表,提出打道回府。卢松恋恋不舍地送她回厂里。至于化妆品,董静秋坚决不收,卢松没办法,只好又带了回去。

两天后,卢松又来了,他是来告别的。临走前,他再一次问董静秋讨一张照片,董静秋还是没给。她是真的没照片,可卢松以为她不

> 楝树河
> > 向东流

愿给，一脸失落。看他这个样子，董静秋忽又于心不忍。她想，要么休息天和二姐一起去照相馆拍两张照片？卢松走了，上次一起吃饭的一位同事交给董静秋一个袋子，说是卢松请他转交的。一打开，她看到那盒化妆品，无奈一笑，收下了这份礼物。

卢松回到部队，很快给董静秋寄来一封充满了思念之情的书信。他告诉她特种兵的危险性，有时候出去执行任务，有可能就永远回不来了。他想要一张她的照片，没其他意思，就是训练之余想看看她。阳光从窗户里透进来，洒在信纸上，董静秋的心弦被悄然拨动。卢松写得一手好字，这让董静秋对他的好感直线上升。她坐在写字台前，认认真真地给他回了一封信，答应下次见到他，一定送他一张她的照片。信写好，小心封上，贴好邮票，跑到有邮筒的地方寄出，董静秋的心好像也跟着飞走了，暗暗计算一下卢松收到信的时间，嘴巴微微翘了起来。

这周，董洁云和董静秋约着一起回家。算起来，她们已经有一个月没回去了。

在路上，董静秋向二姐老老实实交代了卢松的事，说有这么个男孩子在追自己。董洁云听了，觉得很有戏剧性，忧心地问："那个人的情况你了解多少？"董静秋说："我现在只知道他家在市区，比我大一岁，家里就他一个儿子，在部队当兵。父母做什么工作，现在还不清楚，估计他家条件比较好。"说完，她拿出包里的化妆品补充道："这是他送我的，我不要，他走之前拿给我同事转交，我带回来想送给大姐。还有，我看他请厂里同事吃饭，出手很大方。"董洁云说："你还太年轻，如果这个人真像你所说，家境好，又是城里人，就算他喜欢你，他父母也不会同意。"董静秋说:"我也这么想,可他说从小到大,只要他喜欢,父母都会同意。"董洁云说:"你想得太简单。对了,那你们现在算恋爱关系了?"董静秋说:"还不算,我们就写写信,我想多了解了解再决定。"董洁云说:"好,你不能被爱情蒙住眼睛,万一又是别人设套,吃亏的是我们。"董静秋说:"是的。二姐,现在还有没有人来找你麻烦?"董洁云说:"没有。"董静秋说:"那就好。"

董洁云靠在座椅上,闭目养神。有些事,董洁云不想让董静秋知道,怕破坏自己在妹妹心目中的光辉形象。她现在每天在尚宇面前,尽力扮演好一位聪明能干的称职秘书和温柔的红颜知己角色,信任他,依赖他,偶尔还抛个含情脉脉的小眼神过去,极大满足了尚宇身为男人的虚荣心。至于舒佳妮,她无聊时就不动声色地去挑衅一回,把舒佳妮气得半死,又拿她没办法。回到家,舒佳妮找尚宇闹,要求开除她,尚宇极力维护她,夫妻俩免不了又要吵架。董洁云在心里哀叹:我是一个多么纯洁的好姑娘,进了城,硬是被逼着学会了演戏。人不犯我,我不犯人;人若犯我,我必犯人。这就是她反击的理由。

到家,天都黑了。进门,见梨花也在,她的肚子已经很大,身材臃肿。看到两个女儿回来,董解放很高兴,也许是因为年纪大了,他还是喜欢家里热闹点。陈彩霞问她们在城里的工作情况,董洁云和董静秋都说挺好,让父母放心。陪父母说了会儿话,四姐妹就关在房间里嘀嘀咕咕,说个不停。

梨花关心地问两个妹妹:"跟大姐说实话,你们在城里有没有遇到什么为难的事?"董静秋笑着说:"有什么为难的事?大姐,你好好养胎,不要操心,我们都很好。"梨花说:"那你现在还在写作吗?"董静秋说:"写啊,我还去投稿了,你下次看报纸副刊仔细点,说不定上

棟树河
　　向东流

面有我的豆腐干。"梨花说:"有出息。"又用胳膊碰了碰董洁云,问:"有没有小伙子追你?"董洁云摇头,说:"那些人瞧不起我们农村来的姑娘,我才不喜欢。"梨花说:"你出去了,也不可能再回来,如果有合适的,就在城里找一个。"董洁云说:"慢慢来,我不急着结婚。"梨花又转过头对董静秋说:"三妹也一样,慎重点,不要被人给骗了。"董静秋说:"我要么不结婚,如果结婚的话一定是为了爱情。"梨花说:"好好,那你跟大姐说说你理解的爱情。"董静秋一时语塞,想了半天才说:"那种感觉说不清楚。"梨花狐疑地打量她,说:"你是不是有心上人了?"董静秋的脸飞起了红霞,立马否认,说:"哪有什么心上人?我是看书上这么写的。"梨花说:"只要一个人真心实意对你好,这个最要紧。"梅花插话道:"我们班上有早恋。"董洁云说:"你还是小孩子,可别学坏。"梅花翻了一个白眼,说:"二姐,我已经不是小孩子了。"董静秋上前,搂住小妹的肩膀说:"是是,我们家梅花长大了。"

　　时候不早,董林来接梨花回家。三个妹妹就趴在二楼的阳台上,看着大姐夫牵着大姐的手慢慢向前走去。董静秋突然说:"其实像大姐这样过一辈子挺好。"董洁云凝视着夜空,轻声说:"可惜我们都不愿过这样的日子。"董静秋沉默。是的,因为不甘心,所以她们才坚决要进城去寻找一条新的出路。只是未来的路如何,谁知道呢?

26

这一天,董静秋忽听到门卫喇叭声,说有人找她,很纳闷地跑过去。一看,居然是卢松,很意外。她两天前才收到他的信,没听他说要回来。一身军服的卢松英姿勃发,站在那里就是一道风景。他瞄了一眼手表,语气急促地对董静秋说:"我跟我们指导员过来办事,得马上走,你答应给我一张照片,这次可不可以让我带走?"董静秋见他这么执着,说:"那你等我一下。"卢松说:"好。"董静秋快速跑了一趟宿舍,上次她拉着二姐去光明照相馆拍了两张照片,一张正面,一张侧面朦胧照,犹豫了一下,她拿起那张朦胧照匆匆跑下楼。

卢松伸长脖子在门口等着,见董静秋拿着照片过来,很欣喜地接过,一看是侧面朦胧照,有些失望,但还是很小心地把照片装进了衣服口袋。董静秋问:"你回家了吗?"卢松说:"没回,我直接来这里,这么点工夫还是我磨了指导员半天才得来的。我要走了,记得给我写信。"说完,恋恋不舍地看着心爱的姑娘,视线舍不得移开。又看了一眼手表,转身离开。走到拐弯处,忍不住回头,见董静秋站在那里目送他,很开心,他朝她摆了摆手,一闪身影就不见了。董静秋见卢松特意跑过来问她要一张照片,很震动,心里有异样的甜,止不住地冒上来。她想找二姐分享这份甜蜜,决定下班过去。

董洁云见董静秋过来,很高兴,笑着说:"今晚不写文章了?"董静秋说:"想你了呗。"董洁云说:"少来这一套。"两个人边说笑边往办公楼走。每次董静秋过来,董洁云就带她到办公室聊天,宿舍有其他人在,不方便。

到了办公室,捧着茶杯,董静秋把卢松跑来问她要照片的事跟董洁云讲了一遍。她说:"二姐,虽说我对他的情况并不了解,但通过这几个月通信,觉得他不像是逢场作戏。"董洁云说:"你先这样跟他通着信,或者你写信直接问他家里情况,父母是做什么工作,让他老老实实把祖宗三代给交代清楚。"董静秋说:"这个我怎么好意思问?如果真喜欢一个人,跟他的身份、地位和家庭条件没有关系。"董洁云像看天外来客一样看着董静秋,说:"是不是你们文学女青年的脑子都长这样?不切实际,爱幻想。"董静秋说:"难道不是?你不也整天看那些言情小说吗?为了爱情,可以不顾世俗任何阻力,两个人也要在一起。"董洁云说:"你也说了那是小说,不知道那是瞎编的?"董静秋说:"二姐,你是不是不相信爱情?不对啊,你又没有谈过恋爱,没失过恋,怎么可能会不相信爱情?"董洁云一脸鄙视地说:"谁说我不相信爱情?我只不过没有你这么天真。如果你找个一无所有的穷光蛋,你们两个能拿爱情当饭吃?你没听说过,贫贱夫妻百事哀?你想想我们家的情况。我是穷怕了,不想再过那样的穷日子,我要么不嫁人,如果要嫁人,我在选择时肯定会考虑对方的经济条件。"董静秋明白董洁云的意思,可在她心里,爱情是纯洁的,怎么可以跟经济条件扯在一起?那不是对爱情的亵渎吗?当然,她不会跟董洁云争论这个问题,说到底,她们现在只有想象,并没有在现实中碰到过。

董静秋说:"二姐,最近过得怎么样?"董洁云说:"生活无聊得像白开水。"董静秋说:"我的好姐姐,你这句生活无聊得像白开水,听起来像诗。"董洁云说:"我正在琢磨要不要搞点事做做。"董静秋吓了一跳,忙说:"别,太平点不好吗?你也是,别引火上身。"董洁云说:"傻瓜,吓你的,我吃饱了撑着去主动惹事。"董静秋拍拍胸口说:"吓死我了。"

姐妹俩说了一会儿私房话,怕太晚,董静秋就回厂里。

董洁云刚跟董静秋开玩笑说想搞点事,结果事情就找上她了。舒佳妮在董洁云这里吃过几次哑巴亏后,再加上尚宇冷漠的态度,日积月累,让她的怒火到了无法抑制的地步,恨不得把董洁云生吞活剥,才能出这口恶气。这天早上,见董洁云穿着漂亮的连衣裙、高跟鞋,化着淡妆,很是妖娆地走过来,她就在背后骂了一句"狐狸精"。董洁云没理会,这种无视触及舒佳妮的心病,她跟着进来。尚宇不在,舒佳妮想趁机好好教训一下董洁云,黑着脸说:"我再警告你一次,不要整天想着勾搭别人的老公。"董洁云冷冷地说:"你给我讲清楚一点,我勾搭谁了?"舒佳妮说:"我眼没瞎。"董洁云毫不客气地回了过去:"你不但眼瞎,还心盲。"舒佳妮扑上来,去抓董洁云的头发,嘴上愤怒地喊着:"小贱人。"董洁云举起手,甩了一巴掌过去,回敬一句:"泼妇,一直给你面子你不要,当我好欺侮。"

当董洁云的巴掌落在舒佳妮脸上,舒佳妮还以为哪里出了问题,等反应过来,董洁云已扬长而去。舒佳妮气得拿起桌上的一瓶墨水狠狠地摔在地上,不顾旁边办公室那些偷偷伸出脑袋来看好戏的员工,破口大骂了半天。

董洁云回到宿舍,洗了一把脸,背起包就出去了。她突然感到很累,不想再待在这里。既然已经彻底撕破脸,换个单位才是上策,她不想再把时间和精力浪费在这上面,输赢已无关紧要。董洁云抬头看了看灰蒙蒙的天空,怕是要下雨了。

尚宇从外面办事回来,看到办公室被搞得一塌糊涂,吵架的两个人都已不见人影,头痛欲裂。他不明白舒佳妮为什么钻在那个牛角尖里出不来,难道把董洁云赶走,他和她的夫妻感情就能和好如初?有些裂缝,在了就永远都不会消失。

等了半天,见董洁云还没回来,他给她打了个传呼。董洁云正在街上,看到办公室的电话,找了个公用电话回了过来。电话里传来尚宇焦急的声音:"小董,你现在哪里?"董洁云说:"尚厂长,我今天请假,在外找工作。"尚宇听到董洁云在找工作,心里有说不出的烦闷,说:"你先回来,换单位的事见面说。"怕董洁云不想见舒佳妮,他又补充一句:"她不在。"董洁云想了想,这事总要有个结果,就答应回去。

到了办公室,董洁云明确向尚宇提出了辞职,她说:"如果我不走,像今天这样的冲突还会经常发生。我知道你的难处,你已经帮了我们姐妹很多忙,我不能再给你添麻烦。"尚宇说:"我知道,你受委屈了。晚上我再跟她谈谈,实在不行,你的工作我帮你找。"董洁云想到了一个主意,说:"新兴服装厂还需要人吗?如果需要,让我也去,我跟静秋去做个伴。"尚宇说:"我先看看别处有没有适合你的工作,如果没有,再找他们。"董洁云说好,又提醒尚宇说:"你晚上回家不用再去谈,免得影响你们夫妻感情,就这么办。"尚宇叹着气说:"是我的问题。到时候你回家,跟你爹爹好好解释一下。"董洁云说:"没关系,我会跟他讲。"

尚宇心里是舍不得放董洁云走,他已经习惯身边有这么个善解人意的姑娘,可眼下这情形又逼着他只能忍痛割爱,对舒佳妮的怨气和失望又加重了几分。想着舒佳妮若能通情达理一点,不至于让自己这么为难。更重要的是,在单位里这么一闹,他这个厂长真的是一点威信都没有,丢脸丢到姥姥家。

晚上,董洁云和董静秋坐在一家点心店里,各要了一盘青菜肉丝炒年糕。董洁云边吃边简单说了今天的事,也说了下一步的打算。"其实我要她家庭破裂很容易,主要是尚宇很爱他女儿,看在孩子面上,他会忍。我还是很同情这个男人,他已经离过一次婚,再离一次,名声不好听。算了,既然他不想离,我就放过舒佳妮。眼不见为净,以后就离远点,省得看到怄气。"

"二姐,你真想过要拆散他那个家?你喜欢尚宇?"董静秋正在嚼年糕,听了这番言论,差点噎住,瞪大眼睛问。

董洁云说:"我知道他喜欢我,只是不敢说出来,这男人胆子小。还有,他那种性格我不喜欢,太优柔寡断。"董静秋觉得脑子不够用,一下子接收的信息太多,她的二姐什么时候变得这么有心计?她咽下年糕,轻声说:"二姐,你既然不喜欢尚宇,那就不要因为报复那个女人把自己一辈子的幸福都搭上,不值得。"董洁云见妹妹一脸紧张的神情,笑了起来,说:"你怎么知道我不喜欢他?傻瓜,我跟你说,从小到大,他在我心里是个很特别的存在。不过你放心,我对现在的他没这想法。"董静秋说:"好复杂。二姐,如果你能来服装厂就好了,我们互相有个照应。"董洁云说:"争取吧,反正我跟他说了这个意思。对了,你跟那位兵哥哥还在通信?"董静秋羞涩地说:"是啊,他对我很好。"董洁云说:"如果他是真心的,那你就好好把握。"董静秋说:"我也不敢多想,怕失望。"董洁云说:"你能这样想就好,我们有优势,也有致命的弱点,毕竟势利的人多。"董静秋说:"希望我们都能找到自己的幸福。"董洁云说:"会的,别担心。"

点心店的收音机里一对男女正在唱:"从来没有人如此贴近我的心,总有许多许多话想说给你听……从来没有人如此打动我的心,偶尔无心的伤害全都为了爱……心会跟爱一起走……"

心会跟爱一起走吗?姐妹俩相互对视一眼,又低下头把盘子里的最后几片年糕给吃了。

尚宇托关系,给董洁云找了一家中外合资的电子公司,工作比较轻松,做产品质检员。董洁云想和董静秋一个单位,可尚宇说服装厂没合适的岗位,去车间当工人太辛苦。言下之意,他怕她吃苦。董洁云听了出来,本来就是求人家帮忙,哪还有挑三拣四的资格?更何况人家是出于好意。很快,她就把手上的工作交接好,去新单位上班。临走前,尚宇跟董洁云说,那家公司他没有直接的关系,是托了朋友,到了那边,一切要靠她自己。董洁云表示会好好工作,不会丢介绍人的脸。

董洁云辞职走了,舒佳妮那口闷气终于吐了出来,坐在办公室里,心情愉悦地以为董洁云已经灰溜溜地滚回乡下去了。董静秋来城里,尚宇帮忙找工作这件事,舒佳妮并不知情。尚宇是觉得没必要跟她说。董洁云更不会主动在她面前提。幸好不知情,不然舒佳妮肯定会多一个心眼。看着满脸笑容的舒佳妮,尚宇很烦,临时找了个小青年替他跑跑腿,暂时接管董洁云的那摊事。

一周后的一个夜晚,董洁云和董静秋请尚宇吃饭,以示感谢。尚宇应约前往。

走进小饭店,看着眼前这对年轻貌美的姐妹花,尚宇又想起在董家村的日子。他问董洁云到新单位后的情况。这一周,他硬是忍着没跟董洁云联系,怕万一被舒佳妮发现,反而带去祸害。董洁云给尚宇倒了一杯水,微笑着说:"我拜了个师傅,跟着他学技术。工作不累,你放心好了。"尚宇说:"那就好。"

服务员把菜端了上来,有话梅花生、燀菜、肉饼子炖蛋、炒三鲜、白灼虾、清蒸梅鱼等。董洁云要了几瓶啤酒,给尚宇倒了一杯,又给自己和董静秋的杯子也满上。姐妹俩举起酒杯,非常真诚地说:"尚叔叔,谢谢你。如果没有你,我们两姐妹不可能这么快在这里落脚。"尚宇很不想做叔叔,听起来他已经很老了一样,只是这话他又不好说出口。他把杯中酒一饮而尽,一脸豪气地说:"不用客气,我是看着你们两个长大的,交情不一样。"董洁云连忙又把他的空酒杯倒满,笑着说:"是,你还是我的救命恩人,等哪天我有能力了一定报答你。"尚宇说:"不用报答,你开心就好。"

董静秋坐在一边,看着尚宇与董洁云的互动,心想,如果尚宇的年纪不比二姐大这么多,没结过婚,那就好了。尚宇见董家姐妹的工作都已安定下来,卸下一桩心事,不管怎样,他对董解放可以交代了。只是想到以后不能每天见到董洁云,又有说不出的惆怅,他看董洁云的眼神里有许多难言的愁绪。董洁云避开尚宇的目光,若无其事地夹起一只虾吃了起来。

这餐饭,说好是董家姐妹请客,最后却变成尚宇买的单。他的理由很充足,有他在,哪能让两个小丫头付钱?董静秋想拿钱给尚宇,被董洁云给拦下。尚宇再次扮演叔叔的角色,用一副长辈的口吻说:"你们就安心工作,有什么困难,记着给我打电话。"董洁云心生捉弄

棟树河
　　向东流

之意,故意给了他一个柔情似水的眼神,说:"好。"

尚宇被董洁云看得心惊胆战,不敢多留,找了个借口走了。董洁云指着远去的那个背影,对董静秋说:"你看看,这男人是不是很老实?"董静秋说:"老实,是个好男人。"董洁云说:"那让他做你的二姐夫如何?"董静秋摇头,说:"他配不上你。"董洁云说:"嗯,看他这么老实,我就放过他算了。我想谈一场正儿八经的恋爱,就是不知道那个人现在哪里。如果找不到,我就独身,我不想为结婚而结婚。"董静秋搂住董洁云的肩膀说:"二姐,你是不是喝多了?"董洁云带着三分醉意说:"我没有喝多,我的脑子比任何时候都清醒。从小到大,我都清楚自己想要什么,我想要的,一定可以得到。"董静秋顺着董洁云的话说:"好好,你一定可以。"董洁云说:"我喜欢尚宇,可惜不是这个尚宇。"董静秋糊涂了,忙问:"难道有两个尚宇?"董洁云又笑了起来,说:"是,我一直喜欢的是董家村的那个尚宇,而不是眼前这个。"董静秋有些不明白,以为董洁云喝醉了,说的是胡话。她打了个车,把董洁云送回她的公司宿舍,再回单位。下班的时候,她从门卫拿了卢松给她的信,还没来得及看。坐进被窝,董静秋小心地撕开信封,取出里面的信纸,慢慢看了起来。

"静秋,你好!

上一封信收到了吗?你的回信还没有来,是不是最近很忙?没有你的音信,我度日如年,每天盼着邮递员能给我带来有关你的好消息。

今天来信,是想跟你说件事,我马上要出去执行任务,这次任务有较大的危险性,我不知是否能平安回来。如果回得来,我会及时给你写信。倘若你再也收不到我的信,请不要难过,就当从没有认识过我,把我忘了。不过你也不用太担心,我一定会很小心,因为我还想牵你的手,想跟你永远在一起。你送的那张照片我贴身放着,有空的时候拿出来看看。虽然是朦胧照,还是侧影,但总比没有好。如果可以,我还想要一张你的正面照……"

董静秋的心猛地揪了起来,她的视线落在"执行任务""危险"这几个字上,久久没有回过神来。她无法想象,如果卢松真的出了意外,自己会怎样。这一刻,董静秋突然明白,不知不觉中,她已接受和爱上这个只知道名字的小伙子。她要给他写回信,答应等他平安归来,一定给他一张正面照。她不再抗拒这份陌生的感情,愿意试着去了解和走近卢松。

这一夜,董静秋心神不宁,没有睡好,牵挂着卢松,不知他是否安好。她从笔记本的夹层里取出卢松的照片,凝视着这张充满英武之气的脸,暗下决心,不管卢松的家庭是什么样的,只要他爱她,那么有再大的困难,她也愿意跟他一起去面对。

27

卢松像突然断了线的风筝,音信全无,让董静秋终日陷入一种忧惧状态。

在等待的那段日子里,董静秋每天魂不守舍。她写了一首又一首爱情诗,满纸都是浓浓的思念和百般牵挂。她去找董洁云,扑在二姐怀里哭,担心卢松再也不会回来。董洁云也没遇到过这种情况,只好安慰妹妹,让她不要焦急,吉人自有天相。

"二姐,我想这就是爱情。"董静秋从董洁云怀里抬起头,认真地说,"你的脑子里只有一个他,无论白天还是黑夜,你在忙碌还是空闲,你总是会不由自主地想到他,牵挂他,想知道他在做什么,过得好不好。"

董洁云抚摸着妹妹柔软的长发,莫名叹了一口气说:"爱情,真美好。"董静秋搂紧姐姐的腰,低声道:"二姐,你也会遇上。"董洁云说:"下次那个卢松来了,我要见见他,看那小子有啥本事把我妹妹的魂给勾走了。"董静秋被说得难为情,在董洁云怀里拱了拱,嗡着声音喊:"二姐。"董洁云笑了,说:"都有心上人了,还像小姑娘一样,好了,把眼泪擦干。如果你们两个有缘分,他自然会平安回来。若没有缘分,那你伤心也没用。"

董静秋一想,可不就是这样?慢慢平静下来。这件事,急也没有用,只有耐心等待。姐妹俩又说了会儿话,约定周六下班一起回家去。最近发生了太多的事,她们已经很久没回去,估计又要挨父母的骂。

果然,等周六晚上姐妹俩回到家里,陈彩霞立马甩过来一句:"你们还知道回来?"很是埋怨。董洁云和董静秋赶紧一人扒住母亲的一只手臂,态度极其诚恳地检讨,说了一堆好话,才勉强让陈彩霞的脸阴转多云。董解放打量着两个女儿,摆出父亲的威严问:"厂里这么忙?"

董洁云口渴,先倒了一杯水喝,才慢悠悠地说:"爹爹,阿姆,我换了新单位,在一家中外合资企业上班,当质检员,各方面都很好。因为刚去,要学很多东西,时间都不够用。"董解放有点疑惑,问道:"是不是你工作做得不好,人家不要你了?"董洁云说:"哪有啊,是厂里人事调整,这份新工作也是尚厂长帮我找的。如果我表现不好,人家才不会管这闲事。"董解放想想也有道理,就叮嘱了几句。陈彩霞又问董静秋的工作情况,听董静秋说很好,就不跟这两个小没良心的计较。

"大姐晚上没过来?还有梅花呢?"董洁云见梨花和梅花都不在,问陈彩霞。

"你大姐马上要生了,哪能让她天天过来。梅花现在功课紧,两个礼拜才回来一次,这周没回。"陈彩霞说。她和董解放同感,以前嫌四个孩子太多,房子太小,现在一个个飞出去,家里就剩下夫妻俩,大眼瞪小眼,实在清静。

董静秋一听,马上说:"二姐,我们明天过去看看大姐。"董洁云说:"好。"

棟树河
　　向东流

　　第二天,董洁云和董静秋吃过早饭就跑到梨花家去。一进那小院,看到墙角的各种鲜花,很是赏心悦目。梨花见两个妹妹过来,很惊喜,说:"你们两个舍得回来了?阿姆每个礼拜都在念。"董洁云说:"遇到点事。"梨花想到婆婆已上街去买菜,不知道家里来了客人,就叫董林再去买点,中午留俩妹妹吃饭。董林拿起竹篮出门去,路上碰到张小兰,忙告知她董洁云和董静秋来家里了。张小兰看了看篮子里的菜,量不够,让董林把这些菜先带回去,她再去趟街上。

　　这边,董洁云和董静秋各自伸出一只手,去摸梨花的肚子,视线又落在她那双浮肿的双腿上,姐妹俩齐声问:"大姐,怀孕是不是很遭罪?"梨花温柔地抚摸着肚子,说:"十月怀胎当然辛苦,等你们以后怀了孩子就会明白。"董静秋摇头说:"看起来很吓人,我才不要生。"梨花笑着说:"别嘴硬,到时候可不是随你说了算。"董洁云趁家里没其他人,悄声问道:"大姐,你跟我们说实话,你觉得结婚好不好?大姐夫一家对你好吗?"梨花说:"我觉得很好,生活安定,家里没什么可以让我操心的事。你们两个在城里,肯定会遇到各种人,大姐劝你们一句,找对象一定要找人好的,这个很要紧。除了人好,还得喜欢。如果你不喜欢他,或者他不是很喜欢你,一定不要嫁。这喜欢,不是嘴巴说说,你们要看他怎么做。像你们姐夫,连洗脚水都给我端,现在鞋带都是他帮我系。"说到这里,梨花又解释一句说,"我肚子太大,不方便,弯不下腰,只能靠他。"

　　"你这么辛苦,我给你端个洗脚水算什么。"董林提着一篮子菜走进来,笑着接过话头。梨花说:"这么快买来了?"董林说:"阿姆买的,她再去买点。"董洁云说:"大姐夫,麻烦你们了。"董林说:"看你说的,难得过来吃餐饭,我们高兴还来不及。你们三姐妹好好聊聊,中午我负责下厨。"董静秋伸长脖子，瞄了一眼菜篮子说："看样子今天有口福了。"梨花说："馋猫，放心，够你吃。"董静秋说："整天吃食堂，腻。"董洁云说："还是想念家里的菜啊！我想以后还是不住宿舍，去租个房子，这样可以开伙做饭。静秋，你说好不好？"董静秋说："这个真可以考虑。"

过了一会儿，张小兰提着篮子回来了，董洁云和董静秋连忙很有礼貌地打招呼。张小兰笑眯眯地说："好好，你们坐，俩姑娘越来越漂亮，有男朋友了吗？"姐妹俩红着脸摇头。张小兰也不打扰三姐妹相聚，去厨房忙。梨花想起刚进门时董洁云说遇到些事，悄悄问道："你是不是有事瞒着我们？"董洁云说："没多大事，就是我换了家工作单位，一切都要重新学起来，很忙，才没回家。"梨花说："那就好，你们两个在外面自己当心。"董静秋没多嘴，路上姐妹俩已说好，那些事除了不告诉父母，也不跟大姐说，她怀着孩子，免得影响心情，等以后有机会再详细讲。

董林跑了一趟丈人家，告知董洁云和董静秋在他家吃饭。他请丈人、丈母娘过去一起吃，省得做饭。董解放和陈彩霞婉拒，说没事上亲家那里吃饭，难为情。董林见请不动，只好回去。

中午，饭桌上摆着红烧肉、河虾、土豆烧牛肉、清蒸鲳鱼、油煎龙头烤以及自家种的各种当季蔬菜，很丰盛。吃饭时间到了，董良善和董啸虎从药店过来，看到姐妹俩，都很热情。董洁云边吃着红烧肉，边对鹤发童颜的董良善说："阿爷，你马上可以当太爷爷了。"董良善喝一口小酒，开心地说："是啊，梨花给阿爷生个重孙子，大红包我已经准备好了。"董静秋说："阿爷，那如果我大姐生了个女儿呢？"董良善又咪了一口杯中酒，说："你大姐这一胎准是儿子，我不会看错。如

棟树河
　　向东流

果是女儿,也没关系,过两年再生一个。"董静秋好奇地问:"怎么看出来的?"董良善还没有回答,张小兰笑着接过话头,说:"生儿子的会变丑,生女儿的变漂亮。"董洁云和董静秋同时把目光停留在梨花的脸上,她们早发现大姐这张脸怀孕后冒出很多斑点,果真是变丑了。董静秋不由担心地问一句:"生了后,脸上那些东西会消失吗?"董林立刻表态说:"没事,好看难看我都要。"梨花夹了两只虾放在董静秋碗里,说:"吃你的。"董静秋一笑,把河虾塞进了嘴里,嚼了起来。

吃好午饭,董洁云和董静秋见大姐面带倦色,让她赶紧去休息,说她们回家陪一会儿父母,也要到镇上坐车回城。梨花就不留她们,坐了半天,她也有点累。

姐妹俩走出董林家,董静秋感慨道:"大姐很幸福,真好。大姐夫一家人都很好,实在。"董洁云说:"是的,大姐有福气。"董静秋侧过头看了眼董洁云,突然问:"二姐,你说以后我们会不会后悔离开农村进城?如果不进城,我们有可能会找一个像大姐夫这样的男人,然后平平静静过一辈子。现在进了城,一切都是未知。"董洁云抬头看着棟树河边的那一棵棵棟树,又是棟树花开的季节,这个熟悉的场景她已经看了二十多年,今天看到,虽依然喜欢,但仍没有城市吸引力大。董洁云说:"我不喜欢平淡,喜欢挑战。既然是未知,那说明一切皆有可能。不管以后会遇到什么,我不会后悔进城这个决定。"听了董洁云的一番话,董静秋问自己,有一天,会后悔吗?此刻,她不知道答案。

一星期后,董洁云和董静秋接到董林打来的电话,说梨花生了,母子平安。姐妹俩一起上街,买了两套婴儿穿的衣服,又去金店买了一副银铃铛小手镯、一把银锁,作为送给小外甥的礼物。俩人好不容易等到周末,就迫不及待回家去。

梨花生了个儿子,除了董林一家开心地给左邻右舍送大油包和红鸡蛋,董解放更是激动得坐也不是,站也不是。他想了一辈子都没个儿子,现在大女儿终于给他生了个外孙,反正都姓董,他就当是自家孙子。陈彩霞见梨花的肚子这么争气,彻底放心了。本来她一直怕梨花生个女儿,万一公婆有想法,那就不好了。因为她听说董啸虎整天在嘴上说要把药店传给孙子,现在如愿以偿,皆大欢喜。

董解放夫妻俩和董洁云三姐妹提着一大堆东西来探望坐月子的梨花,董啸虎一见董解放,拉着他去喝酒,儿媳妇生了个大胖孙子,他多年梦想已露曙光,下决心要好好培养孙子。陈彩霞还在上班,没时间来照顾梨花,看着忙里忙外的张小兰,为自己没帮上什么忙表示歉意。张小兰笑着说:"我就负责买点菜,有出窠娘在,没事。"趁陈彩霞跟张小兰讲话,董洁云带着俩妹妹溜进梨花的卧室。梨花正靠在床上,姿势笨拙地抱着小婴儿喂奶。见三个妹妹进来,脸上全是母性的光辉,说:"你们来了,要不要先坐下吃点水果?"三个姑娘都摇头,目光齐齐地落在那个闭着眼睛、用力吮吸奶水的小家伙身上,听他发出"咂咂"的声音,一脸的稀奇。特别是梅花,被大姐那只丰满的乳房羞红了脸。等孩子吃饱,出窠娘就进来了,这是一个打扮清爽的中年妇女,她接过孩子,温柔地拍着。等孩子熟睡,再轻轻放到边上的摇篮里。三姐妹这才看清小婴儿的长相,皮肤有点红,小脸圆嘟嘟,小嘴巴无意识地一张一合,可爱极了。董洁云拿出银手镯和银锁,放到床头柜上,对梨花说:"这是我和静秋给外甥的小礼物。大姐,孩子的名字取好了吗?"梨花说:"阿爷早取好了,大名叫董浩然,小名浩浩。"董洁云说:"这名字很有气势。"董静秋说:"浩然正气。"梅花伸出手指,偷偷去碰小婴儿紧握的小拳头,满心的欢喜,说:"大姐,小浩浩真可爱,我要跟他玩。"梨花笑着说:"以后你也生一个玩。"梅花说:"我还早,至少十年后。"董洁云说:"不一定。"梅花说:"二姐,接下去轮到你了。"

正说着,陈彩霞走进来,自梨花生产后,她每天都要过来一趟,见梅花在逗弄睡着的外孙,批评道:"离远点,别把浩浩给吵醒了。"梅花一脸哀怨地说:"阿姆,你现在眼里是不是只有浩浩?"陈彩霞见小女儿这副赖皮相,说:"起开,你们不要在这里待太久,影响你们大姐休息。"梨花说:"没事,我整天躺着也无聊。"

张小兰端了个红色的木托盘上来,里面放着一碗红糖鸡蛋长面,让梨花吃了。又叫姐妹几个下去吃点心,她煮了汤圆。董洁云带着两个妹妹下楼。董林拎着一只大猪脚进来,升级为父亲,他一脸的容光焕发。梅花问:"大姐夫,这猪脚你刚买的?"董林说:"我从杀猪屠那里提前定的,给你姐炖汤喝。"董静秋朝董林竖起一个大拇指说:"祝贺大姐夫升级当爹。"董林得意地笑,说:"中午在这里吃饭。"董洁云说:"不吃了,你们这么忙,我们都看过大姐和浩浩了,一会儿就回去,大姐现在需要休息。"董林说:"你们没看到两个阿爸和阿爷在一起喝酒?"董洁云嘀咕一句:"爹爹也是,哪有这个时候喝酒的?"董林说:"老人家高兴,随他,阿拉阿爸这两天店门都懒得去开。"董静秋说:"二姐,要么你问下阿姆?"在不在这里吃饭,她倒是无所谓。董洁云把最后一只汤圆咽下肚说:"我吃饱了,午饭肯定吃不下。爹爹高兴在这里喝酒让他喝。我回去,你们随意。"董静秋和梅花说:"那我们也回。"董林见三姐妹执意要回,就随她们去。

三姐妹走到街上,董洁云突然问:"上海阿爷和阿娘的房子不知道现在有没有人住着?"董静秋说:"过去看看。"梅花说:"一直锁着门,没有人住。"她每次从学校回来都要经过那里。董洁云觉得奇怪,好好的房子,山岗叔他们怎么不去住?

说走就走,三个人来到昔日的家门口,见院门紧锁。董洁云抬头看到二楼屋顶黑瓦的缝隙里那些自由生长的野草,墙角的那棵桂花树长得很高了,伸出墙外,郁郁葱葱。想起逝去的那些时光,心里有说不出的惆怅,那里面有她们童年和少女时代的印记。董静秋在想那对已经不在人世的老夫妻,想人死了究竟能留下什么……她在思考。

"你们怎么在这里?"身后传来一个男人的声音。

姐妹仨回头一看,原来是董山岗和董平波,忙打了声招呼。董洁云问:"山岗叔,这房子你们怎么不住啊?关着好可惜。"董山岗说:"我们都有地方住。"董洁云做了一个遗憾的表情,又问:"山岗叔还在那个厂里吗?"董山岗说:"那个厂子现在算我个人的了。梨花生了个儿子,你们都升级当阿姨了!"董洁云听董山岗说原来的乡办企业已经变成私营,很惊讶,又问:"山岗叔,那我以前上班的那个服装厂呢?"董山岗说:"一样,都变成私营了。"董洁云说:"厉害,你们都做老板了。"目光一打量,父子俩穿着果真与平常不同。当爹的白衬衣、黑色长裤配黑皮鞋,头发梳得整整齐齐。儿子的花衬衣配牛仔裤、运动鞋,很时髦。董山岗心情愉快地说:"你们是不是想进去看看?钥匙我放在家里,让平波回去拿一下好了。"董洁云不想麻烦他们,连忙说:"不用不用,反正闭着眼都知道里面是啥样。"董山岗说:"行,下次想进去来找叔。"

董山岗父子走了,三姐妹沿着楝树河回家。董静秋说:"怪不得

棟树河
　　向东流

他们没去住上海阿爷的房子,山岗叔都做老板了,肯定不想住死过人的老房子。"董洁云觉得有道理,她回过头又看了一眼熟悉的小院,低声说:"可惜,早知道当年上海阿娘想把房子卖给我们家,爹爹应该把它给买下来。"董静秋说:"还真是,也不知道当时爹爹为啥不同意。"梅花说:"我听阿姆说过,爹爹是怕人家讲闲话。"董洁云撇了撇嘴,对自家的老爹,她表示无话可说,这么在意别人的话,活得太累。

28

  时光的手,不紧不慢地翻动着桌上的日历。董静秋在等得快绝望的时候,终于收到了卢松的来信,他已平安完成任务归队。董静秋那颗悬着的心总算落地归位。看着这满纸的相思和祈求她答应做他女朋友的信,董静秋毫无抵抗力,她给他写了一封长长的信,第一次正视自己的感情,并答应跟他正式建立恋爱关系,附寄了一张正面照。卢松收到信后,欣喜若狂,第一时间回了信,告诉她,不久他可以回来探亲,到时候一定去看她。董静秋捏着信,心里甜滋滋的,内心充满了爱的喜悦。她那抑制不住的幸福需要及时分享,当董洁云看到站在那里莫名其妙就笑出声的妹妹,只会摇头,说:"完了完了,文学女青年果然多情,一陷入情网,整个人就变成了花痴。"

  董静秋晶亮的眼睛里闪烁着爱情的光芒,说:"二姐,你快去恋爱。真的,爱一个人的感觉太神奇。"董洁云说:"我也想啊,可惜无人可恋"。董静秋说:"不可能,我二姐貌美如花,怎么会没有人喜欢?除非那些人眼瞎。"董洁云一本正经地说:"我也这么想。"姐妹俩边逛街边说笑着,董洁云没注意有个男人站在街边一家服装店门口望着她的背影沉思。如果她回头,就会发现那个人是蒋帅。

楝树河
　　向东流

　　蒋帅从舒佳妮那里得知董洁云离职的消息，当时舒佳妮兴高采烈地说董洁云已滚回农村，他却不以为然。出都出来了，哪这么轻易就放弃？事实证明，他是对的。不知道这姑娘现在哪里上班？想起那趟浑水，他想如果没有舒佳妮夹在中间，和这姑娘谈谈恋爱还是可以的。可惜他以为她没见过世面，随便勾搭一下就能到手的乡下姑娘却像泥鳅那么活络，想把她赶到自己的笼子里，谁知人家根本不给他机会，是他失眼了。

　　董洁云对妹妹与卢松的恋情并不是很看好，卢松一直没有坦白自己的家庭情况，要么是很差，要么是条件非常好或门第高，她想不出别的原因。她提醒董静秋不要陷得太深，免得到时候受伤。可这个时候的董静秋什么话也听不进去，她沉浸在爱情的世界里，忘了现实还有另外一面。

　　蒋师师接到蒋帅的电话，去找舒佳妮，问董洁云的去向。舒佳妮一听董洁云还在城里，心里又响起了警报声，她揪着尚宇不放，一定要他说出董洁云的下落，怀疑尚宇是不是背着她把董洁云给包养起来了，气得尚宇想狠狠揍她一顿，给她醒醒脑。这些董洁云并不知情，自从离开印刷厂后，除了尚宇，她再也没有跟厂里其他人有联系。舒佳妮越闹，尚宇就越讨厌，越不愿回家。他更加怀念董洁云在身边当秘书的日子，在她面前，他没一点压力和压抑感。可他又不敢约她见面，只好克制着。

　　沉浸在爱情中的董静秋每天用文字记录爱的心路历程，她发现一个人一旦有了心上人，那份牵挂就如影相随。写信、等信，成了生活中不可或缺的重要组成部分。每次寄出一封信，就计算着这来去的时间，若超了一天，就会乱想，生怕发生什么意外。分隔两地，书信无疑是增加感情的催化剂。在频繁的通信中，两个人的感情迅速升温，一日比一日炽热。

舒佳妮闹了一段时间，发现没效果，只好悻悻作罢。尚宇变得更加沉默。夫妻俩同床异梦，家庭毫无温馨可言。

一天晚上，尚宇在外面应酬，想到家里的烦心事，多喝了两杯。借着醉意，他给董洁云打了一个传呼。董洁云回了过来，尚宇在电话线那头说了一大堆话，董洁云只记住一句："小董，我喜欢你。"

"你喝多了。"董洁云语气平静地说。

"我没喝多，我说的是实话，我一直以为对你是小辈的喜欢，可……可后来我发现不是。"尚宇还在那颠三倒四地说。

"我不会跟已婚男人纠缠不清。如果你真喜欢我，那你去离婚。"董洁云似乎看到了舒佳妮那副恨她入骨的样子，嘴角浮起一丝冷笑。

电话挂断了。

尚宇突然清醒过来，吓出一身冷汗。

对尚宇的酒话，董洁云当从没听过。反过来，她的话，等明天早上醒来，尚宇肯定也记不住。她就当是一个生活的小插曲。

接下去一段时间，董洁云很清静，尚宇再也没有联系过她，她也不想去打扰他，各自安好最理想。现在的她每天很充实，业余时间，除了绣花，还学习绘画和设计。她想多一技之长傍身，在城市里闯出一片属于自己的天地。

秋高气爽的一天，刚下班的董静秋听到楼下门卫用喇叭喊"有人找"，心里一动，急急跑了下去，大门口站着的那个年轻军人不正是日夜思念的人吗？余晖给挺拔的身影涂上了一层温暖的晕光，让董静秋好一阵恍惚。卢松一见心爱的姑娘站在面前,反而不知道该说什么才好。两个人相互凝视,许久才异口同声地说:"你来了。"话音未落,董静秋的脸上浮起了桃花的颜色,在卢松眼里,越发娇艳。

卢松带董静秋去吃饭,找了家干净的小饭店,两个人面对面安静地坐着。很多话在信上可以写出来,却说不出口,董静秋就是如此。卢松口才不错,不过他不敢说得太多,怕惹董静秋反感。吃好饭,两人去江边走。趁着夜色,卢松牵住了董静秋的手,那柔软的玉手一握在掌心,他听到心跳加速的声音。卢松认真地说:"静秋,我今晚回去就跟父母说我俩的事。"董静秋猛地想起她还不清楚卢松家的情况,调皮地朝他眨眨眼说:"你还没说过,你父母是做什么工作的。"卢松一脸歉意地说:"对不起,静秋,其实我妈跟你一个单位。"董静秋惊讶万分,连忙问道:"谁?我认识吗?"卢松听出董静秋语气里的紧张,笑着说:"你们的财务科科长,你应该见过。"董静秋当然见过,那位举止优雅的张科长,竟然是卢松的母亲,很吃惊。联想到两家的差距,她用了个力,手就从卢松的掌心脱了出来。卢松又一次抓住不放,轻声安慰道:"你别想太多,我父母很好相处。"董静秋想到一件事,很严肃地对卢松说:"有件事我不想瞒你,我是小三阳携带者,虽然医生说不会传染,但我知道还是有不少人忌讳,你是家里的独子,你要考虑清楚。另外,我是农村户口,我家条件也不好。"卢松说:"这有什么关系?就算会传染我也不怕。我喜欢的是你这个人,跟你的户口和家里条件不搭界。"董静秋的心被重重地撞击了一下,她又小心翼翼地问:"如果你父母不同意呢?"卢松把她的手握得更紧,说:"你放心,我父母会同意的。"董静秋见卢松这么自信,就不再去想这个问题。既然两个人彼此确定了心意,她也不会轻易说放弃。

借着夜色，在一丛树荫下，卢松大着胆子拥抱了董静秋，并在她的脸上偷吻了一下。董静秋像触电似的瞬间闪开，心慌，脸烧得不成样子，看卢松的眼神娇羞中带着妩媚，泛着异样的光芒，把卢松这颗心彻底给俘虏了。

秋风吹过来，空气里有桂花的香甜气息，两个年轻人忘了时间。直到明月升空，才惊觉夜已深，手牵着手沿着马路慢慢走着，恨不得没有尽头，就这样走到天荒地老。

卢松把董静秋送到厂里，回到家。父母已经睡下。晚上，他还是没跟董静秋说实话，他家的条件不是一般的好。母亲是财务科科长，父亲做生意，爷爷奶奶和两个叔叔全在国外。他自身条件也很好，在部队里是领导重点培养对象，前途一片光明。他怕董静秋自卑，尽量说得含糊点，等两个人感情稳定下来再说。眼下，他还是担心董静秋会退缩。若换个女孩，说不定早就攀附上来，可经过这么长时间的通信了解，卢松相信董静秋不是那样的人。他对这个一见钟情的姑娘早就生出了想跟她永远在一起的念头，现在最要紧的是得到父母的同意与支持。想到从小到大，父母都很宠他，想必这次也不会反对，反对也没用，他认定的人和事不会改变。卢松这么想着，渐渐进入了梦乡。

比起卢松的好睡眠，董静秋却失眠了一夜。她满脑子都是和卢松第一次牵手，第一次拥抱，第一次亲吻。她的心飞了起来，已无法掌控，看着它在空中飞翔，怎么追也追不上。明明是第一次正式约会，可偏遇到这个胆大的，而她居然也不反感。董静秋拍了拍自己的脸，想这脑子为什么在卢松面前，竟这般糊涂了呢？他会不会以为自己很随便，是个轻浮之人？董静秋胡思乱想，觉得在卢松面前不够矜

棟树河
　　向东流

持,怕被他给看轻,很是后悔。

　　早上,当卢松在饭桌上跟父亲卢正刚、母亲张晓芹汇报已找到心上人时,夫妻俩一脸的不可置信。张晓芹放下手中的调羹,盘问道:"你什么时候谈的恋爱?姑娘是哪里人?怎么从没听你提起过?"卢正刚用审视的目光打量着儿子,严肃地说:"你可不能随便给我找个人来。"卢松很不高兴地说:"谁随便?我很认真,我要跟她结婚。妈,那姑娘你认识,她叫董静秋,你们厂广播员。"张晓芹快速搜集脑海里的相关信息,对董静秋,她最熟悉的还是那清脆中带着那么一点糯性的声音,印象中是一个长得很漂亮的姑娘,来自农村。张晓芹眉头不由一皱,说:"我记得她家在农村。你什么眼光,看上一个农村姑娘,她怎么配得上你?"卢松见母亲这样说董静秋,很生气,提高音量说:"农村姑娘又怎么了?我就是喜欢她,就要她做我的女朋友,当我老婆。"张晓芹不由火大,厉声说:"你这什么态度?认识一个不三不四的女人,看你妈不顺眼了?什么德行,白对你好了。"卢松非常不满,梗着脖子说:"妈,有你这样说人家的吗?什么不三不四,真是的。"张晓芹再也没心情喝牛奶,说:"小小年纪就这么有心计,让你对她神魂颠倒,会是好姑娘?"卢松说:"妈,你错了,是我看上她,一直在追她,我们通信已经很久,现在好不容易才答应做我女朋友,你不要对她有偏见。农村姑娘有什么关系?我不在乎。"张晓芹说:"阿松,妈是为你好,你年纪轻,不懂。等你真正明白过来,后悔就来不及了,找对象还是要门当户对。"卢正刚见母子之间的火药味越来越浓,就做和事佬,对妻子说:"你一个单位,去了解下那姑娘的为人,只要人好,儿子喜欢,条件差点无所谓。"卢松从没有觉得自己的老爹有比此时更顺眼的时候了,连忙夹起一只小笼包放到卢正刚面前的盘子里,讨好地说:"爸,静秋人很好,你见了一定会喜欢。"张晓芹见父子俩这副穿一条裤子的德行,不想大清早搞得大家都不愉快,说:"还没有讨老婆,眼里就没了娘,没良心的东西。"又责怪丈夫在儿子面前当好人,让她来做恶人。

卢正刚朝儿子使了个眼色,卢松立马夹了一片面包给张晓芹,故作低声下气地说:"妈,我知道你最疼我。"张晓芹没理会,沉着脸说:"少来这一套。"

张晓芹到了单位,头有点痛,像她儿子这样的条件,如果找个农村老婆,指不定要被多少人笑话。可张晓芹了解卢松的个性,一旦固执起来,谁的账都不买。最理想的是那个女孩能自动退出,这样处理不伤元气。她决定找董静秋好好聊聊。

董静秋接到张晓芹要见她的电话,明白昨晚卢松说要向父母公开恋情的事不是玩笑话,卢松的母亲找她谈话,看样子这事不乐观。来到张晓芹办公室,董静秋很有礼貌地说:"张科长,您找我?"

张晓芹打量着董静秋,白净的脸庞,眼睛弯弯的很有神,鼻梁直挺,嘴型略宽,一头乌黑的长发披在肩上。虽然穿着工作服,不过看得出来,身材很不错。整个人站在那里,落落大方,很有气质。张晓芹指了指椅子,让董静秋坐下,开门见山地说:"早上阿松跟我说了你俩的事,我和他爸很惊讶,从未听他提起过。你跟他是怎么认识的?"董静秋的语速不急也不慢,她的声音本来就好听,现在有意识地掌握着节奏,更显得没有攻击力,略带羞涩地说:"就在厂里认识的,我并不知道他是谁,更不知道您是他的母亲,一直到昨晚他才告诉我。我们两个人其实也没什么,平时就是写写信。"张晓芹突然问:"你喜欢他吗?"董静秋抬起头,很认真地说:"我没有谈过恋爱,虽然卢松一直

> 楝树河
> 　　向东流

说喜欢我，可我不确定自己的心意。直到有一次，他说去执行任务，如果一直没有收到他的信，就表示他不会再回来。那一次，我才发现我喜欢他，因为我真的害怕失去他。"张晓芹沉默，她感受到董静秋的真诚，这个姑娘不像是个有心计的人。她喝了一口水，接着又详细问了董静秋家里的情况。董静秋一一做了回答，态度不卑不亢。张晓芹说："小董，你是个好姑娘，不过有些话我作为卢松的母亲还是要说。我们家的情况我不清楚你了解多少，卢松是我们卢家三门一子，他爸两兄弟生的都是女儿，从小捧在手心里长大。这孩子也争气，在部队里表现很好，现在已是预备党员，领导叫他考军校，会重点培养他。如果没考上，还有一条路就是出国去。我们卢家的亲戚都在国外发展，国内就只有我们一家。卢松他爸是做生意的。从卢松十八岁开始，就有人给他介绍女朋友，考虑到他可能要去国外发展，我们没答应。他有很美好的前程，我们当父母的总希望孩子好，我想你是个聪明人，应该明白我的意思。"

　　董静秋不是傻瓜，张晓芹话中之意这么明确，这也是意料之中的事。她站起来，很有礼貌地说："我知道。张科长，如果没其他事，我就回去了。"张晓芹以为董静秋同意跟卢松分手，很高兴，语气里多了几分亲切，说："小董，以后有什么困难需要我帮忙，尽管开口，我会帮你。"

　　董静秋的心情有些灰暗，不过还是把那份忧伤勉强给收敛住，骄傲地走出了办公室。她想过卢松家境优渥，但是这么好还是超出她的想象。张晓芹自始至终都很客气，但这客气里带着一种居高临下，情感敏感细腻的她怎么可能会察觉不到？更不用说还有那个像紧箍咒一样的户口。趁现在还没有陷得太深，还是分手吧。董静秋叹了一口气，她是想跟卢松一起面对，可现在，她想当逃兵。

卢松猜到母亲会去找董静秋谈，这个时候他后悔没有提前告知董静秋真实情况，让她被动。他怕影响她工作，只好熬着，好不容易等董静秋下班，就迫不及待把她带了出去。董静秋也想好好跟卢松谈谈，成不了恋人，做普通朋友也可以。一见面，卢松就极诚恳地检讨，说："静秋，我不是有意瞒你，你别生气。还有，不管我妈跟你说了什么，你都不要在意，只要记住我爱你，那些事我会处理好。"董静秋说："卢松，真的很感谢你对我的这份感情，但我认真想过，我确实不适合你。你是白马王子，但我不是灰姑娘，我们之间差距太大。对不起，以后我们还是做普通朋友吧。我不想在你面前自卑，那样我会很难堪。"卢松一把抓住董静秋的手，说："你答应做我女朋友，不能说话不算数。静秋，我不是跟你玩玩，我还要跟你结婚。我父母那里的工作我会去做，你不要离开我。"董静秋说："可我不想因为我影响你们家人之间的感情，那样的话，就算我们在一起也不会幸福。你有那么好的前途，以后会遇到很多优秀的女孩，就当从没有认识过我。"董静秋想挣脱卢松的手，可卢松怎么也不肯放，她又不好在马路边拉拉扯扯，只好任他紧紧握着。卢松甚至想直接带董静秋到家里去，当着父母的面去表决心，却被董静秋否定，她劝卢松不要这么冲动，千万不要跟父母闹翻，要留个退路，好好沟通。她说："你不是说要跟我结婚吗？那总不能让我还没有进你家门，就把你父母给得罪完了。天下父母都爱自己的孩子，你爸妈也希望你幸福。"卢松说："只要你不提分手，我都听你的。"董静秋无奈，只好说："行行，我不提，但你确定了解我吗？"卢松说："我们有的是时间可以了解。静秋，看到你第一眼，我就听到有个声音说你是我的。"董静秋的汗都冒了出来，她好歹也是个文学女青年，虽说平时常幻想某一天能被丘比特的神箭给射中，收

> 楝树河
> 　　向东流

获一份世间最美好的爱情，可现在见卢松这个样子，她觉得卢松更像个文学青年，内心说不出是喜还是忧。经过一番劝说，卢松答应回去好好跟父母讲，董静秋在心里说，那就走一步看一步。

卢松走了后，董静秋给董洁云打了个传呼，董洁云回了过来，董静秋简单说了情况。董洁云有些担心，说："卢松从小到大应该过得顺风顺水，他如果坚持要跟你好，估计他父母早晚会同意，只是对你恐怕不会有好印象。静秋，作为旁观者，我怎么感觉卢松这个人不够成熟，是不是性格很冲动？"董静秋说："二姐，我不是很了解，你知道，我们就书信交往，并没有在实际生活当中接触过。被你这么一提醒，我也觉得他还真有点幼稚。"董洁云说："但愿他是因为真的喜欢你，才跟你在一起，而不是因为没有得到，就一定要得到。"董静秋说："我会好好观察。"为了不浪费电话费，两个人没多说什么，约见面再聊。

卢松回到家里，见父母坐在客厅的沙发上看电视，跟着坐了下来，再次表明了自己的态度。张晓芹苦口婆心地劝说："阿松，你是有大好前途的人，考上军校，以后就是军官，到时候想找什么样的姑娘没有？董静秋再好，身份还是打工妹，就算长得漂亮，你也不应该看上她。"卢松说："那我如果没考上呢？"卢正刚说："没考上，就送你出国，你两个叔叔巴不得你过去。"卢松说："原来你们早给我安排好了。"张晓芹说："我们是为你好，你又没兄弟姐妹，爸妈不为你还为谁去？"卢松说："别的事我可以按你们的想法去做，但这件事不行。我就认定静秋了，你们最好同意。"卢正刚看着一脸固执的儿子说："阿松，你太年轻，第一次碰到喜欢的姑娘，就认为她是天下最好的那一个，爸理解，爸也年轻过。等你多谈几次恋爱就知道，哪一款才是最适合你的。"张晓芹说："阿松，爸妈不会害你，你现在也不可能结婚，至少要等你军校毕业后,不要耽搁人家姑娘。"卢松闭上嘴,再也不搭理父母。卢正刚和张晓芹无奈,只好回房间去,商量这事该怎么办才好。卢松眼睛看着电视,脑子却在想董静秋,满心满怀都是她。这份感情,他不想放手。刚才父母的话倒是提醒了他,一旦他考上军校,恐怕还得等好几年才能跟董静秋在一起,他怕夜长梦多。

董静秋不知卢松采用了什么办法,至少从表面看,卢正刚和张晓芹作了让步,对这段感情表示不支持,也不反对,让俩年轻人先相处着看看再说,这是夫妻俩商量的结果。作为父母,怎么会不了解自己的儿子?卢松是属于那种你越反对,他越要跟你对着干的性格,不如放手不管,时间一长没有了新鲜感,问题也就迎刃而解。董静秋对卢松父母这个态度很满意,她也想跟卢松之间多些了解。董静秋对卢松说:"你爸妈是真的爱你,我同意先相处着看。"卢松说:"那是你的事,反正我认定你,绝不更改。"董静秋无奈地笑了笑,她已发现卢松身上有执拗的一面。按理说有这么痴情的男人爱自己,应该高兴才是,可不知为何,董静秋高兴不起来,她总感觉这是一场梦。

卢松在家里待几天就要返回部队,董静秋送他到火车站。上车前,卢松紧紧抱着董静秋不肯放,在她耳边霸道地说:"你要想我,不准喜欢上别的男人,等我回来。"董静秋像安抚孩子一样安抚着卢松的情绪,温柔地说:"你在部队好好干,我会等你。"卢松在她的唇上啄了一口,恋恋不舍地松开,踏上了火车。

董静秋看着火车远去,转过身回厂里。她想,就算和卢松的这份感情没有结果,至少这一刻,他和她是彼此喜欢的。那就跟着心走,不要去刻意逃避。想到这里,这些天的纠结消失不见,人也轻松起来。

29

趁着过年放假,董洁云和董静秋从单位宿舍搬出来,租了一套两居室,这样两个人业余时间可以更好地学习和做喜欢做的事,生活平静而充实。董静秋没想到,有一天,她的这份平静会被一个电话给打破。

电话是从部队打来的,董静秋以为是卢松,没想到是卢松的领导。那位领导在电话里告诉董静秋,卢松为了她,想放弃上军校,还执意要提前退伍,希望她能劝劝。董静秋的脑袋被这个消息给炸裂了,她万万没想到卢松会来这么一招,只好给他写了一封长长的信,动之以情,晓之以理,让他好好珍惜前途和机遇。若他一定要一意孤行,她就再也不理他,因为她背负不起这个重责。信寄出后,董静秋又主动去找张晓芹,表明态度,商量一起劝说卢松。张晓芹见董静秋真心实意为卢松考虑,接受了她的这份心意。只是心里忍不住抱怨,红颜祸水,她这个儿子看样子是要折在这位乡下姑娘手上了。

晚上,董静秋一见二姐,满脸愁云,把卢松的事说了一遍,担心地说:"二姐,如果卢松执意要这么做,我该怎么办?"董洁云说:"卢松这个性格不好,太冲动,幼稚,不成熟。这种人,爱你时会很爱,一旦不爱，翻脸无情。"董静秋有同感，还有一点她没有说出来，那种隐约的感觉，并不十分强烈，毕竟她跟他在现实生活中并没有好好相处过，就是占有欲。或许，也可以理解为他很爱她，董静秋这样安慰自己。

在焦急的等待中，卢松的回信来了，满满三张纸，写他浓得化不开的相思之苦，有一句话反复出现，"比起前途，你更重要。我不想离开你，我要在你身边。"董静秋的目光从信纸上移开，投向了虚空。说不感动那是骗人的，哪个妙龄少女不渴望被人深爱？可卢松对她的这份情，重得让她有些害怕，她怕有一天两个人真在一起，倘若跟想象的不一样，那时候又该如何是好？可现在她已无力挣脱这情感的丝网，除了接受，别无他法。董静秋回了一封信，答应不会离开他，但希望他能好好在部队，不要辜负了父母和她对他的期望。

董洁云在旁边看着，问董静秋："你这样写有用吗？"董静秋摇摇头，说："不知道，他太固执。二姐，我这样写，也是为了减轻心理负担。他有那样的想法，说到底是我的错。如果他没有遇到我，一定会很有前途，现在不好说。"董静秋垂下眼帘，一脸苦闷。董洁云拍拍她的肩膀，安慰道："你这样想不对，他又不是三岁小孩，就算没有遇到你，遇到别人，他也会这么做。"董静秋说："没想到我的初恋竟然是这样。"董洁云说："好歹你还恋了，你看我，啥也没得，却被人家说得不成样子。"董静秋站起来，抱了抱董洁云，她在心里为董洁云叫屈，连带着把尚宇也给责怪上，觉得一个大男人家里的事都处理不好，实在没本事。

姐妹俩正说着话，接到了梅花打来的传呼。她收到了四川大学的录取通知书，特来报喜。

棟树河
　　向东流

"太好了，这周六下班我和你三姐回来，我们好好庆祝一下。"董洁云握着电话筒，开心地说。

"好的，二姐，周日见。"

四姐妹中终于出了一个大学生，董洁云突然很想哭。董静秋惭愧地说："二姐，我如果再用功点说不定也能考上，你和大姐可惜了。"董洁云说："先天不足后天补，那时候也没办法。"

周六下午，董洁云和董静秋请了一个小时假，提前下班，坐车回董家村。到家，一家人喜气洋洋，董解放还买了一箱鞭炮噼里啪啦放得热闹。陈彩霞终于找到了一种扬眉吐气的自豪感，走路都觉得有劲多了。

梨花过来了，看着三个妹妹抱在一起又哭又笑，眼泪毫无征兆地流了下来。梅花走上前，抱住大姐，她虽年纪小，但并非不懂，三个姐姐为了这个家付出很多，而她占了家中最小的便宜，吃的苦最少，还能去读大学。看着四个女儿，董解放和陈彩霞忽生出几分愧疚之心，倘若当年不是因为太穷，女儿们应该都很有出息。特别是老大、老二，亏欠她们最多。一时间，一家人悲喜交加。

卢松退伍了。

哪怕卢正刚以断绝父子关系为威胁，仍阻止不了他退伍的决心。为了表示不靠父母照样有出息，卢松接受组织安排，被分配到一家银行当保卫科副科长。木已成舟，卢正刚和张晓芹虽然气得吐血，可再想阻止已经来不及，他们就这么一个儿子，还能怎样？内心对董静秋有说不出的厌恶，如果不是她，卢松不会这样一意孤行，董静秋是罪魁祸首。

卢松回来后，去新单位报个到，跟父母提出要去董静秋家提亲，先订婚，后结婚。张晓芹心里一万个不愿意，但反对无效，只能捏着鼻子答应。董静秋听说卢松要去家里提亲，很心慌，她都没跟父母说过恋爱的事，就直接订婚？慌忙找董洁云商量。董洁云跟卢松说："这周你跟我们回去一趟，至于你跟静秋订婚的事，先缓缓，不要这么急。"卢松想了想，答应了。

星期天早上，卢松开着父亲的车，接上董家姐妹，朝董家村开去。这是董静秋第一次看卢松开车，见他很熟练，一问，原来他在部队学的。一路上，董静秋的心没安定过，一声不响把男朋友带回家，不知道父母会是怎样一个态度。还有，二姐还没有男朋友，她却有了，估计爹爹不会高兴。这么想着，整个人就呈神游状态。董洁云一看，没办法，只好换她来指挥路线，免得开错了道。

到了董家村，卢松把车子停在晒谷场，打开后备车厢，董家姐妹才发现那里塞满了水果、补品等礼物。姐妹俩对视一眼，帮忙拎着大包小包往家里走去。

董解放和陈彩霞见两个女儿带着一个小伙子，还拿着这么多东西回来，半天没回过神。陈彩霞以为是老二的男朋友，嗔怪她之前怎么一点也不提起，结果被告知是老三的男朋友，又吃了一惊。上门是客，先迎进来。陈彩霞到街上看看还有些什么菜卖，想办法整几个菜出来，暑假在家的梅花奉命去大姐家。卢松很有礼貌地递香烟给董解放，董解放摆手。卢松带来的东西里有两瓶茅台，董解放的目光从上面一扫而过，又落在卢松的脸上，问起了详情。董静秋在旁边有些紧张，怕父亲给卢松难堪。董洁云轻轻拍拍她的手背，让她安下心，父母不会这么不给面子。再说，从外表看，这卢松要模样有模样，要

楝树河
　　向东流

条件有条件,没什么好挑剔。

梨花正在家陪孩子玩,平时她上班,孩子由张小兰带着。见梅花风风火火地进来,惊讶地问道:"什么事跑这么急?"梅花说:"大姐,三姐带男朋友回来了,阿姆叫你过去。"梨花越发惊讶,说:"真的?你确定是你三姐,不是二姐?"梅花说:"我们都以为是二姐,谁知道是三姐的男朋友。"梨花抱起儿子,跟张小兰打了声招呼,回娘家去。董林去宁波买化肥,最快也要下午回来,这次碰不到了。

一进门,梨花看到一个模样周正的年轻人在跟父亲热聊,看起来两人很熟悉的样子,感到很纳闷。董洁云和董静秋看到大姐来了,抢着去抱小外甥。董静秋替卢松做了介绍,卢松叫了一声大姐,又赞叹孩子长得真可爱,说自己没准备红包,失礼了。没有一个母亲不喜欢听到别人说自己孩子的好话,梨花也一样,见卢松嘴巴这么甜,微微一笑。董解放在听了卢松的一番自我介绍后,严重怀疑这小子是不是在编故事,这么好的条件,会找一个农村姑娘?他把疑惑的目光投向了三女儿,严肃地问:"你来说说是怎么回事?"董静秋不知道这话从何说起,只好含糊着说:"差不多就那样,爹爹,我们家情况,他和他父母都清楚。"董解放依然很怀疑,老三不声不响钓了个金龟婿回来,他怕人家只是跟女儿玩玩,到时候吃亏的还不是小姑娘?卢松见未来丈人的眼神里全是戒备,不由自主地摸了摸鼻子,他没想到条件太好会成为一种障碍,很无奈,不过他不怕。卢松的口才很好,又属于自来熟,总能找到话题。陈彩霞买了菜回来,见屋里气氛融洽,放下心来。她还担心董解放不给人面子,那就不太好了。

她把董静秋叫到厨房,又细细询问。陈彩霞担心卢松家条件太好,嫁女儿是要高嫁,但若高攀太多,在婆家就会没有地位和底气。

陈彩霞希望女儿个个都有一个好归宿，但最好是像梨花一样，是能握得住的幸福，而不是虚无缥缈的那种。当然，这么文绉绉的话她是讲不出来，但意思差不多，董静秋懂。

梨花也在观察卢松，不愧是当过军人，站有站相，坐有坐相，身材魁梧，很有男子汉气概。就是嘴巴有点滑，太会讲，不够稳重。再转念一想，妹妹把他带回家，肯定是因为喜欢，她只能侧面提醒一二。

大家热热闹闹吃了一餐午饭。卢松对董解放和陈彩霞说："叔叔、阿姨，我是真心喜欢静秋，想跟她结婚。我知道二姐还没有找对象，不知可不可以让我和静秋先订婚？"陈彩霞问董静秋："你怎么想？"董静秋手心都要捏出了汗，她像坐在一驾马车上，可那根绳子却不在她手上，她下不来，只能任马车把她驮向远方。她清楚卢松为了这份感情付出了什么，不停地告诉自己，卢松是真的爱她，她为何还要犹豫？抬头碰到卢松注视她的目光，那里面有紧张有祈求，她不忍心拒绝，只是订婚她又觉得实在太仓促了点，红着脸说："二姐还没有男朋友，我不想太早订婚。卢松，你爸妈希望我们先交往了解，我觉得订婚可以晚点，那只是一个仪式，不重要，只要我们两个好。"说完，低下了头。

陈彩霞心里叹一句女大不由娘，不过这小伙子第一次上门就提出订婚，心实在急了点，她可不能让他这么轻易就把女儿给勾走了，她要难难他，于是对卢松说："你们先相处看看，如果觉得合适，过个一年半载再订婚好了。"卢松又看了董静秋一眼，现在他回来了，盯紧点，晚点订婚应该问题不大，就同意了陈彩霞的建议。一边欣喜地站起来，恭敬万分地向董解放和陈彩霞敬了一杯酒，直接改口叫"爸、妈"。又倒了一杯酒，诚意满满地敬了四姐妹。

棟树河
　　向东流

　　吃好午饭，卢松参观了董家姐妹的闺房，又陪着董解放闲聊。下午，陈彩霞煮了一碗糖水蛋给卢松当点心。卢松不想拂了未来丈母娘的盛情，硬是把那一碗满满的糖水蛋给吃了下去。吃好点心，也该回城了。董解放和陈彩霞才知道卢松是开车过来，心里既高兴又有几分忧虑。陈彩霞私下把董静秋拉到一边，暗示她婚前不可让男人占了便宜，把董静秋说得满脸通红，羞也不是，恼也不是。

　　"爸，妈，那我们走了。"卢松说完，又拍了拍未来丈人的马屁，说，"爸，下次我再给你带两瓶好酒。"

　　董解放两杯茅台下肚，已有几分醉意，这会儿再看卢松，很是中意。陈彩霞嘱咐几句，让梨花和梅花代送一下。一行人从棟树河边经过，村里很多人都看到了，猜测这个小伙子是菜花男朋友还是菊花男朋友，都说长得很不错。到了晒谷场，又看到小轿车，引来不少人注目。等梨花抱着孩子和梅花一起往回走，有好奇的妇人拦着问："梨花，这是你大妹男朋友？"梨花笑着说："是我二妹男朋友。"又问："你大妹还没找对象？"梨花说："遇到合适的就找。"她不想与人多言，快步走开。梅花在旁边，嘀咕一句道："多管闲事。"梨花说："这种人多，不管她们。"梨花忽然问梅花，说："你对你三姐男朋友的印象如何？"梅花说："我觉得他太会讲，不像大姐夫，坐在那里，半天都没声音。"梨花说："我也是这种感觉，但愿他对静秋是真心喜欢。你大姐夫人实在，说不了好听的话。"梅花说："大姐夫一看就是那种靠得住的人，三姐男朋友就不好说了。"梨花说："那如果让你选，你会选大姐夫这种，还是你三姐男朋友这种？"梅花扑闪着大眼睛，过了好一阵才认真地说："大姐，我希望是这两种平均一下的那类。"梨花笑了起来，说："我的乖乖小阿妹，也知道找什么样的男人了。"梅花叫道：

"大姐,你好过分,我回去了。"

梨花笑着摇摇头,抱着儿子去药店。小家伙天生喜欢中草药的味道,董啸虎恨不得现在就教孙子认字。见梨花抱着小浩然过来,问道:"你家来客人了?"梨花说:"是的,静秋带男朋友过来认认门。"董啸虎说:"真快,你几个妹妹都可以找对象结婚了。"梨花看了眼怀中的儿子,也觉得这日子过得实在是太快了些。

董解放和陈彩霞一直没顾上卢松送来的礼物,除了中午打开的那瓶茅台,还有水果、滋补品、化妆品和香烟等物。陈彩霞看着这些东西,对董解放说:"小卢家条件这么好,以后这嫁妆恐怕跟不住。"董解放说:"有啥好跟的?嫁妆又没底,过得去就行了。"陈彩霞担心女儿以后在婆家日子不好过,可她又没能力给董静秋置办上档次的嫁妆,她又不是才一个女儿,只有到时候再看情况。

卢松把董家姐妹送到租住的小区,又上楼去坐了一会儿才回家。

"我看卢松这样子,巴不得早点跟你结婚。"董洁云对妹妹说。

"二姐,我心里没底,有很多不确定。"董静秋的眉宇间有淡淡愁绪。带卢松回家,成了一种倒逼她下决心的举动,她说不清楚那种感觉。

"他现在回来了,你就好好了解,看你们两个合不合适。"董洁云说。

董静秋摇了摇头,不去想这些烦心事,对董洁云说:"反正我不想这么早结婚。"

"就怕到时候由不得你。"董洁云说。

董静秋没有说话,这正是她担心的。

30

这周,又是回董家村的日子。卢松开车过来,捎上姐妹俩一起前往。

吃晚饭的时候,趁着气氛和谐,大家都很高兴,卢松趁机提出订婚请求。时间已选好,八月十六,宁波人的中秋节。自从第一次上门到这次,他在董家人面前表现良好,每次跟着董洁云和董静秋两姐妹回来,从不空手,嘴巴又会哄人,举止得体。按董洁云的说法,自家阿姆现在看卢松是"丈母娘看女婿,越看越欢喜",每次都要给他煮糖水桂圆蛋吃。董解放对他也很满意,一口答应下来。

董静秋吃惊地看着卢松,这么大的事居然没跟她商量,自作主张。刚想开口,卢松连忙给她夹了一块牛肉放在碗里,低声说:"静秋,答应我。"董静秋见一家人都看着她,只好低下头,吃着碗里的肉,心里有些不悦。卢松是爱她,可他是个双重性格很明显的人,其中一面的强势和霸道让她很纠结。

吃好饭,董静秋甩了一个脸色给卢松看,又禁不住他的哀求,只好随了他的意。卢松高高兴兴地去跟丈人、丈母娘商量订婚事宜。董洁云见董静秋情绪不高,悄声问道:"这事他没跟你提前说过?"董静秋摇摇头,说:"他这人……唉,算了。"董洁云说:"你不喜欢他?"

董静秋想了想说:"喜欢。"董洁云说:"既然喜欢,你在担心什么?"董静秋沉默,过了好一阵,轻声说:"我也不知道。"

转眼,到了八月十六。

最初计划是卢正刚和张晓芹来董家村,后来改成接董解放一家进城去参加订婚仪式,董解放和陈彩霞同意了。卢正刚和张晓芹虽十分勉强答应了儿子的请求,可心里对董静秋的隔阂怎么也消除不了。这订婚仪式就小范围在饭店请了张家的一些亲戚,卢家亲戚都在国外,不可能为了参加这么个订婚仪式过来。更何况张晓芹根本没有告知他们,结了这么门亲,她一点面子都没有,恨不得不让人知道。

董解放一家在订婚仪式上遇到一个熟人,昔日的知青张晓云。一问,原来她与张晓芹是堂姐妹。这样的巧遇,不由让人感叹这个世界真小。事隔多年,张晓云看到出现在眼前的董解放一家也是目瞪口呆。那段逝去的记忆又浮了上来,让她浑身说不出的不自在。当她的目光落在董静秋脸上,脑海里浮现董家村那个叫菊花的小女孩的样子,似乎跟她并不亲近,而她也很不喜欢那几个整天在她耳边吵吵闹闹叫唤的小孩子。

"晓云,真巧。"陈彩霞一边拉着张晓云的手,一边打量她,见昔日那么漂亮的一个小姑娘现在也人到中年,很唏嘘。

张晓云神色莫辨,脸上的尴尬一闪而过,收回手,说:"是啊,我没想到菊花有一天居然会成为我堂姐的媳妇。"

卢松走了过来,见张晓云跟董静秋一家还有这样的渊源,很开心,他认为这是自己跟董静秋的缘分。张晓芹一样诧异,对这个堂妹,她还是有几分怜悯。张晓云母亲去世得早,又去乡下几年,特别

楝树河
向东流

是离婚后一个人带个孩子,生活困难。她在经济上还接济过几次,就当是做善事。张晓云插队的地方她听说过,但时间久了也就忘了,她没问过董静秋家在哪个村,也是今天才知道。陈彩霞还想问张晓云,见她女儿这么大了,还以为她生活得很幸福,为她高兴。正想问她老公做什么工作,董洁云及时阻止了母亲的问话,转移话题。

订婚仪式上,唯一激动的人是卢松,他给董静秋戴上了一枚红宝石戒指,牵着她的手不放。张晓芹送上一套金首饰。董静秋的内心总有一种不踏实感,与卢松相处越久,她越发现卢松性格中的偏激,做事喜欢走极端。每次发生矛盾,事后他又检讨又说好话,缠着她,一定要她原谅,让她有气发不出来。今天,她看到了卢松父母那笑不达意的表情,也看到了自己家人隐藏的担忧。至于张家的亲戚,神情各异。有的没想到卢松会找一个农村姑娘,不知道能不能修成正果;有的则暗中带着幸灾乐祸,特别是平时嫉妒张晓芹日子过得风光的人,像张晓云这类,一想到这么要强、好面子的人找了个农村户口的儿媳妇,心里还是比较舒爽。当然,也有诚心诚意祝福的人。

这一餐饭,吃得人百般滋味。

订婚仪式结束后,卢正刚和张晓芹请董解放一家去家里坐坐。这一去,董家人的心情更加复杂,卢松家的条件远远出乎大家的意料。打开别墅两扇深色的铁门,里面是一个大院子,种满了花草,还有假山、鱼池。客厅里的装修、家电、家具,每一个细节都透着奢华之气。董解放和陈彩霞坐在柔软的真皮沙发上,感觉那么的硌屁股,神情很不自然。再看梨花三姐妹,虽表现镇定,但眼睛里还是泄露了震惊之色。

张晓芹的目光像探照灯一一扫过,董家人的表情都落在她眼里。

她很客气地招呼大家吃水果，嘴上说着随意，可任谁都听得出来这言语中的优越感。董静秋的脸色渐渐变得苍白，她想也许自己真的错了，她和卢松分明是活在两个世界的人，怎么可能在一起？之前，卢松曾多次邀请她到家里来坐坐，她一直拒绝，不想被他父母看轻。这会儿她后悔了，如果早点登门拜访，知道他家是这么个情况，她可能会下决心离开。正胡思乱想着，耳边传来张晓芹对她父母说的话："既然俩孩子喜欢，我们当父母的也不反对。就是静秋这户口是个大事，听说现在有些地方可以买'蓝印户口'，到时候看看，若能买，你们就掏钱替她买一个，以免影响孩子读书。"

陈彩霞问："多少钱一个？"张晓芹说："具体我也不是很清楚，要打听一下。"陈彩霞就不接这个话，给老三买"蓝印户口"，那老二买不买？手心手背都是肉，她当娘的，虽说做不到一碗水绝对端平，至少也不能偏太多，不然说不过去。便宜的话倒是可以考虑，若要很多钱，那想也不用想。张晓芹见陈彩霞很为难的样子，猜到是钱的原因，更加瞧不起他们。卢正刚见场面有点冷，忙和董解放扯起了国家大事，还说以前他家因为有海外关系，吃过不少苦头，幸好改革开放，他下海，才有了今天。卢松拉着董静秋去他的房间，梨花和董洁云边喝茶边暗中观察卢松的父母，感受到张晓芹的强势，暗暗为董静秋担忧。

卢松把董静秋拉到房间，抱住她，热烈地亲吻，半天不肯放。见董静秋没什么反应，甚至对他的亲吻都带那么一丝抗拒，松开后，发现怀中的女孩似有心事，不由疑惑地问："怎么了？你不高兴？"董静秋平复下急促的呼吸，朝他勉强一笑说："没有不高兴，我就是有些害怕。"卢松不明白，说："你在怕什么？"董静秋说："我住乡下角落，你住豪华别墅，我们两个的差距一个在天，一个在地，你说我在怕什么?"卢松不以为然地说:"你想多了。我跟你说了多少次,我喜欢你,跟那些没关系。"董静秋见卢松的语气里带了几分焦躁,就不再说话。今天是个特别的日子,她不想和卢松发生争执。卢松见董静秋不说话,又搂着她说了一堆好话,哄她开心。董静秋既感动又有些愧意,心想自己不该质疑卢松的感情,他为了她,连前途都不要了,这样的男人上哪找去?长得好,家境好,对她又一心一意,她该万分珍惜才是。这么想着,心又软了下来,伸出双手主动环住卢松的腰,把脸埋在他的怀里,听他心跳的声音。

时光,似乎在那一刻停止了流动。

坐了一会儿,董解放一家告辞离开,并拒绝了卢松开车送回乡下的好意。

路上,陈彩霞问梨花的看法。梨花说:"条件太好,婆婆又太强势,如果静秋真嫁过来住一起,日子不一定好过。"陈彩霞叹着气说:"我希望你们一个个嫁得好,可老三这门亲事实在让人不踏实。"董解放见妻子愁眉苦脸,知道她为三女儿担心,这门亲事无论从哪方面看都不般配,可婚也订了,只好说:"说不定老三有这样的福气,你想多也没用。"陈彩霞喃喃自语道:"但愿。"梨花劝父母道:"静秋不是小孩子,她心里有数,你们别太担心。"陈彩霞想想也是,她管得了吗?管不了。

董洁云和董静秋回到住处,董洁云开玩笑说:"我估计卢松家的浴室都比我们的房子大。"董静秋说:"二姐,我现在真有些迷茫,不知道遇到卢松是我的幸,还是不幸。"董洁云见董静秋脸色不太好,安慰道:"肯定是幸福,你这么聪明,还怕抓不住卢松的心,搞不好婆媳关系?不会的,二姐相信你。"董静秋说:"卢松为了我,放弃在部队这么好的发展机会，他父母心里肯定恨死我了。我现在唯一能握住的是卢松对我的感情，可我又怕时间久了，再好的感情也会褪色。一旦卢松不再爱我，我的结局就是被卢家人扫地出门。"董洁云说："你想得太远，以后的事谁知道。"董静秋低下头，心事重重。

"文学女青年的通病，矫情。"董洁云推了董静秋一把说，"看下你婆婆送你的订婚礼。"

董静秋从包里掏出首饰盒递给董洁云，董洁云打开，里面是一根金项链、一副金耳环、一枚金戒指、一根金手链。董洁云说："这些就是你的压箱货。"董静秋看着这一盒子金灿灿的首饰，说："是啊，压箱货，我猜阿姆肯定在发愁嫁妆该咋办。二姐，我想结婚还是拖几年，等你结了婚，我再结。"董洁云说："你看卢松的样子能等你几年？他恨不得明天就把你娶回家去。你还是不要等我，我连个鬼影子都没有，结什么婚？"董静秋又有些烦躁起来，收起首饰盒，说："不管了不管了，头也痛死。"董洁云闭上眼睛，用两根手指捏了捏双目之间的鼻梁，她突然想起尚宇已经有好长一段时间没跟她联系，也不知道那男人现在过得怎样。

董洁云给尚宇的办公室打了个电话。她想好了，如果是别人接听，她就说打错了。电话里传来尚宇的声音，董洁云忽又语塞，不知该说什么才好。尚宇握着话筒，听到电话线那头细密的呼吸声，迟疑地问："哪位？是不是小董？"董洁云的心一动，没忍住，开口问道："你怎么知道是我？"尚宇惊喜地说："真的是你？"董洁云故意说："是我，尚叔叔，你这么久都不来看我，是不是把我给忘了？"尚宇从这几句调侃的话中听出别样的味道，连忙说："怎么可能？晚上我请你吃饭好不好?"董洁云说:"你要请就要请两个。"尚宇说:"没问题。"董洁云又问道:"现在外面吃饭不用再汇报了吗?"尚宇说:"没事。"

两个人约定时间、地点,董洁云通知了董静秋,有妹妹在,即便碰到认识的人也不怕。

晚上,尚宇按时赴约,三个人要了一间小包厢,点了几个家常菜,要了几瓶啤酒,说说各自的近况。听到董静秋找了个城里的男朋友,已经订婚,尚宇高兴地表示了祝贺。他把目光投向董洁云,笑着问:"你呢?有没有喜欢的人?"董洁云语气轻松地说:"有啊,我早就有心上人了。"尚宇的脸色一变,筷子夹了几次,都没有把一只雪白的鹌鹑蛋给夹起来,最后只好用调羹才把那蛋放进嘴里,嚼碎,咽下去,说:"怎么以前没听你提起过,哪里的?"董洁云的目光落在尚宇脸上,让他有一种说不出来的心虚。他放下筷子,小心翼翼地问:"我认识吗?"董洁云说:"当然认识,再没有人比你更熟悉他了。"尚宇的心在空中晃来荡去,见董静秋一脸深思地看看他,又看看董洁云,他感到有什么东西塞进了胸口。

董洁云端起玻璃杯,一口气把杯中的酒喝干,用极严肃的口吻对尚宇说:"我现在很认真地跟你说一件事,你知不知道我从小一直有个什么样的梦想?"尚宇摇头,说:"不知道。"董洁云一本正经地说:"嫁给你啊!笨蛋。"尚宇如雷轰顶,傻在那里。董静秋装作没听到,继续吃菜。董洁云说:"你也喜欢我,对不对?你有一次酒喝多了亲口跟我说,你喜欢我。我不想成为破坏别人家庭的第三者,所以,如果你现在的婚姻真的不幸福,而你又真的喜欢我,那你就去离婚,等你单身,我嫁给你。如果你很幸福,晚上的话你就当没听过。放心,我不会去打扰你。"尚宇按住了董洁云倒酒的手,说:"不要再喝了,你喝多了。"董洁云说："我没醉,我一直很清醒。"尚宇说："你知不知道我比你大多少岁?还有,我结过两次婚,我不是个好男人,经营不好婚姻,事业也不成功。这样的我,你怎么可能会喜欢?以后再也不要说这样的傻话。你喜欢的也许是在董家村的我,那个充满了青春活力的我,而不是今天的我。"尚宇的声音里是满满的怅惘,他已经想不起董家村的尚宇长一副什么模样。他给自己倒了一杯酒,一饮而尽,说:"我是喜欢你,可我不能害你。你应该像静秋一样,找一个年貌相当、家境优越的男孩子,而不是我这种一无是处的男人。"说到这里,无尽的伤感袭上心头,男儿有泪不轻弹,只是未到伤心处。董洁云和董静秋看到了一个男人强忍的泪水,这些年的酸甜苦辣潮水般涌了上来,他有他的脆弱,他很想找个地方痛哭一场,可身为男人,他不能随便找个人去倾诉,只能把那些泪咽下肚子,独自承受。今夜,当年他救起看着长大的那个小女孩,已长成亭亭玉立的美丽姑娘,她说她喜欢他,她从小的梦想是嫁给他。尚宇觉得无论明天会发生什么,此时此刻,他的人生是圆满的。只是这么美好的姑娘,他怎忍心去伤害她?他只想保护她,希望她这一生平安幸福。

这一夜,注定无眠。

回到家里,董静秋问董洁云："二姐,你晚上不是酒喝多了才说那些话的吧?"董洁云说："没有,这么点啤酒又不会醉。静秋,我想了很久,我对他的感情真的很复杂,他是我少女时代的梦想,特别是看到舒佳妮那个样子,很心痛。我对他有依赖、有感激、有牵挂,甚至想过利用他来报复舒佳妮,但我真心希望他过得好。我清楚,这不是爱情,但如果有一天他一无所有,又是单身,我想我可能还是愿意给他温暖。你放心,他不会离婚。"董静秋说："二姐,无论你做什么样的决定,我都支持你。"董洁云把自己扔在床上,双手捂住脸,说:"哎哟,我中邪了,居然把一个老男人给吓哭了。"董静秋哈哈大笑起来,说:"二姐,你好可爱,我喜欢。"

  从饭店出来,尚宇没有马上回家,他在公园的椅子上坐了半天,抽烟、吹风、清醒脑子。董洁云的话惊醒了他,让他确认心灵深处暗藏的那份情感。他那么小心地呵护着,不敢动一点点别的念想,怕成为一种亵渎。他反复告诫自己,对董洁云是一种长辈对小辈的关爱,而不是男女之情。可晚上当他听到她那么勇敢地说出喜欢他,曾经梦想嫁给他的话,让他欢喜又激动,更多的是酸涩。他没有资格,他早已不再是董家村那个清秀的少年,他怎么配得上年轻、美丽又聪慧的她?黑夜深处,尚宇的泪终于流了下来。他已经离过一次婚,不能再离第二次,更何况还有女儿在。他很爱他的女儿,为了女儿,这婚姻再难熬,他也只能熬下去,这是他的命运。

  "对不起,这辈子,我只能辜负你。"尚宇抹了一把泪水,抬头看夜空。明月高悬,桂香浮动,身边有情侣偎依着走过,他的心慢慢恢复平静,又被悄无声息漫上来的悲凉淹没。

31

自从那晚当着尚宇的面说了那些话后,董洁云和尚宇突然处于一种绝交状态,互不联系。董静秋见姐姐的情绪没任何异常,就忙自己的事去,她现在几乎没业余时间,全被卢松占领。每天晚上,吃过晚饭,没特殊情况,卢松就会跑过来,陪着她说说话。有时候,他会带些菜过来蹭饭,或请姐妹俩出去吃,请看电影。

董洁云从刚开始的不习惯,到熟视无睹,妹妹在隔壁房间谈恋爱,她就关上门躲在房间里翻翻书或练练素描,做些小件绣品。若说一点影响都没有,那不可能,她会不由自主地想起尚宇。她之所以义无反顾地进城,就是想离他近点。她想,如果他生活得很幸福,那么自己一辈子都不会把那些话说出来。可当她看到他满身的倦意,只能暗暗心疼。在他身边工作的那段时光,她很开心。她以为可以一直保持这种平衡,可被舒佳妮硬生生给打破。她很想对舒佳妮说,既然你不珍惜,那就换我来珍惜。可她终究没有说出口,她不想让他陷入舆论的旋涡。直到那一天,尚宇喝多了酒给她打电话,在电话里说喜欢她。她能时时感受到他的关爱,还有他刻意保持的距离,她一直没敢确定他的心意。酒后吐真言,那一刻,她什么都明白了。就算第

> 楝树河
> 　　向东流

二天早上醒来,他记不清自己曾经说过的话,在她心里还是不一样了。她借着酒意说出藏了多年的秘密,这是她对这份感情的一个交代。至于结果,她深知不会有。董静秋说遇到卢松不知是幸还是不幸,那她呢?被父母忽视的童年,因为那个笑容明亮的少年,有了别样的色彩。他从水渠里救了她,收工回来陪她玩,他喜欢揉她营养不良的头发,叫她小黑妹,说她的眼睛最漂亮。现在回忆起来,一切都显得那么的温馨,又那样的遥远。可她真的爱他吗?为什么她想的是记忆中的那个少年,而非现实中的这一位?董洁云怔在那里。

"二姐,我走了。"门外传来卢松的声音。

董洁云从写字台前站起来,打开门,微笑着说:"再会。"

卢松走了,董静秋走进来,坐在床边,脸上带着淡淡的愁绪,对董洁云说:"二姐,卢松想明年春天结婚。"董洁云说:"这么急?"董静秋说:"是啊,没几个月了。他对我是很好,可我总觉得他的控制欲太强。二姐,你说这世上是不是有一种爱会让人感到窒息?没一点自由呼吸的空间。"董静秋说。卢松的爱太炽热,把她捆得死死的,相处时间越长,这种感觉就越强烈。

对于董静秋的疑问,董洁云不是当事人,体会并不深。但站在旁观者的角度,她认为卢松还是不够成熟,做事比较冲动,也许跟他的年纪和成长环境有关。"你跟他商量下,就说嫁妆还没准备过,要么五一,或者国庆节,这样时间宽裕点。婚姻是赌博,是输是赢都是事后才知道。"董洁云说。

"二姐,那你呢?你是不是真的在等尚宇?"董静秋又把注意力转移到董洁云身上,她觉得姐姐跟尚宇不现实,那就该另作打算。

董洁云明白妹妹在关心她,笑了笑,说:"谁说女人一定要结婚?

如果不能嫁一个自己喜欢、也喜欢自己的人,不如不嫁。我现在的人生目标是等存够了钱,去买套小房子,一个人潇洒自在地过。"

"希望我们都幸福。"董静秋深知董洁云最有主见,她打了个哈欠,时候不早,明天还要上班,姐妹俩就各自休息。黑夜中,那隐约传来的翻来覆去声,暗示着两个人都没有睡好。

张晓芹自那日得知张晓云当年在董家村插队,跟董静秋一家是邻居,就把她叫来了解情况。张晓云离过一次婚后,现在又再婚,嫁了个老光棍,比她大十岁,是个工人,人很老实,对她母女也不差,就是性格很暴躁,不能惹,惹了他要挨打。刚开始,张晓云跟丈夫对着干,挨过几次打后变聪明了,百般顺从,讨他欢心,日子倒是比过去好很多。张晓云在犹豫,她很怕堂姐这门亲事结成,当年极力隐瞒的事又要被重新翻出来。虽说时过境迁,但总归不好听。可若她说董静秋一家坏话,又编不出那谎言,也怕对质,最后还是决定说实话——家境贫寒,黻社户,上无片瓦、下无寸土,很多年一直租房住。总之一句话,董静秋在一个特别贫困的家庭里长大。张晓云说:"姐,我回城后跟他们没联系,后面的事就不清楚了。不过董静秋父母我印象中还是挺好,并不是那种很难弄的人家。"张晓芹说:"这样家庭出来的姑娘没见过世面,不可能有多好的教养,小家子气上不了台面,唯一可取的就是人长得漂亮点。可漂亮姑娘多得是,唉。"张晓云说:"她这名字应该是后来改的,以前叫菊花,小时候见她还挺文气。她家四姐妹,长得都挺好看。"张晓芹说:"没文化的人取名字就是这么土。"两个人又聊了一会儿,张晓芹很客气地塞了一堆东西让张晓云带回去,有孩子穿的衣服和各种零食,还有两件她不想穿的新外套。"晓云,我们两个身材差不多,你别嫌弃啊。这衣服只穿过一次,质量挺好。"张晓云很想有骨气地拒绝,可她不敢得罪这个堂姐。更何况在自己最困难的时候,堂姐还是给予过一些照拂,那份恩情她记着。这么想着,脸上又笑意盈盈地接过去,说:"姐,你的衣服质量肯定好,我很喜欢,谢谢你,总是惦记着我们。"张晓芹说:"我也没帮什么忙,你不嫌弃就好。"

走出张晓芹家,张晓云想人与人真的不同命,难怪有人说,人比人气死人。她又想到了董静秋,能嫁进这样的家庭,看来也是个有福之人。

张晓芹很发愁,卢松的这门亲事,该怎么向国外的公婆和两位小叔子汇报?千防万防,还是没防住,找了这么个小户人家出来的姑娘,什么眼神?张晓芹对儿子是一肚子怨气。现在只能想办法拖延结婚的日子,年轻人谈恋爱,谈到中间分手的多了去。当卢松说想春天结婚,当场被张晓芹给否决,理由是时间太紧,结婚是大事,哪能这么马虎?见儿子不肯放弃这个想法,张晓芹语重心长地说:"你知道结婚前要做多少准备工作?你爷爷奶奶和叔叔他们总要过来参加你的婚礼,在国外,哪能说来就来?办婚宴的酒店要提前订,聘礼要准备好,你以为结婚就一句话的事,有没有脑子?既然你这么喜欢那姑娘,总要给她一个隆重的婚礼,对不对?这隆重,可不是一天两天就能准备好的。"

卢松被母亲这么一说,觉得有道理,他当然想给董静秋一个不一样的婚礼,可若让他再等两年,那万万做不到,想了想说:"最迟就定在国庆节,这时间够了。"张晓芹说:"先这么计划,到时候再听听静秋父母的意见。"

又一个周末,卢松送董静秋姐妹回董家村,跟董解放和陈彩霞商量婚期,敲定明年国庆节这个日子。三女儿的婚事定下来了,陈彩霞发愁嫁妆怎么办,特别是卢松这样的家境,一般东西根本入不了眼,可好的又买不起。董静秋明白母亲的为难之处,现在还要供小妹读大学,家里没什么钱,就主动提出不用给她准备嫁妆。陈彩霞说:"没嫁妆要被婆家看不起。"董静秋说:"他们家什么东西没有?这事你就不用管,我会解决。"

陈彩霞见女儿这么说,暂时把这事放一边。她又关心起董洁云的事,说:"你妹妹都寻好人家,你比她还大两岁,怎么不找对象?姐姐没结婚,妹妹就嫁人,说出去不好听。"董洁云说:"谁规定姐姐必须先结婚?"陈彩霞见她一脸无所谓的样子,苦口婆心地劝说道:"年纪越大越不好找,你长得又不难看,厂里就没有人追你?"董洁云说:"没有。阿姆,你别操这个心,放心,有合适的我会找。"陈彩霞知道自己说了等于白说,鞭长莫及,这老二从小就不听话,人又聪明,她就怕女儿高不成低不就,反而误了终身。

董静秋知晓董洁云的心事,心里替二姐焦急,想这事跟父母没法说,要么暗中告诉大姐,看她有没有什么好建议。董静秋借口去看小外甥,卢松想跟着去,董静秋就带他同行。到了梨花家,卢松发现董静秋大姐嫁得挺好,一看就是家境殷实的人家。逗弄了一会儿活泼可爱的小浩然,董静秋让大姐夫董林陪卢松,她拉着大姐的手上了楼,说有私房话要说,让他们两个男人不要上来打扰。梨花见妹妹如此郑重其事,知晓肯定有要事。姐妹俩进了房间,关上门,梨花急急地问道:"出了什么事?"董静秋在椅子上坐下来,轻声说:"大姐,这件事我只能跟你讲,不能让爹爹和阿姆知道。"梨花说:"我知道了,你

棟树河
　　向东流

慢慢说。"

　　董静秋把董洁云跟尚宇的事说了一遍,她说:"大姐,我看二姐这样子是不想找对象,除非尚宇有一天恢复单身,可她对尚宇的感情又不是那种纯粹的爱情,我被她搞得有些糊涂。"

　　梨花沉默,过了许久才说:"她是糊涂,就算小时候尚宇救过她,也不至于非要嫁给他来报答,她当是戏文里唱的,以身相许。更何况那尚宇比她年纪大这么多,还结了两次婚。这么聪明一个人,在这件事上怎么死心眼了?"

　　"大姐,你说这会不会是二姐故意找的借口?她并不是真的爱尚宇,只把他拉来作挡箭牌?"董静秋不禁发起愁来。

　　"这个就只有她本人知道。静秋,你二姐的事让她自己处理,我们还是不要过多干扰。"梨花劝董静秋道。

　　董静秋见大姐这么讲,只好放弃让大姐出马做二姐思想工作的念头。再细想,别的事还好说,偏这感情最难说清。就像她跟卢松,厂里不晓得有多少姑娘羡慕嫉妒,可甘苦自知。若这话传出去,恐怕没有人不会笑话她是身在福中不知福。

　　"对了,你跟卢松现在相处得怎样?"梨花问道。

　　"挺好,今天跟爹爹、阿姆都商量过,定在明年国庆结婚。其实我还想再等两年,可他等不及。"董静秋说。

　　梨花见董静秋的神情里并无太多喜悦,怕她又要胡思乱想,笑着说:"你不用想太多,只要两个人好,比什么都重要。像你大姐夫不太会说好听的话,但他对我真心实意。现在他又承包了村里很多土地,还有果园,种了黄花梨和葡萄,平时忙得不见人影。今天是听说你们回来,想跟我一起过去,你们早一步到了。"

"大姐,你很幸福,我看得出来。"董静秋想起曾经看过的一本书,说一个人幸不幸福,从脸上就能看出来。眼前的大姐平和、满足,有一种安定人心的力量。

从董家村返城后,日子又一天天过去。董静秋发现自从卢松退伍回来后,她都没时间读书、写作,爱好完全荒废,她让卢松不要天天往她这边跑,说:"二姐还没有男朋友,你这样天天过来,我们两个亲亲热热,对她却是一种刺激。再说,我也有其他事要做。"卢松听到董静秋不要他过来,有些不高兴,说:"你下了班还有什么事要做?"董静秋说:"我要看书,我还喜欢写文章,你不知道吗?我都很久没写了。"卢松说:"写文章哪有我重要?你别写了,人家谈恋爱恨不得二十四小时都腻在一起,你倒好,还把我往外推。"董静秋问:"你天天这样跑,不累吗?"卢松说:"来见你,哪里会累?你如果心疼我,就留我住好了。"董静秋说:"想得美。"卢松搂住她,在她耳边低声哀求道:"静秋,我要你。"说完,一边亲吻,一边就动起手来。董静秋挣扎,不小心碰到了放在矮柜上的书,"啪"的一声掉在地上。声音惊动了隔壁的董洁云,她走了出来,站在门外叫了一声:"静秋。"卢松吓了一跳,只好放开董静秋。董静秋带着几分恼怒不理卢松,清了清嗓子,尽量用平静的声音说:"没事,二姐,书掉地上了。"董洁云又关上了房间门。

"你回去吧,我要休息了。"董静秋的语气有点冷。卢松还想去搂她,被她躲开。见董静秋脸色不太好,卢松觉得无趣,只好悻悻离开。他有些生气,认为董静秋并不是很爱他,若真爱他的话,怎么会不愿意把身体给他?让他日日受煎熬。

董静秋一个人坐了一会儿,走到董洁云房间,低声说:"二姐,刚

棟树河
　　向东流

才卢松想要我,可我还没想好。或许,我真没有那么爱他。"

董洁云是有这个猜测,两个年轻人在房间里这么腻歪着,发生点什么实属正常,只不过在婚前发生关系,万一中途有变故,吃亏的是女孩子。在这方面,她们姐妹的思想都比较传统。见董静秋陷入茫然状态,董洁云忙说:"你做得对,如果你现在把身子给了他,他回头喜新厌旧退了婚,我们上哪说去?就算进了他家的门,若被他父母知道,会更加瞧不起你。卢松如果真爱你,就应该尊重你。"董静秋点点头,说:"我也是这么想。对了,二姐,那个尚宇后来一直没跟你联系吗?"董洁云说:"他不会再跟我联系。"董静秋问:"那你真不准备找男朋友了?"董洁云说:"这种事刻意哪求得来?不说这个,你还是想想你的嫁妆,总不能空着双手嫁进卢家。"董静秋说:"我正这么打算着,空手嫁进去。"董洁云说:"行,我服你。"

姐妹俩在谈论尚宇的时候,他正结束外面的应酬回家。酒又有点喝多,大脑倒是清醒,他不是贪杯,而是借酒浇愁,心里有苦无处可说。到家了,他摸出钥匙,打开房门。舒佳妮在看连续剧,娟娟已经睡了。舒佳妮见尚宇一副醉醺醺的样子,说:"怎么不喝死你?"尚宇把包往沙发上一扔,说:"你是不是巴不得我死在外面?"舒佳妮说:"吃火药了?看看你这副德行,每次都喝得烂醉。有本事外面去,在屋里横算什么?嫁了你这种男人,我是倒了八辈子霉。"尚宇一屁股坐在沙发上,喘着粗气说:"那你找外面有本事的男人去。"舒佳妮怒气冲冲地关了电视,指着尚宇说:"别以为我不知道你心里想的,做梦,这辈子我死也要缠死你。"说完,她回卧室,重重地关上了门,把睡在隔壁房间的娟娟又给吵醒了。

尚宇头靠着沙发背,眼睛里没有聚焦点,他看到眼前一片虚空。

婚姻究竟是什么？他至今都没有搞懂过。他把那个女孩小心地珍藏在心里，不敢想，更不敢去打扰她，他怕一旦松懈就会控制不住。可他不明白，越压抑，心理反弹越厉害。他晚上都不敢睡得太死，怕一不小心做梦，喊出了她的名字。他不想成为一个有罪的人，唯有对自己狠。他想，只要不跟董洁云联系，她就会忘了他，会好好找个对象，结婚生子，过她的日子，她一定会很幸福。

坐到酒劲过去，尚宇洗了个澡，打开卧室的门。灯没开，只有窗外的路灯光透过窗帘漏进点滴亮光。双人床上有两条被子，舒佳妮裹着一条被子侧身朝里躺着。尚宇掀开另一床被子躺下，侧过身，朝外。中间，留着一条无形的空白。

"晚安，我的女孩！"尚宇闭上眼睛，在心里轻轻地说。

舒佳妮根本没有睡着，她在想心事。自从董洁云走了后，尚宇脸上的笑容就少了许多，一想到这个，舒佳妮的心里像有无数只蚂蚁在撕咬。在单位，没什么好交流。回到家里，他是能不开口就不开口。她无数次怀疑他外面有人，但她又很清楚他每笔钱的去向，账都是明明白白，你想冤枉他，还真没一分底气。都说她的脾气越来越不好，却没有人问原因，那是因为她心里苦，有苦说不出。和尚宇分被而睡，最初是她作出来的，一次吵架后，她就来个"互不干扰"。原以为最多两天，这男人总会哄哄她，说几句软话，她就顺着台阶下，谁知道此举正中了他的下怀，让她自搬石头压自脚。她和尚宇很久都没有过夫妻生活，这也是让她怀疑的地方。一个正常的男人，他不需要吗？可她差不多二十四小时都和他在一起，就算他出去办事或应酬，身边也都带着人，不太可能有时间去干坏事。这个男人，此刻就躺在她身边，只要她一伸手就能够着，可她却看不透，读不懂。舒佳妮转

棟树河
　　向东流

过身,望着尚宇的背,她想只要他转过来,她以后就再也不跟他吵了,跟他好好过日子。她怀着一丝期待等着,直到耳边传来男人的呼噜声,心里的那口气把她憋得好难受,泪水悄无声息地流了下来。

"既然你不仁,休怪我不义。"舒佳妮恨恨地在心里说。

32

董解放和陈彩霞的单位拖了许久的改制正式实施,一下子两个人都成了下岗工人。过去几年,乡办企业、村办企业纷纷变成私营,董解放还以为他们这种集体企业不会有什么变化,后来听说要改,陈彩霞还盼着能拖到退休,谁知计划没有变化快。夫妻俩一合计,有了个新的想法,把梨花和董林叫来,一起商量。

"你们想搬到城里去?"梨花惊讶地问道。

董解放说:"我和你妈这个年纪还能再做点事,如果不去城里,在这里我们能干什么?你小妹还在读书。老二、老三结婚,总不能一分嫁妆都没有,这些都需要钱。我过两天上去一趟,你两个妹妹在城里,我们过去也好相互有个照应。"

梨花听父亲这么一分析,也不再反对。想到父母这个年纪还要出去打工,她心里不是滋味,问母亲:"是不是等静秋结婚后你们再搬?"

陈彩霞说:"那等你爹爹去城里看看再说。"

董林见妻子的神情,分明是心疼父母,他对董解放和陈彩霞说:"阿爸、阿姆,其实你们不一定要进城,我这边需要人手,阿爸可以帮我管管果园,每天转转,当锻炼身体。阿姆就不要这么辛苦,在家好了。"

棟树河
　　向东流

　　董解放明白女婿的好意,但他有顾虑,怕被人家说靠女婿吃饭。梨花劝父母不要着急,先去了解下情况再说。董洁云和董静秋得知此消息后,对父母进城找工作这事抱不乐观态度,又不是小青年,快五十岁的人,上哪找事做?还有这住处,姐妹俩不想跟父母住在一起,没隐私。

　　"以后你跟卢松出去谈恋爱。"董洁云一脸促狭地说。

　　董静秋说:"那你呢?如果阿姆来了,你不找对象,她不天天在你耳边唠叨?不把你烦死我不姓董。"

　　想起自家老娘的那个唠叨劲,董洁云打了个寒战,她最烦这个。当年一心想进城,尚宇是一个原因,还有一个原因就是她想逃离父母,她要自在地活着。董洁云说:"看样子我们的清静日子要画上句号了。对了,这卢松现在怎么不天天跑过来了?"

　　董静秋想起去年那一次闹得不愉快,他怪她已订了婚还不肯把身子给他,她怨他不尊重自己,是不是想吃了抹嘴就走?两个人就吵了起来,冷战了好几天。后来虽然又被他给哄好,可心里总有些小疙瘩。过年时,她去卢松家拜年,未来婆婆那种不带温度的客气又让她感觉很不舒服,事后忍不住说了出来。卢松就觉得她想太多,这么难弄。好好一个春节,搞得她心情很不好。

　　"随便他,他爱来不来。"董静秋说,"二姐,这婚姻太像一场豪赌,我心里很慌。"

　　董洁云说:"本来就是赌,愿赌服输。我还是想想爹娘进城后,我怎样才能逃过结婚这个坑。"

　　董静秋张了张嘴,想劝说几句,又深知董洁云的脾气,就咽下了那话。董洁云突然想到了一个主意,说:"实在不行,我就随便找个男人嫁了,过不下去就离婚,以后就不用再结。"董静秋无语,说:"你这也太不负责任了,为了独身,硬要去经历结婚、离婚?有病。"董洁云笑了起来,说:"傻瓜,开玩笑听不出来?"董静秋说:"我看你还是把那个尚宇忘了,他有家庭,又不会离婚,你喜欢他没意义。就算有一天他成了单身汉,你说爹爹和阿姆会同意你嫁一个比你大这么多,又是三婚的男人?"董洁云说:"我跟他就彼此心里有个念想,不会有其他。他有他的责任,我有我的原则。你不觉得这样很好吗?告诉你,感情这玩意,得不到的永远是最好。"董静秋说:"听起来你很有经验一样。"董洁云长叹道:"谁让我看了那么多言情小说,中毒太深,没法子。"

姐妹俩还在想着怎样打消父母来城里找事做的念头,董解放和陈彩霞却在一位住在城郊芦花村的前同事牵线搭桥下,迅速在那里看中了村民造的两间平房,又把董家村的房子卖给了邻居,走得非常彻底,把她们姐妹几个惊得目瞪口呆。特别是远在成都读大学的梅花,对父母卖掉董家村的房子这一举动表示无法理解。人在异乡,尤其想念家乡的一草一木,现在房子卖掉,放假回去她都找不到家了。想到这里,她无比伤感。董洁云和董静秋对父母卖掉董家村的房子也很无语,不过她们也明白家里的经济情况,父母也是为了钱。

把家搬到芦花村,董解放和陈彩霞让董洁云姐妹把租的房子给退了,搬过来一起住。姐妹俩借口离上班路太远,拒绝了。陈彩霞心疼了好一阵房租。她是个闲不住的人,把家安顿好,姐妹俩就陪她上街去转了一圈,她找到了一个适合做的事,由家政公司介绍,做钟点工,去两户雇主家打扫卫生——一户一三五,另一户二四六,星期天休息。姐妹俩不同意,这活辛苦不说,而且说出去实在没面子。特别是董静秋,她怕卢松的父母会更加瞧不起自己的父母。董洁云反应

棟树河
　　向东流

强烈的原因是,她的父母进城后,第一件事居然是去找尚宇。尚宇热情地接待了董解放。听到他在芦花村买了房子,把家搬了上来,现在下岗,想找事做,就让他下个月到厂里来当门卫。唯一的要求,是不要透露他是董洁云父亲这个身份。尚宇的解释是,怕有些人多事。董解放认为有道理,提着尚宇送他的一瓶白酒高高兴兴地回家。

董洁云不能告诉父亲真相,急得跳脚,让他不要去那厂里上班,另外找工作。董解放很不解,说:"哪里去找这么好的工作?是不是你以前做错事了?"董洁云说:"我做错什么?我是觉得你去当门卫浪费。"董解放说:"有什么浪费?门卫好啊,轻松,小尚这人再好没有,这么重情义。你们姐妹的工作还不是都靠人家?真该好好谢谢他。"董洁云无奈,只好和董静秋先回去,商量着下一步该怎么办。

"静秋,爹爹无论如何不能到尚宇那里上班,若被舒佳妮知道,还不闹个天翻地覆?"打开门,董洁云一屁股坐在椅子上,皱着眉头说。她不跟尚宇联系,是凭着对尚宇的了解,留个念想比实际得到要长久。可一旦父亲在他那里上班,两个人肯定有碰到的机会,到时候装作若无其事的样子?当她说出那几句话之前,她早已做好从此相忘于江湖的准备,才会任性一次,只为了以后回忆起来没有遗憾。

这一路,董静秋同样在想这个问题,母亲进城做钟点工,父亲当门卫,这事没法瞒卢松,他父母肯定也会知道,到时候还指不定怎么嫌弃他们家。而二姐与尚宇之间,你说有事,看起来又像是没事。若说没事,又好像有牵涉。可现在怎么办?看样子她们根本阻止不了。董静秋说:"二姐,现在急也没有用,除非我们能马上另给爹爹和阿姆找到工作。可工作哪有这么好找?城里下岗工人不要太多。"

"不管了,烦死。"董洁云自暴自弃地嚷嚷道。董静秋一样很矛盾，虽然她并不认为当钟点工和门卫低人一等，但人总归是要面子。另外，让旁人知道，自己要嫁条件这么好的人家，却让父母去做钟点工和门卫，无论从哪个角度讲，都说不过去。董静秋的烦恼没有比董洁云少，进退两难。

"二姐，能让爹爹不去那里上班，除了另找工作外，还有就是你跟他去实话实说。我想，只要让爹爹明白这其中的复杂性，他一定会推了这工作。"董静秋思索许久，提了一个建议。

董洁云琢磨着，这个法子的副作用是她肯定要挨一顿骂，不过比起那些可能发生的事，还是这个法子好。"就说舒佳妮对我有误会，以为我跟尚宇有关系，我才离开那里。"董洁云说。

"行，那你明天过去跟爹爹说。阿姆的工作你看看我们要怎样才能说服她？"其实董静秋知道，母亲这个年纪，到城里来找工作，除了做家政这一块，真想不出还能做什么。如果在董家村还好，左邻右舍都熟悉，可现在搬到一个陌生的城中村，你不让她做点事，整天待在家里，不憋出病来才怪。

"唉，干吗要搬上来？好好的楼屋不住，又重新住矮平房，什么想法，真是的。为了我们吗？住在董家村和住在芦花村，我是看不出有什么两样，人家也不会因为这个说我们是城里人。她要做就随她好了。"董洁云无奈地说。

第二天下班后，董洁云和董静秋直接去了芦花村，说了不能去尚宇厂里上班的原因。董解放和陈彩霞很惊讶，这个原因出乎意料。董解放说："你说的这事，小尚一句也没提起，他让我不要透露我是你爸这个身份，因为这个？"董洁云说："应该是。"陈彩霞用怀疑的眼神看着二女儿，开口问道："你跟小尚真没事？"董洁云一口否认道："当

棟树河
　　向东流

然没事,你别想多。"陈彩霞说:"那你这个年纪了,怎么不找对象?"董洁云说:"找对象得有人啊,没有人来追我,也没有人做介绍,我上哪找去?"陈彩霞说:"奇怪,你长得又不难看,怎么会没有人来追?"董洁云说:"我咋知道?"

董静秋见母亲揪着二姐的婚姻大事不放,忙打岔,问父亲:"爹爹,你把这工作推了,我们另外再找。还有,做钟点工很累,阿姆你一定要去做吗?"

被董静秋这么一打岔,陈彩霞只好放弃这个话题,说:"以前更苦。"

董解放在犹豫,他这个年纪,想找个合适的工作不容易,当门卫很轻松,在尚宇厂里,还能得到他的关照,这是个难得的机会。可如果这中间真有什么瓜葛,还是不搭界的好。当初老二做得好好的,突然换工作,他有过猜测,现在看来还真有事。想到这里,董解放说:"那要么算了,我跟小尚说,人家也是好意。"

董洁云见父亲打消了这个念头,说:"我给他打个电话说声就是,你不用特意跑过去,面对面反而不好讲。"

吃过晚饭,姐妹俩告辞回去。董洁云见这个时间点,给尚宇打电话不方便,想着等第二天上班时间打他办公室电话。董静秋说:"还得给爹爹找个事做。"董洁云说:"是的,有事做才不会东想西想。"

卢松过来了,他知道丈人、丈母娘已搬上来住,不过新家还没有去过。他今天过来是跟董静秋说聘礼的事,想问问她父母有什么要求。董静秋说:"没什么要求。阿姆说过,你家给多少聘礼钱,全给我办嫁妆。"卢松说:"那行,东西我们一起去买,买好就直接送到新房子去。"董静秋没意见,这样省事多了。

"还有件事忘了跟你说,我爸妈商量了一下,让我们两个单住,怕你不习惯住一起。新房是以前买的,简单装修过,一直空着,前段时间又重新整了一下。如果你想住别墅也行,反正那边都是现成的。"卢松边说边观察董静秋的神情,见她脸上波澜不惊,放心了些。

董静秋一直担心跟公婆住一起不自在,现在听说可以另住,巴不得,连忙说:"单独住好,我没意见。"

"那行,这周日我带你过去看房子,怎么布置就交给你了。就是不够大,条件没那边好。"卢松一脸歉意地说。

"没事。"董静秋朝他微微一笑,低声说,"只要两个人好,房子大小又有什么关系?"

卢松伸出手,把董静秋搂在怀里说:"是,以后都听你的。"

"你会怕老婆?"董静秋抬起头,一脸不相信地问。

"怕老婆有饭吃。"卢松低头,擒住了那柔嫩的红唇,贪婪地索取着。

隔壁房间的董洁云拿起一本书,轻轻地翻了起来。

33

董静秋和卢松结婚的日子到了。

婚前一个月,那日说好去领结婚证,结果路上因为一些琐事两个人大吵一架,董静秋气极,甩手就走。证没领成,卢松回到家里,脸色阴沉得可怕。张晓芹得知后,心情很复杂。这门亲事她实在是因为儿子喜欢才勉强同意,内心深处还是盼望两人早日分手,可以另外再找个门当户对的媳妇。现在都要结婚了,她也死了心,两个人倒闹了起来。见儿子坐在沙发上不说话,她很严肃地说:"现在证还没领,你好好想想,这婚还要不要结?妈早说过,她跟你不合适。"

卢松没接母亲的话。其实早上去领证,两个人本来还高高兴兴的,就因为他说了恋爱这么久,董静秋还一直不愿突破最后一道防线,分明是对他不信任,太古板。还说今天领了证,晚上无论如何要和她同房。不知道哪句话把她给惹毛了,一下子就很不高兴。平时一些细碎的小矛盾被重新提起,说着说着,就争执起来。董静秋让他停车,说不去领证,怒气冲冲地打车走了。他也火大,没理她,任她离开。这会儿他冷静下来,觉得董静秋是个很敏感的人,大概他的语气过于轻佻,让她觉得自己不够尊重她。可他说的也是实情,哪有恋爱这么久,还没有发生关系的?说出去,谁也不相信。卢松不想听母亲啰唆,暂时也不想见董静秋,站起来,拿了车钥匙,出门放松去了。

董静秋没去单位,她请了一天假,中途与卢松不欢而散,直接回到住处,躺床上发呆,情绪低落。想起跟卢松交往的点点滴滴,这个男人为她付出了很多,可为何她的心里总有挥之不去的阴影?是因为他的性格?想到这里,董静秋不禁对未来的婚姻生活多了几分忧虑。她,会幸福吗?没有人告诉她答案。

董洁云下班回来,见董静秋垂头丧气的在家里,吓了一跳,还以为她身体哪里不舒服,忙问:"今天你们不是去领结婚证吗?怎么这个样子?"董静秋有气无力地说:"没领成,吵架了。"董洁云说:"发生什么事了?"董静秋把卢松的那些话说了一遍,神情萎靡地说:"二姐,我都没勇气走进围城了。"董洁云说:"你好好想想,现在还来得及。"停顿一下,又补充道:"你们两个性格是不太合适,卢松很固执,你表面温柔,内心很倔强,以后恐怕有的吵。"董静秋低头看手指甲,似乎要从上面看出几朵花来。董洁云说的这一切,她又何尝不知?可这是她的初恋,对这份感情她投入的并不比卢松少,不是想放手就能放手。

董洁云自然明白,感情是最说不清道不明的玩意,当局者迷,旁观者清。就像她,现在很后悔说出那些任性的话,父亲没有去尚宇厂里上班,但妹妹结婚,于情于理,父亲都会请他来喝喜酒,到时候见面又会是怎样的光景?若尚宇表现得非常平静,她说不定会失望。可如果真跟她来一次暧昧,她恐怕就会离得远远的。就是这么矛盾,董洁云自己也觉得好笑,这不是吃饱饭没事干,撑的?

第二天早上,卢松过来,向董静秋郑重道歉。董静秋想了一夜,还是决定嫁给卢松。两个人和好如初,一起去民政局领了结婚证。看着手上的小红本,董静秋恍然如梦。

婚礼如期举行,卢松国外的亲戚来了一位叔叔,其他人据说太忙,走不开。爷爷、奶奶身体不好,坐不了长途航班,没法来参加。董静秋这边没多少人,跟梨花结婚一样,两家人的酒席合在一起,在酒店热热闹闹地吃了一餐饭。

尚宇来了,送了一份礼,在董解放旁边坐了下来。看到董洁云,他神情复杂,嘴上却以长辈的口吻说:"什么时候让我们喝你的喜酒?"董洁云看了他一眼,这男人好像瘦了不少,心,没理由地疼了一下,语气平淡地回了一句:"你等着。"董解放一直不相信尚宇对自己的二女儿有那样的想法,见此,最后一点疑虑都消失了。当尚宇问他有没有找到事情做时,董解放喝了一口酒说:"不好找,我想过几天去建筑工地看看。"尚宇说:"那样太辛苦,要不还是到我厂里来?"董解放见董洁云在关注着他俩的交流,说:"不能让你为难。"尚宇明了,笑着说:"没事,我会安排好。"现场声音有点吵,董洁云并没有听清楚父亲和尚宇之间在谈的内容,她实在怕父亲又要去当那个门卫。这些日子,她帮着父亲找工作,可总不合他心意,她很无奈。董解放又心动起来,说:"真没事?"尚宇说:"你等我通知。"他又好像想到什么,悄声说:"不要告诉洁云,到时候你就说找到事情做了就好。"董解放举起酒杯,说:"好,干了。"两个人碰了碰酒杯,把杯中酒倒进嘴里,相视一笑。董洁云满腹疑窦,想着等会儿吃好饭问下父亲。

"张晓云在那里,你不过去问候下?"董洁云拿着酒杯,走到尚宇身边,笑眯眯地说。

"好多年没见,你陪我过去?"尚宇看着董洁云给他倒满酒,微笑着问。

"好啊,我陪你过去。"董洁云笑着说。尚宇深深地看了她一眼,捏着酒杯站起来跟着董洁云走过去。

"你刚才跟我爹爹说什么?提醒你,不要叫他去你厂里,不然有什么后果你承担。"董洁云表情难得严肃地说。尚宇说:"这事你不用管。"

正在吃菜的张晓云看到董洁云陪着一个男人过来,一惊。再细看,原来是尚宇,她慌忙站起来,打量着尚宇说:"好多年没见,听说你在办企业,是不是应该叫你尚老板?"

尚宇快速打量张晓云,眼前这个女人和记忆中那位穿着一身草绿色军装、腰间束一根皮带、娇弱的少女发生了严重的偏差,怎么也对不起来。张晓云自嘲道:"认不出来了?"尚宇略微有些尴尬,笑着说:"我走在街上你也一样认不出来。"张晓云不想把身边的丈夫介绍给尚宇和董洁云认识,举起酒杯,客气而有礼貌地做了个敬酒的动作,象征性地喝了一口,就不再说话。尚宇见她神情淡漠,也不多言。转身时,目光扫过张晓云身边一个形象有些猥琐的男人和一个十几岁的女孩,猜测是她的丈夫和孩子。"她变了好多。"尚宇对董洁云说。想起当年少年的心事,犹如前世。再看董洁云,他说:"你这个小女孩现在变成了大姑娘,我们不老也老了。"董洁云说:"少在我面前卖老。"

新郎和新娘过来敬酒。董洁云看着妹妹这张今日分外俏丽的脸,举着酒杯对卢松说:"你若对静秋不好,我要找你算账。"卢松笑着说:"二姐你放心,我肯定会对静秋好。"

董解放和陈彩霞面对盛装的三女儿,既高兴又有些酸楚。从小到大,老二、老三受到的关注最少,不知不觉,她们都长大了。陈彩霞说:"希望你们夫妻和睦,一家人开开心心过日子。"卢松和董静秋向父母保证会好好过。

婚宴结束,时候不早了,大家各自散去。尚宇开车送董解放和陈彩霞回芦花村。梨花和董林跟着董洁云打车去出租房,明天再坐车回家。

晚上,梨花让董林睡在董静秋的那个房间,她和董洁云睡一起,姐妹俩聊了半夜,从小时候一直说到现在。梨花问董洁云是不是真的因为尚宇不想找对象?董洁云第一次向大姐袒露心声,说若遇到喜欢的人,她会去爱,但不想走进婚姻。梨花虽然不明白大妹怎么会有这样的想法,但还是表示尊重她的选择。又想起董静秋跟她说过的话,问:"那你怎么跟尚宇说,如果他离婚,你会嫁给他?"董洁云说:"大姐,你不了解尚宇,他不会离婚。即使有一天他真的离婚了,也不会来找我兑现这个诺言。"梨花问:"你确定?"董洁云说:"我确定。大姐,这世上有些东西没得到比得到好。我脑子里有很多计划,以后一样样去实施,不结婚有个好处,就是能全力以赴做自己想做的事情。"梨花说:"别太苦了自己。"董洁云说:"好。"

卢松和董静秋的新婚之夜显得很冷清,没有人跟来闹新房。两个人一番折腾,躺在床上,卢松搂着董静秋,忽然有一种人生没有了目标的虚无。一直来,他像有心魔一样,一定要得到她,才抛弃大好前程,提前退伍,说服父母。现在佳人在怀,终于如愿以偿,接下去,他竟然对明天以后的日子生不出什么盼头来。董静秋已累得在卢松怀里睡着了。卢松胡思乱想了好一阵,才沉沉睡去。

第二天早上,董静秋睁开眼睛,看到躺在身边的卢松,才反应过来自己已经结婚了。她侧过身,伸出手抚摸这个男人的脸,想从此以后,他就是她生命中最亲密的人。卢松醒了,他把董静秋拉进怀里说:"老婆,以后只准对我一个人好,听到没有?不许对别的男人好。"董静秋听他这么耍无赖的话,说:"行,只对你一个人好,该起床了。"卢松说:"反正这两天又不用上班,再睡会儿。"董静秋没法,只好任他搂着,听肚子咕咕叫。等起床,快中午了,下楼去饭店吃了午饭,回了一趟别墅。卢正刚和张晓芹说了几句不痛不痒的话,让小夫妻好生过日子。对这个儿媳妇,张晓芹总是耿耿于怀。董静秋没办法,只能在礼节上做到位,别的也管不了。

董解放悄悄去尚宇单位上班,没让董洁云知道,只说在建筑工地找了个事情做。董洁云一周回一趟芦花村看望父母,她现在一个人住,很清静,晚上时间全部用来学习。除了画画,她对刺绣的兴趣越来越浓,发誓要成为一名新时代绣娘。

董静秋过来看她,拿起她的绣品,很喜欢,说:"二姐,你这双手实在是巧。"董洁云说:"你这新婚的日子过得是不是像调了蜜一样甜?"董静秋说:"不是你想的那样,我们现在还处于磨合期。"董洁云说:"好好磨。"董静秋说:"嗯,我知道。"董洁云说:"可惜你那个爱好,结了婚,更没时间读书、写作。"董静秋说:"是的。二姐,我现在想想你不结婚也挺好,至少没那么多烦心事。"董洁云很敏感地问:"刚结婚就有烦心事了?"董静秋避开她的目光,说:"我哪有,就感慨一下,过日子很琐碎,不像书上写的有那么多风花雪月。我得每天去买菜、做饭、洗衣服、打扫卫生,还要上班,事情好多。"董洁云说:"有得必有失,家务活你让卢松一起做啊!"董静秋说:"他哪会做?酱油瓶倒翻了也不会扶一下。"董洁云说:"男人不能惯。"董静秋扑哧一声笑了

楝树河
　　向东流

出来，说："二姐又哪来的经验？"董洁云一本正经地说："书上说的。"说完，跟着笑了起来。

　　尚宇这么大胆把董解放叫去厂里上班，是因为舒佳妮已经没在厂里了。以前纯粹是为了盯董洁云，后来没有了目标可盯，她就去开了家服装店，从蒋帅那里进货，一门心思赚钱，精气神反而足了。等董洁云知道父亲在尚宇那里上班，已是三个月以后的事了。听说舒佳妮不在厂里，父亲又做得高兴，她也就不发表意见，这事算过去了。

　　董静秋婚后不久就怀孕了，她还没有适应妻子这个角色，又要迎来母亲这个角色，这让她心里说不出的恐慌。卢松也是，两个人刚开始说好不要这么急要孩子，谁知稍一疏忽就中了奖。既然有了，那就生下来。小夫妻回别墅报信，张晓芹和卢正刚听到董静秋怀孕的消息，还是很高兴。张晓芹说："等过几个月孩子大点，我带你去医院做个B超，看怀的是男孩还是女孩。"董静秋心里一惊，但表情并没有什么变化，很顺从地答应。临走时，张晓芹把卢松叫到另一个房间，给了他一沓钱，让他去买点营养品给董静秋吃。卢松把钱塞进口袋，试探着说："我不会做饭，要么我们以后下班就回这里来吃晚饭？省得她回家还要买菜、做饭。"张晓芹说："行，那你们就过来吃。"每天回公婆这里吃饭，董静秋没意见，能吃现成饭有什么不好？她还巴不得。没吃几餐，小夫妻又停止了蹭饭行动。主要是董静秋孕期反应厉害，吃什么吐什么，口味突然挑剔得厉害。张晓芹在董静秋面前一直是高高在上，现在让她去伺候儿媳妇，再加上心里有疙瘩，见董静秋这个样子，就嫌弃她太难弄。这一嫌弃，脸色自然就不好，董静秋马上就感觉出来，就找个借口不去了。

　　陈彩霞见董静秋没胃口，很担心，考虑到卢松不会照顾人，提出让董静秋住到芦花村来，由她照顾，直到坐好月子。那个钟点工的工作她可以不做，女儿的事情最要紧。卢松担心芦花村条件太差，不如让丈母娘留在他家照顾。陈彩霞又不放心董解放。最后商定，小夫妻出钱，把芦花村的房子简单装修一下，等装修好了住过去。

那段时间，陈彩霞非常忙碌，她每天要跑一趟董静秋家，把晚饭做好，再匆匆回家。董静秋怀孕六个月的时候，她就不要母亲再跑来跑去，回娘家养胎。肚子里的孩子性别已确定，是个男孩。张晓芹带她去的医院，通过关系查的。怀的是孙子，这让张晓芹和卢正刚很满意，大方地送了一大堆滋补品过来。董静秋很想问公婆，倘若怀的是女孩，是不是要让她把孩子给流掉？这话在得知怀的是男孩时，她就私下问卢松。卢松安慰她，让她别多想。董静秋想讽刺几句，可她不是个生性刻薄的人，还是没说出口。

陈彩霞现在一心一意在家照顾女儿。卢松没有跟过来，他住自己家，跟丈人、丈母娘住一起，他不习惯。他每天下班过来看看妻子，吃过晚饭陪聊一会儿，然后回家。梨花听说妹妹怀孕后睡眠不好，亲手做了几个中药香囊送上来，还有一大包婴儿穿的衣服，又跟董静秋交流了好一阵孕期心得。董静秋从没有跟母亲如此亲近过，也许是因为怀孕，她对母亲多了一份理解。陈彩霞说起过去实在太苦，怀孕的时候哪讲究什么营养，连饭都吃不饱，马上要生了，还在干活。董静秋想起没有色彩的童年，母亲的辛苦她都看在眼里，相比之下，自己是要幸福得多。

妻子怀孕住在娘家，对卢松来说是种折磨。血气方刚的年纪，他真后悔结婚没几天就让妻子怀上，害得他夜夜独守空房。想到还得

棟树河
　　向东流

熬好几个月,心情实在烦躁。他没什么朋友,有苦无处说。他想过留宿丈人家,可对一个以前住别墅,再不济也住商品房的人来说,让他住小平房实在难以接受。更何况丈母娘还明着暗着在耳边提醒要注意,免得影响了肚子里的孩子,让他很扫兴。想得心烦,卢松站起来,在客厅的橱柜里拿出一瓶红酒,倒了一杯,坐到沙发上,打开电视机。长夜漫漫,只有让酒和电视陪伴他。

　　手机传来短信的提示音,这么晚谁给他发信息?卢松打开一看,原来是同事金明月,一个比他大三岁的少妇。平时,金明月跟他关系很好,他把她当大姐。金明月问卢松有没有空,想不想出来到KTV唱歌?她和几个朋友在他家附近玩。卢松放下手中的酒杯,反正睡不着,明天又是周日不用上班,干脆出去坐坐,就回复了一声好。金明月把地址发了过来,说不见不散。卢松关了电视,换了件衣服就下楼去。

　　到了KTV,见到打扮时尚的金明月和她的朋友,有男有女,大家在一起兴高采烈地喝酒、唱歌。原来是金明月生日,她请客。看到卢松进来,金明月站起来迎向他,眼睛里盛满了点点笑意,说:"我们都知道你现在独守空房,快来,晚上尽兴。"

　　这一晚,卢松记不清喝了多少酒,怎么回家都想不起来,记忆断片。第二天醒过来快中午了,他打开手机,看到妻子和金明月发来的信息。董静秋问他过不过去吃午饭。金明月问他睡一觉好些没有,叫他以后别喝醉,醉酒对身体不好。卢松怕现在过去被董静秋察觉他酒还没有醒,就给她回了一条信息,说午饭不过去吃,去吃晚饭。又给金明月回复,试探着问她昨晚自己有没有失礼的地方,是谁送他回家的。金明月打了电话过来,问卢松:"你是不是什么都记不清了?"卢松说:"我喝太多了。"金明月在那里笑,说:"不记得就不记得,没有关系。"卢松一听金明月话中有话,忙问:"金姐,你快告诉我。"金明月说:"真没事。"可卢松分明听出来有事,金明月不说,他也没有办法,昨晚其他人他又都不认识。既然金明月不肯告诉他,那他只好当什么事也没发生过。挂了电话,想半天,真没想起来。他只隐约记得昨晚金明月坐在他身边,两个人挨得很近,还附在他耳边说了些什么,丰满的胸脯压着他的胳膊,口中那股热气喷在他的后颈,让他心里痒痒的,像有无数只虫子在咬,那种感觉很不好。

卢松洗了一把冷水脸,人总算清醒了许多。他想以后不能再喝这么多酒,醉酒误事。

34

卢松来到丈母娘家,吃好晚饭,陪妻子散步。没走多少路,董静秋忽觉肚子痛了起来,把卢松吓了一跳,赶紧抱着回来。陈彩霞一看,说可能要生了,叫上董解放,拿起早已准备好的住院要用的物品,一起把董静秋送到妇儿医院,办好入院手续。医生过来检查,摸了摸董静秋的肚子,说一时半会儿还不会生。卢松让丈人、丈母娘回去,他守着,陈彩霞不放心,最后就董解放一人回家。董静秋躺在病床上,肚子一阵阵痛,脸色苍白,浑身是汗。陈彩霞打来热水给女儿擦身子,一边安慰她,让她不要紧张。卢松握着妻子的手,坐在床前,不知道该怎么办。他要当父亲了,这个认知让他内心生出难言的焦虑。此刻,他很想逃离眼前这一切,找个没有人的地方静静地坐一会儿。他无意识中加重了手中的力量,董静秋被捏痛,叫了起来,吓得他忙松开手。陈彩霞见女婿这副样子,让他一边去坐着,她来守。董静秋的肚子痛一阵,一会儿又不痛,你以为不痛了,它又痛了起来。折腾了一晚,天快亮了,董静秋被送进产房。陈彩霞想到女儿生孩子需要力气,最好先吃点东西,叫卢松回家去煮一锅红糖鸡蛋长面过来。卢松哪会做,再说家里也没那些东西,就给父母打了个电话。没多久,张晓芹带着吃的东西过来。儿媳妇肚子争气，她也认命。董静秋还没有生，那一锅红糖鸡蛋长面送了进去，吃了大半。一小时后，顺产了一个儿子。

"董静秋家属在哪里？"护士抱着一个小婴儿出来，朝家属等候区的人喊了一嗓子。

卢松、陈彩霞和张晓芹立马围上去，说："在这里，在这里。"

"生了个儿子，六斤六两，母子平安。"

虽然早知道董静秋怀的是男孩，但这会儿听到，大家依然很高兴。卢松看到孩子的手腕上系着一条蓝色的带子，上面写着妻子的名字和床号。他紧张地看了一眼紧闭着双眼的婴儿，不相信这是他孩子似的，更不敢去碰，怕一碰就碎了。

一个个报喜电话打了出去。董洁云好不容易等到下班，匆匆来到医院。看到母亲和大姐，还有卢松都在，忙打了声招呼。见妹妹状态还不错，又瞧了瞧躺在边上的小婴儿，红红的皮肤，眼睛紧闭着睡得正香，放心了。陈彩霞让卢松回去休息，这里交给她们。卢松想想也帮不上什么忙，就去父母家，他想跟父母商量一下，让妻子回别墅坐月子。心里又没把握，因为父亲是个有洁癖的人，家里所有东西必须放得整整齐齐，弄得干干净净，不然他会不舒服。

张晓芹见卢松回来，还以为他来拿菜，说："我炖了汤，你一会儿送过去。"卢松说："妈，静秋出院后，我想接到这里来坐月子，晚上你跟爸说说，看行不行？"张晓芹太了解丈夫，这事恐怕行不通，还以为是董静秋的主意，不高兴地说："你想得太简单，不是接过来就行，到这里来坐月子，我要上班，又不可能照顾她，你得请月嫂，一时半会儿上哪去找合适的月嫂？有月嫂还不够，还得找保姆专门负责买菜、做饭,家里一下子多这么多人,你爸要难受的。"卢松见母亲一脸为难,心里有些别扭,这可是她的亲孙子,房子这么大,她都不愿意,想到丈母娘对妻子的照顾,感叹这婆婆和亲妈还是不一样。卢松说:"那算了,你也不用跟爸讲了,我走了。"张晓芹说:"你把汤带去。"卢松说:"我不去医院,丈母娘和她两个姐妹都在,我回家睡觉去。"张晓芹"哦"了一声,转身去厨房关火。

　　董静秋出院后,卢松把她和孩子送到丈母娘家坐月子,他仍然过着独守空房的日子。金明月的丈夫在外地工作,孩子由父母带着,她很爱玩,常叫上卢松。一来二去,两个人交往越来越密切,彼此之间有一种无形的暧昧。

　　卢正刚给孙子取了个卢震霆的大名,张晓芹最担心的户口问题,由于相关政策出台,在孩子还没有出生之前,董静秋的户口已迁了上来,给一劳永逸解决了。

　　董静秋休好产假就去上班,孩子由陈彩霞带。由于孩子太小,要喂奶,董静秋仍住在娘家,和卢松依然处于被动分居状态。对此,卢松很有意见,可又无可奈何。他偶尔也会留宿在丈母娘家,可董静秋怕累着母亲,坚持晚上自己带孩子,这样半夜得起来喂奶、换尿布,影响他睡眠。丈母娘天没亮就起来,也不敲门,直接开门进来,把换下的衣服和尿布拿出去到外面洗,让躺在床上的他尴尬无比。

　　渐渐的,卢松不是每晚都过来,隔两三天才过来一趟。董静秋要上班,又要管孩子,精力有限,顾不上丈夫,日子就这么波澜不惊地过去。

　　董洁云比过去忙碌多了,她现在除了上班,其他时间都投入到学习当中。为了逃避父母的催婚,芦花村她能不回就不回,回去了也就吃餐饭，然后匆匆离开。想到将来可能会一直独身生活，董洁云决定去买套小房子。怕父母阻拦，她就偷偷进行，只跟梨花和董静秋商量。通过房产中介，她看中了一套两居室的二手商品房，问梨花借了点钱，再加上积蓄买了下来，户口跟着迁上来。等全部搞定，搬进去了她才说。

董解放见董洁云主意这么大，很生气，哪有未婚姑娘自己买房的？又不是有钱人。陈彩霞更多的是忧心这个女儿恐怕真想一个人过一辈子，实在让她无法理解。她找董静秋，让她劝劝董洁云，表态以后不管找来什么样的人，当爹娘的都不插手。董静秋说："阿姆，结婚不一定好，不结婚也不一定不好。二姐有她的想法，日子也是她在过，她心里有数。"陈彩霞无语，忽又想到什么，对董静秋说："我看你该搬回去住了，孩子我会带，哪有这么年轻夫妻长期分开住的。"董静秋说："以前爹爹不是也长期在外面啊？震霆这么小，我不放心。"陈彩霞说："有什么好不放心的？你们隔两天过来看看他就是。我跟你说，男人要管。这么久了，卢松一直一个人住，不好。"陈彩霞没有再说下去，她是过来人，又是旁观者，卢松的变化她看在眼里，心里很焦急。说得太明白，怕影响了女儿、女婿的感情；说得太含糊，又怕傻闺女听不明白。董静秋又不是傻子，母亲的言下之意她还是听了出来。细细算来，自己住在娘家的时间似乎是太长了点，看了看睡在婴儿床上的儿子，终于狠下心决定回家去住。

卢松见妻子舍得回来，很高兴，独守空房的日子总算可以结束了。想到以后恐怕不能随心所欲地晚上出去玩，他又有些不自在。特别是想到金明月含情脉脉地看他的眼神，那丰满柔软的躯体，那种看得到，摸得着，可又差最后一口的感觉，实在太吊心火。金明月说喜欢他，但不能害他。他也不想背叛妻子，一直努力克制着，只是作为正常男人，他有他的需求。他觉得自己和金明月之间算是打打擦边球，谈不上出轨，大不了以后少出去玩就是。卢松这么想着，心里那淡淡的愧疚就跟着消失无影。

久别胜新婚，这一夜，卢松和董静秋恩爱异常。董静秋伏在丈夫怀里，低声说："老公，对不起，让你一个人守了这么久的空房。"卢松抚摸着妻子光滑的背，轻轻爱抚，脑子不知怎么想到了金明月，那个女人在床上一定很开放，她看起来懂很多，不像妻子这么保守，不解风情。董静秋这会儿只感觉到很累，翻个身，闭上了眼睛，陷入沉睡状态。

董静秋初为人母，哪里放得下孩子？人虽然搬回去，可每天不看上一眼不放心。她每日下班匆匆赶到娘家看孩子，吃过晚饭，待孩子要睡了才恋恋不舍地离开。卢松懒得跑，这样晚饭他就自己解决，等董静秋到家，时候已经不早。洗漱完毕上床，她只想睡觉。面对丈夫的索取，实在没多少精力给予回应，让卢松非常不满，时不时就借一点琐事吵架。吵完架，卢松就怒气冲冲地出门，等到下半夜，喝得烂醉如泥才回来。董静秋有苦说不出，在父母面前，还得装作很幸福的样子。心里实在憋得慌，去找董洁云，跟她说了自己与卢松之间的矛盾。"二姐，你说我是不是错了？婚前，我明明看到他的性格缺陷，感觉跟他并不合适，可想到他为我付出了这么多，心一软，答应嫁给他。还以为婚后我们一定会幸福，可现在，幸福是什么？谁知道。"董静秋一脸忧伤地说。

董洁云看着妹妹，那张依然年轻美丽的脸上带着无法掩饰的倦怠和憔悴，不禁心疼，轻声说："都说婚姻有磨合期，你不要为了一点点挫折就灰心,这可不像你董静秋的风格。跟卢松好好沟通,话说开就没事了。"

"二姐,还是你英明,不结婚,自由自在,多好。你不知道,卢松现在变了好多,没上进心,在单位里无所事事混日子,动不动就喝个烂醉。说他几句,他就嚷嚷这日子没法过,每次都把离婚挂嘴边。早知道结婚这个样,我就不结婚了。"董静秋说。

"没这么严重,你好歹也是他付出那么大代价追来的,难不成结了婚、生了孩子,就不稀罕了?"董洁云说。

"你不是说没得到的最好吗?其实我也知道,只不过想试试自己有没有能力打破这个说法,看来是我不自量力。"董静秋自嘲地说。

"你就爱多思多想,别难过,你们两个好不容易才走在一起,一定要好好珍惜,要不要我找卢松谈谈?"董洁云问。

董静秋摇了摇头,她很了解卢松,一旦她的家人插手,事情只会变得更糟。她让董洁云千万不要在父母面前露出蛛丝马迹。"跟你说说,心里好受多了。二姐,你现在跟尚宇还有没有联系?"

"偶尔有联系。"董洁云说。

"真不知道他是怎么熬的。"董静秋想象不出来,余下几十年光阴,卢松会跟她一起度过吗?

姐妹俩说了一会儿话,董静秋告辞回去。董洁云打开手机翻盖,里面有尚宇发来的信息,他说心里很苦闷,想找个人倾诉,问她愿不愿意见他。她借口忙,拒绝了。董静秋的婚姻现状更让她坚定了独身的念头,尚宇是她少女时代的一个梦,这个梦唯有是梦才美好,才珍贵,才能让她永远都不会忘记。也许这世上没有一个人会理解她这样的想法,她不在乎。这辈子,她只为自己活。

棟树河
　　向东流

　　董静秋回到家里,和卢松剖腹掏心地谈了一次,卢松当即表示一定会好好珍惜这份感情。董静秋说:"等孩子大点就好了,现在没办法,阿姆从早到晚带孩子,还要给爹爹做饭,很累。我们不能只顾着自己轻松,那样说不过去,要尽量多分担一点。"卢松没有带过孩子,不知其中之辛苦,见妻子这么说,就顺着她,答应以后会好好孝敬丈母娘。董静秋说他是滑头,卢松得意地笑,夫妻俩重归于好。

　　窗外,有明月高悬,慈悲地看着这人世间的悲欢。

35

董洁云想抽个时间回董家村看看大姐一家，下班后就去逛街，想给小外甥买点什么东西带回去。经过一条巷子，她看到一家服装店的橱窗模特身上穿的那身衣裙很漂亮，走了进去。还没开口问，与转过头的一个女人打了个照面，两个人都怔在那里。几年不见，舒佳妮仍一眼认出了董洁云，皮肤还是那么黑，但依然那么美。董洁云也在打量舒佳妮，发现她整个状态似乎比过去要好，人丰满了不少，说明日子过得不错。这个想法闪过脑海，董洁云的心情变得微妙起来，有失落，也有如释重负的轻松。董洁云明白，她的内心深处真的很希望尚宇能够幸福。

"这店是婶婶开的？"董洁云故意这么说，一边抬头看墙上挂着的一条条衣裙，一边伸出手摸摸下面一排衣架上的衣服料子。

舒佳妮的心情很复杂，这个若隐若现一直存在于自己婚姻中的影子，她曾经恨不得亲手扒了她的皮，把她给赶尽杀绝。后来，她跟蒋帅有了进一步发展，情感得到寄托，再也无所谓尚宇的态度。想当初她迈出那一步，一部分是蒋帅对她的关照，出于同学的情分，更多的是她对尚宇的报复。说起来，这里面还有董洁云的一份功劳。想到这里,舒佳妮脸上堆满了虚伪的笑容,亲切地招呼,似乎她和董洁云之间没任何过节。"小董啊,你看看有没有喜欢的衣服,给你进价。"

董洁云被舒佳妮的热情稍稍惊吓了一下,又很快泰然面对,说:"好啊,那我好好选上两件。"

"小董,你现在哪上班,结婚没有?"舒佳妮打量着董洁云,暗暗嫉妒,心里种种猜测。

"在一家企业打工。"董洁云当然不会把工作单位说出来,她是一点也不相信眼前这个女人释放出来的善意,谁知道是真是假?防人之心不可无。

舒佳妮见董洁云回避感情这个问题,估计她还没结婚,又开始怀疑起来:自己有了蒋帅,尚宇是不是也一样外面有人?而那个人,莫非就是眼前这位阴魂不散的董洁云?

两个人各自打着肚皮官司,嘴上你好我好。最后,董洁云选了模特身上的一套秋装、一件毛衣,舒佳妮很大方地给她打了个八折。董洁云正准备拎着衣服袋子离开,见有辆车停在了店门口。一个男人走下来,打开后备车厢,拎出两只黑色的大塑料袋进来,说:"佳妮,最新款的冬装我给你带过来了。"

董洁云回头看到那张脸,一惊,蒋帅?忽想到蒋帅是做服装生意的,难怪。她正犹豫着是装作不认识直接走,还是打声招呼,蒋帅已经看到她,还没开口,舒佳妮迎上来,接过那两袋衣服,笑着说:"蒋老板,今天怎么有空亲自来送货?"蒋帅是个聪明人,怎会不知舒佳妮的意思?跟着笑了起来,说:"我刚好在附近办事,顺便给你带过来了,省得你跑一趟。好久不见,董大小姐,好难得碰到你。"董洁云不愿跟这俩人多说废话,很有礼貌地说:"蒋老板好,我还有事,就不影响你们做生意了。"说完,拎起袋子,自顾自走出去,留下蒋帅和舒佳妮面面相觑。

"这董洁云看起来一点也没变,还是那么漂亮。"蒋帅说。

"你喜欢?"舒佳妮抛了一个媚眼给蒋帅,嗔怪道。对眼前这个男人,她是付出了几分真心的。这些年,倘若没这份婚外情作寄托,真不知她还能不能忍下去。

"吃醋了?"蒋帅笑着上前拍了一下舒佳妮的屁股,说,"她会不会在你老公面前乱说?"

"说什么?你是批发商,我是零售商,你顺路给我送货,不是很正常吗?再说,你是我同学,他又不是不知道。放心,他当我没有,我也当他没有,我们现在和平共处,挺好。"舒佳妮不以为然地说。以前吵架,都是她主动挑起来,是为了引起尚宇对她的关注。现在她哪有多余的精力放在尚宇身上,有事说几句,没事各管各,架也不吵了,家庭看起来反而很和睦。

"说起来我们也好久没约会了,今天去?"蒋帅轻佻地抬起舒佳妮的下巴说。视线从她的脸上一扫而过,女人上了四十岁,这皮肤手感就差了许多。

舒佳妮像牛皮糖一样地黏着蒋帅,用手指戳着他的胸脯,说:"今天小孙有事请假,等她明天来上班,我们约。"

"行,到时候你给我打电话。"蒋帅说。他现在最得意的就是这个身份,自由,没有婚姻的束缚,想跟哪个女人在一起都可以,执行"不结婚、不负责、不纠缠"的"三不政策"。他喜欢已婚妇女,因为她们有家庭,大家都是各取所需,逢场作戏,没负担。等玩累了,再找个正经女人结婚。反正已经有儿子了,他又不想再生,挣了钱就花,潇洒过

棟树河
　　向东流

日子。

　　隐身在对面斜角处的董洁云看着店里那对男女亲密的举动，吃了一惊。她说不清是出于何种心理，就是想看看，没想到会发现这么大一个秘密。等冷静下来，董洁云才转身匆匆离开。这件事，她要不要告诉尚宇？从舒佳妮和蒋帅的举动看，这两个人的关系绝不单纯。如果尚宇有心去查的话，应该查得到。一旦查到，估计这婚姻就保不住了，到时候若尚宇来找她兑现诺言，她又该怎么办？今天的她已经非常明确，她一直藏在心里的是董家村的那个清风明月般的少年尚宇，而不是现在油腻的中年尚宇。即使尚宇真的离婚，她也不会嫁给他。或者说，她不想嫁给任何一个男人，只想一个人清静地过。可若不提醒尚宇，她又觉得心里过不去，想到那顶绿油油的帽子戴在梦中少年的头上，她就受不了，恨不得跑到舒佳妮面前，责问她，为何不好好珍惜这个男人？董洁云矛盾极了，再也没有逛街的兴趣，跑到商店胡乱买了点吃的东西就回家。

　　董静秋接到董洁云打来的电话，闻听此事一样的惊讶。姐妹俩商量了好一阵，最后还是认为应该给尚宇发个信息暗示一下，但话不能说得太明白，只说今天在舒佳妮的店里买衣服，碰到了送货的蒋帅，看起来两个人关系很好，其他就不要讲了。董洁云给尚宇发了个信息过去，尚宇很快回复，说他知道，舒佳妮卖的衣服就是从蒋帅那里拿的。董洁云突然觉得自己有些多管闲事，跟她有什么关系？尚宇见董洁云没了声音，又发了一条过来，问她最近好不好，有没有找到心上人，有什么需要帮忙的尽管开口，他一定尽力而为。董洁云看着手机屏幕上的这些话，回了一条，"我很好，祝你幸福，注意后院。"其实，尚宇早发现舒佳妮不对劲。自从做服装生意后，她每天穿得像花蝴蝶，还化妆，在身上喷香水，回家越来越晚，女儿的功课也不管，而是让他出钱让女儿放学跟老师回家，在老师家吃饭、做作业，晚上八点他去接回来。问她赚了多少钱，从来都不说，反正一分钱也没见着。他偶尔提出过夫妻生活的要求，她总是找各种借口推脱，一次两次以后，他再也没兴趣，夫妻关系名存实亡。尚宇深知有些事若不去验证还好，一旦揭开，真相可能要让人伤筋动骨，他犹豫着。

人的心理就是这样，一旦种下一颗怀疑的种子，遇风都会生长。尚宇对舒佳妮起了疑心，在生活中就变得很敏感，发现这女人在外面神采飞扬，一回到家里就死气沉沉，连对女儿都没耐心，说不了几句话就烦躁得吼起来。尚宇很想问她，可又没证据，特别是看到女儿胆小、怯懦的样子，就觉心酸。他这个爹不称职，她那个娘也不称职，可怜了女儿。尚宇语气尽量温和地对女儿说："娟娟，回房间去复习功课，爸爸等会儿来陪你。"娟娟很听话地点点头，回小房间去了。尚宇收敛了脸上的温度，对舒佳妮说："你现在怎么回事，就不能好好跟娟娟说？动不动就骂她，她到底是不是你生的？"舒佳妮骂过女儿后，已经后悔。她不是有意的，可就是控制不住心头的怒火，一回到家里就很烦，所以她宁可待在店里，每天早出晚归。

"你是不是外面有人了？"尚宇突然冒出这么一句话，见她脸上闪过惊慌的神情，心不由一沉。

"你在胡说八道什么？我哪里有人？是你外面有人。我知道，你一直没有忘记她。"舒佳妮用严厉的口气，掩饰真实的心虚，反驳道。

尚宇心情复杂地看着舒佳妮，说起来结婚这么多年，他其实并不了解她。他不知她的所思所想所求，很悲哀。"如果你另有所爱，我会给你自由。"尚宇站起来，又补充一句，"不要把我当傻瓜。"说完，去

> 楝树河
> 向东流

隔壁小房间陪女儿。

舒佳妮坐在沙发上,脸色阴晴不定。她不清楚尚宇是故意诈她,还是听到了什么风声。忽然想到董洁云,莫非是她在多嘴?这么一联想,她几乎认定是董洁云在从中作梗。"你是不是巴不得我提出离婚,然后跟她去双宿双飞?别做梦,我绝不会让你们如愿。"舒佳妮自言自语道,心里那股压着的恨又浮了起来。若不是尚宇先对不起她,她也不会肉体和精神一起出轨,唯有如此,才算扯平。

这一夜,夫妻俩各怀心事,明明躺在一张床上,却好似远隔天涯。

董洁云回了一趟董家村,在梨花家吃了午饭,董林去忙田里的活。她在院子里一边陪小外甥玩,一边和大姐说话。打量大姐越来越富态的模样,董洁云相信姐姐一定很幸福。她没忍住,跟梨花说了舒佳妮的事,也说了董静秋跟卢松之间的矛盾,深有感触地说:"大姐,还是你最好,喜欢一个人,然后嫁给他,生个孩子,踏踏实实过日子。我现在有点担心静秋,她这个婚姻不好说。"

梨花抬头看了看天空,又环顾着眼前的这个小院,花草一年比一年茂盛,看着就赏心悦目。墙角那只巨大的七石缸以前用来蓄雨水,后来家家户户装了自来水,这缸里的水就用来浇花。"知足常乐,想清楚自己到底要什么。"梨花朝妹妹微笑着说,"你和静秋都心气太高,不像我,没什么远大理想。"

董洁云没想到大姐能说出这么富有哲理的话,喃喃道:"有多少人活一辈子都没想清楚到底要什么。"梨花说:"是的,稀里糊涂过一生。"

"哦,对了,梅花给你写信了吗?"董洁云问。

"写了,我们家小妹也是个有主见的,大学毕业不回来,直接跑到大凉山去当乡村教师,勇气可嘉。"梨花说。

"是的,先斩后奏。你看,爹爹和阿姆虽然生气,可也没办法。她能吃苦,那里条件那么差,我还以为她待不了多久要当逃兵,谁知道居然坚持下来,连暑假也不回来。现在挺后悔她在成都读书时都没过去看看,听她讲那些美味,我口水都要流出来。"董洁云一脸神往地说。

想起去年夏天,董解放和陈彩霞收到梅花的信后,很生气,好不容易家里出了个大学生,供到毕业,她倒好,说一句不回宁波,跑到山沟沟里当老师去,白养了。陈彩霞让董洁云写信叫梅花回来,如果不回来,就不认她这个女儿。董洁云忙安抚父母,既然当乡村教师是梅花的理想,那就支持她。董洁云说:"你们有四个女儿,一个在外面,还有三个,怕老了没有人孝敬你们?"陈彩霞很不满地说:"你们一个个主意大,我管不了,你说你好好一个姑娘不找对象不结婚,就不怕人家误以为你有毛病?幸亏没住在董家村,不然左邻右舍的手指就能把你的脊梁骨戳断。"董洁云说:"管人家干吗?只要自己过得好就行。"

董解放和陈彩霞只能嘴上埋怨,其他的也无可奈何,说:"除了梨花,你们三个没一个省心。古人老话,儿女是债,说得一点都没错。"

"出去就开了眼界,人会不一样。我们没有机会读大学,希望就寄托在孩子身上了。梅花这么做,总有她的理由。"梨花说,一只手揉了揉儿子的头,那上面有两只旋,显得特别可爱。

"是的,只要她喜欢就行。时间过得好快,浩浩都要上学了,我脑子里还留着他刚出生时的样子。"董洁云也跟着伸手,捏了一把董浩然胖乎乎的小脸,嫩滑嫩滑,手感真好。

楝树河
向东流

董浩然受不了母亲和大姨的"魔掌",扔下一句:"我去找太爷爷。"说完,就跑了。

"大姐,我想去村里走走,一会儿坐车回城。"董洁云看了一眼手表,站起来说。

"好,我陪你。"梨花说。

"不用,你忙你的事,我又不是外人。"董洁云阻止道。

梨花把董洁云送到院门口,让她有空多回来。董洁云答应了一声。

出了梨花家,董洁云沿着长街慢慢走着,两边店铺一家挨着一家,吃的、穿的、用的都有。品种虽比不上城里那么多,但日常所需足够满足。楝树河静悄悄地流着,没有来往的船只来打扰它的清静,两边的楝树依然生机勃勃。这一刻,董洁云的心很安宁。走到曾经生活过的那幢小楼外,院门还是紧锁着,她把眼睛贴在门缝前往里瞧,看到石板与石板的缝隙间长出了青草,门窗的颜色越发暗淡,那棵桂花树居然还活着,让她很意外。她好想进去看看,看看童年的印记。想起第一次看到尚宇蹲在门口水缸边刷牙的情景,满嘴白色的泡沫,让她非常好奇。眼睛盯一会儿就酸了,她慢慢倒退几步。那对慈祥的老人再也不会回来了,一想到这里,董洁云的心里充满了难言的忧伤。

转过身,董洁云朝村外走去。父母卖掉了房子,让她有一种硬生生与董家村割裂的疼痛。也许用不了多久,她就会成为这个村庄的陌生人。

36

董洁云做了一个梦。她梦见了色彩斑斓的凤凰,在她的手指下复活,飞向了天空。醒来后,董洁云立志要在刺绣上搞出点花样。这时,独居的好处再次显现出来。每天晚上无论做什么,都不会有人来干涉她。这让身陷工作、家庭和孩子当中而焦头烂额的董静秋羡慕不已。

每天早上起来,董静秋一边做早餐,一边给孩子穿衣服,等收拾好,先送孩子去幼儿园,再去上班。在这过程中,卢松自顾自,他上班的地方和董静秋反方向,而幼儿园跟董静秋单位是同方向,每天送孩子就是董静秋的事,接孩子则由外婆陈彩霞负责。除了接孩子,陈彩霞还帮着买菜,做晚饭。等董静秋到家,她才回家去。如果没有母亲帮忙,董静秋不知道自己会怎样抓狂。她知道卢松在单位清闲,又心疼母亲天天这么跑,太累,叫卢松去接,结果卢松给忘了,把她气得跟他大吵一架。卢松还嫌丈母娘做的菜不好吃,鱼总是买小的,菜品也不是很新鲜,种种挑剔。在买菜上,董静秋知道母亲是节约惯的人,舍不得买贵的、好的菜,可这不是嫌弃的理由,她气愤地说:"从明天开始,你负责买菜、做饭。每天吃现成,还这么多废话。"说完,不再理

棟树河
　　向东流

卢松。她那充满怨气的眼神让卢松很不舒服，他说："买就买，你现在怎么搞得像泼妇一样？"

董静秋不由火冒三丈，怒气冲冲地说："我现在是泼妇，那是谁让我变成泼妇的？你看看你，孩子都这么大了，还整天想着玩，最好什么事也不要做。我到底是嫁了个老公，还是养了个儿子？你都不会反省自己，只会把责任推到别人身上。"卢松说："你有理，是我眼瞎，为了你不要那么好的前途，现在一事无成，你还怪我？不想过就离婚。"

当"离婚"这两个字从卢松嘴里冲出来，瞬间，两个人都愣在那里。董静秋泪流满面。婚前，她就怕有一天卢松会说为了她放弃了什么，也正因为她想着他放弃了那么多，婚后才百般迁就他，没想到忧心之事，这么快就变成了现实。

卢松见妻子伤心不已，意识到这话有些伤人。可这会儿他在气头上，没台阶可下，只好打开门，悻悻离开。董静秋捂住脸，失声痛哭。小震霆见母亲伤心，伸出小手替她擦眼泪。董静秋搂住孩子，哭得肝肠寸断。这婚姻，她终究后悔了。为了不让母亲察觉夫妻矛盾，她以锻炼卢松厨艺为借口，让陈彩霞这几天不用上来，孩子她会接送。陈彩霞每天这样跑来跑去很累，听女儿这么说，乐得休息几日。董静秋给卢松发了个信息，说以后不要母亲来帮忙，她负责接送孩子，他负责买菜做饭。卢松理亏，下了班就去菜场买菜。他没经验，就向金明月咨询。金明月说她也要买菜，就一起去了菜场，帮他挑了几个简单易烧的菜。

晚上，董静秋把儿子接回家，先给他泡了一杯奶粉，吃了一碟小点心，免得孩子饿着。卢松提着一袋子菜回来，见妻子抬起头懒懒地看了他一眼，啥也没说，就进了厨房，关上门，开始他的做饭处女秀。

董静秋住娘家的时候,他要么在外面吃,要么回父母那吃,家里没开过伙。搬回来后,买菜、做饭不是陈彩霞做,就是董静秋做。这次为了在妻子面前挣回面子,他怎么着也要把这餐饭给做好。为了做饭,白天他可是好好咨询了金明月。真下了厨,才发现没这么简单。量多少米?倒多少水?他开不了口问,就把米和水胡乱倒进电饭锅里,又根据金明月说的步骤把带鱼切成块,放上面蒸。炒青菜时,放多少油、多少盐,煮多长时间,没个数。螃蟹放水里煮开捞起来倒是简单。做西红柿炒鸡蛋,火太大,把鸡蛋炒焦了。

董静秋等半天不见丈夫从厨房出来,只好开门进去,一看厨房像打过仗一样,脸色更冷。再看电饭锅,居然没有按下,米还是生的,想到儿子,她只好上前去收拾残局。等一家人坐下来吃饭,肚子早已饿过了头。

这餐饭吃得味同嚼蜡,气氛压抑。夫妻俩谁也不肯先开口,卢松草草吃完,就躲房间去。自从家里买了电脑,他就迷上了玩游戏。董静秋的目光落在儿子天真可爱的小脸上,心如刀绞。

这场冷战打了半个多月才算结束,两个人都没意识到,彼此的感情已有了裂痕。卢松不长记性,自从第一次把离婚两个字说出口后,以后每次发生争执,这两个字似乎成了他的一个撒手锏。董静秋一听到这两个字,她就沉默,搂着儿子流泪。卢松很厌烦,出去找人玩。董静秋带着儿子到董洁云家,把她和卢松之间发生的矛盾告诉了姐姐,很失望地说:"二姐,他现在把离婚动不动就挂在嘴上,我实在受不了。如果不是看在孩子的分上,真想离了算了,省得受气。"

董洁云见妹妹精神状态不太好,很担心,想把卢松找来狠狠骂一顿,但离婚这件事不能太冲动。董洁云说:"明天晚上我到你家来找

棟树河
　　向东流

卢松好好聊聊,你们两个好不容易走到今天,又有了这么可爱的一个孩子,不好好过日子瞎折腾什么?"董静秋说:"不是我不想好好过,是他变了太多,以前真没发现这男人没一点责任心,这个年纪了还这么任性。"董洁云说:"你又不是今天才知道他任性,当初他可以为了爱情放弃前程,做得那么绝。这样的男人其实很可怕,因为他完全有可能又为了另一份感情放弃你们这段婚姻。眼下最要紧的事,看他的心在哪里。如果心还在,我想你们有这样的感情基础,应该不会出什么大问题。若心不在,那就不好讲了。"董静秋情绪低落地说:"我看是不在了。"董洁云说:"你别多想。我虽没经历过婚姻,不懂,但我想有事多商量总是对的。"

董静秋把积压的苦闷说出来后,心情就好了许多,带着孩子回家去。卢松还没有回来。伺候孩子睡下后,董静秋没有开灯,一个人静静地坐在沙发上,回忆跟卢松的相识相恋,走进婚姻,直到今天的过程。二姐说得对,她和卢松能走到今天不容易,不能因为生活中一些鸡毛蒜皮的事而影响夫妻感情。不知道等了多久,董静秋靠在沙发上睡着了,忽听到开门声,灯亮了。董静秋揉了揉眼睛,抬头看了眼墙上的钟,快十二点了。她站起来,静静地打量浑身酒气冲天的卢松,想好的那些话一句也说不出来。卢松脸也没洗,直接就进卧室,倒床上睡觉。董静秋感觉自己的心在一点点死去,她轻轻打开儿子房间的门,走进去,又轻轻关上。

第二天早上起来,卢松还睡着,董静秋收拾了几件换洗的衣服,带着儿子出了门。她给董洁云打了个电话,说想去她那住几天。董洁云一口答应,让她下班带孩子过来就是。

卢松下班,见妻子和儿子都不在家,猜她可能回娘家去了。他想清静几天也好，就没有去丈母娘家。董静秋见卢松连个电话都没有，心里又添了几分冷意。董洁云跟着生隔壁气，越发觉得自己不结婚实在英明。

三天后，卢松有点坐不住了，给董静秋打电话，董静秋没理他。卢松跑到丈母娘家，一问，没来过。这下，让董解放和陈彩霞知晓了小夫妻闹矛盾这事，不免多说了几句。卢松只能听着，又去了董洁云家，见到了妻儿。董洁云狠狠地批评了卢松一顿，把他说得无地自容。卢松只好眼巴巴地望着妻子。董静秋想想他也没犯什么实质性的错误，就警告他，如果下次再提离婚两个字，那就让它变成真的。卢松信誓旦旦地保证，以后再也不提。

董洁云下厨做了几个菜，让一家三口吃饱，一起离开。这几天，她把床让给妹妹和外甥，自己睡沙发，沙发太软，睡得她腰酸背痛。她晚上可以好好休息了，但愿妹妹一家从此以后能快快乐乐过日子。可又想起"江山易改，本性难移"这句话，她又不敢太乐观。董洁云决定给梅花写封信，让她找对象的时候一定要擦亮眼睛，要找大气、有责任心的男人。

远在四川大凉山的梅花收到二姐寄来的信，很开心。大学毕业后，她选择了理想，来到大凉山当一名乡村教师。她永远不会忘记，第一次在照片上看到大凉山孩子们那纯真的笑脸带给她的震撼。她明白做出这样的选择，意味着远离都市的繁华与喧嚣，从此与清贫为伍，但她不后悔。这里条件艰苦、校舍简陋，但孩子们的学习热情却很高。她来的时候，学校只有两位老师，一位是本地的老教师，另一位是来自山东的小伙子沈大勇。沈大勇开始是以支教老师的身份过来的，待了两年，舍不得离开这些孩子，就留了下来。据沈大勇说，这

棟树河
　　向东流

些年也有其他支教老师来，不过都是短期的，特别是一些姑娘，受不了这个苦，早早就离开了。梅花来了后，减轻了沈大勇不少压力。朝夕相处中，两个志同道合的年轻人，很自然地走在了一起。不过恋爱的事，梅花还没有告诉父母，连三个姐姐都没说，想等合适的时候再汇报。如果董洁云看到现在的小妹，她会认不出来。梅花一身布衣、布鞋，为了打理方便，剪了个清爽的短发，眉眼间闪烁着自信的光芒。

"梅花，家里来信了？"一个带有磁性的男人声音传了过来。梅花转过身，笑眯眯地说："大勇哥，你下课了？我二姐的信。"在梅花眼里，这世上好像没有沈大勇解决不了的事。课桌椅子坏了，他来修。灯坏了，他修。宿舍漏雨，他爬上去找漏的地方，她从没见过这么能干的男人。想到二姐在信中让她擦亮眼睛找对象，梅花决定告诉二姐，自己找到了一个有理想、有爱心又有责任心的恋人，请姐姐放心。现在她得去上课，下一节语文课，在这里教书比其他地方要辛苦得多。由于各个年级的学生太少，无法独立成班，只好把一年级到四年级的学生集中在一个教室，一个年级坐一排，她等于得同时教四个年级的课，称复合班。刚开始的时候手忙脚乱，在沈大勇和另一位老师的帮助下，她很快摸索出一套适合的教学方式，后来也就得心应手，教起来没那么吃力。五年级学生单独上，语文也是她教，交错着上课。沈大勇过来喝几口水，跟着去上课。另一位老师由于年纪大，身体又不好，课给他排得少，主要教育任务就落在两位年轻人身上。

董洁云收到梅花寄来的信，里面还夹了一张照片，一对衣着朴素的年轻人亲密地站在一起，背景是郁葱的大山。董洁云看到照片上的小妹脸上是健康的小麦色，她的笑容里有很温暖的东西，找不到一丝愁绪。她在信中说，自己一切安好，还找了个志趣相投的恋人，两个人都立志乡村教育,认为这是一件很有意义的事。路途遥远,等放寒假她会回来探亲,与家人一起过年,到时候把沈大勇带来。

这张合照从董洁云的手又转到董解放和陈彩霞、董静秋的手上,对梅花的男朋友大家都比较认可,小伙子看起来很不错,不是那种奸猾之相。陈彩霞见小女儿也有了对象,唯有这老二,不知道脑子哪根筋搭错,非要一个人过,让人操心。

"给你妹妹寄点钱去。唉,她是好好的日子不过,非要自讨苦吃。"陈彩霞仔细看照片上梅花穿的衣服,想那山里条件肯定很不好,从抽屉里拿出一只钱包,数了五百元钱给董洁云,对她说。董静秋见母亲给小妹寄钱,拉开皮包,她刚去银行取了一千元钱,也抽了五百元递给董洁云。董洁云收好,说:"行,回头我也添点给她寄过去。"

远在千里之外的梅花收到一张两千元的汇款单,附言:这是家人的心意,开心生活和工作,注意身体。还有一张包裹单,上面写着衣服。她不由鼻子发酸,眼泪在眼眶里转动。她很想念父母和姐姐们,可既然选择了走这条路,只能辜负亲情。

星期天,梅花到镇上邮局取了钱和包裹。回到学校宿舍,她打开包裹,里面有毛衣、外套、内衣。信塞在外套口袋里,是董洁云写的,说这些衣服有自己和静秋穿过的,也有新买的,让她将就着穿。还说若有什么需要,写信告知。梅花的工资很低,平时省吃俭用,还要时常补贴贫困学生,手头没一点积蓄。这笔钱,她得花在刀刃上。想到学校的体育用品都没法用,梅花计划下周日和沈大勇去一趟县城。

董静秋看了梅花的信和照片后,内心深受震动。她的小妹明明可以在城市里成为一名衣着光鲜的白领,偏偏去那么远、条件那么艰

棟树河
　　向东流

苦的地方当一名乡村教师,究竟是为了什么。她想到自己,婚前也是个有理想的人,热爱文学,喜欢读书、写作,现在呢?整天被生活的琐碎缠身,没有一点想法。或者说,没有了那种意气风发的心境。这样的人生又有何意义?董静秋陷入沉思。她和卢松的婚姻陷入了一个恶性循环,吵架、冷战、和好、吵架、冷战、和好,她好累。而离婚两个字出现的频率越来越高,警告已无效。董静秋暗下决心,如果卢松下次再提离婚,她就如他所愿。

当再一次争执发生,卢松又甩出离婚这个撒手锏,董静秋说:"好,我同意离婚,现在就写协议。"卢松一惊,以为董静秋是在吓唬他,故意气她,说:"有什么好写的?这房子和屋里所有东西都是我们家掏钱买的,没一样是你的东西。"董静秋的心像被一只无形的手给生生撕裂,她看着这一屋子的家电家具,颤抖着声音说:"好,都是你的,但有一样是我的。"说完,用手抹了一把流下来的眼泪,快速收拾了几件换洗衣服,来到隔壁房间,努力用平静的声音对孩子说:"宝贝,跟妈妈走,我们去二妈妈家。"卢震霆年纪虽小,但也知道爸爸妈妈又吵架了,背起小书包,乖乖地跟着妈妈下楼。

铁门,被重重关上。

卢松烦躁地骂了一句娘,拿起一包烟,抽了一根点燃。这日子没法过,动不动就回娘家,女人真是烦。

董静秋给董洁云打了个电话,董洁云说她在外面,让董静秋带孩子先过去。自从董静秋第一次去住过后,董洁云拿了一把家里的钥匙给董静秋。

等董洁云回到家,娘儿俩已安顿好。

"二姐,我决定离婚。"董静秋的脸色看不出悲喜,语气平淡地说。

"又吵了?"董洁云跟着头痛,哪有这样三天两头吵,再好的感情也吵没了。

"这次我就如他所愿。他说了,房子和家里所有东西都是他们家买的。原来,除了儿子,我什么都没有。"董静秋的嘴角浮上一抹讽刺的笑容。

"先冷静几天,如果真要离,写份协议,好聚好散。"董洁云怕妹妹有一天后悔,希望她不要在气头上做决定。

董静秋明白姐姐话中之意,说:"我不是冲动做的决定,这婚姻带给我的只有伤痛。曾经的那些美好,早已被消磨殆尽,以后我就带着震霆过。"

"我估计他们家不会让你带走孩子。"董洁云说。

"孩子是我的,他们谁也别想来抢。"董静秋握紧拳头,神色坚定地说。

董洁云却不乐观,不过眼下还没到这一步,她也就不多言,让董静秋陪孩子,她去厨房做饭。

几天后,卢松来董洁云家接妻儿,董静秋一脸冷色。卢松见她这个样子,心里的火又燃了起来,特别是听到董静秋不回家的回答,动手推了她一把。董静秋没提防,一头撞在了柜子的角上,差点撞到眼睛,没一会儿,脸就肿了起来。卢松吓坏了,董洁云也吓了一大跳。卢松连忙送董静秋去医院处理,路上不停地道歉,并发誓以后再也不会动她一根汗毛。自始至终,董静秋一言不发。卢松没办法,只好又把董静秋送到董洁云家,求董洁云做做和事佬,让妻儿跟他回去。董洁云不想管这事,找了个借口,带着孩子去楼下小公园,把空间留给

棟树河
　　向东流

夫妻俩。不到万不得已，她并不希望董静秋离婚，让震霆在一个单亲家庭长大。

卢松涎着脸向董静秋说软话，诅咒发誓，保证绝不再犯，一定要妻子再给他一个改正的机会。董静秋抬起头，看着眼前这个男人，心平如镜。这是她的初恋，在她青春年少时，遇上这么一个男人，爱上他，嫁给他，为他生孩子。她以为她已握住了这人世间的幸福，她以为可以相爱一辈子，谁知道才几年光景，就变成了怨偶，谁之错？董静秋深深地吸了一口气，又缓缓地吐出，轻声说："卢松，我们离婚吧。我累了，真的太累了。我想这离婚也是你希望的，不然不会每次吵架都会说出来，说明你心里就是这样想的。夫妻一场，有个孩子在，以后还可以做朋友。这协议是你来写，还是我来写？既然你说家里什么都是你的，那就留给你。我只要儿子，你每个月付抚养费。"

"不，我不同意。"卢松站起来，激动地说，"静秋，离婚是我乱说的，以后我保证再也不提，我们和好，以后再也不吵，我都听你的，好不好？"

董静秋缓缓闭上了眼睛，什么话也不想说，她真的累了。这样的保证隔一段时间就会重复一次，她听厌了，心绪不再有任何波动。是时候该给这段婚姻，画个句号。

37

当董静秋下定决心去做一件事,她就不会轻易改变主意。卢松喊了这么多次"狼来了",现在"狼"真的来了。看着眼前的离婚协议书,他傻眼了,一把抓住董静秋的胳膊说:"我不同意。"董静秋说:"这不是你一直想要的吗?"她的声音里听不出情绪,整个人像被裹着一层雾,带着冷漠和疏离。卢松慌了,连忙道歉说:"对不起,我错了,静秋,以后我保证再也不提。"董静秋已没有耐心,说:"我已经净身出户,你还想怎样?协议我留在这里,你签好了通知我。"卢松拿起协议就给撕了,发狠说:"我不同意,如果你一定要离,儿子不准带走。"董静秋盯着卢松的眼睛问:"一定要这样吗?"卢松知道儿子是董静秋的命,只要他说要儿子,董静秋一定会答应不离婚,于是大声说:"是的,如果你一定要离婚,就净身出户,不准带走儿子。"董静秋突然大笑起来,笑着笑着,泪如雨下,这就是她所期待的婚姻?卢松见董静秋这样子,心里很慌,可他不能露出妥协的神情,死死咬住这个条件,不松口。董静秋擦干眼泪,拿起包,一言不发走出家门。卢松以为董静秋放弃了离婚的想法,先让她静静,过两天他再认个错,接回去就是。

楝树河
　　向东流

　　还没有等卢松去道歉，他就收到了法院的传票，董静秋起诉跟他离婚。卢松没了主意，先跑了一趟丈母娘家，董解放和陈彩霞见小夫妻闹得这么僵，都不跟父母商量就去法院，搞得这么被动，很无奈。卢松见丈人和丈母娘都不知情，说明董静秋这次是铁了心要离婚。他一边叫丈人和丈母娘帮忙做思想工作，一边去找自己父母商量。卢正刚和张晓芹从一开始就不同意这门婚事，后来见结了婚，又生了个活泼可爱的孙子，心里就认了。现在儿子突然跑来，说媳妇要离婚，还向法院起诉，还以为听错了。详细一问，卢松不敢隐瞒，说了他和董静秋之间的矛盾，作了检讨，说他习惯把离婚带嘴上是不对，他认识到错了。自己儿子什么样，卢正刚和张晓芹心里还是清楚的，从小宠到大，想要的就要得到，现在遇上这样的事，难怪他六神无主。

　　张晓芹看到卢松胡子拉碴的样子很心疼，舍不得数落，去厨房给他做好吃的菜。等卢松吃好，又细细盘问一番，张晓芹开始还以为董静秋是不是想谋夺家产，结果一问，根本不是，她只要儿子。可卢震霆是卢家的孙子，若真离了婚，董静秋又没钱，让孙子跟着她过，那怎么行？张晓芹当即决定，明天上班找董静秋好好谈谈，让她上法院撤诉。非要上法庭的话，坚决不同意离婚。只要一方不同意，法院就不会判离。隔半年才能第二次起诉，有半年时间缓冲，即便离，她也要把孙子留下。

　　第二天，张晓芹去找董静秋，问她怎么回事，好好的，闹什么离婚。董静秋神情疲惫地坐在那里，缓缓地诉说日常生活中的那些细碎的伤害，日积月累，终于到了今天。"妈，不是我不想好好跟他过，我每天除了上班，还要买菜、做饭、管孩子，他在家什么事也不做，在电脑上玩游戏。我妈来帮忙，还挑剔她菜做得不好吃。三天两头晚上很晚才回来，说是有应酬，经常喝得醉醺醺。动不动就说离婚，你看我的脸，是不是还有青块？就是上次他把我推倒，被柜子撞的。角度再稍微偏点，我一只眼睛就瞎了。如果爸也是这样，你受得了吗？我真的太累。他说房子和家里东西都是你们掏钱买的，行，我净身出户。但儿子是我的，我要带走。他是父亲，每个月抚养费必须付，那是他应尽的义务，其他我没要求。我现在什么都不想，只想早日解脱。"

张晓芹有几分难堪，这事主要责任在卢松，可董静秋离婚想带走孩子，她不会同意，眼下只能安抚，说："静秋，我知道这次是阿松不对，妈已经说过他了。震霆还这么小，你们两个都要为他多考虑考虑。再说，阿松犯的也不是不可原谅的错，又不是外面有了别的女人，他就是爱玩，还不够成熟，等再过几年就好了。"

董静秋站起来，低声说："对不起，我累了。"说完，不管张晓芹是何表情，走出了办公室。

张晓芹拿起桌上的杯子，猛喝了几口水，放下。儿子不争气，找对象如此，现在又这样，这离婚一旦上法院，传出去丢的是卢家的脸面。看来只有两家人坐在一起商量，协议离婚。她给董静秋打了个电话，要求她去法院撤诉，另外约时间两家人碰个面，真要离，就协议离婚。

董静秋说写了协议被卢松撕了，她是被逼着没办法才上的法院，既然这样，把协议签了，她去撤诉。张晓芹见她心意已决，提了一个方案，孩子归男方，给她一笔钱。董静秋毫不犹豫地回绝，说："我不卖儿子。"张晓芹说："你一个女人带着孩子过辛苦，以后也不好嫁人。我们家什么条件你又不是不清楚，震霆是我孙子，我又不会委屈他。"

栋树河
　　向东流

　　董静秋说:"苦不苦是我的事,会不会再嫁,也是我的事。我没别的要求,就这个,你们同意的话,就签协议,我去撤诉。不同意,只有让法院来判。"张晓芹见董静秋软硬不吃,很恼火,说:"真上法院,你能确定这官司一定会赢?如果你没有了工作,根本没有能力抚养孩子,你说法院会不会把孩子判给你?"董静秋听出了张晓芹话中的威胁,按张晓芹家的情况,真要插手让她没了这份工作还是很容易做到。她紧紧握着手机,努力让自己冷静下来,说:"今天,我还叫您一声妈,您一定要做这么绝的话,我奉陪。那我们就上法院见,不用协议离婚。"张晓芹还想说什么,那边手机已挂了。她把手中的话筒一甩,直喘粗气。若把董静秋的工作给搞没,那是真撕破脸了,她也就说说,不至于走那一步。没想到董静秋的脾气这么倔,她今天算领教了。

　　回到家里,张晓芹叫卢松过来,一家三口坐在一起,很严肃地讨论这个问题。卢正刚的意思很明确,真要离婚,那就协议离,不要打官司,卢家好歹也有头有脸,传出去太难听。董静秋要孩子,给她就是。离婚后,卢松可以马上去找一个新人,到时候再生一个就是。张晓芹有些不甘心,凭她的关系,法院一定会把孩子判给卢松,到时候由她来养。卢松不愿离,他就是嘴巴吓吓董静秋。最后还是卢正刚拿了主意,他给董静秋打了个电话,让她过来一趟,说同意她的要求,协议离婚。董静秋答应了,这些天她带着孩子回娘家住。想到一个人势单力薄,董静秋叫上董洁云一同前往。

　　到了卢松父母家,卢正刚和张晓芹还想再做做工作,见董静秋心意已决,就叫卢松去起草协议。卢松突然站起来,说:"我不同意离婚。"话音刚落,冲出家门不见人影。董静秋和董洁云站起来,准备告辞,卢正刚叫住姐妹俩,请她们再坐会儿。卢正刚很诚恳地对董静秋说:"静秋,你要离婚,爸也不拦,是阿松不对,爸能不能请你去法院撤诉?你放心,我会让他写好协议给你送过去。打离婚官司,是两败俱伤之举,而且费心,像你们这种情况,第一次法院肯定不会判,你还要等半年再第二次上诉,时间拖得久,太费神。无论你怎么怨恨阿松,看在孩子面上,也请你看在我们这对老人的面上,可以吗?"

董静秋说:"自从嫁给卢松,我从没想过要离婚。每次他开口说离婚,我就不敢接那个话,因为我不想离。可这颗心经不起一次次伤害,我真的累了,只想跟他好聚好散,协议离婚,他又死活不同意。我从没有想过贪图你家一分钱,他要我净身出户,我都答应,只要能带孩子走。震霆还这么小,不能没有妈。我可以去法院撤诉,也请你们说到做到。"

"孩子跟你,我们放心。你去撤诉,等几天我会让阿松把协议送过来。你知道他这脾气,牛角尖钻进去了就出不来,给他一点时间缓缓。"卢正刚说。

董静秋答应了卢正刚的请求,离开别墅。张晓芹担心儿子,给卢松打电话,手机不接。卢正刚埋怨张晓芹平时太宠儿子,才会造成今天这样的后果。张晓芹心情本来就不好,这会儿见丈夫还责怪她,火冒三丈,你一句我一句吵了起来。

"那你明天先去法院撤诉,能不打官司,还是不打官司好。"董洁云说。

董静秋又何尝想打这场官司?既然卢正刚这么保证,那她去撤诉。如果最终还是等不来那张协议,大不了她再起诉。董洁云怕董静秋心情不好,陪同一起回了父母家。董解放和陈彩霞接受不了董静秋离婚这件事,叫董洁云劝劝。董洁云摇摇头,让父母不要再提这个话题。婚姻似鞋,舒不舒服自己知道,妹妹执意要离婚,说明这鞋她穿着实在难受。她还这么年轻,没必要穿一双难受的鞋子过一辈子。

第二天,董静秋去法院撤了诉状,回娘家等待。这一等,一个月过去,这会儿董静秋也不急了,她又没有其他男人,又不想再嫁,无所谓。

天气冷起来了,她和孩子的厚衣服都在家里,得回去一趟拿。为此,董静秋特意请了半天假,她怕下班过去碰到卢松,特意选上班时间,免得碰到。

回到生活了几年的小区,走上楼,站在那道熟悉的铁门前,门上还有去年过年时贴的春联,不由心酸。她掏出钥匙,轻轻一扭就开了。进门,她的视线落在地上的一双高跟皮鞋上——红色、尖头,莫名的张扬。抬头,见卧室的门关着,而客厅沙发上有一只陌生的女式红皮包。董静秋的心再次碎了一地,不由自主地捏紧了拳头,强迫自己冷静下来。她慢慢走到沙发边坐下,拿起那只皮包,拉开拉链,从里面的夹层里掏出一张身份证——金明月,年纪比卢松还大三岁。董静秋把身份证放归原处,像一尊石雕坐在沙发上。

过了好一阵,卧室的门开了,卢松和金明月走了出来,见铁门开着,大吃一惊。两个人同时看到了坐在沙发上的董静秋,一时气氛凝重。金明月慌张地拿起包,穿上高跟鞋,像兔子一样跑下楼去,那脚步声恨不得把楼板给敲穿。卢松的脸一阵红一阵白,心虚地看了一眼董静秋,这个时候,无论他说什么都是错的。董静秋站起来,站在卧室门口,床头上方还挂着她和卢松大幅的结婚照片,而床上的凌乱不堪告诉她刚才发生了什么。董静秋冲进去,拿起一只花瓶朝墙上的照片砸去,顿时,玻璃四溅。接着,她像疯了一样,把屋里可以砸的东西全给砸了，丢下一句话："明天看不到协议，上法院见。"

董静秋一个人沿着马路慢慢走着，冷风让她平静下来。她给卢正刚打了个电话，告诉他，卢松带女人回家，这婚姻再无挽回的可能，如果明天见不到协议，她去法院，这次送上去，她坚决不会再撤诉。卢正刚还以为董静秋一个月没声音，说不定小两口已经和好，哪知道卢松会在这个节骨眼上带女人回家，真是糊涂到极点。只好在电话里说了一通好话，保证明天会让她看到离婚协议。

张晓芹赶紧一个电话把卢松招了过去。卢松知道这次闯祸了，顾不得收拾满屋子的碎片，连忙跑回来。张晓芹问他外面那个女人怎么回事。卢松不敢说。在卢正刚严厉的追问下，才前言不搭后语说了是金明月——已婚身份，比他大三岁，老公在外地，两个人只是逢场作戏。张晓芹听了，跳楼的心都有了。卢正刚拿来纸，马上起草了一份离婚协议，孩子归董静秋，卢松每个月付抚养费一千元。房子是婚前财产，女方无权分割，男方补偿三万元人民币。他给董静秋打了个电话，把协议内容念给她听："静秋，你还有什么要求或意见，你说。如果没意见，我就打印出来让卢松签好字送过来。"董静秋说："我不要补偿，家里的东西我买的我带走，还有孩子和我的衣服要带走，其他没什么。"卢正刚见董静秋拒绝补偿，不由对她的认识又深了一层，说："这是给孩子的钱，你别多想。是卢松对不起你们娘俩，我代他向你们道歉。"董静秋见卢正刚执意要给，也就应下了。她想等拿到钱，以孩子的名义存起来。

拿到离婚证书那一刻，董静秋忽有一种解脱的轻松。卢松神思恍惚，似乎仍不敢相信他和董静秋已成陌路。

昔日恩爱夫妻，一个朝东，一个朝西，各自离去。秋风扫落叶，董

楝树河
　　向东流

静秋抬起头,在枝头上看到了秋的萧瑟。她突然想到了董家村,想到了那一棵棵楝树,这个时候,满树的楝树果是不是已变了颜色?

董静秋带着卢震霆,和董洁云一起回董家村,沿着楝树河走了一圈,楝树果已变成了淡黄色,一串串高悬枝头。董静秋看到了童年和少女时代的自己,与这条河、这一棵棵树密不可分。到梨花家,梨花和董林又是倒茶,又是切水果,热情招待。董浩然拉着卢震霆的小手去药店玩。张小兰在邻居家跟几个老太太打小麻将。董林找个借口出去了,把空间留给三姐妹。

对董静秋离婚的事,梨花知道得并不多,主要是董静秋不想让大姐跟着担忧和烦心。事已至此,说再多也没有用,梨花见董静秋脸色不太好,说:"我这边有几个药膳的方子,你拿回去好好调理身体,孩子还小,以后要靠你。下一步有什么打算?"

"我准备辞职,跟前婆婆在同一个单位太尴尬。我想去开家小书店,这样有时间可以看看书,多少也能挣点钱。"董静秋说。这个念头不是一天两天才形成,她早想过,特别是上次张晓芹说过的那句带威胁的话更警醒了她。

"行,开店需要多少钱,你跟我说。"梨花见静秋已想好了出路,稍微放心些,连忙表态。这些年,董林作为承包大户,起早摸黑,辛苦是辛苦,收入还是可以的。

董洁云认可这个方案,她和梨花一样,怕静秋受此挫折,一蹶不起,看眼下情形,倒不用太担心。"店面我们一起去找。放心,以后不管遇到什么事,你一定要跟我们讲,不要一个人扛着,知道吗?"董洁云说。

董静秋的眼泪就要下来了，又硬生生地逼了回去，笑着说："大姐、二姐，有你们在，我不怕。"

三姐妹难得坐在一起，回忆过去种种，感叹人生如梦。梨花现在村里担任妇女主任一职，整个人稳重又成熟。董静秋看看大姐，又看看二姐，突然问："大姐，你说，如果当年我和二姐没有离开董家村，跟你一样留在这里，我们是不是会跟你一样幸福？"

是啊，如果没有离开，我们现在又会是什么样的呢？董洁云在心里自问。

"那要看你对幸福的理解是什么。你们去了城市，见到了很多我没见过的东西，经历了我没经历过的事情，人生比我丰富多彩，这难道不是一种幸福吗？"梨花笑盈盈地看着两位妹妹说。

梨花的话让董洁云和董静秋发现自己看问题的狭隘，双双朝大姐竖起大拇指。梨花伸出双手，心疼地握住两个妹妹的手，说："都要好好的。"

是的，都要好好的。董静秋暗下决心，未来的路，她一定会好好走。

38

董静秋离婚后,离开了服装厂,在梨花和董洁云的帮助下开了一家小书店。孩子还小,只能依靠父母,为了方便照顾还是住在娘家。她现在目标明确,赚钱,买房子,把孩子拉扯大。每天虽忙碌,但很充实。至于是否会再婚,她没一点想法。这场婚姻给她的阴影太重,对感情,她心有余悸。

尚宇从董解放那里得知董静秋离婚的事,想起记忆中那个可爱的小女孩,又想到了董洁云,不知她为何一直没有找对象,是因为自己的缘故吗?想到这里,尚宇有一种负罪感。只是他精力有限,无暇他顾。由于平时他和舒佳妮整日各管各,回到家也极少交流,两个人都没注意不知从何时开始娟娟的行为变得怪异起来。她的成绩一落千丈,看到父母招呼都不打,也不跟同学玩,把自己关在房间里。直到有一天尚宇接到学校老师电话,建议他最好带娟娟去医院检查,说她这种状态不适合读书,最好休学一年。尚宇抽时间带娟娟去了医院,没想到诊断结果说娟娟得了抑郁症。对抑郁症,尚宇并不了解,听医生说要吃药,还要家人多陪伴。面对那一纸诊断书,又看看女儿一脸冷漠的神情,尚宇和舒佳妮第一次深刻意识到身为父母的失职。

两个人难得地达成共识,以后一定要多陪陪女儿。舒佳妮决定再招一名店员,在女儿休学期间,把精力放到女儿身上。尚宇表示以后没事会尽早回家,抽时间带母女俩出去玩。

"家家有本难念的经。"见董解放一脸不理解三女儿为什么要离婚的发愁样,尚宇感叹道。他想到了娟娟,虽然现在每天按时服药,舒佳妮时时陪着,他也尽最大努力待在家里,可娟娟的情况并没有明显好转。医生说不能急,要慢慢来。

董解放不清楚娟娟的病情,只知道她身体不太好,休学在家,就认同地点点头,家家有本难念的经,没错。晚上回到家里,在饭桌上,董解放忍不住跟陈彩霞说了娟娟的事,陈彩霞想到了董洁云,这个女儿的心思她一直没有看懂,现在更管不了。董静秋和董洁云听说后,心里很同情娟娟,但什么病又不好问,只能暗中祝福。

"这尚宇也是个劳碌命,婚姻这样,女儿又那样。"董洁云突然说。

"二姐,我记得你不信命。"董静秋打量着董洁云,三十多岁的人,身材依然苗条,脸上看不到一丝皱纹,还是一朵亮丽的黑牡丹,岁月在她身上似乎停止了脚步。

董洁云说:"我当然不信命,若信命的话,当年就不会进城来。"

"既然不信命,那你明明爱着尚宇,为何不去争一争?哪怕日后过不下去分手,好歹也算是偿了心愿。"董静秋不明白,说出积压多年的心中疑问。

"爱,不一定要得到。你没看张爱玲的书?只有得不到,红玫瑰才能永远是心口的朱砂痣,而不是蚊子血;白玫瑰也才能永远是明月光,而非一粒饭。"董洁云笑着解释道,见董静秋不相信的样子,她就顿了顿足说,"哎哟,你就当我叶公好龙。我不是跟你说过,我爱的是

321

棣树河
　　向东流

那个少年。"

董静秋装出一脸崇拜的样子,说:"二姐,你有成为作家的潜力,以后别绣花,去写文章。"

"行,那我去试试。"董洁云笑着说。脑海里,那个少年正沿着棣树河走来。

"对了,二姐,你给梅花写封信,顺便把我的事跟她提一下,问她回不回来过年?"董静秋说。

"好。"董洁云爽快地答应。

梅花收到董洁云的信时,她已买好了回家的火车票。听闻三姐已离婚,梅花捏着信纸,还以为自己看错了。三姐的爱情故事一直让她很羡慕,三姐夫对三姐那么痴恋,为何会到今天离婚这一步?她不明白。沈大勇见梅花心事重重,问她是不是家里有什么事。梅花把信递给沈大勇,沈大勇快速看了后,明白梅花的困惑,说:"婚姻跟爱情还是有区别的,两个人若不是志同道合,又不共同成长的话,恐怕是很难长久。"

"难怪二姐不想结婚。"梅花抬起头,凝视着沈大勇说,"我也有些害怕婚姻了。"

沈大勇无奈地摇着头,说:"那你再多了解了解我,这世上并不是所有的婚姻都不好,你大姐不是很幸福吗?"

梅花眼睛一亮,对啊,大姐很幸福。找到这么一个榜样,她又多了几分信心。沈大勇伸出手,把梅花的小手放在掌心,说:"你真想好要一直留在这里,不回宁波?你看你的手,变得好粗糙。"梅花说:"人活着总要有所追求,这是我的理想。大勇哥,我很开心,这条路上能与你同行。"

"我也是。"沈大勇把梅花拉进怀里,低下头,亲吻她的黑发,开心地说。

又一年春节来临。

董解放和陈彩霞早早就做好了过年的准备,只是心情复杂。小女儿有了男友,三女儿离了婚,二女儿独身,只有大女儿日子过得安宁与富足。夫妻俩对沈大勇的印象很好,小伙子个头高,结实,阳光开朗,看起来也是个实在人。想起曾经的三女婿,那般会讨好人,陈彩霞觉得还是老实点好。

大年三十,董解放拿出久未使用的"圆台面",桌上摆满了各种海鲜和鱼肉类菜肴,非常丰盛,一家人坐在一起高高兴兴地吃了一餐年夜饭。梅花坐在那里,笑眯眯地看着三位姐姐,面对她们眼中的疼惜,心里很温暖。又看看父母,不知不觉中,父母也老了,头上开始有了白发。让她担心的是三姐,周身带着淡淡的忧伤,就算笑,也浮于表面。看得出来,婚姻的失败对她影响很大。梅花心生一计,坐在那里说她的梦想,说她为什么要去当乡村教师,说大凉山的孩子们,说人活着的意义。渐渐的,屋里没有了其他声响,只有梅花清脆的声音。董静秋被小妹眼睛晶亮的光芒吸引,看到她身上有飞扬的激情与快乐。小妹的皮肤看起来很粗糙,可这份自信让她的容颜充满了异样的光彩。原来,走在追逐梦想路上的人可以活得这样的恣意,生命可以绽放如此斑斓的花朵。董静秋不禁痴了。董洁云也深受感染,胸腔里油然升起一股骄傲,为梅花的选择而骄傲。

梅花和沈大勇在家没待几天,就匆匆返程。临走前,三个姐姐塞了好几个包裹让她带回去,里面有护肤品、衣服,也有干的海鲜等。

董解放和陈彩霞再舍不得也没办法，只能千嘱咐，万叮咛，在外要当心身体，有困难打个电话回来，有事一定要告诉家里。梅花一边答应着，一边眼泪不争气地流了下来。董洁云作代表，送梅花和沈大勇到火车站。

"二姐，你有空还是多跟三姐聊聊，她有些消沉。"出租车上，梅花紧紧拉着董洁云的手说。

"你放心，她会走出来的，给她一点时间。"董洁云低声说。

心伤需要时间疗，梅花明白这个道理。她没有问二姐的感情问题，她想，既然二姐不想结婚，一定有不结婚的理由。"二姐，你多保重。"梅花说。

"我们都要保重。"董洁云说。

把梅花和沈大勇送走后，董洁云直接回家。新的一年，她也该列个新计划。像梅花说的，人活着总要找点有意义的事做。她喜欢画画，喜欢绣花，到底有什么用，能派什么用场，一直没好好想过，只作为一种业余爱好。但她相信，总有一天，她的这些特长一定能发挥作用。董洁云一边想着，一边拿起了绣花针，一针针地绣花绷上的一朵牡丹。为了保护这双手，无论洗什么东西，她都戴着防水手套。想起出租车上，梅花握着她的手，她感觉到小妹的手指和掌心已有薄茧，平时肯定在做体力活。没想到小时候最少吃苦、书读得最多的小妹居然有这样的志向，并努力践行。小妹这么优秀，当姐姐的不能太落后。董洁云不禁笑了起来。她又想到了董静秋，她问过相似的话题，董静秋的回答是赚钱、买房子、把孩子养大。记得当时听了这个回答后，她不知该说什么才好。其实在董静秋下决心要离婚时，她动过劝董静秋放弃孩子的念头，没有孩子的牵绊，董静秋应该可以走一条自我成长的路。可若要了孩子,必定要付出许多心力,牺牲自我。

"也许,我是个自私的人。"董洁云神思一游离,针就刺进了手指,一颗血珠冒了出来,滴在花蕊上,无比鲜艳。

梅花前脚刚走,董静秋后脚也做好了书店开门营业的准备。店员放假了,她一个人去守着。没开店之前,还以为很简单,待进入后才发现事情之繁杂。进什么书,还有杂志、报纸,有的代销,有的经销,她要观察哪一类好卖,动作要快。特别是杂志和报纸,稍微比别家店晚一点上架,就会影响销量。这样忙忙碌碌也好,不会胡思乱想。唯有夜深人静之际,望着小儿红润的脸蛋,她总会忍不住自问,走这一步是不是错了。就像母亲说的,忍一忍,有时候结果就会不一样。她没有忍吗?明明已经忍了很久,实在忍不下去才无奈作此决定。那日,她打开箱子找证件,看到当年卢松和自己的那些书信,厚厚两沓。她没有打开看,也没有烧掉,依然用一把钥匙把它们给锁了起来。那些思念与等待的日子不会再回来了,曾经的爱和情已随风逝去。事实证明,卢家并非有情有义。离婚后,卢松一次都没有来看过儿子,只有那位前公公打过一个电话,询问孙子的情况,希望她有空带孩子去家里坐坐。她会去吗?董静秋想,还是此生不复相见,省得见一次心痛一次。

董静秋并不知晓,卢松自离婚后,整个人都变了,日日酗酒,颓废不堪。他和金明月是因为寂寞在一起。失去了妻儿,彻底恢复了自由身,他却再也提不起兴趣。他没有搬回别墅住,还是住在原来的房子里。被董静秋砸烂的家具、家电,他想留着做纪念,被张晓芹强硬地重新换了一批。董静秋离开得匆忙,没有带走结婚照,卢松就夜夜

楝树河
　　向东流

看那些照片，通宵失眠，那颗心被"后悔"两个字填得满满，不留一丝缝隙。这样日夜煎熬，终于病倒在床。这一病，好多天都不见起色，把卢正刚和张晓芹给吓坏了，怕儿子想不开，左劝慰右开导，讲得口干舌燥。可卢松就是没反应，躺在床上，两眼无神。张晓芹忍不住怒骂道："你不要跟我说，你还喜欢董静秋，如果喜欢，你整天跟她吵什么？现在离婚了，老婆、儿子都没有了，你给我作出这副死相来，给谁看？"

"阿松，如果你还想挽回静秋母子，就赶紧先把身体弄好，你去找她，让她看到你的诚意，你是真后悔，看她愿不愿意原谅你。如果愿意，离了婚还可以再复婚。你这样自暴自弃，只会让静秋看不起你。记住，只要她还没有再嫁，你就有机会。"卢正刚语重心长地说。

卢松一想父亲的话，有道理。只要静秋没有再嫁，他还是有信心把她给重新追回来。想到这里，他躺不住了，主动要求吃药，把张晓芹气得肝疼，恨不得扇几个耳光过去，哭着道："我上辈子作了什么孽，怎么会生出你这么个东西？"

等好不容易把身体养好，卢松忽又没有了勇气，一直拖着不敢去见董静秋母子。最后实在按捺不住，找了个星期天，去了昔日的丈母娘家。他买了一堆吃的东西，还有孩子的玩具，说是来看孩子。董静秋在店里，董解放刚好有人跟他调班，在厂里，家里只有陈彩霞和孩子。卢松已经很久没见到儿子，忽一见，感觉震霆长高了许多，而孩子眼中的陌生感刺痛了他的心。

"妈，辛苦你了，我想今天带震霆去一趟爷爷奶奶家，晚上一定送回来。"卢松态度谦卑地说。

陈彩霞很惊讶，惊讶卢松会瘦这么多，看来离婚后他过得并不好；又惊讶他的称呼，还是叫她妈。要带外孙走。她对卢松说："那你跟静秋打个电话说一声。"卢松说："好。"

董静秋的手机里还存着卢松的手机号，不管两个人还有没有关系，他是儿子的父亲，这一点事实永远也不能改变。见卢松打电话来，她很冷淡地问他什么事。卢松说想带孩子去看爷爷奶奶。董静秋不是那种不讲理的人，她同意了，要求晚上不要太晚送回来。卢松很高兴，连声保证。挂断电话，董静秋握着手机，耳边还回荡着卢松喜悦的声音。她想，没有了婚姻的束缚，大概他的日子过得很开心。

卢松把儿子带回父母家，卢正刚和张晓芹搂着小震霆心肝宝贝叫个不停，又捧出很多水果、零食，恨不得把孩子塞成一个大胖子。卢震霆跟爷爷奶奶没什么感情，没有养过，亲不起来，但他记住妈妈说过的话，好孩子要有礼貌，表现得很有教养。

"爸爸，你为什么不跟我和妈妈住一起？"正在啃苹果的卢震霆突然想到这个严肃的问题，问道。

三个大人都被噎住了。过了好一阵，卢松抚摸着儿子的小脑袋说："对不起，宝贝，是爸爸错了。爸爸想把妈妈请回来，可爸爸怕一个人请不动妈妈，你帮帮爸爸好不好？"

卢震霆说："把妈妈请回去，我们一家人就可以住一起了，对吗？"卢松说："对，对，没错，以后我们再也不分开。"卢震霆说："爸爸，你要说话算数。妈妈现在很辛苦，她开了一家书店，每天很早就出去，晚上很晚才回来。"卢松把儿子抱在怀里说："谢谢宝贝，爸爸要靠你了。"

卢正刚和张晓芹这才知晓董静秋原来去开书店了。说实话，刚得知她辞职，夫妻俩还担心没有了工作，她怎么养孩子，琢磨着要不

楝树河
　　向东流

要去法院,把这抚养权给拿回来。幸好没走那一步,不然真的再无破镜重圆的可能。现在,至少还有希望。

　　吃过晚饭,卢松把卢震霆送了回去,董静秋还没回来。他就坐着不走,向董解放和陈彩霞认错,说好话,并表达了要重新把董静秋追回去的决心。董解放说:"这事我们不管,你若能让静秋回心转意,至少对孩子来说是好事。但如果你还是跟过去一样,就算你们复婚,这日子也过不长。"卢松说:"爸,我知道错了,以后再也不会那样对静秋。"陈彩霞心疼女儿和外孙,见卢松这么说,她还是怕他好了伤疤忘了痛。

　　三个人正说得热闹,董静秋回来了。看到卢松,第一眼的反应跟陈彩霞一样,很吃惊。又见他跟父母之间似乎很融洽,更摸不着头脑。卢松见董静秋很累的样子,更恨自己混账,他站起来,想说些什么,可千言万语阻在喉咙出不来。董静秋见时候不早,很冷淡地请他离开。卢松深知这事急不得,怕多待让董静秋反感,跟董解放和陈彩霞打了声招呼,走了。

　　董静秋在父母身边坐下来,问刚才在聊什么。前女婿和前丈人、前丈母娘会有很多共同语言?她实在不敢相信。陈彩霞看了女儿一眼,说:"他后悔了,想复婚。"董静秋把脸一沉,说:"他当婚姻是儿戏,当我是什么?挥之即去,招之即来?"董解放站起来,说:"这事我跟你阿姆不会管,你自己决定。你也忙了一天,早点休息。"

　　夜深了,董静秋再次失眠。复婚?她没想过。卢松若真想复婚,接下去的日子恐怕又不得清静,这男人的无赖劲她领教过。若他天天往这里跑,搞定了父母和孩子,她又该怎么办?

　　莫非真是上辈子欠的债?董静秋闭上眼睛想,卢松是她的初恋,这份感情不会就消失得干干净净,可她怕一时心软,到时候又重蹈覆辙。她睡不着,给董洁云发了一条信息,说了这件事。董洁云正准备睡觉,收到信息后立马就回复,让她不要焦虑,卢松想重新追她是他的事,答不答应是她的事,顺其自然。董静秋一看,笑自己迷障了,当即放松下来,进入了梦乡。

39

日子在一天天过去,看似平淡如水,实际上分分秒秒都在裂变中。一个月、一年甚至十年或更长时间,在历史长河里,不过是瞬息之间。

董静秋注视着镜子里的那个女人,曾经美貌如花,如今这脸上已有明显的岁月痕迹。这些年,她一直在还债。最初是问大姐借开店的钱,见生意不错,而房租每年都要涨,干脆咬牙举债买了一间店铺,一次性投入。又考虑到孩子的读书问题,问两个姐姐借钱买了一套两居室房子,学校就在小区里,安全又方便。后来看到房价像坐火箭一样上涨,董静秋为当初的英明决定默默点了个赞。现在总算是无债一身轻,董静秋相信以后的日子一定会越来越好。对两位姐姐和父母,她一直心存感恩,若没有家人的帮助,她的日子恐怕会过得更艰难。几次借钱,大姐和大姐夫都是一句话,没半点犹豫,全力支持。儿子读书很争气,考上了重点高中,又很自立,让她非常欣慰。本来她可以不用这么辛苦,卢松一直想复婚,可她对卢松的感情已不复以前,既然不再爱,那就没必要为了孩子又走在一起。结果就是这么多年过去,男未再娶,女未再嫁,双方父母都以为她和卢松可以重续前缘，可偏偏没有。卢松刚开始很心急，后来慢慢习惯了她所希望的相处方式，像朋友一样，轻松自在，有事说一声，能帮忙的地方帮忙。跟儿子有关的事，她会跟他商量，让他参与，尽身为人父的责任。她劝过卢松，遇到合适的再找一个。卢松说遇不到了，有些东西失去了就是永远地失去，不会再回来。她明白他的内心深处还是在等，只要她一日未再嫁，他就愿意等着。她劝过一两次，见卢松无意，也就随他去。

时候不早，董静秋跟父母打了声招呼，出门去书店。芦花村的房子拆迁了，安置房明年才能交付，董解放和陈彩霞搬来跟女儿和外孙一起住。卢震霆在学校寄宿，一周才回来一次。平时老两口吃过早饭去菜场买菜，董静秋基本上在店里吃，只有周末卢震霆从学校回来，她才回家吃晚饭。买菜回来后的事情都归陈彩霞，董解放去小区的公园溜达，或在家看看电视。想出去玩，他们就跟着旅行团走。老两口都有退休金，虽不高，但住在女儿家，花钱的地方并不多，手头还算宽裕。

董静秋来到店里，刚打开门，张晓云来了。说起来也是巧，张晓云的单位改制后，她成了下岗工人。文化程度低，又有一定年纪，工作实在不好找。那日她经过一家正在装修的店铺，看到门上贴了一张招聘信息，招一名店员，要求初中文化，五十岁以下，就抱着试试看的心情打了上面留的手机号。一聊，条件符合。董静秋开的工资并不高，毕竟店还没有开起来，生意如何不知。当时的张晓云只想先找份工作，有好的再换，没讨价还价。董静秋问她姓名，等开业了通知她。结果一说，竟然是老熟人。张晓云有点难堪，后悔打这个应聘电话。董静秋让她考虑好，第二天给个准信。若不来，自己要另外再找

棟树河
　　向东流

人。张晓云想了一夜，还是决定来，因为她需要工作。董静秋给她提了一个要求，这件事不要告诉卢松家里人。张晓云说她明白。来了书店后，这一留倒留出了感情，再也没想过换工作，安安心心在这里。董静秋也没亏待她，自己是单亲母亲，更能理解张晓云当年的苦楚。后来卢松从儿子那里知道了书店的地址，跑了过来，才发现张晓云在这里当店员，回家跟父母一说，都道真是巧。

"静秋，现在生意差了好多，你有没有别的什么打算？"张晓云边整理书架，边问。

"暂时还没有。"董静秋说。网络普及后，实体书店的生意就一年不如一年，眼下来店里买书的大部分是老顾客，过来了聊聊天，顺道看看有没有什么喜欢的书，带一两本走。如果不开书店，她还能做什么？董静秋不禁有些迷茫起来。书倒是看了不少，可许久没有动笔，她已没有信心重拾文学梦。

"董静秋，你的信。"邮递员把信递给董静秋，骑车走了。

董静秋不用看信封就知道，肯定是梅花寄来的，现在只有梅花有耐心给她们写信。她拿起小剪刀剪开信封，认真地看了起来。梅花在信里说，大凉山的孩子从没有见过大海，若有可能，暑假她想带五年级的孩子们到宁波来，看能不能找到愿意赞助的企业。以后若有机会，她想分批带孩子们过来开开眼界，这是她的一个心愿，也是孩子们的心愿。梅花与沈大勇结婚后，隔了好几年才要孩子，生了一个女儿，现在也上学了。比起自己，小妹更不容易。在这方面，董静秋特别佩服梅花，将心比心，那样的付出，她做不到。

她给董洁云发了条信息，让她空了来店里一趟，有事商量。董洁云回了一个好。这些年，由于开书店，她认识了不少朋友，加入了本市的一个公益组织，有空就会去参加他们的活动。梅花会把这件事的希望寄托在她身上，跟她去年在公益QQ群里发动为大凉山的孩子们捐赠冬衣活动分不开。现在条件好了，城里的孩子好多衣服没穿几次都不要穿了，扔了浪费，有个好去处，还能帮助到别人，这样一举两得的好事很受欢迎。每次去邮局给梅花寄特大包裹，她就有一种成就感，比赚到钱还要高兴。

要说几个姐妹，董静秋认为最无能的是自己。前段时间，大姐进城，说她在村里看到很多老人子女都工作、生活在城里，平时没人照顾，不仅仅是董家村这样，附近农村都有这种情况，就萌生了在村里办一家养老院的念头。她把想法跟丈夫和公婆，还有她家的老祖宗、快一百岁的爷爷一说，都认为这是件积德的事。她去找村领导谈了农村养老问题，大家一致认为这是一件为村民解决实际困难的大好事，刚好上面有这样的政策，最后以股份的形式来办这家养老院。梨花个人占百分之六十，村委会占百分之四十，具体运营由梨花全权负责。董静秋清楚地记得，说到养老院，大姐的眼睛里全是一颗颗小星星，那里不仅仅有热情，更有责任。而二姐从她开书店得到启发，后来也辞了职，先自费去学了两年服装设计，学成后，跟人合作开了一家取名为"裳衣"的高档制衣店，请了专业的师傅，只做西服和旗袍。这旗袍跟别家不一样，上面的刺绣全是手工，不是机器绣，绣工和做工都极其精致，哪怕价格不菲，仍深受那些有钱又讲究品位的女企业家和有钱人家太太们的喜欢。这几年，她赚了不少钱，买了辆车子，想着要换房，运气好到爆。原先住的老小区房子拆迁，人家要安置房，她懒得等，直接拿了钱，再添点，买了一套精装修电梯现房，拎个箱子就搬了进去。唯一没变的是，她依然单身。

棟树河
　　向东流

　　下午,董洁云来了。一身裁剪合身的旗袍,盘着头发,那发髻上还插了一根玉质簪子,穿着一双高跟鞋,化着淡妆,眉眼间有一种说不出的风情。

　　"二姐,以后出去你叫我姐,我叫你妹,谁让你比我年轻这么多。"董静秋故作嫉妒地说,还转过头问张晓云,"晓云姐,你说是不是?"

　　张晓云看着这姐妹俩,心里感慨万千,人各有命。她现在信佛,这辈子这样,希望下辈子能投胎个好人家,笑着说:"你们都年轻,哪像我老太婆一个。"

　　董洁云一脸嫌弃地对董静秋说:"还说我,你明明是我们三姐妹中长得最漂亮的那个,可你看看自己,舍不得买件好衣服穿。"

　　"不是舍不得,你知道我在店里每天要搬书干活,哪能穿得像客人?我是干苦力的命。"董静秋笑着说。

　　说笑间,董静秋把信递给董洁云。董洁云接过信一看,说:"这事还是有意义的,你联系梅花,问她那边有多少学生过来,在宁波几天,我们测算下大概需要多少费用。我这边想办法找几位有爱心的企业家来做这件事。"董静秋点头,董洁云的客户多为企业家,她的资源还是比较丰富的。

　　"我看是不是在公益群里说一说这件事,说不定能办得更圆满。"董静秋想到人多力量大这句话,对董洁云说。

　　"你看着办。"董洁云说。

　　姐妹俩一起吃了晚饭,又各自忙去。董静秋怕写信耽搁时间,就给梅花发了条信息,就是她那边信号不好,什么时候有回音不好说。想到梅花曾告诉过她学校的电话,又看了看时间,还是决定明天再打。

　　梅花想带山里的孩子看大海这件事出乎董静秋意料的顺利,当她在公益群里说了梅花的这个心愿,得到了各位爱心人士的积极响应,出了很多主意,包括路线、住宿、吃饭、交通等等。有的还主动提出到时候当志愿者一起接待这些孩子,让董静秋非常感动。董洁云联系了几位企业家,没多久,就把二十名学生所需要的费用都给筹齐了。

转眼,暑假到了。

董静秋和公益群里的爱心人士组成一个临时接待组,安排好相关事宜。还有网友联系了报社,记者答应到时候写篇报道。

梅花一家三口和二十名学生坐火车来到宁波,住进了董静秋预定好的宾馆。姐妹相见,有说不完的话。董解放和陈彩霞被董洁云接来,她知道梅花要照顾那些学生,离不开。陈彩霞见到活泼可爱的小外孙女沈依诺,忍不住抹起了眼泪。她心里还是有些埋怨梅花,自己苦也就算了,现在让孩子也在那么艰苦的地方,真不知道这当爹娘的是怎么想的。她看了看眼前的三个女儿,对梅花说:"你有没有考虑过把依诺留在宁波读书?我和你爹爹现在身体还好,还有精力可以替你管孩子。你那里太苦,孩子小,罪过。"梅花领了母亲的好意,笑着说:"阿姆,你和爹爹现在该好好享受生活,我不能来增加你们的负担,再说依诺跟我们长期分开也不好。"董洁云和董静秋对母亲的这个建议表示赞同,即使父母年纪大照顾不了,还有她们在,定不会委屈了外甥女。见梅花不同意,只好作罢。

接下去几天,在董静秋和其他几位爱心人士的陪同下,梅花带着孩子们去了天一阁、北仑港、招宝山、天童寺、东钱湖和松兰山等景点,又吃了宁波海鲜和特色小吃,把孩子们高兴得从早到晚都像鸟儿

> 楝树河
> 　向东流

一样欢腾。特别是看到大海时,一个个瞪大眼睛,里面装满了新奇。旁边的梅花和沈大勇,还有董静秋他们这些陪同人员则要紧张得多。这么多孩子,不敢有一点闪失。为此,董静秋还特意为每个孩子买了一份意外保险。不过,看到孩子们的笑脸,大家又觉得一切付出都值得。

很快,报社记者写了一篇《山里孩子眼中的宁波》的报道,说了这件事的前因后果,提了几家爱心企业的名称,让那些出了钱的企业家们很高兴,给董洁云打电话,表扬她这事做得好。董洁云很惭愧,她既没有陪同,也没联系记者,不过是歪打正着。为了感谢企业家们献出的爱心,她给每一位都送了一张VIP卡,以后在她店里定制服装,可以打九折。别看折扣不高,但对从不打折的"裳衣"来说,这张卡代表的是一份感恩的心。

活动圆满结束,梅花一家三口没有多待一天,得把孩子们安全带回家,神经不敢松懈。董解放和陈彩霞再恋恋不舍也没办法。梨花和董林也来了,买了一堆东西让梅花带回去。临前行,姐妹几个拥抱告别,千言万语,一切尽在不言中。

直到上了火车,梅花忍了很久的眼泪涌了出来。沈大勇什么也没说,搂住妻子娇小的身躯,轻轻地爱抚着她的背。

火车风驰电掣般向前开去,平静下来的梅花擦干眼泪,转过头看窗外,她不知道自己以后会不会后悔,但至少到今天为止,她还是不后悔当年的那个决定。大凉山条件艰苦,但很美丽。如果她不去大凉山当乡村教师,就不可能遇到沈大勇,不会有现在这样幸福美满的婚姻。想起二姐和三姐坎坷的情路,梅花想:人生或许就是这样,你得到了什么,总要失去点什么,哪能什么都让你得到,关键还是在于自己想要什么。

"妈妈,爸爸让你喝点水。"沈依诺把一瓶矿泉水放到梅花面前。

梅花回过头,见沈大勇走去另一节车厢,他得守着那些孩子。她负责守这节车厢的孩子,只能委屈自己的女儿。

"依诺,你喜欢宁波吗?"梅花微笑着问女儿。

"喜欢。"沈依诺说。

"那你好好学习,以后考到宁波大学来。"梅花伸出手,摸摸女儿的脑袋说。

"好,这样我就可以天天看到外公、外婆和三个嬷嬷了。"沈依诺高兴地说。

"好,那你要好好努力。"

"妈妈,我会好好读书。"

40

董洁云走进"裳衣",她最近招了两个绣娘,实在是活来不及做。以前定制旗袍的人并不是很多,属于小众,不知从什么时候开始,旗袍竟流行起来,还有专业的旗袍队,参与各类演出。现在经济条件好了,高档服饰需求量大增。"裳衣"的旗袍名声在外,不少女人又暗存相互攀比之心,"裳衣"靠的就是口口相传的口碑。随着知名度的提高,生意越发的好,她也变得更加忙碌。面对供不应求的现状,她在考虑要不要扩大规模。只是技术精湛的师傅不好找,绣娘更难。年纪太大的不行,年轻人没耐心学。这两个绣娘是朋友介绍来的,到底有多少真本事,她还不是很清楚,只是看她们以前的绣品,还是可以的。她怕扩大了,精力有限管不过来,影响了产品质量,那就得不偿失。董静秋曾问过她那位合作伙伴是谁,怎么从来都没见过。这是她的一个秘密。其实"裳衣"从一开始就是她一个人在经营,只不过最初投入的钱有一部分是她问尚宇借的,另外拿房子从银行抵押贷款了一部分。尚宇当时说那些钱不用还,当他投资,亏了算他,赚了给他分点红就行。她没把握,就同意了,反正她欠尚宇的情已经很多,再多点也无妨。她怕家里人多想,干脆就一个字也不吐露。想到再过两个月是尚宇的生日,她准备送他一套西服,给他发了条信息,让他有空过来量一下尺寸。尚宇回复晚上一起吃饭,董洁云爽快地答应了,她也很久没见尚宇了。

晚上,董洁云请尚宇在"裳衣"旁边的一家咖啡馆吃牛排,两个人要了一间小包厢,面对面坐着。董洁云发现面前的这个男人真的老了,头上都有了白头发,眼角的皱纹非常明显,眼袋很深,只有看她的眼神依然带着温情。董洁云突然发现自己很残忍,她一直爱着少年的尚宇,从未爱过中年的尚宇,更不用说即将走向老年的尚宇。尚宇不知,因为她的不婚,他以为是自己耽搁了她,一直对她心存愧疚,他不能给她想要的一切。让他找工作也好,问他借钱也罢,她似乎总是在有意无意中利用他的愧疚,让他误以为她爱他。她知道他的婚姻名存实亡,纯粹是为了孩子才维系在一起。他的厂前几年也关掉了,他现在就是一个退休老头。他的人生可以说不幸,只是这不幸里面,是不是有她的原因?

"在想什么,这么出神?"尚宇微笑着问。他眼中的她穿着得体,妆容精致,她依然那么年轻、美丽,而他已经老了。

"没想什么。"董洁云认真地看着尚宇说,"你怎么样,好不好?"

"我这辈子就这样了,没什么好不好的。"尚宇平静地说。

"对不起。"董洁云犹豫了一下,说。这三个字压在她心头很久,久到她都不敢去面对。

"好好的,你对不起我什么?每年还给我分红,让我有私房钱花。"尚宇此刻的神情越来越像长辈。

"你知道的。"董洁云移开视线,落在墙上挂着的一幅抽象画上。要说这辈子她最亏欠谁,也就是眼前这个男人。

楝树河
　　向东流

　　"别胡思乱想。我能力有限,帮不了你什么。你能走到今天,全靠你自己。"尚宇说。

　　"娟娟结婚了吗?"也许是气氛太压抑,董洁云换了一个话题。

　　"结婚了,找了个外地来宁波打工的男孩,还比她小好几岁。她喜欢,随她,我的任务已完成。"尚宇拿起杯子,喝了一口水说。

　　"你们现在还吵架吗?"董洁云犹豫了一下,问。

　　"早就不吵了,没什么好吵的。"尚宇说。他没有告诉董洁云,这些年,为了女儿早日康复,两个人在女儿面前扮恩爱夫妻。女儿恢复健康,后又恋爱结婚,他们就不用再扮演了。现在虽说住在一套房子里,但各有各的房间,互不干扰。当然,谁也没有提离婚。对舒佳妮来说,这个年纪想折腾也折腾不起什么浪花,离婚再找也是个老头,没啥劲。而他的心早已枯寂,身边有人没人都一样。

　　"那就好。"董洁云的心情忽又变得不太好,她不知道什么原因。

　　服务员进来,送上两个人点的餐,又退了出去,轻轻关上了门。

　　"你说我要不要扩大'裳衣'的规模?现在单子都来不及做。你现在没事干,要么过来帮我管?"董洁云吃了几口,没胃口,放下了叉子。

　　"钱赚不完,你别太拼,我看还是保持原状,摊子铺太大不好收。我就不过来给你添乱了,我最近在学摄影,准备跟一帮摄影朋友全国各地去走走。都这个岁数了,现在回过头看,我一直稀里糊涂地活着,都没搞清楚过生活。"尚宇说。

　　"余生为自己活。"董洁云认真地说。

　　"我会的。"尚宇说。

　　吃好晚饭,董洁云记下尚宇的尺寸,准备离开时,尚宇突然对董洁云说:"我可不可以抱抱你?"

董洁云走上前,伸出双手,主动抱住尚宇的腰,把头搁在他胸前,她听到了他略有些急速的心跳声。尚宇低下头,在她的唇上轻轻一吻,轻声说:"谢谢你!"

董洁云再次说出了那三个字:"对不起!"

两个人走出咖啡馆,挥手告别。他们一个住城东,一个住城西,车子发动,朝着各自的目的地而去。

到家,尚宇从包里掏出钥匙,打开门,屋里静悄悄的,舒佳妮不在。自从女儿结婚后,她迷上了跳广场舞,每天晚上风雨无阻都要去跳,劲头十足。尚宇站在充满了冰冷气息的房子里,感到从未有过的挫败。他那么早办企业,可一直没什么发展,也没挣到什么钱,直到关门倒闭。究其原因,是自己魄力不够,优柔寡断,错失发展良机。家庭也是,表面看起来很和美,事实上又有何幸福可言?他不相信,等有一天他老得不会动,舒佳妮会来照顾他。反之,若舒佳妮躺在床上,他会不会心甘情愿地去照顾?他无法确定。他又想起董洁云,当年救过的小姑娘,她是那么的聪明能干。他果然没有看错人,她是个有出息的姑娘。尚宇伸出手,摸了摸嘴唇,那里似乎还留着那一抹柔软。这是第一次,也是最后一次。在她面前,他一直很理性、克制,平时能不见就不见。小丫头不要怪我,他在心里对自己说。不知过了多久,尚宇觉察脸上有点湿,他去了卫生间,打开灯,不敢去看镜子里的那个男人。洗了一把冷水脸,尚宇想,人老了真不行了,何时他竟这般多愁善感起来?他摇摇头,想还是早点上床休息。如果可以,他想做一个梦,一个跟青春有关的梦。

董洁云回到家里,打开灯,立马把高跟鞋给甩了,包一扔,人就倒在沙发上,望着上面的吊灯发呆。尚宇那个像蜻蜓点水的吻让她心

> 楝树河
> 　　向东流

潮涌动。这么多年，这是他最大胆的一个举动，但似乎跟情欲无关，更像是一种单纯的表达。看到尚宇这么苍老，她的心还是会痛，那个青涩的少年早已消失在岁月的长河里，杳无踪迹。如果现在尚宇单身，她愿不愿意和他在一起，真心实意地照顾他？最后，她败下阵来。也许，自始至终，她从没有真正去爱过一个人，她以为她爱的少年尚宇也只不过是她的一个幻觉罢了，她只爱自己。她想到了董静秋，此刻，她迫切想知道一个答案，于是就发了条微信过去。

　　董静秋在回家的路上，听到微信提示音，打开一看，原来是董洁云发来，她问："静秋，你还爱不爱卢松？如果老了，你们两个没有再婚的人会不会重新在一起做个伴？"董静秋很纳闷，二姐是受了什么刺激，怎么会突然问她这个问题，她又该如何回复，董静秋认真地思考起来。随着年龄的增长，回过头看当初的那段婚姻，她也做错了很多事。以前她一直以为婚姻失败的责任在卢松，可通过一次次反省，她明白这个失败里，她也有不可推卸的责任。她对卢松早已无恨无怨，要说情分，还是有几分，只不过不再是爱情，而是类似于一种亲情的感情。她希望卢松能过得幸福，可惜天不遂人愿。像张晓芹说的，她是卢松的劫，从遇到她的那一刻开始，卢松的命运就改变了。如果不是遇见她，卢松的人生绝不会是现在这个样子。想了想，董静秋给董洁云回复了两个字：随缘。董洁云收到妹妹的答案，笑了。随缘，可进可退，话又不说死。她这个妹妹啊，有颗七窍玲珑心。

　　关了灯，房间陷入黑暗中，董洁云躺在宽大舒适的床上，毫无睡意。其实一直来，喜欢她的男人没断过。那些有钱有势的男人成了她的顾客后，都会频频约她。但这些男人有个共同点，就是嘴上说喜欢她，其实只想让她变成他们的情人。没有一个说要正儿八经跟她结婚，给她一个光明正大的身份。她跟他们周旋，既不疏离，也不迎合，分寸掌握得很好，反而赢得了他们的尊重。时间久了，还真有了几位蓝颜知己。她可以跟他们喝茶、喝酒，一起去玩，勾肩搭背，但不上床。她深知，像这种关系一旦突破界线，要么感情升温，要么转身变成陌路人。感情升温，会患得患失，各种纠结。变成陌生人，又是另一种心伤。最好的关系就是彼此都有好感，但不越界，这是她多年来读言情小说总结出来的经验。如果哪一天真想找个归宿，若没有自己爱的，那就找个真正爱自己的。静秋说得没错，随缘，果然是好答案。还是大姐福气最好，明天问问她的养老院情况，不知进展如何。

此刻，在董家村的梨花边泡脚，边跟董林闲聊。最近一段时间，她实在太忙，怡养院的计划进展顺利，各项审批、房子装修、招护工等事宜，她都得管。特别是装修，房子是原来村里的学校，后来没学生了就一直空置着。这装修的材料她也亲自紧盯，必须绿色环保，有品牌，绝不允许以次充好。董林看着很心疼，又很无奈地说："你这是没苦讨苦吃。"梨花说："算不了什么苦，你也看到，村里有那么多老人身边都没有人照顾，办养老院也是在做好事。像上海阿娘，那时候她如果住养老院，一定不会发生半夜起来上厕所，倒在地上没有人发现的悲剧。"董林问："你是那时候就有这想法？"梨花说："那倒没有，但那件事一直存在我心里。"董林说："只要是你喜欢的，我都会支持。好好泡个脚，累了一天，早点睡。"说完，董林站起来，忙着去铺床。

梨花"嗯"了一声，心里暖洋洋的。她多么庆幸自己嫁了一个这么好的男人，虽然他不会讲什么甜言蜜语，但对她的好实打实。结

楝树河
　　向东流

婚这么多年，两个人从没吵过架，现在儿子都要大学毕业了，他还是一如既往每天早上给她剥好鸡蛋，晚上给她端洗脚水。除了丈夫对她好，公婆也一样，他们没有分家，一直住在一起。家里还有一个老祖宗，身体很好，生活自理，这是最大的福气。她已经想好，等老祖宗一百岁时好好庆祝一番，她一定要请个戏班子来村里唱三天三夜的戏。

"阿林，谢谢你一直对我这么好。"躺进温暖的被窝，梨花把头偎依在丈夫怀里，轻声说。

"傻瓜，你是我老婆，不对你好，还对别人好？"董林搂住妻子，他对现在的生活非常满足。妻子贤惠能干，儿子聪明争气，父母和爷爷身体都很好。唯一的遗憾，就是他家的药店暂时不能开了。按照规定，店里必须配备中、西药剂师各一名。这个条件，仁德堂达不到，只好先关掉。想到儿子读的是医科大学，对父亲来说，也算是后继有人。夫妻俩絮絮叨叨说了许久私房话，半夜才关灯休息。

董静秋早上起来，发现父亲穿戴一新，准备出门，才想起今天是芦花村安置房交付的日子，上午抽签。

"爹爹，阿姆，要不要我陪你们去？"董静秋问。

"不用，你爹爹去就可以，他刚才已洗了三遍手，希望能抽到一个好楼层。"陈彩霞见丈夫这么迷信，想着自己是不是也该去拜拜菩萨，只怕临时抱佛脚，来不及。

见不需要陪同，董静秋吃好早餐去店里。父母年纪大了，楼梯爬不动，现在有套电梯房那是再好没有。那房子是白坯，想搬过去住，还要先装修。其实她有个想法，大姐的养老院办起来，父母可以回董家村去住,城里的房子出租,足够付养老院的费用。可她不敢说,怕父母误会。这事,还得两位老人自愿。这个想法她跟董洁云提过,董洁云很赞同。在城里整天关在屋里,左邻右舍不搭界,可回董家村就不一样,都是认识的人。姐妹俩现在都不说,等养老院办起来,带父母去实地感受下,说不定会有跟她们一样的想法。

中午的时候,董静秋接到母亲打来的电话,说抽到了理想楼层,很开心,又说了一堆怎么装修房子的事。董静秋觉得晚上可以探探父母的口风,提提建议。自己住和出租,对装修的要求不同。她又跟董洁云通了个气,董洁云让她给母亲打电话,说晚上一起吃饭庆祝,多买点菜。

晚上,一家四口坐在一起吃饭。见吃得差不多,董静秋开口,她没有直接说住养老院的事,而是问父母新房子怎么装修,自己住和出租给别人,装修有很大的区别。董解放说:"我这辈子还没有住过电梯房,这么好的新房子出租过就不好了,等装修好,我和你妈搬过去住。"董静秋一听父亲的意思,就把下面的话给咽了下去,说:"那行,我知道了。"陈彩霞心疼钱,说:"简单弄下就好,老头老太住的房子,不用装很好,浪费钱。"董洁云说:"这件事就交给我们,你们等着住新房子。"又顿了顿,董洁云接着说:"爹爹、阿姆,你们有没有想过回董家村生活?"董解放说:"那边没房子,想回去也没地方落脚。"董洁云说:"大姐的养老院办起来,如果条件好的话,我觉得你们可以考虑。"

"让我们去住养老院?你们知不知道,无儿无女的人才会去住养老院。"董解放把筷子一放,很不高兴地说。

"爹爹,你误会了,现在有儿有女的住养老院很多。再说,大姐在那里,如果你们真去住,还怕她不管你们?二姐是担心你们住新房子

棟树河
　　向东流

左邻右舍都不认识,寂寞。我们两个工作又忙,不可能整天陪着你们。"董静秋连忙解释道。

董解放还是黑着脸。董洁云和董静秋没想到父亲对住养老院这么抵触,见母亲也不说话,只好不再提这个话题。

一个秋风送爽的季节,宁波市鄞州区董家村怡养院正式开门营业。

大清早,董洁云就开车接上父母和董静秋,前往董家村。到了村里,典礼还没开始,一身深蓝色西服套裙的梨花微笑着站在怡养院门口,迎接各位嘉宾的到来。

"大姐。"董洁云和董静秋上前,分别拥抱梨花。

董解放和陈彩霞看着眼前崭新的怡养院,跟记忆中的学校怎么也对不起来。外墙刷成了苹果绿,看起来特别清新。两层楼,铝合金门窗。走进去,院里有双人标准间,也有单人间,生活无法自理的还有特护室。每个房间配备了电视机、床、柜子、椅子和单独卫生间。随处可见的扶手,把关爱老人的细节做到了位。每间门边的墙上都贴有居住的老人信息,姓名、年龄、护理级别,一目了然。另外还有食堂,以及医务室等,衣服也有专人负责洗。所有收费都按国家标准,面向全市开放。作为董家村村民,只需交一半费用即可,另一半由村里补贴。此举,让附近村村民羡慕不已。

"大姐真了不起。"董静秋转了一圈,对董洁云说。

"等我年纪大了,就把城里的房子卖掉,回董家村养老。"董洁云说。站在二楼的窗前,就能看到棟树河和一棵棵棟树。

梨花过来招呼大家下楼,典礼马上要开始了。听到妹妹的话,笑着说:"现在流行返乡,农村和城市的差距越来越小,很多地方新农村建设,房子造得比城里还要漂亮。"董洁云说:"是的,现在的生活是从前怎么也想不到的。"

鞭炮声响起来,梨花代表怡养院负责人发了言。她深情地讲述了董远海和徐慧的故事,讲述了对脚下这块土地的热爱。她说:"我们每个人都有老去的那一天,关爱老人,就是关爱明天的自己。"她表示,一定要把怡养院办好,不辜负各级领导和每位老人的信任与期望。

头发花白的董振定和董山岗来了,他们的工厂早搬到镇上的工业园区,交给儿子打理。他们平时住在城里,很少回董家村。接到梨花的邀请电话,很高兴前来参加开业典礼。这次,董平波向怡养院捐赠了一辆面包车,现场掌声一片。董啸虎与董解放、董振定、董山岗坐在那里忆苦思甜,感叹时间过得太快。张小兰和陈彩霞则聊着家长里短。董林站在角落,看梨花的眼神里,明明白白写着"骄傲"两个字。

董洁云咬着董静秋的耳朵,低声说:"这董平波变化挺大,我记得有一次碰到他,脖子上挂了一条很粗的金链子,手上戴着一枚金方戒,像个暴发户,今天西装革履,还挺有风度。"董静秋笑着说:"与时俱进嘛。"董洁云说:"有道理。"董静秋瞧了瞧谈兴正浓的父母,问董洁云:"二姐,你说爹爹今天参观过怡养院后,会不会有所触动?"董洁云说:"应该有。"

现任董家村书记在讲话,董洁云和董静秋悄悄溜了出来,她们沿着楝树河慢慢地走着,董洁云看着波澜不惊的河水,问董静秋:"你说董家村是先有村庄,还是先有这条河?"董静秋说:"我觉得应该是先有河,如果没有河,祖宗也不会在这里落脚,古人很讲究风水。"董

棟树河
　　向东流

洁云说:"有道理。说起来,我们这个村历史也够悠久。你还记得不,八十年代的时候,村里不是挖出来一批石斧、石碗和瓦片吗?专家说是五千多年前的东西。"董静秋说:"对对,当时还很轰动。"

经过昔日住过的院子,院门依然紧锁,那棵伸出墙外的桂花树依然极富生命力地郁葱着,在秋风中传来阵阵浓郁的甜香。董洁云说:"明年清明,我们去给上海阿爷、阿娘上个坟,告诉两位老人家,我们四姐妹现在都生活得很好,各自成长。"董静秋说:"好。"

她们永远都不会忘记,在逝去的岁月里,这对慈祥的老人给予的爱和温暖!

"二姐,或许我们也可以做点什么。"董静秋说。她把视线投向了高远的天空,有一朵云从头顶飘过。

"做什么?"董洁云问。

董静秋转过头,看着崭新的怡养院,吐出两个字:"公益,利他。"

"利他?"董洁云咀嚼着这两个字,忽一笑。

风远远地吹过来,楝树叶发出了沙沙的声音,似无数双小手在鼓掌。不远处的田野,晚稻垂下沉甸甸的稻穗等待收割。

"又是一个丰收的季节。"董洁云与董静秋相视一笑。这么多年过去了,董家村的秋天依然这么美丽。

尾　声

　　董解放发现年纪越大,越久远的事就变得越清晰。而近期发生的事,反而容易健忘,他心里是不想承认老。老,意味着离死亡又近了一步。现在生活条件这么好,他想长命百岁。谁不想呢? 古人老话,好死不如赖活。他丝毫不觉得这么想有什么错。平时他很积极地锻炼身体,从手机和电视上了解一些养生知识,保温杯里放几粒枸杞,喝一口,真觉得浑身都舒坦。可不承认,并不代表你永远年轻。身体这部机器经过七十多年的运转,某些零部件已出现比较严重的磨损现象。比如牙齿,他最爱嚼肉骨头,年轻时很骄傲有一口好牙。没想到那些曾经可以与坚硬的骨头对抗的牙齿,在不知不觉中松动,有的脱落,还时不时来一次"牙痛不是病,痛起来真要命"的折磨。为了还能继续品尝美食,他接受了三个女儿的提议,去种植牙。可到了口腔医院,一听种一颗牙要上万元,那个心疼比牙痛要厉害得多。虽说费用女儿们会承担,可谁的钱不是钱? 他真后悔当初跟那些骨头过不去,现在遭罪受。还有血压。每天早上醒来第一件事就是吃一颗降压药,还要时不时测一下,看看是否保持正常。偶尔出现头晕眼花的症状,心里就非常紧张。至于体检报告单上的那些上上下下的

楝树河
向东流

箭头,让他的心跟着上上下下。最明显变化的还有睡眠,他干的是体力活,以前一觉睡到大天亮,现在半夜要起来两三次,天不亮早就醒了。种种迹象,暗示生命已进入暮年,这让他的内心有一种隐秘的恐慌。

有人说,当你变得喜欢回忆时,说明你老了。很多人以为他是个粗人,可事实上,他有心思细腻的一面。这段时间,他常常想起自己的母亲,那位给了他生命,却又让他背负"克母"恶名,陌生但又永远无法切割血缘关系的女人。他的生日,是母亲的忌日,人生还有比这更让人悲哀的事吗?他对母亲的印象,来自昔日曾经拥有过的一张黑白小照片。这是除了他这个人之外,母亲留在世上唯一的印记。照片上是一位长相清秀的女子,梳着妇人的发髻,穿着对襟衫,永远定格在二十一岁那个如花的年纪。想到这里,董解放的心似被针刺了一下,似乎空气里伸出一只手,粗暴地捏住了他的心脏。闭上眼,脑海里又浮现了那位年轻女子的脸,她有着细长的丹凤眼,天生的柳叶眉。她的鼻梁很挺,嘴巴小巧,标准的瓜子脸。她那么遥远,又如此亲切。年轻时,人家都说他长相出挑,那是随了母亲。有种说法,男生女相主富贵。不过他不相信,想想这过去的七十多年,哪来的富贵?不过平平淡淡罢了。话说回来,平淡是福。这么解释,也行得通。

那张照片到底去了哪里,董解放百思不得其解。他只记得那张照片夹在父亲单位发的一本《毛选》里,和衣服一起装进了袋子。是什么时候发现不见的呢?想不起来了。反正,照片就这样不知所踪,似乎从来都没有过,母亲的形象也是他幻想的结果。父亲在董解放的记忆里留下的是,夏天的晚上,下班回家的父亲把小饭桌搬到屋外,父子俩就着一碗咸菜汤、几根海蜒,一个喝着薄粥,一个拿着酒杯往肚里灌那黄汤的情形。冬天的夜晚,在昏黄的煤油灯下,父亲粗大的手掌捏着一根细细的针,费劲地给他补衣服,那针脚像蜈蚣一样,歪歪扭扭,别提有多难看。父亲没别的爱好,就喜欢喝酒。喝多了,就坐在那里发愣,许久都没有声音。董解放并不懂父亲在想什么,那时他还太小,他只记得父亲每次喝完酒,脸和鼻子都红红的,眼神有些不对劲。长大后才明白父亲的不易,年纪轻轻就丧妻,拖了个儿子,本来他有一手做木工的好手艺,又有单位,倘若会精打细算,父子俩也不至于落得有上顿没下顿,可惜父亲不会当家,日子过得很清苦。长期心情抑郁,再加上酒精对身体的摧残,导致父亲英年早逝,撇下他孤零零一个人。父母没有其他的兄弟姐妹,堂房的亲戚虽有,但大家日子都不好过,偶尔救个急还行,真叫到家里来白吃白住,也不可能。他没有爷爷、奶奶和外公、外婆可以依仗,那时医疗条件差,又没钱,一场普通的感冒可能就要了人的性命,反正那些个长辈他都没见过。幸好有份工作,他才不至于去要饭。

家徒四壁的他还能讨到老婆,全靠教他手艺的师傅,他还清楚地记得第一次见到陈彩霞的情景。

那是一个楝树花结果的季节,年轻的他对成家其实没什么概念,不忍拂师傅一片好意,于是就跟着去了陈家村。师傅的意思是,让两个年轻人见个面,顺道也让陈彩霞的父母看看,如果没意见的话,这门亲事就算定下来了。陈彩霞的父母是地道的农民,家里孩子多,陈彩霞从小就爹不疼娘不爱,巴不得她早点嫁出去。那日,他正坐屋里,接受未来丈人、丈母娘的审视,外面走进来一个中等身材、皮肤黝黑的姑娘,肩上扛着一根竹竿,看了他一眼,然后就去灶间,再也没出来。那时候,他并不知道,这位长相普通的姑娘就是他的相亲对象。

棟树河
　　向东流

听到师傅叫她的名字，他才反应过来。对陈彩霞，他没意见，像他这样的孤儿，若有姑娘愿意嫁给他，简直就是烧了高香，哪敢挑别人？交往大半年后，俩人就在租的那间小屋里结了婚。十个月后，大女儿出生在一个梨花盛开的季节，他就给她取了梨花这个名字。

　　想到梨花，董解放的思绪停顿片刻。昨晚梨花还跟他说，要把他的七十大寿提前到八月份，和浩然太爷爷百岁生日一起办。到时候在村里的文化礼堂摆几桌酒席，请亲朋好友聚一聚，看三天戏。能和百岁老寿星一起办，也是沾光，一切由梨花来安排，他很放心。身边的人都说他福气好，有四个女儿，而且都很孝顺，言语间露出来的都是羡慕。每次听到这样的话，他暗暗得意，可内心深处还是对女儿们有愧疚之意，虽说嘴上从不肯承认有重男轻女的思想。这也不能怪他，在农村，你没个儿子，就意味着说话没底气。更何况他家又是戤社户，居民户口的人瞧不起，农民也看不上。在那样的环境里，人难免会变得自卑，他很想有个儿子来撑门面，可惜妻子只给他生了四个女儿。很长一段时间里，他固执地认为，命中无子，是因为他与陈彩霞结婚那天，村里有对母女借口来道喜，把房间里唯一的点心——两只肉包子给偷吃了有关。说起来，那对母女跟他还有些渊源，那个姑娘挺喜欢他，只是他无意。准确地说，是他不懂。按现在的说法，那姑娘是暗恋，单相思。母女俩过来凑热闹，他根本想不到她们跑来居然会把那两只包子给吃了，这让他很无语。结婚那天吃包子是为了讨"包生儿子"的彩头，彩头没有了，他的心里也落下了阴影。这理由听起来很可笑，可年轻的他深信不疑。等老四生下来，他就知道这辈子想要儿子没希望了。

　　陈彩霞从卫生间出来，见丈夫坐在窗边的椅子上闭目养神，问他去不去散步。

　　三个月前,夫妻俩把宁波城里的那套电梯房出租,回到董家村,住进了怡养院,过起了一日三餐吃现成饭、衣服也有人洗的清闲日子。白天看看电视,和院里的老人们拉拉家常,吃好饭沿着楝树河散散步或去田野上转转,碰到以前的老邻居就一起道道"老古",这对操劳了一辈子的夫妻俩来说,这样的生活还真有些不习惯。特别是陈彩霞,忙碌惯的人,突然什么事也不用干,浑身难受。梨花提出住她家去,被陈彩霞给否决,说人老了还是要跟子女保持一定距离,住一起容易产生矛盾。更何况是女儿、女婿家,又不是儿子,天经地义。偶尔住几天还行,长住的话,不行。梨花没有办法,只好要求她在别累着的前提下,当怡养院的义工,帮忙做些力所能及的事。陈彩霞很高兴,她还能派用场,从另一方面讲,也是帮女儿,一举两得。董解放则学会了用智能手机,发现了神奇的网络世界。没事,他就跟人下下棋,还练起了书法,单调的日子变得丰富多彩起来。

　　妻子的问话打断了董解放的神游,他一时半会儿还没有回过神来,眼神显得有些茫然。

　　"咋了?"陈彩霞纳闷地问。

　　"没事,我眯了一会儿。"董解放站起来,掸了掸衣角,感觉这衣服跟腰板一起都变得挺括起来。他是个很注意形象的人,即便在家里,穿着也很整洁。相比之下,陈彩霞没那么多讲究,按她的说法,整天要干活的人,谁会穿得像人客?还说这叫"永不变色"。董解放不跟她争,反正他又说不过她。

　　又到楝树花开的季节,这也是千年古村董家村最美的时候。楝树河边,一棵棵楝树满枝丫都是绽放的花朵。有几棵树的树冠都伸

楝树河
向东流

到河中央去了,那河水的颜色看起来就显得特别深,盛夏季节,尤为清幽。若站在河对岸的埠头望过来,那一串串淡紫色花朵风铃似的挂在绿叶间,自成一道迷人的景致。

董解放看着这些楝树感到特别的亲切,自他记事起,这些楝树就已经在了。楝树的果实,他们叫苦楝子,是一味中药。从前,苦楝子是村里孩子们嬉闹时必不可少的"弹药"。常有调皮的男孩爬到树上,撸几串装在口袋里,或干脆就站在上面,抓一把朝下面的小伙伴头上掷过去,被击中的人一声怪叫,捡起来奋力反击,很是热闹。可惜现在村庄里难得见到几个孩子的身影,更不用说爬到树上去摘苦楝子玩了。董解放摇摇头,目光投向静静流淌的河水,他看到时光深处,一个瘦弱的少年,穿着打满了补丁的裤子,肩上挎着一只草绿色的帆布包,光着双脚,风一样从树下跑过。

董解放指着连接楝树河两岸那座古老的石拱桥,对陈彩霞说:"以前夏天这里最热闹,我们小时候都喜欢站在那上面跳下去比赛。"

那时,农村的孩子有几个不通水性?越调皮的人,水性越好。夏天的傍晚,胆大的孩子站在高高的桥栏上跳进河里,溅起的浪花常常惹得在河埠头洗涤的女人们笑骂。这样的场景,对陈彩霞来说一点也不陌生。陈彩霞会游泳,结婚前,每到农忙季节,从田里劳动回来,她和一帮姑娘们嬉笑着来到河边,有的坐在埠头洗腿上的泥巴,有的干脆下河游两圈才上岸回家。她游泳技术一般,最多就在水里泡一会儿,游个半圈。不过那一幕对今天的她来说,太久远。

夫妻俩刚走到小墙门前,看到董良善坐在石凳上,屁股下还垫了一只草编的蒲团。董解放连忙上前打招呼:"阿爸,夜饭吃过了吗?"

"吃过了。"慈眉善目的董良善嘴巴里少了两颗牙,说话有些漏风,笑眯眯地回答。

董解放朝董良善竖起了大拇指,说:"福气好的,这个年纪了还能动。"董良善摇了摇头,说:"动不了几天了,脚没力气。"

董解放挨着老人坐下。那石条凳是老物件,朱红色,由于坐的人多,日久天长,手感非常光滑。吸收了一天太阳光的石条凳,坐下去还有些温热。陈彩霞见丈夫这个样子,估计一时半会儿走不了,就说去梨花家坐坐。董解放点头,自顾自和董良善聊起闲话来。

"以前这条河交关闹热,生产队要分西瓜,一船船撑过来。现在冷冷清清,村里的后生都出去了。"董良善看着门前的楝树河,回忆道。

老人的话把董解放的视线又引向了楝树河。此刻,夕阳西下,光影从树叶丛中漏到河面,星星点点洒在楝树的倒影上,似一幅灵动的水墨画。这是董家村的母亲河,什么时候开始这河、这长街变得如此落寞?董解放想了想,自从陆路运输发达起来,镇上有了好几趟去宁波市区的私营中巴车,坐船的人就越来越少。如果他没记错的话,1995年客轮就被取消了。同时,村里的年轻人纷纷离开,进城打工,另谋出路。

"解放,你多大年纪了?"董良善转过头问。

"阿爸,我今年虚岁七十一了。"老人的耳朵不是特别好,董解放凑过去,提高音量说。

"哦,对对,你是解放那年生的。可惜你阿爸、阿姆走得太早,没享过一天福。"董良善的语气里是满满的遗憾。

"那时候太穷,有病也没钱治,不像现在日子好过。"董解放说。

"你阿爸是个老好人,就是喜欢喝老酒,赚来的工钱一半买老酒。你阿姆很要强,家里没有吃的,又怕隔壁邻舍晓得,看到有人从门口经过,就拿锅铲空铲铁锅子,人家问饭吃过吗,她总是说吃过了。有

棟树河
　　向东流

一回,阿拉老太婆拿着两只芋艿头到你家去,才发现那锅里一粒米也没有,罪过。"董良善眯着眼睛,沉浸在逝去的岁月里。

董解放又想起了那张遗失的照片,如果现在母亲还活着,那该多好。父亲连张照片都没有,时间久了,形象也跟着模糊起来。没有了念想的寄托物,父母变成了符号,他是真正的孤儿。

夜幕降临,董良善拄着拐杖,准备回家。董解放不放心,拿着蒲团,扶起他,说:"阿爸,走慢点,年纪大了最怕摔跤。"

话音刚落,就听到董啸虎的声音:"阿爸,我正要去找你。解放,到家里去坐坐,彩霞在。"董解放说:"我不过去了,阿爸交给你。"

董啸虎接过蒲团,扶住老爷子,父子俩慢慢朝家里走去。董解放一个人沿着楝树河继续散步,刚才董良善的话又唤醒了他记忆深处很多沉睡的往事。他想,假如当年父亲在离开这个世界前,没有求单位的领导让他顶替进厂,不知道无依无靠的他日子会过成什么样。还有,如果父亲没有把他的户口迁回村里,成为蔽社户,四个女儿的命运也会不会不一样……他无法想象,而人生不可能重来。

抬起头,董解放看到了那幢小楼,曾经鹤立鸡群,现在四周都是二层三层高大的楼房,它显得那么的破败,很让人担心下一次台风来袭时,会不会在风雨中倒塌。他想起了董远海和徐慧,这对夫妇曾经给予他和他家人的恩惠,值得他和妻子每年清明在祭奠父母时,多烧两沓纸钱。而他,也会在某一天离开这个世界。不仅仅是他,所有人,总有一天,大家都会先后离开。但他相信,这个村庄的人烟不会断,因为这些楝树还在,这条流经千年的楝树河还在。你看它无论是喧嚣还是寂静,一直缓缓地按着自己的节奏,向东流去……

那一条永远流淌的楝树河
（代后记）

如果说春天给人希望，那么，秋季就让人联想到收获。

二十多万字的长篇小说《楝树河向东流》终于画上了句号，可我似乎还没有走出那个村庄。

五年前，我列了一个创作计划，书写三部以宁波为背景的长篇小说，于是就有了2018年的《秋分》、2019年的《左岸之光》和今年的《楝树河向东流》。今天，我可以说，此计划已圆满完成，我很开心。这段岁月，我终究没有辜负。

无论是《秋分》中的董城，还是《左岸之光》里的明州，都是宁波这座城市的代名词。在《楝树河向东流》里，我直接用了宁波和鄞州的地名。再加上诸如"阿姆、阿娘、出窠娘、阿拉、昼饭、夜饭、航船"等宁波话，感觉更加的亲切。

《楝树河向东流》这部作品对我来说比较特殊。特殊之一是小说中四姐妹的名字，跟我2008年出版的长篇小说《陌上花》相同，所以这部小说最初的书名叫《新陌上花》。当年完成了《陌上花》上部，后因健康出了问题，下部一直没有写。事隔多年，仍有读者惦记着后续

楝树河
向东流

内容,让我有了继续写这部小说的念头。等《楝树河向东流》完稿,我发现,除了四姐妹的名字,其他的跟《陌上花》没什么关系,但这一次四姐妹的故事是完整的。特殊之二是这部小说的构思时间,是我所有已出版作品中最长的。这十多年,我一直没有忘记董家四姐妹,她们跟我一起从青年走向中年。特殊之三是最初的提纲到最后的定稿,人物走向的诸多变化。这变化是人物的选择,而非我这个写作者的选择。他们和她们不愿成为我手中的"棋子",每个人都有一条自己要走的路,我要做的就是尊重和追随。

小说从1973年暮春开始,一艘从上海开往宁波的"工农兵"号轮船上,一对落难的知识分子夫妇董远海和徐慧踏上了回乡的路。这对老夫妻抵达的目的地叫董家村,这是一个千年古村,民风淳朴,村民都姓董。一条穿村而过的楝树河上,有航船往返于奉化与宁波,经过董家村时,会停泊于董家渡。河边种满了一棵棵高大的楝树,暮春时节,楝树上开满了淡紫色的花朵。风吹过,有淡淡的花香弥漫。这情景落在徐慧眼里,她那颗七上八下的心一下子就安定下来。

我承认,我写了一个梦想中的世外桃源般的村庄。这个村庄的"外壳"来自鄞州董家跳村,那是我的外婆家。那里有一条楝树港河,河边有楝树,有开着各种店铺的百米长街,长街上还有百年中药店,这些都被我移植到小说中去了。

《楝树河向东流》里的董家村是一个充满了人情味的地方,即便在那个人人自危的年代,依然有随处可以触摸的温情与良知。其中,徐慧是个特别的存在。她当了一辈子的教师,跟着丈夫董远海从大上海来到鄞县乡下,犹如一盏明灯,照亮了董家四姐妹灰色的童年和两位插队知青的青春。

虽然，小说里所有的事件都是虚构的，人物也是虚构的，但这些虚构的人物在我心里又是如此鲜活。他们来自生活，存在于我的记忆深处，有很多现实的影子与碎片。比如小说中董远海和徐慧的形象，会让我不由自主地想起以前的邻居。那家人很神秘，记不清是哪一年出现的，只知道老先生祖籍是本村人，很瘦，听说是犯了什么错误从西北回来，平时沉默寡言，喜欢读书看报，基本上不跟人交往。老太太白白胖胖，个子不高，剪了个短发，说话带着上海口音。一个儿子，年纪挺大了，一直没结婚。20世纪90年代初，我离开村庄进城，就再也没见过这一家三口。很多年以后，我回村，看到昔日邻居家的两间平房有一半已倒塌，门口的荒草长得比人还高。据了解，这家人最早去世的是儿子，因为疾病。他生前曾有过一个女人，可没多久就跑了。再后来，这对老夫妻也先后离开人间，成了绝户。这样的结局，让人唏嘘不已。很奇怪，我跟这对老夫妻并没有什么交集，但在写这部小说时，脑海里很自然地跳出了两位老人的样子。还有四姐妹的父亲董解放，一个与共和国同龄，有着重男轻女思想的善良男人，我借用了我父亲的一些人生经历，孤儿、非工非农的戤社户身份、下岗、拆迁等。这既是个体，又是时代的一个缩影。

相比较之前的《秋分》和《左岸之光》，我自认为《楝树河向东流》里面对人物情感和人性刻画更加复杂与多元，这或许是我创作生涯中一个小小的进步。当然，究竟是不是进步，最后还得由读者说了算。

《楝树河向东流》不是写一个人的命运，而是写一群人的众生相。从农村走向城里，又回到农村。那里有成长的痛苦，有坚定的信念，有爱的传承。几十年光阴弹指一挥间，唯一没有变的是那条楝树河，

> 楝树河
> 　　向东流

不管是昔日河面上舟来楫往的喧哗,还是今日的寂静,它一直在那里静静地流淌着。小说的最后,董解放坚信,"这个村庄的人烟不会断,因为这些楝树还在,这条流经千年的楝树河还在"。这也是我心底的美好愿望。

　　故事讲完了吗?没有。

　　我留了很多的空白,等着与你一起来补充完成。

天　涯

2020 年 10 月 28 日于宁波

图书在版编目（CIP）数据

楝树河向东流 / 天涯著 . -- 宁波：宁波出版社，2021.8
ISBN 978-7-5526-4348-0

Ⅰ . ①楝… Ⅱ . ①天… Ⅲ . ①长篇小说—中国—当代
Ⅳ . ① I247.5

中国版本图书馆 CIP 数据核字（2021）第 143355 号

楝树河向东流
LIANSHUHE XIANG DONG LIU

天　涯　著

责任编辑	罗樱波
责任校对	秦梦嫄　陈　钰
装帧设计	金字斋
出版发行	宁波出版社
	（宁波市甬江大道 1 号宁波书城 8 号楼 6 楼　315040）
网　　址	http://www.nbcbs.com
印　　刷	宁波白云印刷有限公司
开　　本	710 毫米 × 1000 毫米　1/16
印　　张	22.75
字　　数	263 千
版　　次	2021 年 8 月第 1 版
印　　次	2021 年 8 月第 1 次印刷
标准书号	ISBN 978-7-5526-4348-0
定　　价	68.00 元

如发现缺页或倒装，影响阅读，请与印刷厂联系，电话：0574-83875165

（版权所有　翻印必究）